Das Buch

Adam Bolitho tritt als würdiger Nachfolger in die Fußstapfen seines berühmten Onkels Admiral Richard Bolitho, als er auf der Fregatte *Unrivalled* in die neuerlich aufflackernden Kämpfe im Mittelmeer eingreift. Zu diesem Zeitpunkt ist Napoleon von Elba geflohen, sein aktueller Aufenthaltsort und seine Pläne sind noch unbekannt. Engländer, Franzosen, Spanier und Holländer verstricken sich in zahlreiche Feindseligkeiten, während Piraten und Sklavenhändler immer ungehinderter ihr Unwesen treiben. Von George Avery, der als Leutnant dem verehrten Admiral Richard Bolitho stets treu gedient hat, erfährt Adam, daß der Dey von Algier Kriegsschiffen Zuflucht gewährt, die den Briten feindlich gesinnt sind. Nach dem Friedensschluß treiben einige Kommandanten von diesem sicheren Ort aus als marodierende Piraten ihr Unwesen. Es ist keine leichte Aufgabe, die britischen Handelsschiffe und deren Passagiere vor solchen Übergriffen zu schützen, doch nach mehreren schweren Gefechten wird Adam sogar die Genugtuung zuteil, dem verhaßten Kapitän Martinez die Rechnung für den Tod des legendären Seehelden Richard Bolitho zu präsentieren.

Der Autor

Alexander Kent kämpfte im Zweiten Weltkrieg als Marineoffizier im Atlantik und im Mittelmeer und erwarb sich danach einen weltweiten Ruf als Verfasser spannender Seekriegsromane. Seine marinehistorischen Romanserien um Richard Bolitho und die Blackwood-Saga machten ihn zum meistgelesenen Autor dieses Genres neben C. S. Forester. Seit 1958 sein erstes Buch erschien *(Schnellbootpatrouille)*, hat er über 50 weitere Titel veröffentlicht, von denen die meisten bei Ullstein vorliegen. Sie erreichten eine Gesamtauflage von mehr als 25 Millionen und wurden in 14 Sprachen übersetzt.

Alexander Kent, dessen wirklicher Name Douglas Reeman lautet, lebt in Surrey, ist Mitglied der Royal Navy Sailing Association und Governor der Fregatte *Foudroyant* in Portsmouth, des ältesten noch schwimmenden Kriegsschiffs.

Die deutschsprachigen Taschenbuchausgaben der Werke Alexander Kents sind exklusiv bei Ullstein versammelt.

ALEXANDER KENT

Feindhafen Algier

Geheimauftrag für Adam Bolitho

Roman

Aus dem Englischen
von Dieter Bromund

Ullstein

Besuchen Sie uns im Internet:
www.ullstein-taschenbuch.de

Jubiläumsausgabe Januar 2003
Ullstein Verlag
Ullstein ist ein Verlag des Verlagshauses Ullstein Heyne List GmbH & Co. KG
© 2003 für die deutsche Ausgabe by Ullstein Heyne List GmbH & Co. KG,
München
© 2000 für die deutsche Ausgabe by
Econ Ullstein List Verlag GmbH & Co. KG, München
© 1999 by Bolitho Maritime Productions Ltd.
Titel der englischen Originalausgabe:
Second To None (William Heinemann, London)
Übersetzung: Dieter Bromund
Umschlagkonzept: Sabine Wimmer, München
Umschlaggestaltung: Thomas Jarzina, Köln
Titelabbildung: Geoffrey Huband
Gesetzt aus der New Baskerville
Satz: KompetenzCenter, Düsseldorf
Druck und Bindearbeiten: Ebner & Spiegel, Ulm
Printed in Germany
ISBN 3-548-25601-5

Ganz besonders für dich, Kim.
Mit meiner ganzen Liebe.

Inhalt

So schreie denn die Woge, so schreie der Wind, die weiten Wasser der Sturmseeschwalbe und des Delphins. In meinem Ende liegt mein Anfang.

T. S. Eliot:
Burnt Norton, Four Quartetts

Prolog

Der Midshipman stand unter dem Skylight der Kajüte und hatte sich an die schweren Bewegungen des Schiffes bereits gewöhnt. Nach der engen Unterkunft der Midshipmen auf der Fregatte, die ihn von Plymouth hierher gebracht hatte, erschienen ihm dieses gewaltige Kriegsschiff wie ein Fels und die große Heckkajüte im Vergleich wie ein Palast.

Was der Junge hier erwartete, hatte ihm die Kraft verliehen, als alles andere verloren schien. Hoffnung, Verzweiflung, ja sogar Angst waren bis zu diesem Augenblick seine willigen Begleiter gewesen.

Die Geräusche des Schiffes waren gedämpft, weit weg, die Stimmen klangen fern, bedeuteten nichts, verlangten nichts. Jemand hatte ihn vorgewarnt: Wer neu auf ein Schiff kommt, das bereits in Dienst gestellt ist, hat es immer schwer. Er würde weder Freunde noch bekannte Gesichter treffen, die ihm halfen, sich an das neue Leben mit all seinen Ecken und Kanten zu gewöhnen. Und dies war überhaupt sein erstes Schiff!

Er konnte immer noch kaum glauben, daß er wirklich hier stand. Vorsichtig bewegte er den Kopf und schielte auf den Mann, der hier in der Kajüte hinter einem Tisch saß und die Dokumente las, die der Midshipman so achtsam unter dem Mantel befördert hatte, damit sie von den Spritzern der Riemen nicht naß wurden. Der Lesende hielt sie gegen das Licht, das durch die schrägen Heckfenster aus der glitzernden Weite von See und Himmel fiel.

Der Kapitän. Auf ihn hatte der Junge so große Hoffnung gesetzt, auf einen Mann, dem er noch nie begegnet war. Sein Körper war gespannt wie eine Signalleine, sein Mund staubtrocken. Und wenn seine Hoffnungen nun nicht wahr würden? Zu einer bitteren Enttäuschung führten? Das wäre das Ende von allem!

Plötzlich merkte er, daß der Kommandant ihn anschaute und ihn etwas gefragt hatte. Sein Alter?

»Vierzehn, Sir.« Seine eigene Stimme klang ihm fremd. Zum erstenmal sah er dem Kapitän genau in die Augen, sie waren eher grau als blau, nicht unähnlich der See hinter den gischtbesprühten Fenstern.

Andere Stimmen wurden hörbar, kamen näher. Der Midshipman hatte keine Zeit mehr. Wild entschlossen schob er seine Hand wieder in die Uniformjacke und zog den Brief heraus, auf den er den langen Weg von Falmouth her so besonders geachtet hatte.

»Der ist für Sie, Sir. Ich habe den Auftrag, ihn ausschließlich Ihnen auszuhändigen!«

Er sah, wie der Kommandant den Umschlag aufschlitzte und plötzlich sehr auf der Hut zu sein schien. Was dachte der Kapitän jetzt wohl gerade? Der Junge wünschte, er hätte ihn ungelesen zerrissen!

Die braune Hand des Kapitäns ballte sich plötzlich auf dem Papier, das im spiegelnden Licht zu zittern schien. Wut, Ablehnung, andere Gefühle? Der Junge wußte nicht mehr, was er erwarten konnte. Er mußte an seine Mutter denken, wie sie ihm ein zerknittertes Stück Papier in die Hand drückte – Minuten vor ihrem Tod. Wie lange war das her? Wochen, Monate? Ihm erschien es wie gestern. Eine Adresse in Falmouth, zwanzig Meilen von Penzance, ihrem Wohnort entfernt. Er war den langen Weg zu Fuß gegangen, die Zeilen seiner Mutter gaben ihm Kraft und leiteten ihn.

Der Kommandant faltete den Brief und schob ihn in die Tasche. Wieder diese suchenden Blicke, doch ganz ohne Feindschaft. Wenn überhaupt etwas, dann zeigten sie nur Trauer.

»Ihr Vater, mein Junge? Was wissen Sie über ihn?«

Der Midshipman hatte die Frage nicht erwartet, zögerte und spürte, daß die Stimmung sich änderte: »Er war Offizier des Königs, Sir. In Amerika hat ihn ein durchgehendes Pferd getötet.« Wieder sah er seine Mutter in ihren letzten Augenblicken, sie streckte ihre Arme aus, um ihn zu umarmen und um ihn dann wegzuschieben, ehe sie beide zusammenbrachen. Ruhig wie eben fuhr er fort: »Meine Mutter hat oft von ihm gesprochen. Als sie starb, sagte sie mir, ich müsse nach Falmouth gehen und nach Ihrer Familie fragen, Sir. Ich weiß, meine Mutter hatte den Mann nicht geheiratet, Sir, das wußte ich immer, aber ...«

Er stoppte, weil er nicht weitersprechen konnte. Der Kommandant stand jetzt vor ihm, legte ihm eine Hand auf den Arm, und sein Gesicht war ganz dicht vor ihm. So sahen ihn sicher nur wenige Menschen.

Kapitän Richard Bolitho sagte bewegt: »Du mußt wissen, dein Vater war mein Bruder.«

Das Bild verschwamm. Es klopfte an der Tür. Jemand hatte dem Kommandanten eine Meldung zu machen.

Adam Bolitho erwachte aus seinem Traum ganz und gar gespannt und spürte die unsichere Hand auf seinem Arm. Plötzlich war ihm alles klar. Die Bewegungen des Schiffes wurden unruhiger, die See meldete sich. Mit geübten Sinnen schätzte er beides ein.

Im schwachen, abgeschirmten Licht der Laterne sah er die Gestalt neben seiner Koje schwanken, erkannte die weißen Flecken des Midshipman. Er knurrte und versuchte, den Traum zu verscheuchen. Dann schwang er seine Füße aufs Deck und suchte in der immer noch unvertrauten Kajüte nach seinen langschäftigen Stiefeln.

»Was ist, Mr. Fielding?« Er konnte sich sogar an den Namen des Midshipman erinnern und mußte fast lächeln. Fielding war ganze vierzehn Jahre alt. So alt wie der Midshipman in dem Traum, der ihn immer noch nicht loslassen wollte.

»Gruß von Mr. Wynter, Sir. Der Wind nimmt zu, und er meinte...«

Adam Bolitho tippte ihm auf den Arm und griff nach seinem ausgeblichenen Wachmantel.

»Gut, daß er mich wecken ließ. Ich verliere lieber eine Stunde Schlaf als mein Schiff. Ich bin gleich oben.«

Der Junge stob davon.

Adam erhob sich und paßte sich den Bewegungen Seiner Britannischen Majestät Fregatte *Unrivalled* an. Mein Schiff! Sein geliebter Onkel hatte von einem Schiff immer als der wertvollsten aller Gaben gesprochen.

Und die Fregatte war auch sein größter Besitz. Das Schiff war noch so neu und die Farbe kaum trocken, als er sich auf ihm eingelesen hatte, eine Fregatte mit dem schönsten Riß, schnell und mächtig. Er schaute auf das dunkle Heckfenster, als sei er immer noch in der großen Kajüte der *Hyperion*, in der sein Leben sich so plötzlich geändert hatte – durch einen einzigen Mann.

Er tastete seine Taschen ab, ohne es recht zu bemerken, um sicherzugehen, daß er alles bei sich hatte, was er brauchte. Er würde jetzt an Deck gehen, wo der wachhabende Offizier vorsichtig seine Stimmung einschätzen würde. Seinen Kommandanten gestört zu haben würde ihn mehr beunruhigen als der zunehmende Wind.

Das war zum größten Teil sein eigener Fehler, wie Adam wohl wußte. Seit er das Kommando übernommen hatte, hielt er sich fern von seinen Offizieren. Doch das konnte so, das durfte so nicht weitergehen.

Er wandte sich vom Heckfenster ab. Alles andere war ein Traum. Sein Onkel war tot. Realität war nur das Schiff. Und er, Kapitän Adam Bolitho, war mutterseelenallein.

I   Ein Held, an den man sich erinnert

Leutnant Leigh Galbraith schritt über das Oberdeck der Fregatte in den Schatten des Achterdecks. Er achtete darauf, nicht zu schnell zu gehen oder eine besondere Betroffenheit zu zeigen, die zu Gerüchten unter den Seeleuten und Seesoldaten führen würde, die hier ihren vormittäglichen Aufgaben nachgingen.

Galbraith war groß und kräftig. An die niedrigen Decksbalken an Bord Seiner Majestät Kriegsschiffe hatte er sich erst schmerzhaft gewöhnen müssen. Es war seine Aufgabe als Erster Offizier der *Unrivalled,* Ordnung und Disziplin im Schiff aufrechtzuerhalten und für die Ausbildung der neu zusammengestellten Mannschaft zu sorgen. Von ihm erwartete der Kommandant, daß das Schiff in jeder Hinsicht ein einsatzbereiter Teil der Flotte war und daß er als sein Stellvertreter das Kommando übernehmen könnte, wenn der Kommandant aus irgendeinem Grund ausfiel.

Der Erste Offizier war jetzt neunundzwanzig Jahre alt und gehörte der Marine seit dem zarten Alter von zwölf Jahren an, ein üblicher Lebenslauf für viele seiner Zeitgenossen. Er kannte nur dieses Leben, hatte nie etwas anderes angestrebt, und als er zum diensttuenden Kommandanten befördert wurde und ein eigenes Schiff bekam, hielt er sich selbst für den glücklichsten Menschen der Welt. Ein höherer Offizier hatte ihm versichert, daß er, sobald es ging, den nächsten Schritt tun und zum Kapitän befördert würde – was ihm damals wie ein Traum erschienen war.

Er hielt an einer der offenen Kanonenpforten und lehnte sich auf eine der Achtunddreißigerkanonen der

Fregatte, sah auf den Hafen und die anderen Schiffe. Carrick Roads, Falmouth, Cornwall glitzerten im Mai-Sonnenschein. Er versuchte, die wiederkehrende Bitterkeit und die Wut zu unterdrücken. Er hätte ein Schiff wie dieses haben können. Können, hätte haben können... Unter seinen Fingern fühlte der Lauf der Kanone sich warm an, als sei aus ihr gefeuert worden, wie damals – unter Duncan bei Camperdown und vor Kopenhagen unter Nelsons Flagge. Er war gelobt worden, weil er im Feuer so kühl blieb, weil er gefährliche Situationen beherrschte, wenn sein Schiff im Kampf mit dem Feind stand. Sein letzter Kommandant hatte ihn zur Beförderung empfohlen. Das war auf der Brigg *Vixen* gewesen, einem der Arbeitstiere der Flotte. Trotz ihrer beschränkten Mittel hatte sie die Leistungen einer Fregatte erbracht.

Ehe Galbraith auf die *Unrivalled* abkommandiert wurde, hatte er sein altes Schiff liegen sehen wie ein Wrack, dem Ausmusterung und Schlimmeres bevorstanden. Der Krieg mit Frankreich war vorbei, Napoleon war abgetreten und ins Exil auf Elba geschickt worden. Das Unmögliche war wahr geworden. Glücklicherweise war auch der Konflikt in Nordamerika zwischen Großbritannien und den Vereinigten Staaten beigelegt – doch der Frieden war schwer zu akzeptieren. Galbraith machte da keine Ausnahme, er kannte nur den Krieg. Und er hatte Glück, auf dieses Schiff kommandiert worden zu sein. So viele Schiffe wurden außer Dienst gestellt, so viele Männer mit unziemlicher Hast verabschiedet, die anderswo kaum Aussichten hatten, weil ihre Erfahrungen sich ausschließlich auf ihren Seedienst bezogen. Manche meinten hinter Galbraith' Rücken, dies sei mehr, als er verdiene.

Vor einer Stunde war er in der Jolle um die *Unrivalled* herum gerudert worden, um den Trimm zu überprüfen. Bewegungslos lag sie über ihrem eigenen Spiegelbild. Vor fünf Monaten war sie in Dienst gestellt worden, Rigg und Stagen pechschwarz, jedes Segel sauber an den Rahen aufgetucht – das perfekte Bild der Kunst der Schiffbauer. Selbst ihre Galionsfigur war atemberaubend – der nackte Körper einer schönen Frau. Er drängte sich unter dem Bugspriet nach vorn. Die Frau hielt die Hände hinter dem Kopf und drückte auffordernd die Brüste vor. *Unrivalled* war die erste ihres Namens in den Verzeichnissen der Marine, die erste der größeren Fregatten, die hastig auf Kiel gelegt worden waren, um der amerikanischen Bedrohung zu widerstehen. Der Krieg, den keine Seite gewinnen konnte, war beide teuer zu stehen gekommen. Doch der Konflikt gehörte jetzt bereits der Geschichte an.

Galbraith zupfte seine Jacke von der Brust weg und versuchte, sich auch von seinen Enttäuschungen zu trennen. Er hatte ja in der Tat Glück. Er kannte nur die Marine, hatte nie etwas anderes gewollt. Das durfte er niemals vergessen.

Er hörte, wie der Seesoldat die Hacken zusammenknallte, als der Vorgesetzte sich der leichten Tür vor der Achterkajüte näherte.

»Der Erste Offizier, Sir!«

Galbraith nickte ihm zu, doch der Posten zuckte unter dem Schirm seines ledernen Tschakos nicht mal mit den Augen.

Ein Diener öffnete die Tür und verschwand zur Seite, als Galbraith den Raum des Kommandanten betrat. Jeder wäre stolz und geehrt, hier leben zu können. Galbraith hatte versucht, alle Neidgefühle zu unterdrücken und den Mann zu akzeptieren, unter dem er dienen würde, als der sich eingelesen hatte. In Anwesenheit der gesamten Besatzung und einiger Gäste hatte Galbraith den neuen Kapitän beobachtet, den *ersten* Kapitän, der mit dem Verlesen der Rolle das Kommando übernahm.

Nach fünf Monaten war ihm klar, daß Kapitän Adam

Bolitho immer noch ein Fremder an Bord war – und das nach all dem Drill und dem Exerzieren, nach all der Mühe, die Lücken in der Mannschaft mit Leuten vom Land zu füllen, nachdem all die entlassen worden waren, die man zum Dienst an Bord gepreßt hatte. In einem Linienschiff konnte man vom Kapitän Distanz erwarten, besonders wenn die ganze Besatzung neu war, aber auf Fregatten oder kleineren Schiffen wie der *Vixen* war so etwas selten.

Galbraith beobachtete Adam Bolitho betroffen und genau. Er war schlank und hatte so dunkles Haar, daß es fast schwarz sein konnte. Als er sich jetzt vom Heckfenster und den grünen Spiegelungen des Landes wegwandte, bemerkte er die gleiche Unruhe wie bei ihrer ersten Begegnung. Galbraith wußte wie die meisten Marineoffiziere viel über die Familie der Bolithos, besonders über Sir Richard, dessen Ruhm man im ganzen Land kannte. Die Nation war wie betäubt, als sie von seinem Tod im Mittelmeer erfuhr. Ein Scharfschütze aus dem Rigg des Feindes hatte ihn genau an dem Tag getötet, als Napoleon nach der Flucht aus Elba seinen Fuß wieder in Frankreich an Land setzte und der Frieden nur noch eine Erinnerung war.

Von diesem Mann allerdings, von Sir Richards Neffen, wußte man nur wenig und nur Bruchstückchen, obwohl in der Flotte wenig lange verborgen blieb. Der beste Kommandant einer Fregatte, sagten manche. Kühn bis zur Tollkühnheit, sagten andere ihm nach. Sein erstes Kommando – über eine ähnliche Brigg wie die von Galbraith – hatte er bereits mit dreiundzwanzig Jahren bekommen. Die Fregatte *Anemone* hatte er später im Kampf mit einem gewaltig überlegenen amerikanischen Gegner verloren. Er wurde gefangengenommen, konnte aber fliehen und wurde Flaggkapitän des Mannes, der jetzt Flaggoffizier von Plymouth war.

Adam sah Galbraith jetzt an. Seine dunklen Augen verrieten Anstrengung, obwohl er sich mit einem Lächeln Mühe gab. Ein junges, waches Gesicht, das Frauen sicher sehr anzog, entschied Galbraith. Und wenn man einigen Gerüchten Glauben schenken konnte, dann stimmte das auch.

»Die Gig ist im Wasser, Sir. Die Mannschaft tritt um vier Glasen an, es sei denn . . .«

Adam Bolitho trat an den Tisch und faßte den Säbel an, der dort lag. Er war alt, mit gerader Klinge, leichter als die heute vorgeschriebenen, und als Säbel, der schon von so vielen aus der Familie getragen worden war, Teil der Bolitho-Legende. Richard Bolitho hatte ihn getragen, als der Feind ihn niederstreckte.

Galbraith sah sich in der Kabine um, in die die Achtzehnpfünder ebenfalls eingedrungen waren. Wenn sie vom Bug bis zum Heck gefechtsklar war, präsentierte die *Unrivalled* eine beeindruckende Breitseite, selbst wenn sie so unterbesetzt waren wie jetzt. Er biß sich auf die Lippen. Er sah Kisten mit Wein, die geöffnet und deren Inhalt gestaut werden mußte. Er hatte beobachtet, wie sie kürzlich an Bord gehievt worden waren, und wußte, daß sie vom Bolitho-Besitz in Falmouth kamen, der jetzt wahrscheinlich dem Kommandanten gehörte. Irgendwie schien das nicht zu diesem jugendlichen Mann mit den glänzenden Epauletten zu passen. Galbraith bemerkte auch, daß die Kisten eine Londoner Adresse trugen, aus der St. James Street.

Galbraith preßte die Faust zusammen. Er war einmal dort gewesen. Als er London besuchte und seine Welt zusammenzubrechen begann . . .

Adam zwang seine Gedanken in die Gegenwart zurück. »Danke, Mr. Galbraith, das paßt sehr gut.« Bolitho wartete, weil er dem Ersten Offizier seine Fragen an den Augen ansah. Ein guter Mann, dachte er, unnachgiebig mit den

17

neuen Männern, aber nicht ungeduldig, und auf der Hut vor den alten Blaujacken, die bei einem unbekannten Offizier gerne ihre Vorteile suchten.

Adam spürte, wie sich das Schiff sehr sanft unter seinen Füßen bewegte. Als wolle es sich endlich frei vom Land machen. *Und von mir auch, ihrem Kommandanten?*

Er hatte bemerkt, daß Galbraith auf den Wein blickte. Er kam von Catherine. Trotz allem, was geschehen war, trotz ihrer Verzweiflung über ihren unendlichen Verlust, hatte sie an Adam gedacht. Oder an den, der sie für immer verlassen hatte?

»Liegt noch etwas an?« Eigentlich wollte er nicht ungeduldig klingen, doch er schien seinen Tonfall nicht beherrschen zu können.

Galbraith war aber offenbar nichts aufgefallen. Oder hatte er sich bereits an die Stimmungen seines neuen Herrn und Meisters gewöhnt?

Galbraith sagte: »Wenn es keine Zumutung darstellt, Sir, würde ich gern wissen...« Er zögerte, als Adam ihn kühl ansah.

»Bitte«, meinte Adam, »bitte sprechen Sie ganz offen.«

»Ich möchte Ihnen mein Mitgefühl ausdrücken, Sir. Im Namen der Schiffsbesatzung.« Galbraith ließ sich durch eine Stimme nicht unterbrechen, die einem der Bumboote obszön zurief, es solle sich davonmachen. »Und auch im eigenen!«

Adam zog seine Uhr aus der Tasche und wußte, daß Galbraith sie bemerkt hatte. Sie war schwer und alt, und er erinnerte sich noch an den Augenblick, da er sie zum erstenmal in jenem Laden in Halifax gesehen hatte. Überall um ihn herum tickten Uhren, schlugen an, und doch war es ein Ort des Friedens. Ein Fluchtpunkt, wie so oft. Beim Wachwechsel an Deck, beim Reffen oder Setzen von Segeln, beim Kurswechsel, beim Einlaufen in einen Hafen nach erfolgreicher Überfahrt... Diese alte Uhr hatte einst einem anderen seefahrenden Offizier gehört. Doch in einem unterschied sie sich von allen anderen Uhren – es gab eine kleine Meermaid, die in den Sprungdeckel eingraviert war.

»Meinen Sie, wir können beide das Schiff verlassen?« fragte Adam. Eigentlich hatte er das so nicht sagen wollen, die Meermaid hatte ihn abgelenkt, das Gesicht des Mädchens, so deutlich wie damals im Laden. *Zenoria.* Dann fügte er hinzu: »Ich würde es sehr begrüßen, Mr. Galbraith.« Er sah ihn fest an und meinte einen Augenblick lang Wärme zu spüren, etwas, das er eigentlich nicht fördern wollte. »Machen Sie den Offizieren klar: Höchste Wachsamkeit. Wir haben bereits unsere Befehle. Ich will niemanden desertieren sehen. Wir hätten sonst nicht genügend Männer für unser Schiff und für die Kämpfe schon gar nicht.«

»Ich werde mich darum kümmern, Sir.« Galbraith bewegte sich in Richtung Tür. Viel war zwischen ihnen beiden nicht geschehen, doch so nahe waren sie sich noch nie gewesen.

Adam wartete, bis die Tür zufiel, dann trat er an ein kleines offenes Fenster achtern und schaute auf das Wasser, das sich unter der Galerie kräuselte.

Ein schönes Schiff. Als er mit dem Geschwader hier arbeitete, hatte er die ganze Kraft gespürt. Diese Fregatte war das schnellste Schiff, das er je hatte. Bald würden aus den unbekannten Gesichtern an Bord Menschen geworden sein, Individuen, die Stärke und Schwäche jedes Schiffes. *Aber nicht zu nahe, nicht wieder.* Ihm schien, als habe jemand diese Warnung geflüstert.

Er seufzte und blickte auf die Weinkisten. Wie würde es Catherine gehen, was für ein Leben würde sie ohne den Mann führen, der ihr alles bedeutet hatte?

Vom Vorschiff hörte er leise drei Glasen schlagen.

Es würde schlimm werden, sehr viel schlimmer, als er

erwartet hatte. Die Leute würden ihn beobachten, wie sie seinen Onkel beobachtet hatten – liebevoll, hassend, bewundernd, beneidend. All solche Gefühle waren immer ganz nahe gewesen.

Er kannte Galbraiths Geschichte und wußte, was seine Beförderung zu dem heiß ersehnten Rang eines Kapitäns zerstört hatte. Es könnte jedem passieren. *Auch mir.* Wieder dachte er an Zenoria und was er getan hatte, doch er fühlte keine Scham, nur den großen Verlust.

Er wollte gerade unter das offene Skylight treten, als er Galbraiths Stimme hörte.

»Wenn die Pendennis-Batterie ihren Schuß feuert, Mr. Massie, dann werden Sie die Flagge und die Kriegsflagge dippen, und alle Mann werden mit Blick nach achtern stehen und die Mützen abnehmen.«

Adam wartete. Es schien ihm wie ein Eindringen, doch er konnte sich nicht bewegen. Massie war der Zweite Offizier, ein ernster junger Mann, der diesen Posten bekommen hatte, weil sein Vater Vizeadmiral war. Er war, jedenfalls bisher, eine unbekannte Größe.

Massie sagte: »Ob Sir Richards Dame wohl da ist, würde ich gerne wissen.«

Er hörte die beiden weggehen. Eine belanglose Bemerkung? Und wen meinte er damit, Catherine oder Belinda, Lady Bolitho?

Und es würde größte Verachtung geben. Kurz nachdem die *Unrivalled* in Dienst gestellt worden war, hatte man den Tod von Emma Hamilton erfahren. Sie war Nelsons Geliebte, seine Inspiration gewesen, der Liebling der ganzen Nation, aber man hatte sie einsam in Calais sterben lassen, arm und von allen sogenannten Freunden verlassen, auch von denen, die sich eigentlich um sie kümmern sollten.

Das Schiff ruckte leicht gegen die Ankerkette, und im dicken Glas sah Adam ein Spiegelbild.

Gebrochen flüsterte er: »Ich werde es nie vergessen, Onkel!«

Das Schiff ruckte wieder, und er war allein.

Bryan Ferguson, der einarmige Inspektor des Bolitho-Besitzes, starrte auf die beiden Hauptbücher auf seinem Tisch, beide noch ungeöffnet. Es war schon spät am Abend, aber er konnte durch die Fenster immer noch die hohen Bäume vor dem Himmel sehen, als zögere der Tag seinen Abschied hinaus. Er erhob sich und trat an den Schrank, hielt inne, als er draußen das Schling-gewächs an der Wand rascheln hörte. Endlich Wind, aus Südost und zunehmend, wie einige Fischer vorhergesagt hatten, nach all der Stille. Ferguson öffnete den Schrank, nahm eine irdene Flasche heraus und ein Glas. *Und nach all der Trauer.*

Ein zweites Glas stand noch dort, reserviert für seinen Freund John Allday, der gelegentlich mit der einen oder anderen Ausrede von seinem kleinen Gasthaus in Fallow-field am Helford, dem »Old Hyperion«, herüberkam. Auch dieser Name hatte jetzt eine tiefere Bedeutung.

Doch jetzt würde es sicher eine Weile dauern, ehe John Allday hier auftauchte. Die *Frobisher,* das Flaggschiff Sir Richard Bolithos, kehrte zurück, um außer Dienst gestellt zu werden. Oder vielleicht auch nicht, nachdem Napole-on wieder in Frankreich auf dem Marsch war.

Im letzten Jahr war die Stadt bei der Siegesnachricht fast durchgedreht: Die verbündeten Armeen waren in Paris, Bonaparte war am Ende. Doch das Exil auf Elba war nichts für ihn. Ferguson hatte Lady Catherine sagen gehört, es sei, als ob man einen Adler in einen Vogelkäfig sperre. Andere waren der Meinung, Bonaparte gehöre nach all dem Elend und den Morden, die auf sein Konto gingen, an den Galgen.

Doch Allday wollte auf dem Schiff nicht bleiben, auf

dem Sir Richard gefallen war. Wenn er zurück war und hier am Tisch saß, das Glas in seinen großen Händen, würde man die wahre Geschichte hören. Seine Frau Unis, die das Gasthaus »Old Hyperion« führte, bekam häufig Post von ihm, obwohl Allday selber nicht schreiben konnte. Also stammten seine Zeilen von Avery, Bolithos Flaggleutnant. Ihre Beziehungen waren in den strengen Grenzen der Marine selten und seltsam. Allday hatte mal gemeint, es sei irgendwie nicht richtig, daß der Flaggleutnant selber nie Post bekam, obwohl er ihm die Briefe schrieb und vorlas. Von dem Augenblick an, da die schreckliche Nachricht Falmouth erreicht hatte, wußte Ferguson, daß Allday den Augenblick niemandem anvertrauen, ihn mit keinem teilen und schon gar nicht zu Papier bringen würde. Er würde es ihm nur selber erzählen, von Angesicht zu Angesicht, falls er dazu überhaupt in der Lage war.

Er hustete. Er hatte ein gutes Maß Rum geschluckt, ohne überhaupt zu merken, daß er sich eingeschenkt hatte. Er nahm wieder Platz und blickte auf die ungeöffneten Bücher. Über sich hörte er Grace hin und her gehen. Sie konnte keine Ruhe finden und konnte jetzt selbst die ganz gewöhnlichen Aufgaben als Haushälterin nicht erfüllen – und war doch so stolz auf diese Position, genau wie er.

Seine eine Hand, mit der er immer noch so viel leisten konnte, preßte sich fest um das Glas. Vor langer Zeit hatte er mal geglaubt, nicht mehr von Nutzen zu sein, Treibgut wie so mancher, den dieser scheinbar endlose Krieg an Land gespült hatte. Aber Grace hatte ihm durch all das Schlimme hindurchgeholfen. Jetzt erinnerte er sich an diesen Augenblick meistens in solchen Stunden des Zwielichts, wenn man sich die hohen Türme der Segel leichter vorstellen konnte, die Umrisse der französischen Schiffe, das betäubende Krachen und Brüllen der Breitseiten, als die beiden Flotten zur blutigen Umarmung aufeinanderstießen. Es schien damals den ganzen Tag zu dauern, bis es soweit war. In den Dienst gepreßte Männer wie er selber waren gezwungen, den ganzen Tag die Toppsegel des Feindes zu beobachten, die wie Fahnen aufstiegen und schließlich den ganzen Horizont füllten. Ein Offizier hatte später über diesen furchteinflößenden Anblick gesagt, er lasse an die Ritter in ihren Rüstungen vor Agincourt denken.

Er hatte aber auch den ganzen Tag lang Richard Bolitho, den Kommandanten der *Phalarope,* gesehen, einer winzigen Fregatte im Vergleich zu den großen Linienschiffen. Er sprach seinen Männern Mut zu, forderte sie. Ja, Ferguson hatte, ehe es ihn selber erwischte, Bolitho bei einem sterbenden Seemann knien sehen, dessen Hand er hielt. Sein Gesicht an diesem schrecklichen Tag hatte er nicht vergessen und würde es auch nie vergessen können.

Und jetzt war er Inspektor dieses Gutes, des Hofes, der Häuschen und all der Menschen, die es zu einem Ort machten, den man liebt und an dem man gerne arbeitet. Viele von ihnen waren ehemalige Matrosen, die unter Sir Richard Bolitho auf vielen Schiffen und allen Teilen der Welt, in denen er seine Flagge zeigte, gedient hatten. Heute hatte er viele von ihnen in der Kirche gesehen, denn Sir Richard Bolitho war einer von ihnen und der berühmteste Sohn von Falmouth, Sohn eines Seemanns, aus Generationen von Marineoffizieren stammend. Sein Haus unterhalb von Pendennis Castle war Teil ihrer aller Geschichte.

Auf der anderen Seite des Hofs konnte er in einigen Zimmern Lichter erkennen, und er stellte sich die Porträts vor und auch das Bild, das Sir Richard als den jungen Kapitän zeigte, an den er sich als erstes erinnerte. Richards Frau Cheney hatte es in Auftrag gegeben, als er mit der Flotte auf See war. Bolitho hatte seine Frau nie wiedergesehen. Sie starb zusammen mit ihrem ungeborenen Kind, als ihre Kutsche ein Rad verloren hatte und umgekippt war. Ferguson hatte sie selber getragen und suchte noch Hilfe, als es schon zu spät war. Er lächelte traurig, als er daran dachte. *Und damals auch schon nur mit einem Arm.*

Die Kirche von St. Charles, dem Märtyrer, wo man sich an Tod und Leben aller Bolithos erinnerte, war bis auf den letzten Platz gefüllt mit Hausdienern, Hofarbeitern, Fremden und Freunden. Eng aneinander gedrückt erinnerten sie sich und beteten zusammen.

Er erlaubte sich, an den Kirchenstuhl der Familie in der Nähe der Kanzel zu denken. Richard Bolithos jüngere Schwester Nancy mußte selber noch mit dem Tod ihres eigenen Mannes klarkommen. Roxby, der »König von Cornwall«, war kein Mann, den man leicht vergaß. Neben ihr saß Catherine, Lady Somervell, groß und sehr gerade aufgerichtet, ganz in Schwarz gekleidet, ihr Gesicht hinter einem Schleier verborgen. Nur der Diamantanhänger auf ihrer Brust in Form eines offenen Fächers, den Bolitho ihr geschenkt hatte, verriet ihre Gefühle.

Und neben ihr sah man Adam Bolitho, sein Blick auf den Altar gerichtet mit hoch erhobenem Kinn. Kühn und entschlossen. Er glich Sir Richard in diesem Augenblick genau wie damals, als er nach seines Onkels Tod ins Haus gekommen war, Catherines Zeilen gelesen und sich den alten Säbel eingehenkt hatte: ganz der gefallene Marineoffizier, der hier in Falmouth aufgewachsen war.

Neben ihm saß ein zweiter Offizier, ein Leutnant, aber Ferguson hatte nur Adam Bolitho gesehen und die schöne Frau an dessen Seite.

Er wurde schmerzhaft an den Tag in derselben Kirche erinnert, als ein Erinnerungsgottesdienst abgehalten wurde, nachdem die Nachricht eingetroffen war, Sir Richard und seine Geliebte seien mit der *Golden Plover* vor Afrika untergegangen. Viele der jetzt Anwesenden waren damals auch hiergewesen, doch auch Bolithos Frau. Ferguson konnte sich noch an ihre entsetzten ungläubigen Blicke erinnern, als ein Offizier in die Kirche gestürzt war mit der Meldung, daß Bolitho und seine Begleiter noch lebten und entgegen allen Erwartungen gerettet worden waren. Als Lady Catherines Rolle beim Schiffbruch bekannt wurde, wie sie den Überlebenden im offenen Boot Mut machte und Hoffnung zusprach, da hatte sie aller Herzen gewonnen. Das schien den Skandal auszulöschen und die Erregung, mit der man sich bis dahin über ihre Verbindung zu Sir Richard ausgelassen hatte.

Allein oder zusammen – Ferguson sah sie wieder vor sich. Catherine auf dem Weg über den Klippen. Ihr offenes Haar wehte weit aus. Oder stehend an dem Steinhaufen, an dem er sie einst gesehen hatte, als beobachte sie ein Schiff, das näher kam. Sie hoffte vielleicht...

Jetzt gab es keine Hoffnung mehr. Ihr Mann, ihr Geliebter und der Held der Nation war auf See bestattet worden – in der Nähe der alten *Hyperion,* auf der so viele gefallen waren, Männer, die Ferguson nie vergessen würde. Es war das Schiff, auf das Adam als vierzehnjähriger Midshipman gekommen war. Nancy, Lady Roxby, würde sich daran auch erinnern. Für sie war Adam, der jetzt die Uniform eines Kapitäns trug, immer noch der Junge, der den langen Weg von Penzance hierhergekommen war – nach dem Tod seine Mutter. Er brachte nur einen Fetzen Papier mit, auf dem nichts als Bolitho stand. Und nun war er selber der letzte Bolitho.

Ferguson wußte, daß es sehr bald bedeutendere Erinnerungsgottesdienste geben würde, zuerst in Plymouth und dann in der Westminster Abtei. Er fragte sich, ob Lady Catherine nach London gehen würde unter die neugierigen Augen und spitzen Zungen derer, die sich das Maul zerrissen über ihre Beziehungen zum Helden der Nation.

Im Hof hörte er Schritte und riet, es müßte der junge Matthew sein, der erfahrenste Kutscher, der seine Runde machte und nach den Pferden schaute. Bosun, sein Hund, trottete sicher wieder schnaufend hinter ihm her. Der Hund war etwas taub, seine Sehfähigkeit ließ nach, aber kein Fremder würde je an ihm vorbeikommen, ohne daß er ihn heiser anbellte.

Auch Matthew war in der Kirche gewesen. Er hieß immer noch der »junge Matthew«, obwohl er längst verheiratet war. Auch er gehörte zur Familie, zur *kleinen Mannschaft*, wie Sir Richard sie getauft hatte.

Auf See bestattet. Das war sicher das beste. Keine Nachwirkungen, keine falschen Trauerbezeugungen. Oder doch?

Matthew mußte an das Tableau an der Kirchenwand unter der Büste von Kapitän Julius Bolitho denken, der 1664 in der Schlacht gefallen war.

> »Die Geister der Väter
> werden aus jeder Woge aufsteigen,
> denn das Deck war ihr Ruhmesplatz,
> der Ozean ist nur ihr Grab.«

Das sagte alles, ganz besonders denen, die sich in der alten Kirche in diesem Ort der Seefahrer versammelt hatten, die königliche Marine, die Küstenwache, Fischer und Seeleute von Postschiffen und Handelsschiffen, die mit jeder Tide das ganze Jahr über ausliefen. Die See war ihr Leben. Aber auch ihr Feind. Das hatte er ganz deutlich gespürt, als in der Kirche mächtig das Lied »The Sailors Hymn« erklang.

Er hatte den Knall der einzigen Kanone gehört, wie schon den Salut vor dem Beginn des Gottesdienstes. Adam hatte sich umgedreht und seinen Ersten Offizier angesehen. Die Leute hatten den Weg freigemacht, damit die Familie hinausgehen konnte. Dabei hatte Lady Catherine kurz Fergusons Arm berührt. Er hatte gesehen, daß der Schleier ihr am Gesicht klebte.

Wieder trat er ans Fenster, die Lichter brannten noch. Er würde ein Mädchen hinüberschicken, die sie löschen würde, falls Grace zu bewegt war, es selber zu tun.

Wieder dachte er an den Untergang der *Golden Plover*. Adam war hier erschienen, als gerade Vizeadmiral Keens junge Frau Zenoria hiergewesen war. Auch Keen war damals auf der *Golden Plover* gefahren.

Zenoria aus dem Dorf Zenor. Er wußte, daß Allday irgend etwas zwischen den beiden vermutete, und er selber hatte sich auch gefragt, was in jener Nacht wohl geschehen war. Die Frau hatte später durch einen Unfall ihr Kind verloren, Keens Sohn, und hatte sich an der berüchtigten Klippe, dem Trystrans Leap, zu Tode gestürzt. Er selber hatte zusammen mit Lady Catherine den kleinen, zerschmetterten Leib nach oben getragen.

Adam Bolitho hatte sich sicher verändert. War er gereift? Er dachte darüber nach. Nein, die Veränderung reichte tiefer.

Etwas, das Allday immer gesagt hatte, fiel ihm wieder ein, wie der Epitaph in der Kirche: *Sie sahen so richtig aus – zusammen.*

Kapitän Adam Bolitho saß in einem der hochlehnigen Stühle vor dem offenen Feuer und hörte den Wind gelegentlich stöhnen. Die Windstärke nahm zu, kam aus Südost. Morgen müßten alle ihren Kopf beisammenhalten, wenn die *Unrivalled* auslief.

Er ruckte in seinem Stuhl, der mit einem zweiten zu den ältesten Möbeln im Haus gehörte. Er war von den dunklen Fenstern weg gewendet, weg von der See, und er schaute auf das Glas Brandy neben sich auf dem Tisch und sah im Licht der Kerzen, die diesen Raum zum Leben brachten, die Gemälde unbekannter Schiffe und vergessener Schlachten. *Wie viele Bolithos haben wohl hier gesessen,* fragte er sich, *ohne zu wissen, was hinter dem Horizont liegt oder ob sie je zurückkehren würden.* Sein Onkel mußte an dem Tag, als er sein Haus verließ und sich auf dem Flaggschiff einschiffte, das auch gedacht haben. Er hatte Catherine dort zurücklassen müssen, wo es jetzt nur dunkel war, bis auf das Licht bei Ferguson. Es würde weiter leuchten, bis im alten Haus jeder zu Bett gegangen war.

Leutnant Galbraiths Wunsch, in der Kirche dabeizusein, hatte ihn überrascht. Soweit Adam wußte, hatte er Richard Bolitho nie getroffen. Doch auf der *Unrivalled* hatte man gespürt, daß etwas fehlte, etwas, das sie verband.

Er fragte sich, ob Catherine wohl schlafen könne. Er hatte sie gebeten, hierzubleiben, aber sie hatte darauf bestanden, Nancy in ihr Haus auf dem benachbarten Gut zu begleiten.

Er hatte auf die Treppe gesehen, auf der sie sich im Stehen verabschiedeten. Ohne den Schleier sah sie bedrückt und müde aus. Und schön.

»Das wäre kein guter Anfang für dich, Adam. Wenn wir zusammen hierblieben, würde es Gerüchte geben. Die möchte ich dir ersparen.« Sie hatte das so entschlossen gesagt, daß er ihren Schmerz spürte, ihr Leid, das sie in der Kirche und hinterher niemandem zeigen wollte. Auch sie hatte sich in diesem Raum umgeblickt und sich erinnert. »Du hast ein neues Schiff, Adam, also muß dies der neue Anfang für dich sein. Ich werde mich um die Dinge hier in Falmouth kümmern. Das Gut ist jetzt deins. *Deins mit allen Rechten.*« Damit hatte sie betont, was sie längst gewußt hatte.

Abrupt trat er jetzt an die große Familienbibel auf ihrem angestammten Platz auf dem Tisch, die die Geschichte einer Familie von Seefahrern enthielt, eine Ehrenliste. Er hatte sie öfter angesehen.

Mit großer Achtung schlug er die Seite auf und meinte, die Gesichter würden ihn beobachten, die Porträts hinter ihm und an der Treppe. Einen besonderen Eintrag gab es in der bekannten, geschwungenen Handschrift, die er so gut kannte und die er liebte – aus Briefen seines Onkels, aus verschiedenen Logbucheintragungen und aus Meldungen, als er unter Sir Richard als junger Offizier gedient hatte.

Vielleicht macht Catherine sich Sorgen über seine Rechte und sein Erbe. Das Datum der Eintragung war das, an dem sein Nachname Pascoe in Bolitho geändert worden war. Sein Onkel schrieb damals in die Bibel: *Zur Erinnerung an meinen Bruder Hugh, Adams Vater, einst Leutnant in Seiner Britannischen Majestät Marine, der am 7ten Mai 1795 fiel.*

Der Ruf der Pflicht war der Weg zum Ruhm.

Sein Vater, der dieser Familie Schande gebracht hatte und der ihn als illegitimen Sohn zurückgelassen hatte ...

Adam klappte die Bibel zu und nahm eine brennende Kerze. Die Treppe knarrte, als er am Porträt von Kapitän James Bolitho vorbeiging, der in Indien einen Arm verloren hatte. *Mein Großvater.* Bryan Ferguson hatte ihm etwas gezeigt, das man nur von einer Stelle aus im richtigen Tageslicht entdecken konnte: Der Künstler hatte nach seiner Rückkehr den Arm mit einem leeren, aufgepinnten Ärmel übermalt.

Auch in der Nacht hatte die Treppe geknarrt, als Zenoria von oben gekommen war und ihn hier unten weinend vorgefunden hatte, weil er mit der Nachricht nicht fertig geworden war, daß sein Onkel, Catherine und Valentine Keen mit der *Golden Plover* untergegangen waren. Der Wahnsinn, der dann folgte. Die Liebe, die nicht sein durfte. All dies, so viel Leidenschaft und so viel Leid, war in diesem Haus unterhalb vom Pendennis Castle eingefangen. Er öffnete die Tür und zögerte, als beobachte ihn jemand. Als sei sie vielleicht immer noch da ...

Er ging durch den Raum und öffnete die schweren Vorhänge. Der Mond schien jetzt, und er konnte Wolken vor ihm vorbeihuschen sehen wie zerfetzte Fahnen.

Er sah sich im Raum um, sah das Bett, sah im spielenden Licht der Kerze die beiden Porträts. Eins zeigte seinen Onkel als jungen Kapitän in dem überholten Uniformrock mit weißen Aufschlägen, ein Bild, das seine Frau Cheney so sehr liebte. Das andere zeigte auf der gleichen Wand Cheney. Catherine hatte es restaurieren lassen, nachdem Belinda es verschwinden lassen wollte.

Er hielt die Kerze dichter an das dritte Porträt, das Catherine ihrem Richard nach dem Untergang der *Golden Plover* geschenkt hatte. Es zeigte sie in der Seemannskleidung, mit der sie sich bedeckt hatte, als sie mit den verzweifelten Überlebenden im gleichen Boot saß. »Die andere Catherine« hatte sie es betitelt, die Frau, die kaum jemand kannte, dachte er, außer dem Mann, den sie mehr als ihr Leben geliebt hatte. Catherine mußte hier gestanden haben, ehe sie das Haus mit Nancy verließ, denn hier duftete etwas nach Jasmin – wie ihre Haut, als sie ihn zum Abschied geküßt hatte und ihn festhielt, als wolle oder könne sie sich von ihm nicht trennen.

Er hatte ihre Hand an seine Lippen geführt, doch sie hatte den Kopf geschüttelt und ihm ins Gesicht gesehen, als fürchte sie, etwas zu verlieren. Er konnte sie immer noch fast körperlich spüren.

»Nein, Adam. Halt mich fest.« Sie hob das Kinn. »Küß mich!«

Er berührte das Bett, versuchte das Bild zu verdrängen. *Küß mich.* Waren sie jetzt beide so allein, daß sie Sicherheit brauchten? War das der wahre Grund für Catherines Abschied an diesem furchtbaren Tag?

Er schloß die Tür hinter sich und ging die Treppe hinunter. Einige Kerzen waren verschwunden, andere waren so abgebrannt, daß sie kaum noch Licht gaben, aber die am Kamin waren erneuert worden. Eines der Hausmädchen mußte es erledigt haben. Er lächelte. In diesem Haus gab es keine Geheimnisse.

Er trank einen Schluck Brandy und fuhr mit den Fingern die Schnitzereien über dem Kaminsims entlang. Das Familienmotto, *Für die Freiheit meines Landes,* war durch viele Hände ganz glatt poliert worden. Von Männern, die das Haus nur verließen, Männern, die große Taten antrieben, Männern in Zweifel oder Angst.

Er setzte sich wieder.

Das Haus, der Ruf, den er zu pflegen hatte, die Leute, die sich auf ihn verließen – er würde Zeit brauchen, das Neue zu übernehmen oder auch nur zu verstehen.

Morgen würde er wieder Kapitän sein, das, was er immer sein wollte.

Er sah die Treppe empor und stellte sich Richard Bolitho vor, wie er hinabschritt für eine neue Aufgabe, um die Verantwortung zu übernehmen, die ihn eines Tages töten würde und ihn eines Tages auch getötet hatte.

Ich würde alles geben, deine Stimme wieder zu hören und deine Hand zu halten, Onkel.

Doch nur der Wind antwortete Adam.

Die beiden Reiter saßen ab und blieben stehen, durch Felsentrümmer etwas geschützt, hielten die Pferde am Zaumzeug und blickten über das schaumgekrönte Wasser der Bucht von Falmouth.

»Ob sie wohl kommt, Tom?«

Der ältere der beiden Küstenwächter zog sich den Hut tiefer in die Stirn. »Mister Ferguson glaubt's jedenfalls. Wir sollten sie im Auge behalten, für alle Fälle.«

Der andere wollte reden. »Du kennst Mylady natürlich, Tom!«

»Wir haben ein-, zweimal ein paar Worte gewechselt.«

Er hätte gelächelt, wenn ihm das Herz nicht so schwer

gewesen wäre. Sein junger Begleiter meinte es natürlich gut, und wenn er sich weiter an dieser Küste so bewährte, würde er es in ein paar Dienstjahren weit bringen. Lady Catherine Somervell kennen? Wie könnte er sie beschreiben? Selbst wenn er es wollte? Er sah das große unruhige Wasser, die Wogenkämme, die wie von einem Riesenkamm ausgerichtet wurden, und spürte den Wind, der hier seine Kraft erprobte.

Es war Mittag oder kurz davor. Als sie den Küstenpfad von der Stadt herauf geritten waren, hatte er kleine Gruppen von Leuten gesehen. Sie sahen aus, als seien sie aus alten Mythen aufgestiegen, die es hier in Cornwall in reicher Auswahl gab. Die Stadt und der Hafen lebten von der See, und die Leute hier hatten viel zu viele Söhne draußen verloren, um die Gefahren nicht zu beachten.

Wie sie beschreiben? Etwa von damals reden, als er versucht hatte, sie den leichten zerschmetterten Körper des Mädchens nicht sehen zu lassen, das durch einen Sprung von Tristram Leap Selbstmord begangen hatte? Er hatte gesehen, wie sie das Mädchen in den Armen hielt, das zerrissene und triefend nasse Kleid öffnete, um nach einer Narbe zu suchen, an der man sie identifizieren könnte. Denn das Gesicht war durch den Sturz und durch die See gänzlich zerstört worden. Das Mädchen hatte auf diesem kleinen, halbmondförmigen Stück Strand im ablaufenden Wasser gelegen, nachdem man den leblosen Körper durch die Brandung hereingeholt hatte. Das würde er nie vergessen – und er wollte es auch nicht.

Schließlich sagte er: »Eine schöne Dame.« Er erinnerte sich, was einer von Fergusons Freunden über sie gesagt hatte: »Die Frau eines Seemanns.«

Er war wie alle anderen in der Kirche gewesen und hatte sie dort stolz und aufrecht gesehen. Aber sie beschreiben?

»Hatte niemals zuviel zu tun und nahm sich nie so

wichtig. Sie ließ dich immer spüren, daß du jemand bist. Sie ist anders als ein paar, die ich besser nicht nenne.«

Sein Begleiter sah ihn an und glaubte, ihn verstanden zu haben.

Dann sagte er: »Du hast recht, Tom. Da kommt sie.«

Tom nahm den Hut ab und beobachtete, wie die einsame Gestalt näher kam.

»Sag nichts. Heute nicht!«

Sie trug den alten, verschossenen Bootsmantel, den sie hier oben auf dem Klippenpfad oft benutzte. Ihr Haar war offen und wehte im Wind aus. Sie drehte sich um und sah auf die See hinaus, wie so oft bei solchen Spaziergängen. Von hier hatte man den besten Blick, sagten die Leute.

Beunruhigt meinte der jüngere der beiden Küstenwächter: »Du glaubst doch nicht etwa, daß sie . . .«

Tom wandte sich um, sein geschulter Blick kannte jede Bewegung und jede Stimmung der See in dieser Gegend.

»Nein!« Er sah die schönen Linien des Schiffes, das unter dem Pendennis Kap und der drohenden Burgruine gewendet hatte und sich jetzt hoch am Wind weit übergelehnt vorankämpfte und Kurs auf St. Anthony's Head nahm. Es trug mehr Segel, als man bei diesem Wind erwartete, aber Tom wußte, was der Kommandant beabsichtigte. Er wollte vom Vorland und den schäumenden Riffen klarkommen und dann halsen, um mit dem Wind als Verbündetem das offene Wasser und die weite See zu gewinnen.

Ein knappes Manöver, aber hervorragend ausgeführt, vor allem, wenn es stimmte, was man hörte, daß die *Unrivalled* unterbesetzt war. Manche hätten es sicher tollkühn genannt. Tom erinnerte sich an den dunklen, energischen Kapitän, den er in der Kirche und auch sonst schon mal gesehen hatte. Er hatte beobachtet, wie weit der

Mann es vom Midshipman bis zu diesem Augenblick gebracht hatte, sicher seiner bedeutendsten Aufgabe.

Er sah, wie die Frau den schäbigen Bootsmantel öffnete und unbewegt im keuchenden Wind stehenblieb, nicht in Schwarz, sondern in einem dunkelgrünen Kleid. Tom hatte sie hier schon früher gesehen, als sie auf ein anderes Schiff wartete. So daß der Ankommende sie entdecken, ihr Willkommen erahnen konnte.

Er sah, wie die Fregatte krängte, meinte das Quietschen der Blöcke zu hören, das Schlagen der Leinwand, als die Rahen herumgeholt wurden. Er hatte alles schon so oft gesehen. Er war ein einfacher Mann, der an dieser Küste seinen Dienst tat, im Krieg wie im Frieden.

Welches Schiff sah sie wohl jetzt gerade, fragte er sich. An welchen Augenblick dachte sie?

Catherine ging an den beiden Pferden vorbei, ohne etwas zu sagen.

Verlaß mich nicht.

II   Kein Fremder mehr

Adam Bolitho legte eine Hand auf die Achterdeckreling und sah, wie der diesige Horizont kippte, als solle das ganze Schiff umgeworfen werden. Den größten Teil der Morgenwache hatten sie mit Segeldrill zugebracht, der wegen des böigen Windes noch ungemütlicher war als sonst. Er wehte exakt aus dem Norden und war stark genug, die *Unrivalled* soweit zu krängen, bis die See gegen die geschlossenen Kanonenpforten rauschte und die Männer im Rigg und auf Deck durchnäßt wurden wie im tropischen Regen.

Vor drei Tagen war die Küste Cornwalls hinter dem Horizont versunken, und jeder Windhauch war gut genutzt worden.

Die meisten Männer verschwanden jetzt unter Deck. Die neuen an Bord, Leute vom Land, und andere, die sich noch nicht sicher genug fühlten, hielten sich an den Webleinen fest, wenn das Schiff sich nach Lee überlehnte und die See direkt unter ihnen zu sein schien. Selbst bei diesem Wind konnte man den Rum riechen, und Adam hatte bereits ein Fähnchen aus fettigem Rauch gesehen, der aus dem Schornstein der Kombüse stieg.

Er sah den Ersten Offizier an der Steuerbordleiter. Sein Gesicht verriet nichts.

»Das war besser, Mr. Galbraith.« Er meinte, Galbraiths Augen auf die Tasche wandern zu sehen, in der er seine alte Taschenuhr trug, und fragte sich, wie er sich wohl wieder als Leutnant fühlen würde, der Befehle nur auszuführen hatte, statt als Kommandant, der sie gab. »Lassen Sie die Wache nach unten wegtreten.«

Er hörte, wie die Matrosen ihre Stationen verließen,

froh, daß man sie nicht weiter drangsalierte. Über ihrem Rum würden sie jetzt auf den Kapitän fluchen. Er wußte auch, daß der Master ihn beobachtete. Er stand wie immer neben dem Rudergänger, wenn das Schiff einen neuen Kurs lief oder durch den Wind ging.

Adam ging nach Luv hinüber, wischte sich Gischt aus dem Gesicht und stand schräg gegen das Deck geneigt, als die Segel sich wieder füllten und wie Brustpanzer standen. Die See war heute lebhaft und trug Schaumkronen, doch insgesamt ruhiger als in der Biskaya. Dank zuviel Gischt konnte er das Land nicht ausmachen, aber es war da, ein langer, purpurner Buckel wie eine Wolkenbank, vom Himmel gerutscht. Kap San Vincent. Und trotz des Drills und der vielen Kursänderungen: Um die Toppgasten und die neuen Männer einzuüben, war es ein exakter Landfall. Er kannte die Kalkulationen des Masters und seine täglichen Schätzungen der abgelaufenen Distanzen.

Joshua Cristies Gesicht war so wettergegerbt, daß er aussah wie der sprichwörtliche Wassermann, obwohl er erst zwischen vierzig und fünfzig Jahre alt war. Er hatte auf fast jeder Art von Schiffen gedient, vom Schoner bis zum Schiff der Zweiten Klasse, und er war seit über zehn Jahren als Master für die Navigation verantwortlich. Wenn die älteren Unteroffiziere das Rückgrat eines jeden Kriegsschiffes bildeten, dann war der Master so etwas wie sein Ruder. Die *Unrivalled* war glücklich, ihn zu haben.

Adam trat neben ihn und fragte: »Also morgen Gibraltar, oder?«

Cristie sah ihn unbewegt an. »Sehe kein Problem dabei, Sir.« Er war ein kurz angebundener, nüchterner Mann, der nie viele Worte machte.

Adam hatte bemerkt, daß Galbraith nach achtern gekommen und einen Midshipman mitgebracht hatte. Er prüfte sein Gedächtnis, richtig, das mußte Sandell sein.

Galbraith sagte: »Ich habe Sie beobachtet, Mr. Sandell. Ich habe Sie schon zweimal ermahnt. Disziplin ist eine Sache, Gewalt eine ganz andere!«

»Der Mann hat das mit Absicht getan, Sir. Er blieb zurück, damit wir die letzten wurden«, polterte der Midshipman los.

Üblicherweise zeigte Galbraith keine solche Erregung, vor allem dann nicht, wenn Wachgänger in der Nähe waren, die zuhören konnten. Es schien ihm Mühe zu machen, wieder ruhig zu werden.

»Ich weiß, daß Sie die Männer kontrollieren müssen, die Sie führen. Wenn Sie Offizier des Königs werden wollen, gehört das dazu. Inspirieren Sie sie, überreden Sie sie meinetwegen, aber mißbrauchen Sie sie nicht. Ich werde Sie daran nicht noch mal erinnern.«

Der Midshipman hob grüßend die Hand an den Hutrand und zog sich zurück. Adam sah nur flüchtig sein Profil. Galbraith hatte sich gerade einen Feind gemacht, wie es alle Ersten Offiziere überall taten.

Jetzt kam er das schräge Deck empor und sagte: »Ein Rohling. Nutzt das Tauende viel zu schnell. Ich weiß, daß der betreffende Mann die ganze Übung aufhielt, ich habe es selber gesehen. Doch es fehlen uns sechzig Männer, und manche von denen, die wir kürzlich übernommen haben, sind Tölpel. Aber wir müssen uns mehr Mühe geben.«

Adam war, als lichte sich der Nebel hinter dem Fernglas. Er erinnerte sich plötzlich, daß er kürzlich gehört hatte, man habe einen Midshipman an Land gesetzt, um ihn vor ein Kriegsgericht zu stellen, weil ein Seemann durch einen Unfall auf See ums Leben gekommen war. Die Sache wurde dann doch nicht verhandelt, man versetzte den Midshipman nur auf ein anderes Schiff. Er war der Sohn eines Admirals. Geschehen war das Ganze um die Zeit, als Galbraith das Kommando nicht bekam, das ihm versprochen worden war. Keiner konnte irgendeinen Zusammenhang zwischen beiden Ereignissen herstellen, und es würde auch kaum einen interessieren – außer Galbraith. Nun war er hier als Stellvertreter des Kommandanten einer der mächtigsten Fregatten. Würde er damit zufrieden sein? Oder würde er jetzt zu sehr um seine weitere Laufbahn besorgt sein und nichts von dem Schwung zeigen, mit dem er einst sein eigenes Kommando bekommen wollte?

»Befehle, Sir?«

Adam blickte auf die nächsten Achtzehnpfünder. Auch so ein Unterschied. Die Bewaffnung der *Unrivalled* bestand hauptsächlich aus diesen Kanonen, und sie waren das größte Gewicht an Deck. Die Schiffbauer hatten darauf bestanden, daß die Kanonen, die üblicherweise neun Fuß lang waren, einen Fuß kürzer gegossen wurden, weil man damit etwas von dem Gewicht oben reduzieren konnte.

Eine Fregatte war nur so gut wie ihre Feuerkraft und ihre Beweglichkeit, und Adam war sehr wohl aufgefallen, daß die See bis fast an die Kanonendeckel an Lee schlug. In einem wütenden Gefecht Schiff gegen Schiff konnte sich kein Kommandant mehr auf die Überlegenheit verlassen, die ihm die bessere Position im Wind bot.

Er sagte: »Wir werden heute nachmittag die Backbord-Batterien exerzieren, Mr. Galbraith. Ich möchte, daß unsere Männer die Kanonen in- und auswendig kennen. Sie sagten, wir haben eine zu geringe Besatzung. Wenn wir die Batterien auf beiden Seiten gleichzeitig besetzen müssen, kriegen wir wirklich zu tun.« Er bemerkte ein leichtes Stirnrunzeln. »Gut, vielleicht müssen wir niemals kämpfen. Der Krieg ist vielleicht schon wieder vorbei, wer weiß.« Er berührte seinen Arm und spürte, wie der andere zuckte. »Aber wenn wir kämpfen müssen, dann lege ich Wert darauf, daß dieses Schiff gewinnt.«

Galbraith tippte an den Hut und verschwand und würde jetzt in der Messe einen Haufen Fragen und manches Murren zu hören bekommen.

Adam trat an die triefenden Finknetze und hielt sich gerade, als das Deck unter einer neuen Bö wieder stark krängte. Das Land war jetzt fast außer Sicht. Kap St. Vincent, Schauplatz einer der größten Seeschlachten! Nelson hatte sich einfach über die strengen Kampfinstruktionen hinweggesetzt und das spanische Flaggschiff *Santissima Trinidad* angegriffen, das mit einhundertdreißig Kanonen das größte Kriegsschiff der Welt war. *Wie mein Onkel,* dachte Adam. Sir Richard Bolitho hatte niemals zugelassen, daß die üblichen Regeln über das Führen von Gefechten und Schlachten seine Initiative einschränkten oder seinen persönlichen Mut. Irgendwie war es bedauerlich, daß die beiden Admiräle, die von denen, die sie führten, so bewundert und geliebt wurden, sich nie getroffen hatten.

Er wischte sich mit dem feuchten Taschentuch übers Gesicht, das nun ganz naß vom Schaum war. Es ähnelte dem Tuch, das er Catherine in der Kirche gereicht hatte, damit sie sich die Tränen hinter dem Schleier trocknen konnte. Auch Galbraith hatte das bemerkt...

Ärgerlich schüttelte er sich und trat die Reling. Ein paar Männer waren mit Spleißen und Reparaturen beschäftigt. Auf jeder Fregatte mußten das Rigg und die Leinen ständig gewartet werden. Einige blickten auf und sofort zur Seite. Das also waren die Männer, mit denen aus einem Schiff etwas wurde – oder nicht. Er grinste ein bißchen grimmig. Oder aus seinem Kommandanten. Einige Männer kamen direkt von den Gerichtsschranken, waren Schuldner oder Diebe, Tyrannen oder Feiglinge. Ihre Alternativen hießen Verbannung und Strick. Er sah Schaum über das Vordeck rauschen, die Galionsfigur mußte jetzt wie eine Nymphe glänzen, die gerade aus der

See aufgetaucht war. Die *Unrivalled* würde alle zusammen-
führen, aus ihnen eine Mannschaft, eine Gemeinschaft
machen.

Welche Befehle würden auf sie in Gibraltar warten?
Wieder nach England zurückzukehren? Oder umgeleitet
zu werden zu einem anderen Geschwader in einem fernen Ozean? Wenn sich nichts geändert hatte, würde er
noch nach Malta weitersegeln und zum neuen Geschwader unter der Flagge von Vizeadmiral Sir Graham Bethune stoßen. Bethune war mit dem Befehl gekommen, Sir
Richard Bolitho abzulösen, aber das Schicksal hatte anders entschieden. Wenn nun Bethune gefallen und Sir
Richard Bolitho zurückgekehrt wäre zu seiner Catherine,
zu Kate?

Wie später Adam war Bethune früher einer von Bolithos Midshipmen auf seinem ersten Schiff, der kleinen
Sparrow, gewesen. Auch Valentine Keen war noch Midshipman, als Richard Bolitho schon eine Fregatte führte.
So viele Gesichter waren verschwunden. *Wir wenig Beglück-
ten, ein Kreis verschworener Brüder.* Jetzt gab es nur noch
wenige.

Er sah, wie zwei der jungen Herren über Deck mar-
schierten und sich trotz krachender Leinwand und See-
wasserduschen unterhielten, als kümmere sie auf der ganzen Welt nichts.

Diesmal hatte er nur fünf an Bord. Er müßte sie endlich
kennenlernen. Galbraiths scharfe Bemerkung über
Begeisterung und Führung galt ja in beide Richtungen,
hatte immer nach oben und nach unten gegolten. Auf
großen Schiffen, die ganze Horden von Midshipmen an
Bord hatten, bestand immer die Gefahr, daß es zu Schika-
nen und Unterdrückung kam. Er hatte es am eigenen
Leib erfahren, wie manches andere in seiner Laufbahn.
Es hatte ihn gelehrt, sich zu wehren und für andere einzu-
treten, die das weniger gut als er konnten.

Heute würde sein Ruf, mit Pistole und Klinge hervorragend umzugehen, jedes Problem auslöschen, ehe es überhaupt entstand. Das war kein leichter Weg gewesen. Er hatte Zeit gebraucht, dererlei zu begreifen und damit fertig zu werden. Ein Lehrer hatte ihm an Land regelmäßig Fechtunterricht erteilt. Später hatte er dann im Umgang mit dem Säbel alle Feinheiten des Angreifens und der Verteidigung gelernt. Hatte er eigentlich nie wissen wollen, wie diese Stunden bezahlt wurden? Einmal hatte er im Nebenraum seinen Fechtlehrer im Bett mit seiner Mutter gehört. Und später andere Männer.

Jetzt war alles anders. Mochte man von seiner Mutter halten, was man wollte – doch keiner wagte mehr, in seiner Gegenwart ihren Namen zu beschmutzen. Nur die Erinnerung blieb wie eine nicht heilende Wunde.

Er beobachtete Fielding, den Midshipman der Wache, der gerade etwas auf seine Tafel schrieb, die Lippen konzentriert gespitzt. Der hatte ihn doch an jenem Morgen geweckt, als er keine Kraft hatte, sich aus dem Traum zu lösen!

Er mußte wieder an Catherine denken, ihren letzten verzweifelten Kuß, ehe sie das Haus verließ. *Um meinen Ruf zu schützen.* Aber gegen Träume konnte man sich nicht wehren. Und in solchen Träumen hatte sie ihn nie abgewehrt.

Hinter sich hörte er ein Hüsteln: Usher, der Sekretär, der mal Gehilfe des Zahlmeisters gewesen war, ein kleiner, nervöser Mann, der in einem Kriegsschiff so ganz fehl am Platze schien. O'Beirne, der grobschlächtige Arzt, hatte ihm anvertraut, daß der Mann starb, »jeden Tag ein bißchen« – in seinen Worten. Seine Lungen waren krank, was in diesen engen Schiffen häufig genug vorkam. Er mußte an den rundlichen Yovell denken, den Sekretär seines Onkels. Ein belesener Mann, den man nie ohne Bibel sah. Auch er mußte damals dabeigewesen sein ... Er wischte die Erinnerung weg und drehte sich um.

»Ja, Usher?«

»Ich habe die Listen abgeschrieben, Sir, jede dreimal.« Er hielt es für nötig, ständig alle Einzelheiten seiner Arbeit zu nennen.

»Sehr gut. Ich werde sie abzeichnen, wenn ich gegessen habe.«

»An Deck! Segel an Steuerbord voraus!«

Alle sahen hoch. Die Stimme des Ausgucks war auf dieser Reise bisher selten zu hören gewesen.

Der Master drückte sich den Hut fester in die Stirn und sagte: »Soll ich noch einen Mann hochschicken, Sir?«

Adam sah ihn an. Cristie war ein Fachmann, sonst würde er nicht hier stehen. Die Bemerkung war also nicht zufällig. Und jetzt tauchte auch Wynter eilig aus dem Kartenhäuschen auf, der Dritte Offizier, der die Wache hatte. Zwiebackkrümel auf seinem Uniformrock verrieten, was er gerade getan hatte. Er war jung, hellwach und brachte viel zustande, doch wenn nötig, konnte er eine so leere Miene aufsetzen, daß niemand erkennen konnte, was er dachte. Für einen so jungen Offizier war das ungewöhnlich. Doch sein Vater war Parlamentsabgeordneter, und das mochte vieles erklären.

»Mr. Fielding, Ihr Glas. Ich werde selber aufentern«, sagte Adam. Er merkte, wie Cristie ihn schärfer ansah. »Ich werde nicht reffen. Noch nicht.« Er klemmte seinen Hut in den Niedergang und spürte auf der Stirn das nasse Haar. »Vielleicht ein Handelsschiff, das die Gesellschaft einer Fregatte sucht?« Er schüttelte den Kopf, als habe jemand eine Antwort gegeben. »Nein, wahrscheinlich nicht. Ich kenne ein paar Offiziere, die sich nicht scheuen würden, bei dem an Bord nach ein paar guten Leuten zu suchen, ganz gleich, wie die Instruktionen der Admiralität lauten mögen.«

Cristie zeigte ein seltenes Lächeln. Er mußte es wissen. Selbst Seeleute, die der offizielle Schutzbrief eigentlich vor den Wünschen einer ewig hungrigen Flotte bewahren sollte, waren gepreßt worden. Monate vergingen, ehe man so etwas entdeckte und etwas dagegen unternahm.

Cristie meinte: »Wenn der weiter in Luv bleibt, Sir, werden wir ihn nie einholen können!«

Adam sah in die gewaltigen Masten über sich. Aber warum? Wollte das andere Schiff etwas beweisen? Seine Kühnheit zum Beispiel?

Er hängte sich das große Teleskop über die Schulter und ging nach vorn an die Großrüsten. In den schwankenden Rahen würde der Ausguck wie ein Seevogel hocken, der sich um die Welt unter seinen baumelnden Beinen nicht kümmerte, weil sie ihm egal war.

Die anderen beobachteten ihn, und dann wollte Leutnant Wynter wissen: »Was liegt ihm im Magen, Mr. Cristie? Warum weiß er immer mehr als wir alle?«

»Dem Kapitän entgeht kaum was, Mr. Wynter.« Er deutete auf die Zwiebackkrümel. »Ihr kleines Vergnügen zum Beispiel auch nicht.«

Ein Matrose murmelte: »Da kommt der Erste, Sir!«

»Verdammt«, Wynter sah hinter dem schlanken Kapitän her und beugte sich hinten weit über das weiße Wasser, das hinter dem schmal gehaltenen Heck ablief. Er war zweiundzwanzig Jahre alt und erinnerte sich, wie man ihm gratulierte und ihn gleichzeitig beneidete, als er auf die *Unrivalled* kommandiert worden war. Sie war die erste ihrer Klasse, ein Typ Schiff, der den Männern verwehrt worden war, als sie ihn am dringendsten gebraucht hatten – im Krieg gegen die amerikanische Marine. Wynter hatte wirklich Glück gehabt, nachdem die Flotte verkleinert und Offiziere und Matrosen entlassen oder auf Halbsold gesetzt worden waren, ohne daß sich für sie eine Zukunft abzeichnete. Wie Galbraith, der für seinen Rang im Vergleich zu anderen Offizieren alt schien, mußte auch er seine Kommandierung eher als letzte Chance und nicht als einen neuen Anfang sehen: ein neues Schiff, das von jemandem geführt wurde, der als tapferer und einfallsreicher Offizier galt. Schon der Name reichte aus, war Teil einer Legende, und jetzt trauerte man um den Admiral, der die Nation begeistert und schockiert hatte.

Wynter hatte auf einem älteren Dreidecker gedient, als seine neue Kommandierung durchkam. Er wußte immer noch nicht, warum man gerade ihn ausgesucht hatte. Sein Vater war sicherlich nicht der Grund, der als immer bekannter werdender Parlamentarier sehr für seine kritischen Einstellungen der Marine und dem Heer gegenüber bekannt war. Schon damals, als er als Midshipman in die Marine eintrat, hatte sein Vater ihn kaum ermutigt – »ein gutes Regiment wär vorzuziehen gewesen. Ich hätte dir ein angenehmes Leben kaufen können, so daß du dich unter Herren von Stand bewegt hättest, nicht unter ungeschlachten Hergelaufenen. Verlang bloß kein Mitleid von mir, wenn du einen Arm oder ein Bein verlierst, weil irgendein Kommandant ruhmessüchtig ist.«

Wynter hatte bisher an keinem einzigen Gefecht teilgenommen, vor allem weil der alte Vierundsiebziger viel zu langsam war, einen Gegner zu verfolgen und oft genug auch sonst hinter dem Geschwader zurückblieb. Er würde ohne Zweifel nur noch als Hulk verwendet werden wie so viele andere abgenutzte Schiffe, die jahrelang England vor seinen natürlichen Feinden geschützt hatten. Er sah Bellairs mit dem Master sprechen. Bellairs war der älteste Midshipman, auf der *Unrivalled* für das Signalwesen verantwortlich und mit einigem Glück als nächster dran bei der Leutnantsprüfung. Er hatte seine Mannschaft in der Nähe, um sie sofort einzusetzen, falls irgend etwas Ungewöhnliches passieren sollte. Er hatte schon an einigen Gefechten teilgenommen, als er auf einer kleinen Fregatte mit zweiunddreißig Kanonen in der Kanalflotte diente.

Wynter sah wieder zum Kommandanten hoch. Der war jetzt fast oben angekommen. Die Höhe machte ihm offenbar ebenso wenig aus wie das enervierende Rucken und Zittern der Masten unter dem gewaltigen Gewicht der Spieren und des Riggs.

Wynter wußte einiges aus Kapitän Adam Bolithos Vergangenheit. Mit dreiundzwanzig Jahren hatte dieser bereits sein erstes Schiff übernommen, hatte gegen Franzosen und Amerikaner einige bedeutende Erfolge erzielt, wobei er viele Prisengelder gewonnen hatte. Über das andere sprach niemand mehr – über die Schande, die sein Vater über die Familie gehäuft hatte, als er im amerikanischen Unabhängigkeitskrieg zum Feind übergelaufen war, um ein amerikanisches Kaperschiff zu führen. Jeder wußte das. Wie lebte man nur damit? Wynter wandte sich ab, als ihn wässeriges Sonnenlicht blendete. *Wie würde er sich fühlen?*

Er hörte, wie Cristie dem Ersten Offizier das eben gesichtete Schiff meldete. Eine Antwort oder einen Kommentar gab es nicht, aber so war Galbraith eben. In der Messe konnte man sich leicht mit ihm unterhalten, über Sachen, die die Führung des Schiffes oder die Einteilung der Wachen betrafen. Er half gern, Männer für bestimmte Aufgaben auszusuchen. Doch wenn es um Persönliches ging oder man seine Meinung über den Verlauf des Krieges wissen wollte oder über die Zuverlässigkeit der Herren oben – dann schwieg er wie ein Grab, ganz anders als manch anderer. Hauptmann Louis Bosanquet, der an Bord die Seesoldaten führte, war beispielsweise das genaue Gegenteil. Seinen Männern gegenüber war er ein scharfer Hund, aber in der Messe redete er über alles, vor allem, wenn er zuviel getrunken hatte. Sein Stellvertreter, Leutnant John Luxmore, entsprach genau dem Bild, das man sich von einem Offizier der Seesoldaten machte. Er lebte nur dafür, seine »Bullen« zu drillen und sie in beste

Form zu bringen. O'Beirne, der Arzt aus Galway, der mehr Witze kannte als sonst jemand unter Wynters Bekannten, und Tregillis, der Zahlmeister, waren angenehme Messekameraden, weder besser noch schlechter als andere, die er in Messen von Schiffen dieser Größe getroffen hatte. Die einzige Ausnahme war Vivian Massie, der Zweite Offizier, ein dunkler Typ, der viele Gefechte mitgemacht hatte und seinen Ehrgeiz nicht versteckte. Doch sonst verhielt er sich distanziert, ja fast geheimnisvoll, als betrachte er alle persönlichen Eröffnungen als Zeichen von Schwäche. Er war im Kampf sicher sehr gut, hatte Wynter für sich entschieden, aber er würde ihn nicht gern zum Feind haben.

Er richtete sich auf, als Galbraith zu ihm an die Reling trat.

Kapitän Bolitho hatte fast die Dwarssaling erreicht. Auch er könnte einen Fehler machen, wenn er beispielsweise ausrutschte und abstürzte und auf eine Rah oder an Deck schlug, würde er bewußtlos werden. Ein Boot klarzumachen und es über die Seite zu hieven würde viel zu lange dauern. Er sah Galbraiths kräftiges Profil. Der würde dann Kommandant sein. Zwar nur zeitweise, aber er hätte dann Gelegenheit, so anerkannt zu werden, wie es nötig war und wie er's wollte. Bei Gefechten kam das vor, wie man am Onkel des Kommandanten sah. Der hatte schließlich auch den Platz eines Toten eingenommen. Davon sprach zwar niemand, aber wenn man über Beförderungen nachdachte, war das in jedermanns Kopf.

Wynter legte die Hand über die Augen und blickte nach oben in das Labyrinth des Riggs und in die flappenden Segel.

Warum war der Kommandant da oben? Traute er sonst niemandem? Er hatte gehört, wie Bonsaquet mal meinte, er kenne den Kommandanten immer noch nicht besser als bei seinem Anbordkommen.

Galbraith hatte das gehört und gemeint: »Dasselbe kann ich auch über Sie sagen, Sir!«

Und das beendete diese Diskussion – jedenfalls damals.

Jemand kam vom Kanonendeck und blickte suchend aufs Wasser, Jago, der Bootsführer des Kommandanten, der einzige an Bord, der schon mal unter Adam Bolitho gedient hatte. Er zeigte ein schmales, sonnenverbranntes Gesicht und trug sein Haar sauber in einem altmodischen Zopf. Er war Gehilfe des Stückmeisters gewesen. Er war ein Mann mit Vergangenheit, der auf einem anderen Schiff unter einem sadistischen Kommandanten ausgepeitscht worden war. Man spürte immer noch eine gewissen Wut in ihm und eine leichte Verachtung. Wynter hatte ihn beim Waschen an der Pumpe an Deck gesehen, während er Wasser über seinen nackten Oberkörper schüttete. Solche Narben kannte er natürlich gut, aber Jago trug sie anders zur Schau, fast mit Stolz. Verdammt arroganter Bursche, hatte Massie gemeint.

Was auch immer geschehen sein mochte, Jago kannte den Kapitän sicher besser als sonst jemand an Bord. Er war bei ihm gewesen, als sie in einem Angriff von Land und See her auf die Werften und Hauptgebäude in Washington eine Batterie erstürmten. Man meinte, der Überfall sei die Rache für den Einmarsch der Amerikaner nach Kanada und für den Angriff auf York; andere sagten, es sei der letzte Versuch, in einem Krieg, den keiner gewinnen konnte, Stärke zu demonstrieren.

Luke Jago wußte, daß ihn die Offiziere auf dem Achterdeck beobachteten, und ahnte, was ihnen im Kopf herumging. Er war auch ganz überrascht davon gewesen, sich hier an neue Aufgaben gewöhnen zu müssen, obwohl er doch nur den einen Wunsch gehabt hatte, verbittert wie er war, die Marine zu verlassen.

Er erinnerte sich noch genau, als Kapitän Bolitho ihn

fragte, ob er sein Bootsführer werden wollte und erinnerte sich an seine Ablehnung. Bolitho war einer der ganz wenigen Offiziere, denen Jago trauen konnte, ja die er sogar mochte, doch Jagos Entschluß war längst gefallen. Dann kam das letzte Gefecht, feindliche Kugeln jagten über das Deck, Männer schrien getroffen oder stürzten von oben. Der Commodore war neben ihm zusammengebrochen, nichts konnte ihn mehr retten. Wie alle anderen, kannte auch er Gerüchte, daß der Commodore von jemandem aus der eigenen Mannschaft erschossen worden war. Das war alles, was er gehört hatte. Er mußte grinsen. Selbst an den Namen des Offiziers erinnerte er sich nicht mehr.

Mit John Whitmarsh war das etwas ganz anderes. Der hatte überlebt als Diener des Kapitäns, als die *Anemone* unterging. An den erinnerte er sich sehr gut. Ihm verging das Lächeln. Die Yankees hatten Bolithos alten Bootsführer aufgehängt, weil der dafür gesorgt hatte, daß ihnen die *Anemone* nicht als Prise in die Hände fiel.

Kapitän Bolitho hatte Zuneigung für den Jungen entwickelt. Vielleicht hatte er in ihm etwas von sich selbst wieder entdeckt. Er wollte ihn mit seinem eigenen Geld fördern, damit er Erziehung und Ausbildung abschloß, um eines Tages Offizier zu werden. Jago erinnerte sich, wie der Junge ihm den Dolch, ein Geschenk des Kommandanten, gezeigt hatte, wahrscheinlich das einzige Geschenk, das er je empfangen hatte. Ohne jede Erregung hatte er Jago gesagt, er wolle lieber beim Kapitän bleiben. Mehr wolle er nicht, sagte er.

Er hatte Adam Bolitho genau angesehen, als er ihm meldete, Whitmarsh sei gefallen. Eine Kugel war an einer Kanone zerplatzt, und ein Splitter hatte dem jungen Leben sofort ein Ende gesetzt. Er war ohne jede Angst und ohne Schmerzen sofort tot gewesen.

Und er erinnerte sich genau an den Augenblick, als er

sich selbst entschlossen hatte, oder der Entschluß für ihn fiel. Er war immer noch unsicher, wollte es nicht glauben, daß die Entscheidung nicht ganz allein seine eigene gewesen sei. Sie hatten sich die Hand darauf gegeben, als der Rauch noch immer in der Luft hing und die feindliche Fregatte das Gefecht abgebrochen hatte. »Ein Sieg, Sir!« hatte er sich sagen hören. »Oder doch fast einer.« Er hielt sich für verrückt – damals, bis sie die Toten bestatteten, auch den jungen John Witmarsh, der noch den schönen Dolch am Gürtel trug.

Einhundertsechzig Fuß über ihnen wußte Adam Bolitho nichts von all diesen Gedanken. Er machte es sich bequem und blickte nach unten aufs Schiff. Es schien unter ihm hin und her zu pendeln, als sei sein Halt hier auf der Dwarssaling bewegungslos. Von solch einem Anblick konnte er nie genug bekommen, seit er – als Midshipman auf der alten *Hyperion* seines Onkels – zum erstenmal so weit oben gewesen war. Auch wenn man ihn mal wegen einer Unbotmäßigkeit oder eines Streichs zur Strafe in den Mast schickte, hatte er den Ausblick immer genossen. Jetzt lag das Schiff also wieder unter seinen Schuhen, er sah die kleinen weißen und blauen Punkte – Offiziere und Gehilfen des Masters. Die Gruppen der Matrosen, die rotberockten Seesoldaten. *Sein Schiff,* alle hundertfünfzig Fuß, über tausend Tonnen Waffen, Masten und Spieren, und die Männer, die es bedienten und auf ihm kämpfen würden.

Sein Onkel hatte ihm mal seine Höhenangst eingestanden, seine Furcht aufzuentern, wenn das Schiff Segel ausschüttelte oder reffen mußte. Adam hatte daraus gelernt, daß man Furcht beherrschen konnte, weil es manchmal noch gefährlicher war, sie zu zeigen.

Er sah den Mann hier oben an. Ein Gesicht wie Leder mit den aufgewecktesten Augen, die er je gesehen hatte, glänzend wie Glas. Er überlegte kurz. »Sullivan, nicht wahr?«

Der Seemann zeigte seine schiefen Zähne. »Stimmt, Sir.«

Er lächelte etwas, als Adam sein Teleskop vom Rücken nahm.

»Wo ist es?«

Es war schon seltsam. Eigentlich wollte er Distanz halten, aber dann meldete das Schiff sich. An das Gesicht konnte er sich kaum erinnern, der Mann war ein typischer Seemann, könnte man meinen. Hart, ungeschlacht und auf seine Weise ein einfacher Mann.

»Gleiche Peilung, Sir!«

Adam hielt jetzt das Glas ruhig und hob es sehr langsam höher. Wellen, die sich brachen, vergrößerten die starke Linse zu Wasserwänden.

Er spürte an seinem Körper, wie die Spiere und der Mast zitterten, was bis unten gehen mußte, durch den ganzen Mast bis zum Kielschwein. Er erinnerte sich an die Freude und den Stolz der Männer, die die *Unrivalled* gebaut hatten, als Bolitho darauf bestand, daß sie an Bord kamen, als das Schiff in Dienst gestellt wurde.

Das war sie! Sie hob und senkte sich, dunkle Segel vor ziehenden Wolken.

»Square geriggt am Vormast, Sir«, sagte der Ausguck.

Adam nickte und wartete, bis das Glas wieder Ruhe fand. Eine Brigantine, die im ablandigen Wind gut lief, fast genau auf sie zu. Ohne Glas wurde sie zu einem Fleckchen Farbe, das herum schwamm. Es überraschte ihn immer wieder, wie Männer wie Sullivan ein so fernes Schiff entdecken und beschreiben konnten, das eine Landratte noch nicht mal ausmachen würde. Und dabei verachtete Sullivan jedes Teleskop, würde es für ein neues Messer oder neue Kleidung oder ein paar Becher Rum eintauschen, wenn man ihn nur ließe.

»Hier aus der Gegend, was meinen Sie?«

Sullivan sah ihn an, sein Interesse war plötzlich wach.

»Spanier, würde ich sagen, Sir. Sowas hab' ich früher schon öfter gesehen, bis runter zum Kap der Guten Hoffnung. Sehr handiges Schiff.« Und dann einschränkend: »Wenn man richtig mit ihr umgeht, Sir!«

Adam schaute noch mal hin. Der Master hatte natürlich recht. Mit Gegenwind würden sie den anderen nie einholen. Und warum auch? Würden sie nicht nur Zeit verlieren, wenn sie doch morgen schon im Schatten des Felsens von Gibraltar liegen wollten?

Eine Begegnung, die wie von gestern erschien. Adam war damals nach Plymouth zurückgekehrt, und ein Boot wurde gemeldet, das ihnen entgegensegelte. Kein normales Boot. Es war die Barkasse des Admirals, in der Vizeadmiral Valentine Keen, Freund Sir Richards, selber ihm entgegenkam, um ihm als erster den Tod seines Onkels zu melden. Wieder spürte Adam das Gefühl stechender Schuld, das er nie vergessen würde. Es handelte sich um Zenorias Mann, der nach ihrem Tod wieder geheiratet hatte. Doch wie kürzlich in dem stillen Haus in Cornwall konnte Adam auch damals nur an Zenoria denken und was er getan hatte.

Keen hatte ihm alles berichtet, was er wußte, die Umstände von Bolithos Tod und seine Bestattung auf See. Ganz genau kannte man die Einzelheiten noch nicht. Sein Flaggschiff hatte zwei Fregatten in ein Gefecht mit Verrätern und Uneinsichtigen und Hartleibigen verwickelt, die Napoleons Flucht von Elba unterstützt hatten. Napoleon hatte fast Paris erreicht, ehe die Alliierten sich vom Schock erholten.

Bethune würde jetzt Genaueres wissen. Wo hatten die Fregatten sich aufgehalten, ehe die *Frobisher* sie unerwartet traf? Wer war involviert, wie war das alles geplant worden? Er spürte, daß er das Teleskop so fest umfaßte, daß seine Knöchel fast weiß waren. Spanien war jetzt ein Verbündeter. Und doch hatte ein Spanier dabei eine Rolle gespielt.

»Ein Spanier, meinen Sie?« wiederholte er ruhig.

Nachdenklich sah der Mann ihn an. Sir Richard Bolitho's Neffe, ein Feuerfresser, wie man sagte. Ein Kämpfer. Sullivan war vierzig Jahre mit Unterbrechungen auf See gewesen und hatte unter verschiedenen Kommandanten gedient. Doch er erinnerte sich nicht, je mit einem Kapitän gesprochen zu haben. Und dieser kannte sogar seinen Namen!

»Dafür wette ich meine Portion Rum, Sir!«

So was hätte auch Allday gesagt. Wo mochte er sein? Was würde er machen, ein alter Hund ohne seinen Herrn?

Adam lächelte. »Ich nehme die Wette an. Sie werden eine Portion Rum bekommen.« Er griff nach einer Stag und begann nach unten zu gleiten, ohne sich um den Teer auf seinen weißen Kniestrümpfen zu kümmern. Instinkt? Oder wollte er etwas beweisen? Als er unten war, erwartete man ihn.

»Sir?« wollte Galbraith wissen – mit Haltung, aber auf der Hut.

»Eine spanische Brigantine. Und ein verdammt guter Ausguck!«

Galbraith entspannte sich. »Sullivan? Unser bester, Sir!«

Adam hörte ihn nicht. »Sie folgt uns.« Er sah ihn direkt an. Und entdeckte alles – Zweifel, Vorsicht, Unsicherheit. »Ich werde so ein Schiff nie vergessen, Mr. Galbraith!«

Wynter lehnte sich vor und meinte eifrig: »Meinen Sie, es ist ein Feind, Sir?«

»Ein Mörder, denke ich, Mr. Wynter!«

Er drehte sich um, Jago hielt ihm den Hut hin. »Sorgen Sie dafür, daß Sullivan aus der Offiziersmesse eine doppelte Portion Rum bekommt, wenn er abgelöst wird.«

Die Männer beobachteten ihn, als er zum Niedergang ging, so wie eben die beiden Midshipmen, die nichts auf der Welt zu kümmern schien.

Midshipman Fielding sah sich das Teleskop an, das der Kommandant ihm gerade zurückgegeben hatte. Wenn er das nächste Mal Gelegenheit hatte, seinen Eltern zu schreiben, würde er das bestimmt erwähnen. Der Kapitän hatte ihn angesprochen! Er war also nicht länger fremd an Bord ... Er lächelte, weil ihm das Wort gefiel. So war es richtig.

Er erinnerte sich, als er den Kapitän wecken gegangen war, weil Mr. Wynter sich wegen des zunehmenden Winds Sorgen machte. Er hatte gewagt, ihn zu berühren. Der Kapitän war heiß gewesen, als habe er Fieber. Er hatte etwas gerufen, den Namen einer Frau. Aber das würde nicht im Brief stehen, das war viel zu privat. Doch er fragte sich, wer wohl die Frau sein mochte.

Sie teilten jetzt also etwas. Er dachte daran, wie sicher der Kapitän von oben gekommen war – wie einer der Toppgasten. Den anderen war das sicher nicht aufgefallen.

Er lächelte wieder und war zufrieden. *Nicht länger ein Fremder an Bord.*

Vizeadmiral Graham Bethune trat an das Eckfenster der großen Kajüte und beobachtete den Verkehr der kleinen Boote im Schatten des Felsens. In seinem Marineleben hatte er Gibraltar oft besucht, aber nie daran gedacht, daß er eines Tages auf dem Höhepunkt seiner Laufbahn hier mit einem eigenen Flaggschiff liegen würde. Obwohl er zu Beginn des Krieges als Kapitän eine Fregatte geführt hatte, war er überrascht, aber auch ein bißchen entsetzt, als er entdeckte, wie sehr sein Posten in der Admiralität ihn verweichlicht hatte.

Er sah auf die Jacke der Ausgehuniform, die mit ihren schweren Goldepauletten über einem der Stühle hing, Zeichen seiner Erfolge, die ihn hierher gebracht hatten. Er war einer der jüngsten Flaggoffiziere der Marine und hatte sich immer eingeredet, er wäre immer noch so wie damals. Als jungen, unerfahrenen Kommandanten hatten ihn bei seinem ersten ernsthaften Gefecht nur sein eigenes Können und seine Entschlossenheit durchkommen lassen.

Oder ich wäre immer noch der Midshipman von damals. Er blickte jetzt auf die Seite des Felsens, die im Schatten lag. Damals war er auf der kleinen Kriegsschaluppe *Sparrow* gewesen, Richard Bolithos erstem Kommando.

Er wurde immer noch nicht damit fertig. Er erinnerte sich, wie ihm die Meldung in seine großen Räume in der Admiralität gebracht wurde. Die Schrift verschwamm unter seinem Blick, als er las und begriff, daß das Unmögliche eingetreten war. Napoleon hatte kapituliert. Und dem Thron entsagt. Das Ende. Für so viele eine Erleichterung – doch für ihn war es, als habe man ihm eine Tür vor der Nase zugeknallt.

Er sah sich in der Kajüte um, der wellige Widerschein des Wassers lief über die niedrige Decke. Nach seinem Leben in London war hier alles klein und eng. Er hatte sich also wirklich verändert.

Er hörte Männer auf dem Oberdeck arbeiten, die Taljen quietschten, als Vorräte an Bord gehievt wurden, welche ein Versorgungsschiff aus England gebracht hatte.

Er dachte wieder an Catherine Somervell – wie so oft. Er dachte an den Empfang bei den Castlereaghs, als Admiral Lord Rhodes die Gäste mehr als verblüfft hatte, da er Bolithos Frau eingeladen hatte mitzukommen, um den Applaus für ihren abwesenden Mann entgegenzunehmen. Als Bethune gebeten hatte, sie zu ihrem Haus in Chelsea begleiten zu dürfen, hatte sie abgelehnt. Sie war sich ganz klar, was das bedeutet hätte. Skandale gab es schon genug. Später hatte er von dem Überfall auf sie erfahren, als ein Kapitän Oliphant in ihr Haus einbrach und sie zu vergewaltigen suchte – offenbar ein Vetter von Rhodes. Danach war ganz schnell alles anders geworden. Rhodes war nicht, wie erhofft, zum Ersten Lord ernannt worden, und von seinem Cousin hatte man nie wieder etwas gehört.

Wieder blickte er auf seine schwere Jacke. *Und mich hat man hierher versetzt.* Er kommandierte ein paar Fregatten, die Patrouillendienst machten und kam zu spät, um Sir Richard Bolitho in Malta abzulösen, als die Nachricht von seinem Tod England erreicht hatte. Kein Wunder also, daß er sich verändert hatte. Er hatte sich als gut, ja vielleicht sogar als glücklich mit einer Frau verheiratet gesehen, die zu ihm paßte und seinen Ehrgeiz teilte. Doch jetzt hatten jene Ereignisse auch ihr Leben verändert, und er hegte den Verdacht, daß seine Frau ganz gern mit Rhodes zusammengearbeitet hatte, um Catherine bei jenem Empfang für Wellington zu beleidigen.

Er ging in die gegenüberliegende Ecke, legte zum Schutz vor dem glitzernden Sonnenlicht die Hand über die Augen und sah auf das Festland hinüber. Spanien. Es fiel ihm immer noch schwer, an Spanien nicht als Feind zu denken. In Algeciras waren neu angekommene Schiff genau beobachtet worden, und ganz schnell waren Reiter unterwegs zum nächsten Posten, der diese Meldung weitergeben konnte. *Wieder ein Schiff aus England. Wohin unterwegs? Und mit welcher Absicht?*

Und immer noch glaubten viele, daß in Spanien Feinde Unterschlupf gefunden hatten, die aus Napoleons Abdankung ihren Vorteil gezogen und in diesen Gewässern alte Rechnungen beglichen oder wieder mit Piraterie und mit Sklavenhandel begonnen hatten. Amerika und Westindien hungerten nach Sklaven – trotz der Gesetze, die diesen Handel eigentlich unterbinden sollten. Spanien war der neue Verbündete. Ein verläßlicher? Würden die Spanier je vergessen können?

Ein Kutter glitt schnell unter dem Heck durch, und die Mannschaft piekte die Riemen, der Midshipman, der das Boot führte, erhob sich und lüftete im Schatten des Flaggschiffs den Hut. Seiner Britannischen Majestät Schiff *Montrose* mit vierundvierzig Kanonen sah für den flüchtigen Beobachter kaum anders als die anderen Fregatten aus, doch Bethune war klar, daß seine blaue Flagge im Vortopp sie unverwechselbar machte.

Hinter der leichten Tür hörte er jetzt Stimmen. Sein Flaggkapitän, Victor Forbes, war ein schnell entschlossener Mann, der kaum Spaß verstand und dem sehr klar war, daß dieses Schiff sich unter der Flagge vor allem für ihn gänzlich verändert hatte. Er hatte sogar sein Quartier für den Admiral räumen müssen. Bethune hatte gemerkt, wie die Seeleute und die Seesoldaten hinter ihm her geblickt hatten, wenn er seine regelmäßigen Spaziergänge auf dem Achterdeck unternahm. Die waren natürlich gänzlich anders als die am Themseufer oder in den Parks von London – doch besser als gar keine Spaziergänge. Er legte sich die Hand auf den Bauch. Er würde sich nicht gehenlassen wie so manch anderer Flaggoffizier, den er kannte. Für den Fall . . . *Für welchen Fall?*

Morgen würde die *Montrose* ankerauf gehen und nach Malta zurücklaufen, es sei denn, neue Befehle würden sie an ein anderes Ziel dirigieren. Es fiel ihm immer schwerer, sich gedanklich weiterhin mit der Admiralität zu beschäftigen, um die verschiedenen strategischen Möglichkeiten abzuwägen, was ihm früher immer fast zum Vergnügen geworden war. Er wußte auch nicht, wo die Armeen der Verbündeten standen und ob Napoleon wirklich ein Rückzugsgefecht führte.

Heute bekam er vielleicht neue Informationen. Das Schiff, das gerade vor einer Stunde gesichtet worden war, war die *Unrivalled* – ironischerweise. Er fühlte immer noch den Schock, als er gelesen hatte, was sein Flaggleutnant ins Logbuch eingetragen hatte: *Unrivalled,* 46 Kanonen, Kapitän Bolitho. Kein Schritt nach vorn, eher einer zurück. Namen, Gesichter...

Adam Bolitho war also hier. Mit seinem neuen Schiff. *Das wenigstens konnte ich ihm noch mitteilen, ehe er fiel.*

Er ballte die Hände zu Fäusten. Er hatte gehört, wie ein Matrose beim Spleißen unter dem Heck seinem Macker sagte: »Ich sag dir mal was, Ted, so einen bekommen wir nie wieder, beim Himmel!«

So klang der Tribut vieler einfacher Leute. Dabei hatte der unbekannte Seemann, wie so viele andere, Bolitho nie von Angesicht zu Angesicht gesehen.

Die Tür ging auf, und Kapitän Forbes sah sich in der Kajüte um, als wolle er sich versichern, daß der Admiral sie nicht gänzlich verändert hatte.

»Was liegt an, Victor?«

Das Sonnenlicht spiegelte sich so stark, daß Forbes das Gesicht des Kapitäns nicht erkennen konnte, doch er nahm an, er sei überrascht und mißbillige alles.

Wir sind ungefähr gleich alt, und doch benimmt er sich wie mein Vorgesetzter. Er versuchte zu lächeln, doch das gelang ihm nicht.

Kapitän Forbes machte Meldung: »Die *Unrivalled* ist vor Anker gegangen, Sir.« Und dann wie ein Nachsatz: »Sie ist wirklich groß. Wir hätten ein paar von ihrer Sorte gut gebrauchen können, damals, als wir...« Er sprach nicht weiter. Warum auch?

»Ja, ein schönes Schiff. Ich beneide ihren Kommandanten!«

Das überraschte Forbes, und diesmal konnte er es nicht verbergen. Sein Vizeadmiral, der gemocht und respektiert wurde und der noch höher aufsteigen würde, wenn es die Admiralität für richtig hielt, mußte doch bestimmt nichts entbehren. Er konnte Gnade und Ungnade ausstreuen, wie er wollte, niemand würde ihn dafür je zur

Rede stellen. Daß dieser Mann Neid empfand – das war geradezu unvorstellbar.

»Ich werde das Signal geben, Sir!«

»Sehr gut. *Kapitän an Bord melden.*«

Wie oft hatte er das unter der Rah auswehen sehen – für sich, für andere. Und jetzt für Adam Bolitho. Jedes Treffen wie dieses würde sie zusätzlich belasten. *Uns beide.*

Forbes stand mit der Hand auf der Klinke immer noch in der Kajüte.

»Ich habe gerade überlegt, Sir, wir sollten vielleicht etwas für den Kommandanten der *Unrivalled* vorbereiten. Die Messe würde sich sehr geehrt fühlen.« Er zögerte, weil Bethune ihn anstarrte. »Sie wissen, Sir, man erfährt gern etwas von zu Hause.« Und dann sagte er eilends: »Sie würden natürlich auch unser Gast sein, Sir!«

»Ich bin sicher, daß Kapitän Bolitho sich sehr freuen wird.« Dann blickte er zur Seite. »Keiner von uns sollte vergessen, warum und wie wir hier leben.«

Dann hörte er Forbes über das Achterdeck gehen und den Midshipman der Wache rufen. Bethune hatte nicht einmal bemerkt, daß er die Kajüte verließ.

Unrivalled stieß zu seinem Geschwader. Das war sicher das beste. Wieder dachte er an Bolitho. Niemanden favorisieren!

Aber sie würden als erste ein Glas zusammen trinken, während er die Meldungen aus dieser anderen Welt las. Er lächelte wieder, ein trauriges Lächeln. *Bloß nicht zurückschauen.*

Adam Bolitho saß auf einem der Stühle in der Kajüte und legte die Beine übereinander, als würde ihn das entspannen. Er war sehr korrekt begrüßt worden, als er über die Seite an Bord der *Montrose* stieg, unter dem Zwitschern der Bootsmannspfeifen und dem Klappen und Knallen von Musketen in einer Wolke von weißem Kreidestaub, die ihm zu Ehren präsentiert wurden. Es waren die üblichen Ehrenbezeugungen für einen Kapitän, und er fragte sich, warum sie ihn heute überraschten. So war er doch schon auf vielen Schiffen empfangen worden, in kleinen, auf großen – und unter allen möglichen Wetterbedingungen. Manchmal mußte er aufpassen, daß sein Hut nicht davonwehte oder sich der Bootsmantel um seine Beine verfing. Er vergaß nie die Geschichte, die ihm sein Onkel mal erzählt hatte, in der ein Kapitän über seinen eigenen Säbel gestolpert und zum Vergnügen der versammelten Midshipmen in seine Barkasse zurückgefallen war . . .

Vielleicht hatte auch er sich verändert wie der Vizeadmiral, der ihm gegenübersaß und mit geübten Blicken schnell durch die Meldungen ging. Auf dem Weg zum Flaggschiff hatte er auf sein eigenes Schiff zurückgeblickt. Über ihrem Spiegelbild – alle Segel sauber aufgetucht, alle Boote im Wasser, um die Fugen zu dichten – würde es jeden aufstrebenden Kapitän neidisch machen. *Aber mir gehört dieses Schiff.* Doch von diesem Augenblick an war sie Teil des Geschwaders und ebenso wie sie würde auch er dazugehören müssen. Er sah Bethune über die Papiere gebeugt, eine Locke fiel über Bethunes Stirn. Er erinnerte mehr an einen Leutnant als an einen Vizeadmiral mit blauer Flagge.

Das Treffen war seltsam gewesen, selbst der Lärm des Empfangs konnte das Gefühl nicht verscheuchen. Waren sie Freunde? Wohl kaum. Aber sie waren immer Teil von etwas anderem gewesen. Oder von jemand anderem.

Er erwähnte Bethune gegenüber die Brigantine und äußerte seinen Verdacht. Darüber stand alles in seinem Bericht, aber er meinte, er könnte den Vorfall nutzen, um die steife Förmlichkeit zwischen ihnen etwas aufzulockern. Doch statt seinen Bericht wegzuwischen, hörte der Admiral ihm aufmerksam zu.

»Wir führen hier eine Art geheimen Krieg, Adam. Algerische Piraten, Sklavenhändler – wir sitzen auf einem Pulverfaß!«

Bethune sah ihn plötzlich an: »Es scheint, als ob die Lords der Admiralität genau so im dunklen tappen wie wir!«

»Sie dürften mehr als alle anderen wissen, Sir«, antwortete Adam, und beide lachten.

Die Förmlichkeit wich.

Adam mochte, was er sah. Bethune hatte ein offenes, intelligentes Gesicht, und sein Mund hatte das Lachen nicht verlernt. Aus Catherines Briefen wußte er, daß sie dem Mann vertraute. Jetzt verstand er ihre Gründe.

Bethune sagte: »Ich hätte es fast vergessen. Wenn wir wieder in Malta sind, habe ich sicherlich neue Informationen, mit denen ich etwas anfangen kann.« Er faßte einen Entschluß. »In meinem Hauptquartier dort ist ein Leutnant George Avery. Sie kennen ihn doch sicher?«

»Sir Richards Flaggleutnant, Sir.« Er spürte, wie seine Muskeln sich wieder spannten, doch er versuchte es noch einmal. »Sie standen sich, glaube ich, sehr nahe. Ich nahm an, er sei mit der *Frobisher* nach England zurückgekehrt.«

»Ich habe ihn nicht zum Bleiben gezwungen, aber sein Wissen ist für mich sehr wertvoll – für uns alle. Er war bei Sir Richard, als der mit den Algeriern zu tun hatte und mit gewissen spanischen Verbindungen.« Er deutete ein Lächeln an. »Ich merke, daß Sie das interessiert!«

Er drehte sich um, weil aus der Messe dumpfes Klopfen zu hören war. Adam kannte die Einladung und wußte, daß auch der Kapitän der *Montrose* dort sein würde, als Gast, wie es üblich war. Dabei kannte Adam keinen Kapitän, dem je der Eintritt in die Messe seines eigenen Schiffes verwehrt worden wäre.

»Wie auch immer«, fuhr Bethune fort, »ich habe Leutnant Avery nicht gedrängt. Mir scheint aber, er hat nichts, zu dem es sich zurückzukehren lohnt.«

Ich habe ein Schiff. George Avery hat nichts.

»Ich freue mich, ihn wiederzusehen.« Er zögerte. »Mein Onkel und Lady Somervell hielten sehr viel von ihm. Er war ihr Freund.«

Bethune erhob sein Glas mit Wein, das er noch nicht berührt hatte. »Ich erlaube mir einen Toast, Adam. ›Auf die abwesenden Freunde!‹« Er nahm einen großen Schluck und verzog das Gesicht. »Guter Gott, was für ein schlimmes Zeug.«

Sie wußten beide, daß er das nur gesagt hatte, um etwas anderes nicht sagen zu müssen, das viel tiefer ging. Dann erschienen Kapitän Forbes und der Erste Offizier, um sie zur Messe zu begleiten, und sie spürten davon nichts mehr.

Adam sah nur, wie Forbes kurz auf den alten Bolitho-Säbel blickte, der neben Bethunes lag.

Warum hatte er selber das nicht gesehen? Wie konnte er daran zweifeln? Alles war so wie immer, als strecke sich eine Hand aus.

Eine Rettungsleine.

III Eine Frage des Stolzes

Sir Wilfred Lafargue wartete, bis sein Schreiber Spicer einen großen Stapel Dokumente an sich genommen hatte, und faltete auf dem leeren Schreibtisch seine Hände.

»Ich rechne mit einigen Problemen, vielleicht auch ernsten, die wir demnächst bekommen werden. Aber unüberwindlich? Nein, das werden sie sicher nicht sein.«

Normalerweise würde eine solche Bemerkung bei einem Klienten Hoffnung wecken, ihn sogar ganz zufriedenstellen. Aber Lafargue war sich wohl bewußt, daß diesen Worten jede Substanz fehlte. Er war Rechtsanwalt und Seniorpartner in der berühmten Firma, die seinen Namen trug.

Er wußte es wegen seines Besuchers, der in seinem großen Büro an dem am weitesten entfernten Fenster stand. Lafargue liebte den Blick von dort über London und die St.-Paul's-Kathedrale, eine ständige Erinnerung an Macht und Einfluß dieser Stadt.

Lafargue beherrschte jede Situation. In dem Augenblick, in dem sich die hohen Türen öffneten, um einen Klienten einzulassen, egal ob bekannt oder mächtig, begann die immer gleiche Routine. Seinem gewaltigen Tisch gegenüber stand ein Stuhl, von dem aus der Klient in das helle Licht blicken mußte, das durch die Fenster fiel. So war er mehr ein Opfer als jemand, dem schließlich eine Summe berechnet wurde, die ihm den Atem verschlug und die ihn zweifeln ließ, ob er je wiederkommen würde. Doch alle Klienten kamen immer wieder.

Nur dieser Besucher war anders. Lafargue kannte Sillitoe seit vielen Jahren. Jetzt war er Baron Sillitoe of Chiswick, Generalinspekteur des Prinzregenten, ein Mann, der über viele Verbindungen verfügte, schon lange vor seiner Ernennung. Man fürchtete ihn, haßte ihn, aber man übersah ihn nie. Wer nicht mit ihm rechnete, bereute es zutiefst.

Sillitoe hatte seine Stimmungen, und das beunruhigte Lafargue. Seine Routine mußte sich ändern, und das war unangenehm. Er war rastlos, konnte kaum mehr als ein paar Minuten ruhig sitzen, weil irgend etwas ihn bedrückte, das bisher noch nicht zur Sprache gekommen war.

Wie gewöhnlich war Lafargue teuer gekleidet, seine Kniehosen und die Jacke stammten von einem der führenden Schneider Londons. Doch seine Kleidung konnte die Zeichen guten Lebens nicht ganz verbergen, die ihn älter erscheinen ließen als seine achtundfünfzig Jahre.

Sillitoe andererseits hatte sich nie geändert. Er war hager und hart, als habe man alles Überflüssige und Unnötige von ihm weggehobelt. Er war ein guter Reiter, es hieße, er mache täglich Läufe, bei denen er seinem neben ihm her keuchenden Sekretär die eine oder andere seiner neuen Absichten erläuterte. Auch als Fechter war er bekannt. Lafargue konnte den Vergleich nur schwer akzeptieren, denn Sillitoe war genau so alt wie er.

Sillitoe stand unbewegt und beobachtete unten etwas, vielleicht Kutschen, die sich ihren Weg zur Fleet Street bahnten. Oder er wartete nur einfach so. Lafargue sah, wie die Türen sich wieder schlossen, der Schreiber war verschwunden. Als ältester Angestellter war er unersetzbar, und obwohl er sehr unbedarft aussah, entgingen ihm nicht die kleinsten Nuancen oder Andeutungen. Selbst hier in Lincolns Inn, dem Herzen des englischen Rechtswesens, gab es Dinge, die unbedingt privat bleiben mußten. Die kommende Besprechung entsprach dem.

Er sagte jetzt: »Ich habe alle vorhandenen Testamente

studiert. Sir Richards Neffe Adam Bolitho, der einmal Pascoe hieß, ist legaler Erbe des Bolitho-Besitzes und anderer Besitztümer, wie hier aufgeführt...«

Er unterbrach sich stirnrunzelnd, als Sillitoe einwarf: »Beeilen Sie sich, Mann.« Er war dabei nicht laut geworden.

Lafargue mußte schwer schlucken. »Doch Sir Richards Witwe und die Tochter haben einige Rechte. Sie werden unterstützt durch die Stiftung, die Sir Richard eingerichtet hat. Es kann durchaus sein, daß Lady Bolitho sich in Falmouth niederlassen will, wo sie ja irgendwann mal ehelich glücklich zusammenlebten.«

Sillitoe rieb sich die Stirn. Um was ging es? Warum war er hier? Lafargue war ein berühmter Rechtsanwalt. *Sonst wäre keiner von uns beiden hier.* Sillitoe beherrschte seine Ungeduld. Lafargue würde handeln, wenn es soweit war. Und dann...

Er sah über die anderen Gebäude hinweg, die kleinen grünen Parks und ruhigen Plätze und auf St. Paul's. Dort würde sich die Nation oder würden sich ausgewählte Vertreter sammeln, um ihrem Helden die letzte Ehre zu erweisen, einige mit ehrlicher Trauer, andere nur, um gesehen und bewundert zu werden.

Sillitoe hatte nie verstanden, warum ein Mann mit gesundem Menschenverstand freiwillig sein Leben auf See verbringen wollte. Für ihn waren Schiffe nötige Transportmittel. Auf ihnen war man gefangen, konnte sich nicht bewegen oder eigene Handlungen vollbringen. Aber er akzeptierte, daß andere zu diesem Thema anderer Ansicht waren – wie etwa sein Neffe George Avery.

Bei ihrem letzten Treffen hatte er ihm eine Position angeboten, eine wichtige, die sehr bald viel Geld bringen würde. Sillitoe investierte Geld niemals ohne bestimmte Absichten. Sein Neffe war ein kleiner Leutnant, den man zu befördern vergaß, als er Kriegsgefangener der Franzosen wurde. Als er frei kam, stellt man ihn vor ein Kriegsgericht, weil er sein Schiff verloren hatte.

Jeder andere Mann hätte die Chance ergriffen oder sich wenigstens dankbar gezeigt. Anders Avery. Er kehrte als Flaggleutnant zu Sir Richard Bolitho zurück und war sicher dabeigewesen, als dieser fiel.

Unbewegt fragte Sillitoe jetzt: »Und was ist mit Lady Somervell?« Er wandte sich nicht vom Fenster weg, obwohl er den tiefen Atemzug hörte. Wieder so ein Trick des Anwalts.

»Nach dem Buchstaben des Gesetzes hat sie keine Rechte. Wenn sie frei gewesen wären, zu heiraten . . .«

»Und die Leute? Was werden die sagen? Die Frau, die ihren Helden inspirierte, die Mut bewies, wenn alle anderen mutlos aufgegeben hätten? Was ist ihr Teil?«

Er wußte, daß Lafargue wirklich meinen müßte, worauf er sich bezog – auf Catherines Mut und ihre Kraft nach dem Schiffsuntergang. Genau das beabsichtigte er. Aber Sillitoe selber sah etwas ganz anderes, etwas, das sich ihm eingeprägt hatte und das er nie vergessen würde, als er und seine Männer in das Haus am Fluß eingedrungen waren. Verletzt und blutend, gänzlich nackt, die Hände brutal auf dem Rücken gefesselt hatte sie gegen ihren Angreifer gekämpft. Sillitoe hatte sie an sich gedrückt und sie mit einem Tuch oder einem Vorhang bedeckt – womit genau, wußte er nicht mehr und auch nicht, wie alles abgelaufen war. Seine Männer hatten den Angreifer niedergeschlagen, hatten ihn die Treppe hinuntergeschleppt. So war sie allein bei ihm geblieben, ihr Kopf lag an seiner Schulter, ihr Haar war in wirrer Schönheit gelöst.

Ein Alptraum. Er hatte sie begehrt. Dort und dann.

»Die Leute? Wer hört auf die Leute?« Lafargue hatte seine Kontrolle wieder gewonnen und seine alte Arroganz.

Sillitoe wandte den Rücken der Stadt zu, sein Gesicht lag im Schatten.

»In Frankreich hat man auf die Leute gehört. Am Ende!«

Lafargue beobachtete ihn und spürte die Bitterkeit und die Wut. Und etwas anderes außerdem. Er erinnerte sich, daß Catherine Somervell auf Sillitoes Rat hin zu ihm gekommen war, um den Kauf der Rechte auf ein Gebäude zu besprechen, in dem Bolithos längst entfremdete Ehefrau auf Kosten ihres Mannes lebte. Belinda Bolitho war entsetzt, als sie herausfand, daß das Haus der Frau gehörte, die sie am meisten haßte, einer Frau, die sie verachtete.

Lafargues geübter Blick wurde schärfer. Hinter allem stand mehr. Er sah Sillitoe schnell in die andere Ecke des Raums gehen, wie immer ganz in Grau gekleidet. Ihm gehörte das Ohr des Prinzregenten, und wenn der König, der mehr und mehr dem Wahnsinn verfiel, schließlich starb, könne er in ungeahnte Höhen steigen.

Lady Somervell, er hatte gerade an sie als Catherine gedacht. Das hieß, er war mehr als gewöhnlich beeindruckt gewesen. Sie war der Schlüssel!

Lafargue erinnerte sich, wie sie hier eingetreten war. Sie war geradewegs auf ihn zugegangen, ihr Blick hatte ihn nicht losgelassen. Sie schön zu nennen war eine reine Untertreibung. Aber ein Symbol konnte seinen Wert verlieren, und Neid und Spott kannte Lafargue in seiner Gesetzeswelt sehr gut.

Sie hatten Nelson in den Himmel gehoben, und die ihn am lautesten lobten, wurden später die schlimmsten Schreier. Ein toter Held war ein sicherer Held, an den man sich ohne Angst oder Verpflichtungen erinnern konnte.

Edward Berry, Nelsons bevorzugter Flaggkapitän, hatte mal gesagt: »Gott und die Marine beten wir an, wenn Gefahr droht, nicht vorher.«

Es hieß, Napoleon ziehe sich zurück. Bald war sicher alles vorbei. Nicht wie beim letzten Mal. Diesmal würde es endgültig vorbei sein.

Wie schnell danach würden die Leute sich gegen die Frau wenden, die alle gesellschaftlichen Konventionen verachtet hatte um des Mannes willen, den sie liebte?

»Wenn Lady Somervell wieder heiraten würde... Ihr Mann wurde, wie ich weiß, in einem Duell getötet!«

Sillitoe nahm abrupt Platz. Somervell hatte jeder gekannt, einen Spieler, einen Verschwender. Er hatte viel von Catherines Vermögen durchgebracht, um seine Schulden zu begleichen. Er hatte sich mit Bolithos Frau verbündet, um Catherine ins Gefängnis zu bringen, damit sie wie eine gemeine Diebin in die Kolonien verbannt würde. Einer von Bolithos Offizieren hatte Somervell zum Duell gefordert und ihn tödlich verwundet. Er hatte mit seinem eigenen Leben dafür bezahlt.

Ich selber hätte ihn auch umgebracht.

Was wußte Lafargue wirklich?

Er mußte wissen, daß Viscount Somervell einst General-inspekteur gewesen war. Wieder so eine bittere Wendung

»Das halte ich für unwahrscheinlich.« Er konsultierte seine Taschenuhr. »Ich muß jetzt gehen!«

Sillitoe sah sich im Raum um. »Ich treffe heute nachmittag den Prinzregenten. Im Augenblick kümmert er sich mehr um das Heer als um die Flotte, was ja wohl auch verständlich ist.«

Lafargue erhob sich. Er fühlte sich ungewöhnlich erschöpft, ohne es sich erklären zu können. Er sagte: »Ich habe eine Einladung zum Gottesdienst in die St.-Paul's-Kathedrale erhalten. Die wird brechend voll werden, da bin ich ganz sicher.«

Es klang wie eine Frage. Sillitoe sagte: »Ich werde da-sein.«

»Und Lady Somervell?«

Sillitoe sah, wie die Doppeltüren leise geöffnet wurden, vielleicht gab es irgendwo eine versteckte Klingel, ein geheimes Signal.

»Sie ist eingeladen.« Sie sahen sich an. »Privat!«

Das sagte Lafargue gar nichts. Er nahm vom Schreiber den Hut entgegen und seufzte. Ihm sagte das alles.

Unis Allday ging langsam durch das kleine Wohnzimmer, um sich zu versichern, daß alles seine Ordnung hatte. Sie wußte, daß sie das nun schon mehrmals getan hatte, aber so war es eben. Durch die offene Tür hörte sie die Stimmen der beiden einzigen Gäste im Gasthaus »Old Hyperion«. Ihrer Sprechweise nach schienen sie Auktionatoren zu sein, nach Falmouth unterwegs, wo morgen Markt war.

Alles sah blitzblank aus. Es roch nach frischem Brot, und neue Bierfässer ruhten auf den Gestellen, jedes mit einem sauberen Handtuch versehen. Sie machte eine Pause, stemmte die Hände in die Hüften und starrte auf ihr Bild im Spiegel. Sie lächelte dabei nicht, sondern prüfte jeden Gesichtszug, so wie sie ein fremdes Mädchen mustern würde, das sich wegen Arbeit in der Küche vorstellt.

Sie zitterte, als sie sich so sah. So würde er sie sehen. Sein Freund Bryan Ferguson war mit der Neuigkeit gekommen. Das Kriegsschiff *Frobisher*, das ihren Mann im letzten Jahr entführt hatte, war in Plymouth angekommen. John Allday war zurückgekehrt und auf dem Weg nach Hause. Wieder sah sie sich im Zimmer um. Nach Hause. Sie erlaubte sich, diesen Worten nachzuhängen. Und er würde nie wieder weggehen.

Sie hörte ihren Bruder, der auch John hieß, Holz hakken. Sie hatte ihm zwar gesagt, er solle es nicht tun, weil er nur noch ein Bein hatte, aber er tat es dennoch für sie. So fand sie diese Zeit für sich allein.

Sie ging jetzt in das größere Zimmer. Die beiden Auktionatoren saßen immer noch dort, doch einer zählte schon das Geld, und vor der Tür warteten bereits die Pferde. Sie ging an beiden vorbei in den warmen Nachmittagssonnenschein. Es war schon fast Juni, Juni im Sommer 1815. Wohin war bloß die Zeit verflogen?

Sie sah jetzt die leere Straße hinab. Die Hecken nickten leicht in der Brise, die aus Richtung der Bucht von Falmouth wehte, Lichtnelken und roter Fingerhut leuchteten vor den vielen Stufen Grün. Sie drehte sich um und betrachtete das Gasthaus. Ohne ihren Bruder hätte sie es nie führen können. Er hatte sein Bein im Krieg verloren, als er bei den 31ern stand, dem alten Regiment aus Huntingdonshire. Allein hätte sie längst aufgeben müssen. Das Schild am Gasthaus, das die alte *Hyperion* zeigte, die so wichtig für ihrer aller Leben geworden war, war frisch gemalt worden. Es bewegte sich unruhig im Wind.

Unis kannte sich mit der See aus, wußte, was sie forderte und wie grausam sie war. Ihr erster Mann war Gehilfe des Masters auf der alten *Hyperion* gewesen und war dort gefallen – wie so viele. John Allday war nicht weit weg von hier in ihr Leben gestürzt, als zwei Wegelagerer sich über sie hermachen wollten, während sie auf dem Weg zu diesem Gasthaus war.

Groß, fast ungeschlacht, aber es gab niemanden wie ihn. Als er die Angreifer wegfegte, war ihr klargeworden, daß er Schmerzen hatte. Er litt an einer alten Wunde über der Brust, von der sie jetzt wußte, daß sie von einem Säbelhieb stammte. Die Narbe hatte sie nun oft gesehen. Sie strich sich über die Augen. Und nun kam er nach Hause. Bryan Ferguson hatte gemeint, es könnte schon heute sein oder morgen. Sie wußte, er kam heute. Woher? Sie wußte es einfach.

Die beiden Auktionatoren gingen jetzt, hoben sich in die Sättel, wohl gefüllt mit Kaninchenpastete und den

Kräutern, die sie hinter dem Gasthaus zog. Die Männer winkten ihr zu und trabten davon.

Unis war klein, hübsch und adrett, aber die Besucher nahmen sich ihr gegenüber nichts heraus. Und wenn, dann nur einmal.

Sie lächelte. Eigentlich war sie ja eine Ausländerin, weil sie von jenseits der Grenze, aus Devon kam. Sie war in Brixham, dem Fischereihafen, geboren und hatte dort gelebt, bis ihr Mann als tot gemeldet wurde. Als tot entlassen, lautete die Nachricht der Marine.

Sie strich sich eine Haarsträhne aus dem Gesicht und sah auf den Hügel, auf dem im blassen Sonnenlicht junge Lämmer grasten oder herumtollten. War sie hier wirklich fremd? Vielleicht, aber sie hätte nirgendwo anders leben mögen.

Bryan Ferguson hatte sie vorgewarnt oder es jedenfalls versucht. Auch ihr Bruder hatte in die Kerbe gehauen. Es würde schwierig werden, vor allem für John Allday. Sie erinnerte sich an den letzten Besuch, als Bryan mit der Nachricht kam, Sir Richard Bolitho sei wieder auf See beordert worden. Da wurde auch Unis wütend. Er hatte zurück in England kaum richtig Luft holen können. Das Haus unterhalb von Pendennis stand leer, nur die Fergusons und die Diener lebten noch dort.

Sie erinnerte sich an den jungen Kapitän Bolitho in der Kirche: kerzengerade, beeindruckend in seiner Ausgehuniform, an der Hüfte den alten Säbel, auf den man sie hingewiesen hatte. Nur der war von dem Mann geblieben, dessen sie alle gedachten.

Und sie erinnerte sich an Lady Catherine, die oft hierhergekommen war, wenn sie eine Freundin brauchte, während Sir Richard auf See war. Unis nannte sich ihre Freundin. Sie war in der Nacht, in der Gutsbesitzer Roxby starb, hier im Wohnzimmer gewesen und war sofort aufgebrochen, seine Witwe zu trösten. Eine Familie ... nein, mehr als das. In diesem Raum hatte John Allday endlich die Kraft gefunden, ihr von seinem Sohn John Bankart zu berichten. Er war im Kampf gefallen. Er hatte ihn selber hochgehoben und ihn über Bord in der See bestattet.

Sie blickte auf die schmale Treppe. Sie hatten zusammen eine Tochter: Kate. Auch das wäre jetzt anders. Sie nickte entschlossen. *Von jetzt an.* Sie erinnerte sich, wie sein starkes, wettergegerbtes Gesicht sich plötzlich schmerzlich verzog, als er von See kam und sein eigenes Kind vor ihm weggelaufen war – in die Arme von Unis Bruder.

Kate war oben, lag in dem schönen Bett, das John ihr gebaut hatte. Von ihm stammten auch das Spielzeug und die exakten Schiffsmodelle. Seine großen, so ungeschickt aussehenden Hände konnten Wunder verrichten.

Ihr Bruder hatte gesagt: »Als ich aus dem Krieg zurückkam mit einem Bein weniger, war ich dankbar. Ich war dankbar, weil ich verschont worden war, Krüppel hin, Krüppel her. Wenn's mir hier schlimm ging, erinnerte ich mich an die Reihen von weniger glücklichen Männern – oder versuchte es jedenfalls. Freunde, die ich gekannt hatte, die gefallen waren und sich draußen zu Tode bluteten und schrien, und keiner hörte sie. Sie warteten auf den Tod, auf einen schnellen Tod. Damit sie das elende Pack nicht mehr erleben, das wie die Krähen über die armen Sterbenden und Toten herfällt und sie ausraubt. Was ich am meisten haßte, war Mitleid. Mir war nur mein Stolz geblieben.« Er blickte auf seine alte Tätowierung auf dem Arm und lächelte mit Mühe: »Selbst in dem verdammten Regiment.«

Unis wußte natürlich, was es für John bedeutete, Bootsführer des Admirals zu sein. Wie er dazu gehörte. Und dann hatte er hier etwas gesagt, genau hier, als er das letzte Mal ging. Er war nicht nur der persönliche Bootsführer von Englands berühmtestem Seemann, sondern sein

Freund. Er war dabeigewesen. Bryan Ferguson hatte er berichtet, was er nach Adams Rückkehr und auch vom Admiral in Plymouth erfahren hatte. John stand an Richard Bolithos Seite, als der Schuß ihn tötete.

Pferdegetrappel und das Rattern von Rädern unterbrachen ihre Gedanken, aber die Geräusche verklangen bald wieder hinter der Straßenbiegung.

Sie sah ihre Hand, die sich gegen ihr Herz preßte. Angst? John war jetzt sicher. Er würde nie wieder zur See gehen. Sie wußte, daß er und Bryan darüber gesprochen hatten, wann ein Mann zu alt war, um für König und Vaterland zu kämpfen. Dieser Termin war für John Allday wie ein rotes Tuch.

Sie dachte an seine Briefe, wie sie auf sie gewartet, sich nach ihnen gesehnt hatte. Sie dachte oft an den Offizier, der sie für John schrieb. George Avery war ein guter Mann und war auch schon im »Old Hyperion« abgestiegen. Sie hatte sich oft vorgestellt, wie er ihre Briefe John laut vorlas. Es war sicher fast so wie mit eigenen Briefen, obwohl er, wie John sagte, nie Post bekam.

Wie lange würde es dauern? Was würde er hier tun? Er hatte oft genug betont, er würde nie so einer von den Seeleuten werden, die ihr Garn von alten Tagen spinnen.

Aber schwer würde es ihm bestimmt fallen, wahrscheinlich sogar allen anderen auch. Bryan Ferguson hatte ihm erzählt, daß John und er zusammen in Cornwall in die Marine gepreßt und in Falmouth auf ein Schiff des Königs verfrachtet worden waren. Bolithos Schiff. Was aus dem zufälligen Zusammentreffen geworden war, war stärker als Granit.

Am Rande des kleinen Dorfes Fallowfield lebte es sich anders als in Brixham oder Falmouth. Landarbeiter und Händler auf der Durchreise traf man hier häufiger als Seeleute.

Doch auch hier wurde geredet, denn die Familie Bolitho kannte auch hier jeder. Es hieß zwar, daß Catherine in London war. Dort würde es weitere Trauerfeiern geben. Wie würde sie die durchstehen? In allen Dörfern und Städtchen wurde natürlich geredet, aber in London würde es sicher am schlimmsten sein.

Sie hörte ihren Bruder die Treppe hinabsteigen, das gleichmäßige Aufbumsen seines Holzbeins. Seiner Spiere, wie John Allday die Prothese nannte.

»Die kleine Kate schläft fest.« Er hinkte auf sie zu. »Denkst du immer noch nach, Unis, meine Liebe? Wir werden's schon recht machen!«

»Danke, John. Ich wüßte gar nicht, was ich allein machen würde . . .« Sie sah ihn an und erstarrte. »Lieber Gott, laß meinen Mann wieder glücklich werden«, flüsterte sie.

Bryan Fergusons Pony und der Wagen klangen lauter als je.

Sie zupfte den Rock zurecht und strich sich eine Haarsträhne aus dem Gesicht.

»Ich glaub's nicht, ich glaub's nicht.«

Niemand bewegte sich, niemand sprach. Er war plötzlich einfach nur da, füllte die ganze Tür aus, hielt den Hut in der Hand, und hinter seinem strubbligen Haar schien die Sonne.

Sie versuchte zu sprechen, aber er streckte nur seine Arme aus, als könne er sich nicht bewegen. Daran erinnerte sich ihr Bruder später noch lange. John Allday, der seine einzige Schwester für sich gewonnen hatte, stand plötzlich im Zimmer, als sei er nie weg gewesen.

Er trug die feine blaue Jacke mit den glänzenden Knöpfen, die das Bolitho-Wappen zeigten, die eigens für ihn gemacht worden waren, weiße Nankinghosen und Schnallenschuhe. Das Bild eines englischen Seemanns, wie man ihn sich im Lande vorstellte, stark wie eine Eiche. Das kam allen leicht über die Lippen, die die Schrecken von Nahkämpfen an Land oder auf See nie erlebt hatten.

John Allday hielt sie an sich gedrückt, so sanft, als sei sie ein Kind oder ein kleines Tier, er strich ihr über das Haar, über das Gesicht, über die Ohren, als fürchte er, sie zu verletzen, und konnte sie doch nicht loslassen.

Er meinte, das leise Zufallen einer Tür zu hören. Sie waren allein. Selbst sein bester Freund Bryan schwieg, der draußen bei seinem fetten Pony Poppy wartete.

»Du bist ein Bild, Unis.« Er hob genau so sanft ihr Kinn. »Auf diesen Augenblick habe ich lange gewartet.«

»Und wo ist der Offizier, Mister Avery?« fragte sie.

Allday schüttelte den Kopf. »Blieb an Bord. Meinte, man brauche ihn dort.« Er hielt sie jetzt von sich ab, seine großen Hände lagen auf ihren Schultern, und er suchte sie mit seinen Blicken ab, als begreife er erst jetzt, was geschehen war.

Sie stand ganz ruhig und fühlte die Kraft und die Wärme seiner harten Hände. Ganz stark und doch so unsicher, so sehnsüchtig.

»Du bist hier. Mehr will ich gar nicht. Ich habe dich so vermißt, selbst wenn ich an dich in der Ferne dachte ...« Sie hielt inne, weil sie ihn mit ihren Worten gar nicht erreichte.

Plötzlich ergriff er ihre Hand und führte sie wie ein junges Mädchen in die Nische, in der das Schiffsmodell, sein erstes Geschenk für Unis, stand – sorgfältig aufgebockt.

»Da war ich, immer. Wir waren auf dem Weg nach Haus. Wir hatten schon den Befehl. Ich habe noch nie einen Mann so verändert gesehen.« Er sah sie an, als fürchte er sich vor etwas. »Nach Hause. Das wollten wir beide!«

Sie setzten sich wie Fremde nebeneinander auf eine blank geschrubbte Bank. Doch er hielt ihre Hand und sprach so leise, daß sie sich gegen seinen Arm lehnen mußte, um ihn zu verstehen.

»Er hat oft nach dir und der kleinen Kate gefragt.« Der Name des Kindes machte ihn plötzlich unruhig. »Geht's ihr gut? Alles in Ordnung?«

Sie nickte nur, um den Augenblick nicht zu zerstören. »Du wirst es sehen.«

Er lächelte wie ganz weit weg in fernen Erinnerungen und sagte: « Er wußte es, weißt du. Als wir an Deck gingen, wußte er, jetzt war es soweit. Ich habe das gefühlt.«

Sie hörte an der Tür ihren Bruder und meinte, sie sähe auch Bryan Fergusons Schatten. Er stand, ohne sich zu bewegen, im Sonnenlicht. Sie alle teilten diesen Augenblick – wie es ihr gutes Recht war.

Sie spürte, wie er ihre Hand fester packte, und sagte dann: »Ich will dich wieder hier haben als meinen Mann, John Allday. Ich gebe dir all meine Liebe. Ich helfe dir.«

Er wandte sich ihr zu, und Schmerz und Hoffnungslosigkeit waren aus seinem Gesicht verschwunden.

Dann sagte er: »Ich war bis zum Ende bei ihm, Liebste. Wie ich immer bei ihm war von der ersten Breitseite bei den Saintes an.« Ihm wurde bewußt, daß sie nicht mehr allein waren. »Ich hielt ihn.« Er nickt langsam, alles kam wieder, stand vor ihm. »Er sagte, *Ruhe, alter Freund.* Das sagte er mir, wie er immer gesagt hatte: *Keine Trauer. Das haben wir immer gewußt.*« Er sah sie an und lächelte, als sähe er sie jetzt wirklich zum allerersten Mal. »Dann starb er, und ich hielt ihn immer noch fest.«

Sie erhob sich und legte die Arme um ihn, teilte seinen Verlust, fühlte alles für diesen Mann.

Sie murmelte nur: »Laß los, John. Wir werden bald zusammen liegen. Jetzt ist nur noch das wichtig.«

Allday hielt sie einige Minuten. »Und die anderen?« sagte er.

Sie schüttelte ihn sanft, umarmte ihn, ihr Herz war zu voll für Worte.

Ein Leben war vergangen. Ihres hatte neu begonnen.

Bürsten ... bürsten ... bürsten.

Catherine, Lady Somervell, saß vor dem schräg gestellten ovalen Spiegel, ihre Hand hob und senkte sich, ohne daß es ihr bewußt war. Ihr langes Haar fiel ihr über eine Schulter. Im Licht der Kerzen sah es fast schwarz aus wie Seide, aber das sah Catherine nicht.

Es war spät, und vor dem Fenster stand dunkel der Abend. Die Themse war nur gelegentlich durch ein Flackern einer Laterne zu erkennen, die ein Jollenführer oder ein Seemann mit sich trug auf dem Weg in eine der Tavernen am Fluß.

Aber hier an ihrer Straße gingen nur wenige Leute, die Luft war schwer, als drohe ein Gewitter. Sie bemerkte das Flackern der Kerzen neben dem Spiegel und das Abbild des Bettes. Im Raum brannten viel zu viele Kerzen, und wahrscheinlich machten sie die Luft so schwer. Aber seit jener Schreckensnacht brannten hier immer zu viele Kerzen. *In diesem Raum. Auf dem Bett.* Sie war damit fertig geworden, doch immer wieder mußte sie daran denken.

Sie fuhr fort, ihr Haar zu bürsten, hielt nur einmal an, als sie eine schnell fahrende Kutsche hörte. Doch die wurde nicht langsamer und hielt auch nicht.

Sie mußte an die Haushälterin Mrs. Tate denken, die irgendwo unten war. Auch ihr Leben hatte sich seit jener Nacht geändert, als sie wie üblich ihre Schwester in Shoreditch besuchte. Jetzt ließ sie das Haus nie allein und kümmerte sich mit eine Hingabe um sie, die Catherine nie vermutet hatte.

Sie hatte nie von dem Überfall gesprochen. In den ersten Wochen nach dem Einbruch liefen ihre eigenen Gedanken kreuz und quer. Doch schon damals schien ihr, als sei jemand anders so schrecklich mißhandelt worden, nicht sie. Eine gänzlich Fremde.

Doch in Nächten wie dieser war es anders. Warm, fast feucht schmiegte sich ihr Morgenmantel an sie wie eine zweite Haut, obwohl sie unten ein Bad genommen hatte, ehe sie nach oben ging.

Sie zögerte, zog dann entschlossen eine Schublade auf und nahm den Fächer heraus, den Richard ihr geschenkt hatte, nachdem er mit seinem Schiff Madeira angelaufen hatte. Wie lange war das her.

Sie sah auf den Diamantanhänger, der ihr tief auf der Brust hing. Auch er war wie ein Fächer geformt. Damit sie immer daran denke, hatte Richard gesagt. An dem Hänger hatte der Eindringling herumgefingert, als sie hilflos, mit den Händen auf den Rücken gefesselt, dagestanden hatte. Unwillkürlich blickte sie auf das nächste Fenster. Er hatte die Schnur benutzt. Er hatte sie geschlagen, daß sie fast bewußtlos geworden war, als sie ihn einen Dieb nannte. Er war von Sinnen, wie ein Verrückter. Und dann hatte er begonnen, sie zu quälen und sie dort auf dem Bett auszuziehen.

Sie berührte ihre Brust und spürte das Herz unter ihrer Hand pochen. Aber es war nicht so wie damals oder wie immer, wenn die Erinnerung sie überkam.

Und hinterher ... Diese Worte hatten mit ihren anderen Gedanken keine Verbindung. Sillitoe war mit seinen Begleitern in das Zimmer gestürmt, hatte sie gehalten und geschützt, und ihr Angreifer war fortgezogen worden. Es war wie eine plötzliche Stille in einem schrecklichen Sturm.

Sie dachte an Malta, ihren kurzen Besuch auf einem Handelsschiff, das für Reisen nach Indien gebaut worden war. Diesmal war es im Regierungsauftrag nach Neapel unterwegs. Sillitoe hatte arrangiert, daß sie in Malta an Land gehen konnte. Dabei wußte sie, daß er früher alles getan hätte, um sie fern von Richard zu halten. Auf der Reise von England und später auf der Reise zurück nach England, hatte er keinen Versuch unternommen, sich ihr zu nähern. Er erschien sehr zurückgezogen, als habe er endlich begriffen, was es sie gekostet hatte, den Mann, den sie liebte, in Malta zurückzulassen.

Auf immer!

Nach Richards Tod hatte sie Sillitoe nur zweimal getroffen. Er hatte sein Beileid ausgedrückt und ihr versichert, daß er ihr immer und auf jede Art helfen würde. Wie Lafargue, der Rechtsanwalt, hatte auch er sofort begriffen, daß sie sich wegen Adam Sorgen machte. Sillitoe hatte sich völlig korrekt benommen und seine eigenen Erkundungen eingeholt.

Catherine glaubte, die Menschen zu verstehen, weil sie aus Not heraus viel hatte lernen müssen. Aber wie sollte sie nach Richard weiterleben? Und mit welchem Ziel?

Sie erinnerte sich noch genau an den Augenblick vor zehn Jahren, als sie sich in English Harbour wieder trafen. Sie war mit Somervell verheiratet, dem Generalinspekteur des Königs. Sie war wie betäubt und doch wachsam, weil sie die Begegnung nicht erwartet hatte. Sie wußte, welche Gefahren sie barg. Sie hatte ihm gesagt, er brauche Liebe wie die Wüste Regen.

Oder sprach ich von mir? Waren das meine Sehnsüchte?

Und nun ist er tot.

Morgen kam wieder diese Herausforderung. Man würde sie anstarren. Die Männer, die neben ihm gestanden und dem Tod hundertmal in die Augen geblickt hatten, störten sie nicht, und auch die Frauen nicht, die diese Männer liebten und sie willkommen hießen, wenn sie zurückkamen, ohne Gliedmaßen, oder blind und ohne Hoffnung.

Nein! Stören würden sie die Gesichter und die Blicke derer, die sie am Abend getroffen hatte, als Wellingtons Sieg gefeiert wurde. Rhodes, der schon als neuer Erster Lord der Admiralität gehandelt wurde. Richards Frau, die sich vor einem Applaus verneigte, den Catherine verdient hatte. Und die Frau von Graham Bethune, die nie lächelte. Bis auf den Moment, auf den sie vielleicht sogar gewartet hatte, als man Catherine beleidigte, Feinde und Feindinnen.

Sie hatte ihnen allen den Rücken zugekehrt, war vor Wut fast blind hierher gekommen, tief getroffen. Sie erhob sich schnell und starrte auf das Bett. *Hier hat er auf mich gelauert.*

Morgen also. Die Glocken würden läuten, in den leeren Straßen würden die Trommeln dröhnen. Man würde sich an ihren Richard erinnern, den liebsten aller Männer, aber sie würden seine Frau anschauen. *Und mich.*

Und was würden sie sehen? Die Frau, die den Helden begeistert hatte? Die Frau, die einen Schiffsuntergang mit ihm erlebt und gegen Elend und Gefahren angekämpft hatte, damit sie alle neue Hoffnung schöpften und weil sie am Leben bleiben wollten, als die meisten sich schon mit einem schleichenden Tod abgefunden hatten. Die Frau, die ihn geliebt hatte. *Ihn geliebt hatte.*

Oder würden sie in ihr nur eine Hure sehen?

Sie sah wieder in den Spiegel, öffnete den Mantel, so daß er rutschte und sie ihn fallen ließ. Sie stand nackt da und spürte warm das Haar auf ihrem Rücken.

Wie die Wüste nach Regen dürstet.

Sie setzte sich wieder und nahm die Bürste auf. Sie hörte leichte schnelle Schritte auf der Treppe. Es würde Melwyn sein, ihr Mädchen und ihre Begleiterin aus Cornwall, aus St. Austin, ein helles Mädchen von feenhafter Schönheit, fünfzehn Jahre alt.

Sie starrte unbewegt in den Spiegel. Fünfzehn. *Damals war ich schwanger. Damals hat sich meine Welt verändert.* Richard wußte das, und Sillitoe wußte es auch.

Sie hörte Klopfen an der Tür und hüllte sich wieder in den Morgenmantel. Melwyn trat ein und schloß die Tür hinter sich.

»Sie haben nicht gegessen, Mylady.« Entschlossen blieb

sie stehen. »Das ist nicht richtig. Die Köchin meint schon ...«

Sie blieb auch ganz ruhig stehen, als Catherine sich umdrehte und sie ansah, und sagte dann: »Sie sind so schön, Mylady. Sie müssen mehr auf sich achten. Morgen ist ein ganz wichtiger Tag, und ich kann nicht bei Ihnen sein. Kein Platz für Bedienstete ...«

Catherine packte sie an den Schultern und drückte ihr Gesicht in das helle Haar des Mädchens. Richards Schwester hatte ihr gesagt, daß »Melwyn« im alten Dialekt Cornwalls »honig-schön« bedeutete.

»Du bist nicht nur Bedienstete, Melwyn.« Sie umarmte sie wieder. »Also morgen, dann!«

»Sir Richard erwartet es von Ihnen«, sagte das Mädchen.

Sehr langsam nickte Catherine. Sie hatte schon fast aufgegeben, wäre zusammengebrochen, hätte es nicht mehr aushalten können. Jetzt hob sie ihr Kinn und spürte Stolz, der allen Ärger verdrängte.

»Das tut er wirklich«, sagte sie. Sie lächelte, weil sie an etwas dachte, das das Mädchen nie begreifen würde. »Also packen wir's an.«

IV   Ein neuer Anfang

Kapitän Adam Bolitho eilte den Niedergang empor und hielt oben kurz an, weil das helle Sonnenlicht ihn überraschte. Er schaute sich auf dem Achterdeck um, verband Namen mit Gesichtern und stellte fest, was jeder einzelne tat.

Leutnant Vivian Massie hatte die Nachmittagswache und schien von seinem Auftauchen an Deck überrascht. Midshipman Bellairs arbeitete mit den Signalgasten und stellte fest, wie schnell jeder eine Flagge richtig erkannte, ob nun im Signalschapp oder am Fall. Das Erkennen war schon schwierig, wenn andere Schiffe in der Nähe waren. Aber auf einem Schiff allein, ohne die Gelegenheit, regelmäßig Signale zu setzen oder zu entziffern, bestand immer die Gefahr, daß Fehler aus Langeweile gemacht wurden.

Aus dem Vorschiff hatte es gerade viermal geglast. Er schaute hoch zum Wimpel in der Mastspitze, der nur halbherzig in einem Wind auswehte, der kaum die Segel füllte. Er trat ans Kompaßhäuschen. Ost bei Süd. Er spürte, wie der Rudergänger ihn musterte. Ein Gehilfe des Masters prüfte gerade sehr genau die Schiefertafel eines Midshipman. Es war alles wie immer, und dennoch ...

»Ich habe einen Ruf aus dem Mast gehört, Mr. Massie!«

»Ja, Sir.« Er deutete vage nach Steuerbord voraus. »Treibholz.«

Adam runzelte die Stirn und blickte ins Logbuch des Masters. Achthundert Meilen seit Gibraltar in weniger als fünf Tagen. Das Schiff segelte gut, trotz der Winde, auf die man sich hier im Mittelmeer nie verlassen konnte.

Land war noch nicht in Sicht. Sie hätten allein auf einem großen, noch unerforschten Ozean sein können. Die Sonne war zwar heiß, aber nicht drückend, doch er hatte bereits Blasen und Sonnenbrand bei einigen Matrosen entdeckt.

»Wer ist im Ausguck?«

Er drehte sich dabei nicht um, doch er nahm an, daß Massie von so einer trivialen Frage sicher überrascht war. Der Name sagte ihm nichts.

»Schicken Sie Sullivan nach oben.«

Der Gehilfe des Masters antwortete. »Er ist auf Freiwache unten, Sir!«

Adam sah sich die Karte genau an. Anders als die im Kartenraum war die hier voller Flecken und zeigte viele Gebrauchsspuren. Er sah sogar einen Ring, die Spur eines Getränks, dessen Becher ein Wachgänger auf ihr sorglos abgesetzt hatte.

»Lassen Sie ihn holen.« Er fuhr mit dem Finger die Küste entlang. Etwa fünfzig Meilen im Süden lag Algier. Gefährlich, feindlich und nur wenigen bekannt, die das Unglück gehabt hatten, algerischen Piraten in die Hände zu fallen.

Er sah den Matrosen zu den Wanten am Großmast laufen, und dann hakten sich dessen nackte Füße in die harten Webleinen. Die Fußsohlen waren wie Leder, ganz anders als die der Neuankömmlinge, die kaum noch laufen konnten, wenn sie ein paar Stunden oben im Rigg gearbeitet hatten. Aber auch sie wurden langsam besser. Er hörte Partridge, den Bootsmann mit dem gewaltigen Brustkasten, etwas rufen, und Sullivan grinste daraufhin breit.

Er wußte, daß Cristie, der Master, jetzt eben an Deck gekommen war. Das war nicht ungewöhnlich, denn er überprüfte sein Log wenigstens zweimal pro Wache. Seine Welt bestand nur aus Wind und Strömung, Tiden und

Lotungen. Wahrscheinlich wußte er genau, wie's unten auf dem Grund aussah, indem er das Lot mit Talg bestückte und dann an dem roch, was der Talg an Teilchen vom Grund mit hochgebracht hatte. Ohne Seeleute wie ihn war jedes Schiff blind und konnte auf jedes Riff oder jede Sandbank laufen. Karten reichten nicht, für Männer wie Cristie schon gar nicht.

Adam legte die Hand über die Augen und blickt wieder nach oben in den Masttopp.

»An Deck!«

Adam wartete, erinnerte sich an die hellen, klaren Augen, die wie die eines weit jüngeren Mannes durch eine Maske zu blicken schienen.

»Wrackteile an Steuerbord voraus!«

Massie meinte irritiert: »Die können hier schon seit Monaten rumschwimmen.«

Niemand antwortete, und er spürte, daß alle auf den Kommandanten blickten.

Er wandte sich an den Master. »Was meinen Sie, Mr. Cristie?«

Der zuckte mit den Schultern. »Nun ja. In diesem Meer kann das alles hier schon seit Monaten treiben.«

Er überlegte. Um das Wrackteil da zu untersuchen, müßte man durch den Wind gehen. Und bei der unsicheren Brise konnte es einen halben Tag dauern, ehe sie wieder auf dem alten Kurs lagen.

»Hier ist Sullivan, Sir!« meldete der Gehilfe des Masters.

Sullivan kam aus den Wanten und sah sich auf dem Achterdeck um, als habe er es noch nie wahrgenommen.

»Also, Sullivan? Nichts Besonderes da?«

Überraschenderweise schwieg der Mann. Und meinte dann: »Da ist irgendwas faul, Sir.« Zum erstenmal sah er jetzt seinem Kommandanten direkt in die Augen. Dann nickte er, weil er sicher war, daß der Kapitän sein Gefühl, den Instinkt eines Seemanns, nicht einfach abtun würde.

Und dann wußte er, was er noch sagen wollte: »Möwen, Sir, Möwen kreisen über den Wrackteilen.«

Adam hörte, wie der Midshipman der Wache plötzlich kichern wollte und der Gehilfe des Masters ihn sofort anfauchte. Ein Schatten fiel über den Kompaß. Es war Galbraith, der Erste Offizier.

»Probleme, Sir? Ich habe gehört, was er sagte!«

Möwen auf dem Wasser bedeuteten, daß sie etwas aufpickten. Wenn sie dicht über dem Wasser kreisten, bedeutete das, sie fürchteten sich, noch näher zu kommen. Er dachte an John Whitmarsh, den Jungen, den man nach dem Untergang der *Anemone* aufgefischt hatte.

»Alle Mann, Mr. Galbraith. Wir drehen bei und setzen ein Boot aus.« Er hörte, wie sein knapper Befehl sich schnell in Pfeiftöne und das Rappeln eilender Füße verwandelte.

Was will der verdammte Alte diesmal wieder?

Er erhob seine Stimme nur leicht. »Mr. Bellairs, Sie übernehmen die Gig.« Er drehte sich um, als die Männer an die Fallen und Brassen liefen. »Das werden Sie für Ihre Prüfung gut brauchen können!« Er sah den Midshipman die Hand lächelnd an den Hut legen. *War das so leicht?* Er sah Jago an den Finknetzen und winkte ihn zu sich. »Sie gehen mit – als erfahrener Mann.«

Jago hob die Schultern. »Jawohl, Sir!«

Galbraith beobachtete, wie die Segel donnernd zusammenfielen, während die *Unrivalled* sich unsicher in den Wind drehte.

Er sagte: »Ich sollte die Sache übernehmen, Sir. Mr. Bellairs hat noch wenig Erfahrung.«

Adam sah ihn an. »Und er wird nie welche sammeln, wenn wir ihm solche Aufgaben vorenthalten.«

Galbraith eilte an die Reling, wo die Gig jetzt hochgehievt und über die Seite ausgeschwungen wurde.

War er eingeschnappt, weil ein so Unerfahrener die

Aufgabe ausführen sollte? Oder nahm er es als Zeichen des Mißtrauens – wegen seiner Vergangenheit?

Adam drehte sich ab, verärgert, daß ihm so etwas immer noch nachging.

»Die Gig hat abgelegt, Sir!«

Kraftvoll entfernte sich das Boot vom Schiff, alle Riemen hoben und senkten sich wie ein einziger. Eine gute Bootsbesatzung. Adam sah Jago an der Pinne und erinnerte sich, wie er ihm auf Deck die Hand geschüttelt hatte, als der Amerikaner das Gefecht abgebrochen hatte. Und John Whitmarsh tot auf den Planken lag.

»Das Glas, Mr. Cousens!« Er streckte die Hand aus und nahm das Glas, ohne zu merken, wie leicht ihm der Name eingefallen war.

Die Gig wurde groß, sank und hob sich, und manchmal sah es aus, als wolle sie kentern. Kein Wunder, daß die Fregatte so schrecklich rollte. *In dieser See.*

Er sah, wie die Riemen sich hoben und dann bewegungslos oben blieben. Ein Mann stand mit einem Bootshaken im Bug. Auch Jago stand und versuchte an der Pinne, das Boot in der Dünung ruhig zu halten. Ein harter Kerl, ein wahrer Seemann. Er haßte Offiziere und verachtete die Marine. *Aber er ist immer noch da. Bei mir.*

Bellairs versuchte sich gerade zu halten und schaute achteraus auf die *Unrivalled.* Er hob beide Arme und kreuzte sie.

»Er hat etwas gefunden«, murmelte Massie.

Cristie sah ihn nicht mal an. »Eher wohl jemanden.«

Adam setzte das Glas ab. Sie zogen einen Körper aus dem Wasser, der Bugmann schob mit dem Haken die Wrackteile weg. Midshipman Bellairs, der sein Leutnantsexamen machen würde, wenn der Admiral es befahl, hing über die Seite und erbrach sich. Jago hatte ihn am Gürtel gepackt und ließ weiterrudern, als ob alles andere unwichtig war.

»Holen Sie den Arzt.«

»Schon geschehen, Sir.«

»Mehr Männer an die Taljen, Mr. Partridge.« Diesmal grinste der Bootsmann nicht.

Er mußte wieder an Whitmarsh denken, der mit zwölf Jahren von einem sogenannten Onkel als »Freiwilliger« in die Marine gesteckt worden war. Er hatte ihm berichtet, wie er von der sinkenden Fregatte wegtrieb und dabei immer noch seinen Freund an der Hand hielt, ohne zu wissen, daß der andere schon seit langem tot war.

Er wollte mit Sullivan reden, aber der war verschwunden. Er gab das Teleskop dem Midshipman der Wache. Er mußte die Stelle nicht länger beobachten, über der die Möwen sich wieder hinabstürzten. Ihre Schreie verwehten in der Ferne. Die Seelen toter Seeleute nannten die alten Salzbuckel sie. Räuber wäre passender, dachte Adam. Er hörte, wie O'Beirne zwei Helfern Instruktionen gab. War er ein guter Arzt oder nur ein Schlächter? Das wußte man meistens erst, wenn es zu spät war.

Adam ging an die Seite, zwei Seesoldaten sprangen weg, um ihm Platz zu machen. Die Gig war schon fast wieder da, und er sah, daß Bellairs wieder auf den Beinen stand.

Was soll das? Wir alle müssen so was kennenlernen. Aber es traf ihn doch.

Ein Block quietschte, und er sah, wie Partridges Gehilfen eine Trage aus Leinwand nach unten ließen, auf der der Überlebende hochgehievt werden würde. Das würde ihn vermutlich umbringen, wenn er nicht überhaupt schon tot war.

Andere Männer kamen jetzt schnell, um die Trage von allen Hindernissen frei zu halten.

»Machen Sie die Gig fest, und bringen Sie bitte das Schiff wieder auf Kurs. Übernehmen Sie, Mr. Galbraith.« Er sah nicht, wie es in Galbraiths Augen blitzte, aber er wußte es.

Galbraith führte jetzt das Schiff. *Man vertraut mir.*

Der Arzt kniete mit aufgerollten Ärmeln und rotem Kopf und zusammengekniffenen Augen. Er hatte die kleinen Hände und Handgelenke eines viel jüngeren Mannes, obwohl er groß und schwer war.

»Den kann ich nicht weit transportieren, Sir!«

Das Schiffslazarett, das Zwischendeck? Viel Zeit war nicht.

»Bringen Sie ihn nach hinten, in meine Kajüte. Da haben Sie mehr Platz.«

Adam lehnte sich vor und schaute auf den Mann, den sie aus dem Wasser aufgefischt hatten – oder aus dem Griff des Todes.

Ein nackter Arm zeigte eine verblichene Tätowierung. Der andere Arm war rohes Fleisch, ein Knochen schob sich durch Reste. Er war so schwer verbrannt, daß es wie ein Wunder erschien, daß er noch lebte. Ein Feuer also, der schlimmste Feind jedes Seemanns.

Jemand reichte Adam ein Messer. »Das trug er, Sir. Englische Herkunft, keine Frage.«

O'Beirne schnitt die verkohlten Lumpen vom Fleisch weg und murmelte: »Schlimm, Sir, sehr schlimm, ich fürchte...« Er packte den Mann am unverletzten Handgelenk, als der – offensichtlich unter großen Schmerzen – seine Lippen bewegte.

Vielleicht waren es die Geräusche des Schiffes, das abfiel, dessen Segel sich wieder blähten und knallten und schlugen, als die großen Rahen dicht gebraßt wurden. Oder es waren die Männer, die der Mann um sich herum spürte. Die Welt eines Seemannes. Seine Lippen öffneten sich etwas.

»Hier, Macker.« Eine teerige Hand schob sich mit einem Becher Wasser durch die Herumstehenden, aber O'Beirne schüttelte den Kopf und legte einen Finger auf den Mund.

»Noch nicht, Mann.«

Dann murmelte er: »Er ist wohl bei Bewußtsein.« Dann schaute er zu Adam hoch. »Verlangt nach dem Kapitän. Nach Ihnen, Sir...« Er unterbrach sich, senkte wieder den Kopf. »Schiffsname, Sir.« Er hielt die nackte Schulter des Mannes fest. »Versuch's noch mal, Mann!« Dann schüttelte er knapp den Kopf. »Hat keinen Sinn, Sir. Er stirbt.«

Adam kniete neben ihm und hielt die Hand. Auch die war schrecklich verbrannt, aber der Mann würde jetzt nichts mehr spüren.

Als Adams Schatten über das Gesicht des Mannes fiel, öffnete er die Augen. Zum erstenmal, als seien nur noch sie lebendig. Was sah er wohl, fragte Adam sich. Jemanden in einem verschwitzten Hemd, ohne Säbel und ohne Jakke und Gold, die Autorität anzeigten. So sah kaum ein Kapitän aus... Leise sagte er: »Hier habe ich das Kommando. Sie sind jetzt in Sicherheit.«

Das war gelogen. Adam spürte, wie das Leben des anderen verrann wie Sand in einer Uhr, und dessen Augen wußten es auch.

Er sammelte all seine Kräfte. Sein Blick ging plötzlich in die Wanten und das laufende Gut hoch über sich.

Wer war er? Woran erinnerte er sich? Wie hieß sein Schiff? Es hatte keinen Sinn mehr. Adam hörte Bellairs sagen: »Da waren noch vier, Sir. Alle verbrannt, alle zusammengebunden. Er muß der letzte Überlebende gewesen sein...« Bellairs konnte nicht weiter.

Adam spürte, wie der Sterbende seine Hand fester packte. Er sah ihm auf die Lippen, die ein Wort, einen Namen formen wollten.

»*Fortune,* Sir«, sagte O'Beirne.

Und irgend jemand meinte: »Handelsschiff, Sir, wahrscheinlich. Die armen Kerle waren alle Engländer.«

Die Hand bewegte sich wieder, erregt, verzweifelt.

Adam beugte sich tiefer, bis sein Gesicht nur noch wenige Zoll von dem des Sterbenden entfernt war. Er konnte seine Schmerzen riechen, seine Verzweiflung, doch er ließ die Hand nicht los. »Sagen Sie mir, was geschehen ist!«

Dann ließ er sehr sanft die Hand auf das Deck gleiten. Der Sand war verronnen. Irgend etwas hatte ihn noch am Leben gehalten, gerade noch. Was? Rache?

Er erhob sich und sah ein paar Augenblicke auf den Toten. Ein unbekannter Seemann. Er schaute ringsum in angespannte Gesichter. Bedrückte, neugierige, einige offen entsetzt. So nah waren sie sich noch nie gekommen, seit er das Kommando übernommen hatte.

Er sagte: »Nicht *Fortune*. Doch er hat den Namen genannt.« Die Augen des Mannes standen noch offen, als lebe er und höre ihnen zu. »Er sagte *La Fortune*. Ein Franzose hat sein Schiff versenkt.«

Jago fragte: »Soll ich ihn über die Seite gehen lassen, Sir?«

Jago kniete immer noch und spürte Adams Hand ganz kurz auf seiner Schulter.

»Nein, wir werden ihn in der letzten Hundewache bestatten. Das können wir wenigstens für ihn tun!«

Er sah den trotz seines Sonnenbrandes todbleichen Bellairs und sagte: »Das haben Sie gut gemacht, Mr. Bellairs. Ich werde es in Ihre Papiere aufnehmen. Das wird Ihnen nicht schlecht stehen.«

Bellairs versuchte zu lächeln, aber seine Lippen wollten sich nicht bewegen. »Der Mann da, Sir . . .«

Doch das Deck war verlassen, und die Gehilfen des Segelmachers würden den namenlosen Seemann bald für seine letzte Reise einnähen.

»Ich werde es herausbekommen. Und ich werde dafür sorgen, daß er nicht ungerächt bleibt.«

Die Sonne stand hoch am wolkenlosen Himmel, und der spiegelnde Glanz der Ankerfläche war fast körperlich spürbar. Die *Unrivalled* hatte alles Tuch außer den Toppsegeln und dem Klüver aufgegeit und schien in das Panorama aus Festungsanlagen und sandfarbenen Gebäuden zu gleiten. Ihr Heck brachte das Wasser kaum zum Kräuseln.

Adam Bolitho setzte sein Glas an und beobachtete die anderen Schiffe, die ganz in der Nähe ankerten. Die *Montrose,* das Flaggschiff von Sir Graham Bethunes, war von Booten und Leichtern umgeben. Sie hatte Gibraltar zwei Tage vor der *Unrivalled* verlassen, aber nach den Aktivitäten beim Wasserfassen und Laden von Proviant zu urteilen, schien es, als sei sie erst heute angekommen – wieder ein Beweis für die eigene schnelle Reise trotz widriger Winde.

Adam wußte immer noch nicht, was er von Bethunes Entscheidung halten sollte, getrennt zu segeln. Zu zweit hätten sie zusammen exerzieren und üben können und die übliche Routine an Bord unterbrochen.

Er kannte den Vizeadmiral nicht sehr gut, doch was er von ihm gesehen hatte, mochte er. Er traute ihm. Er hatte selber eine Fregatte geführt, sehr erfolgreich sogar, und das bewertete Adam sehr hoch. Mit dem Ruhm war er lange an Land eingesetzt worden, schließlich auch in der Admiralität geblieben. *Ich könnte das nie.* So etwas machte einen Offizier überängstlich, machte ihm die Risiken und Gefahren, die mit jedem Kommando auf See verbunden waren, viel zu bewußt. Er hatte mal gehört, wie Forbes, Kommandant der *Montrose,* solcherlei Vorsichtsmaßnahmen anzweifelte. Eigentlich war er nicht der Mann, der seinen Admiral kritisierte, aber er hatte wie sie alle zuviel getrunken.

Er bewegte sein Glas weiter und entdeckte drei weitere Fregatten, die in einer Linie ankerten. Ihre Flaggen bewegten sich kaum. Alle hatten Windsegel gerigt, um wenigstens den Versuch zu machen, für frische Luft in den überfüllten Decks zu sorgen.

Keine große Streitmacht also, und auch das würde Bethune bedrücken. Jetzt, da Napoleon wieder frei in Frankreich herumzog, konnte niemand vorhersagen, wohin die Auseinandersetzung sich bewegen würde. Die Franzosen könnten nach Norden zu den Kanalhäfen vorstoßen und mit Truppen und Schiffen den lebenswichtigen Nachschub für Wellingtons Armeen abschneiden. Und was würden die anderen alten Feinde unternehmen? Es gab immer noch genügend, die dem arroganten Korsen gern wieder ihre Treue schwören würden.

»Das Wachboot, Sir!«

Adam sah hinter dem bewegungslosen Boot Gebäude, die an die Festungsmauern der nächsten Batterie gebaut schienen.

Catherine war hiergewesen, nur ein paar Tage, dann mußte sie wieder nach England zurückkehren.

Der letzte Ort, die letzte Gelegenheit, bei der sie seinen Onkel gesehen hatte. Er versuchte, den Gedanken wegzuschieben. *Das letzte Mal, daß Richard und sie sich geliebt hatten.*

Cristie rief laut: »Alles klar, Sir!«

Adam trat an die Reling und sah sein Schiff entlang. Es bewegte sich immer noch leicht, und der Anker schwang vorn, bereit zu fallen. Männer warteten an Fallen und Brassen, Unteroffiziere blickten zum Achterdeck. Auf ihren Kapitän. Er sah Galbraith auf der anderen Seite mit dem Sprechrohr in der Hand, doch sein Blick blieb bei Wynter hängen, dem Dritten Offizier, vorn bei dem Ankertrupp. Galbraith hatte vor, selber das Kommando über das ganze Manöver zu übernehmen, und überraschte Adam damit, weil der das nicht erwartet hatte. Ein starker, fähiger Offizier, der aber nicht delegieren wollte oder konnte, wie sich im Fall Bellairs, dem Wrack und den schrecklichen Toten und den schreienden Möwen gezeigt hatte.

»Übernehmen Sie, Mr. Galbraith!« sagte er.

»Lee Brassen dicht. Vor dem Wind drehen!«

»Toppsegelschoten! Toppsegelgeitaue!«

Galbraith ließ mit seiner Stimme die Männer nicht los, die im Gleichtakt auf dem sonnenheißen Deck Leinen dichtholten und auf den Befehl warteten, sie zu belegen.

»Ruder nach Lee!«

Adam blieb unbewegt stehen und sah, wie das Land langsam am Bugspriet und der stolzen Galionsfigur vorbeiglitt.

»Laß fallen Anker!«

Galbraith nickte knapp, und der große Anker klatschte ins Wasser und warf Spritzer über die vorn Arbeitenden.

Die Bugflagge wehte sofort aus, und er sah Midshipman Bellairs einen seiner Signalgasten angrinsen. Doch er hatte den Mann nicht vergessen, den sie aus der See geholt hatten, nur um ihn wieder der See zu übergeben. Adam hatte den Jungen beobachtet, als das Deck unten für die Zeremonie freigemacht wurde. Selbst der Wind war eingeschlafen.

Die Zeremonie hatte Neulinge und alte Seeleute gleichermaßen berührt. Die meisten von ihnen hatten erlebt, wie nach Schlachten Männer, mit denen sie ihre Leben und seine Unbequemlichkeiten geteilt hatten, wie Abfall über Bord geschoben wurden. Doch aus irgendeinem Grund war diese Zeremonie für den Unbekannten etwas anderes.

Adam war sich bewußt, wie Galbraith ihn genau beobachtete, als er aus dem viel benutzten und salzbefleckten Gebetbuch laut vorlas. Er lächelte jetzt. Das Buch hatte ihm seine Tante Nancy damals gegeben, ehe er sich auf der alten *Hyperion* meldete.

Behüt es gut, Adam, dann wird es auch dich behüten.

Es war das einzige, was er aus jenen Tagen noch besaß, aus einem früheren Leben ...

Er blickte jetzt hoch zu Matrosen, die affenschnell oben die Segel auftuchten und sicherten und die Bootstaljen klar machten. Wie lange würden sie bleiben? Welche Befehle würden sie bekommen? Er wollte sich nichts ausmalen. Was war mit dem Schiff *La Fortune*?

Der Sterbende hätte sich natürlich irren können, sein zerquältes Hirn konnte ihn getäuscht haben. Vielleicht hatte auch er sich nur, wie Adam manchmal, an Erinnerungen geklammert, die sehr lange zurücklagen?

Aber wenn nicht? Als Napoleon abdankte, waren viele französische Schiffe auf See gewesen. Die beiden Fregatten, die am Todestag seines Onkels die *Frobisher* angriffen, kamen ja nicht aus dem Nichts.

»Befehle, Sir?«

»Posten aufstellen, Mr. Galbraith. Ich habe nicht gern unerwünschte Besucher an Bord. Machen Sie ein Boot klar für den Zahlmeister, er wird an Land gehen wollen, um frisches Obst einzukaufen.«

Selbst ein Kriegsschiff zog Aufmerksamkeit auf sich, wenn es vor Anker lag. Weil die Kanonenpforten offen standen, damit die Freiwache unten frische Luft hatte, konnten Händler und Frauen leicht aufentern, wenn sie wollten. Adam lächelte. *Und gerade bei einem Kriegsschiff.*

Ein Gehilfe des Bootsmanns meldete: »Das Wachboot kommt längsseits, Sir!«

Plötzlich schien Galbraith seine übliche Zurückhaltung vergessen zu haben. »Vielleicht Post von zu Hause, Sir? Dann hören wir wieder mal, was los ist in der Welt!«

Adam sah ihn an. Dieser Galbraith war ihm noch unbekannt.

»Passagier im Boot, Sir.«

Er meinte, Bellairs klang enttäuscht.

»Ein Leutnant, Sir!«

Adam ging an die Relingspforte und sah, wie der Offizier dem Leutnant der Seesoldaten die Hand gab, der für das Boot verantwortlich war. Ein großer Mann, graue Strähnen im dunklen Haar. Adam ballte die Faust, ohne es zu merken. Das mußte ja passieren, aber nicht jetzt und nicht so! Er war einfach nicht darauf vorbereitet, war verletzbar. Bethune hatte ihn in Gibraltar vorgewarnt.

Unsicher meinte Galbraith: »Ich kann ihn nicht einordnen, Sir!«

»Wie auch!« Er legte ihm die Hand auf den Arm, sein Sarkasmus war unpassend. »Verzeihen Sie. Mein Rang gibt mir nicht das Recht, Sie zu beleidigen.« Er sah auf die Relingspforte. »Er ist . . . er war der Flaggleutnant meines Onkels. Und sein Freund.«

Dann ging er, den Besucher zu begrüßen, und empfand nur Neid.

Leutnant George Avery nahm auf dem Stuhl mit der hohen Rückenlehne Platz und beobachtete, wie der Steward in der Kajüte zwei Gläser mit Wein auf den Tisch stellte. Der Stuhl fühlte sich hart an, ungebraucht, wie das ganze Schiff.

Es war schon seltsam, dachte er. Auf einem Schiff des Königs konnte man eigentlich immer damit rechnen, ein bekanntes Gesicht zu treffen, oder einen Namen zu hören, der einem mal was bedeutet hatte. Es hieß, die Marine war eine große Familie. Man gehörte immer dazu.

Er war dem Ersten Offizier vorgestellt worden, einem kräftigen Mann mit einem ehrlichen Gesicht und einem festen Händedruck. Den kannte er nicht.

Er sah jetzt den Kapitän an. Er war auf dieses Treffen

vorbereitet, doch er nahm an, daß es Adam Bolitho unerwartet traf.

Doch das war es nicht. Er sah sein Profil, als er ein paar Notizen zu Papier brachte für einen kleinen, krank aussehenden Mann, offenbar den Schreiber.

Sie hatten sich schon öfter getroffen. Avery erinnerte sich vor allem an einen Mann, der schnell und hellwach alle Vorgänge und Leute beobachtete. Rückblickend war es für ihn immer ein junger, unruhiger Mann. *Wie ein Fohlen*, hatte Richard Bolitho mal über ihn gesagt.

Es gab Ähnlichkeiten mit den Porträts im Haus und vor allem mit dem Mann, dem er gedient und den er geliebt hatte.

Wir sind gleichaltrig, aber während er eine leuchtende Zukunft vor sich hat, habe ich nichts. Adam und Richard Bolitho waren öfter getrennt als zusammen gewesen, doch Avery hatte sie immer wie aus einer einzigen Form gegossen gesehen. Aber das stimmte jetzt nicht mehr. Adam hatte sich verändert, war reifer geworden, was für einen Mann von seinem Rang und mit seiner Verantwortung nicht verwunderlich war. Doch die Veränderungen reichten tiefer. Er schien irgendwie auf der Hut zu sein, distanziert. Vielleicht wollte oder konnte er immer noch nicht akzeptieren, daß der große wärmende Mantel, daß die schützende Hand nicht mehr da waren – ja nicht einmal mehr der Schatten von beidem.

Adam sah ihn jetzt auch an und hob sein Glas.

»Sie werden es mögen!«

Aber er sagte ihm das nicht nur so, sondern lud ihn ein, etwas mit ihm zu teilen.

Avery hob das Glas und mußte an den Wein denken, den sich Richard Bolitho immer hatte an Bord schicken lassen.

»Ich habe gehört, Sie haben Lady Somervell in England noch kurz vor der Abreise getroffen, Sir.«

»Ja. Sie meinte, ich hätte zuviel um die Ohren und würde nicht dafür sorgen, daß ich eigenen Wein an Bord nähme.« Nun lächelte er wirklich und war einen Augenblick lang der junge, entschlossene Offizier, wie ihn Avery früher gesehen hatte.

Avery meinte: »Sie vergißt nichts!« *Das Lächeln verschwindet wie Sonnenlicht hinter einer Wolke,* dachte er.

»Wir sahen uns in Falmouth ... Ich bete zu Gott, daß sie sich mit dem schrecklichen Verlust abfindet.« Dann wechselte er das Thema ganz schnell, und so erinnerte Avery sich an ihn.

»Was gibt es bei Ihnen Neues? Werden Sie auf Malta bleiben?«

Avery setzte das Glas ab. Es war leer, er schmeckte noch den Wein auf den Lippen, doch er erinnerte sich nicht, getrunken zu haben.

»Ich kann all das, was wir bereits wissen, ganz gut zusammenknüpfen, Sir.« Er zögerte. »Sir Richard hatte Anlaß, Mehmet Pasha zu treffen, den Mann, der Algier beherrscht. Ich war dabei und genoß das Privileg, alle Erkenntnisse zu teilen, die wir damals sammelten. Kann ich also helfen?«

Er bewegte seine Schulter, und Adam sah, wie er zuckte. Die alte Wunde. Er war niedergestreckt worden und hatte sein Schiff verloren. *Wir haben so viel gemeinsam.* Auch er hatte gesehen, wie seine Flagge eingeholt wurde, als er sich ergeben mußte, so schwer verwundet, daß er dagegen nichts unternehmen konnte. Und auch er war Kriegsgefangener gewesen, ehe ihm die Flucht gelang. Ein Kriegsgericht hatte ihn freigesprochen und ihn belobigt. Genau so leicht hätte der Spruch ihn aber auch vernichten können.

»Dafür wäre ich sehr dankbar!« sagte er. »Sir Graham Bethune hat nur sehr wenige Informationen, mit denen er etwas anfangen kann.«

Über ihnen und um sie herum waren die Geräusche

einer Fregatte zu hören, die gerade geankert hatte. Während ihres Gesprächs stand Adam einmal auf und schloß die Luke, als wolle er diese Augenblicke mit niemandem teilen.

Avery sprach leicht und ohne erkennbare Gefühle, aber Adam begriff, was ihn das kostete und was es für ihn bedeutete. Endlich jemand, der dabeigewesen war, der gesehen hatte, was geschah.

»Ich sah ihn fallen«, sagte Avery schlicht. Seine braunen Augen schauten in weite Fernen. Dann lächelte er fast. »Allday war bei mir.«

Adam nickte, doch er wagte nicht, ihn zu unterbrechen.

Avery blickte auf die schrägen Heckfenster und die Schiffe, die weit weg ankerten.

»Er war der tapferste und umsichtigste Mann, unter dem ich je gedient habe, den ich überhaupt kannte. Als ich eben mit dem Boot hierher gerudert wurde, wäre ich am liebsten umgekehrt und an Land gegangen. Aber ich mußte kommen. Nicht aus Pflichtbewußtsein oder aus Respekt – das sind nur Worte. Und auch nicht, weil Sie ein Recht haben, alles genau zu erfahren. Ich fürchtete, Sie würden mich ablehnen, weil Sie hier sind, er aber nicht. Jetzt weiß ich, daß ich das Richtige getan habe. Er hat oft von Ihnen geredet, auch an dem Tag, als er fiel. Er war stolz auf Sie, auf das, was aus Ihnen geworden ist. *Er ist fast wie ein Sohn,* sagte er immer.«

Leise wollte Adam wissen: »Hat er leiden müssen?«

Avery schüttelte den Kopf. »Ich glaube nicht. Er sprach noch mit Allday. Was er sagte, habe ich nicht gehört, und dann hatte ich einfach nicht das Herz, Allday später danach zu fragen.«

Später.

Averys Blick wanderte auf den Tisch mit dem Umschlag, der an Vizeadmiral Bethune adressiert war.

»Ich werde ihn mitnehmen, wenn ich gehe, Sir!«

Wie so oft war die Pflicht der Ausweg aus der Trauer. Adam hatte das schwer genug lernen müssen, schwerer als die meisten.

Er sagte: »Kommen Sie doch später wieder. Wir könnten zusammen essen. Nur wir beide.« Er fühlte sich bei diesen Worten gar nicht wohl und war froh, als Avery ablehnte. »Also dann bis morgen. Ich nehme an, es gibt eine Besprechung?«

Avery sah auf den Boden und zupfte wie unbewußt einen einzelnen goldenen Fussel von seiner Jacke. Dort hatte er einmal eine Goldlitze getragen, die ihn als Adjutant eines Admirals auszeichnete, als einen Flaggleutnant.

Bethune hatte jetzt sicherlich schon seinen eigenen Flaggleutnant, wie damals auch Valentine Keen in Halifax. Es könnte Ablehnung herrschen.

Avery meinte jetzt: »Wenn Sie es wollen, ich würde es begrüßen . . .« Er lächelte wieder, nur andeutungsweise, als sei er mit seinen Gedanken ganz woanders. »Es ist mir eine Ehre, Sie zu begleiten. Ich kann immer noch eine Wache gehen, und bisher habe ich keinen Anlaß, nach Hause zurückzukehren.«

Adam erinnerte sich, daß Avery ja Sillitoes Neffe war. Der Name dieses einflußreichen Mannes stand fast täglich in den Zeitungen. Auch ein Neffe. Wieder so ein Zufall. Er streckte ihm die Hand entgegen. »Danke für Ihr Kommen. Ich werde es nie vergessen!«

Avery nahm ein Päckchen aus der Tasche und öffnete es sehr vorsichtig. Das Medaillon. Adam hatte gesehen, daß sein Onkel es trug, wenn er mit offenem Hemd an Deck war. *Wie ich.* Er nahm es und hielt es ins Licht. Perfekte Ähnlichkeit. Catherines nackte Schultern, ihre hohen Wangenknochen. Er wollte es gerade drehen, um die Inschrift zu lesen, als er den gebrochenen Verschluß und die zerrissene Kette bemerkte. Ein scharfer Schnitt wie von einem Messer. Seine Finger schlossen sich fest um das Schmuckstück. Kein Messer. Das war die Spur des Scharfschützen.

Avery beobachtete ihn.

»Ich habe hier keinen Handwerker gefunden, der geschickt genug ist, um es zu reparieren. Ich hätte es ihr sonst längst geschickt. Aber jetzt meine ich, Sie sollten das besser tun, Sir!«

Sie sahen sich an, und Adam begriff. Auf seine Weise war Avery auch in sie verliebt gewesen. Doch jetzt, da sie Hilfe brauchte, hatte sie niemanden in der Nähe.

»Danke, daß Sie das sagen. Ja, vielleicht kann ich es ihr persönlich zurückgeben.«

Avery nahm seinen Hut und wußte, daß er selber das nie gekonnt hätte. Und plötzlich war er froh. Er schaute Adam an und sah einen kurzen Moment in ihm wieder den anderen, der lächelte, den guten jungen Flaggleutnant.

Galbraith stand an der Relingspforte, als sie wieder an Deck erschienen und beobachtete, wie sie sich lange die Hand schüttelten, als wollten sie sich nicht trennen. Ihm fiel auf, daß der Besucher in die Großmaststenge schaute, als ob dort noch eine Flagge auswehte.

Allein in seiner Kabine nahm Adam das Medaillon wieder auf, und er meinte, ihre Stimme zu hören, wie immer, wenn er einen Brief von ihr erhalten hatte.

> *Möge das Glück Dich immer leiten.*
> *Möge die Liebe Dich immer schützen.*

An diese Worte mußte sie gedacht haben, als die *Unrivalled* aus der Bucht von Falmouth lief. Dort würde sie auch auf das Schiff warten, das niemals mehr zurückkehren konnte.

Er drehte sich um, als Galbraith in der offenen Tür erschien.

»Was liegt für morgen an, Sir?«

So mußte es sein. Vielleicht hatte Galbraith verstanden, was geschehen war. Vielleicht würde er es ihm eines Tages sagen.

»Trinken wir erst ein Glas zusammen!«

Er ließ das Medaillon unsichtbar in seine Tasche gleiten.

»Ich habe etwas zu besprechen, ehe ich morgen den Vizeadmiral treffe. Dies ist mein Plan . . .«

Es war ein neuer Anfang für sie alle.

V Ein Wettkampf

Leutnant Leigh Galbraith kam quer über das Achterdeck und meldete: »Die Wache ist angetreten, Sir!«

Wie die Schritte über und an Ringbolzen und anderen Hindernissen vorbei, gehörte auch dies zur nie wechselnden Routine auf See. Er tippte vor dem Schatten von Leutnant Massie, den er ablösen wollte, sogar an den Hut.

Es war immer noch sehr dunkel, doch wenn seine Augen sich schließlich an alles hier oben gewöhnt hätten, würde er an den blasser werdenden Sternen die kommende Morgendämmerung ablesen und die Kimm klar und scharf sehen. Massie unterdrückte ein Gähnen.

»West bei Süd, Sir!« Er starrte auf die blassen Schatten der Segel, die sich nur selten im leichten Wind blähte, der von Steuerbord achteraus wehte.

Galbraith blickte auf den Rudergänger, dessen Augen im abgeschirmten Licht vom Kompaß her flackerten. Andere Schatten nahmen ihre angestammten Plätze ein: die Morgenwache, mit der das Schiff wieder lebendig wurde.

Galbraith sah ein leichtes Glimmen aus dem Skylight der Kajüte. War der Kapitän auf den Beinen oder brannte das Licht nur, damit die Wache auch hellwach blieb?

Er mußte an Kapitän Bolithos Rückkehr nach der Besprechung mit dem Vizeadmiral denken. Galbraith wußte nicht, was besprochen worden war, doch der Kommandant war an Bord zurückgekehrt und hatte seinen Ärger kaum verbergen können.

Galbraith versuchte, nicht mehr daran zu denken. Im ersten Licht würden sie die zweite Fregatte wieder sichten und mit ihr Kontakt aufnehmen, *Matchless* mit zweiundvierzig Kanonen. Seit drei Jahren war sie schon im Mittelmeer, hatte bei diesem oder jenem Geschwader gestanden und war mit allen Schiffsbewegungen und der lauernden Gefahr durch Piraten sehr vertraut. Korsaren!

Ein älterer Kapitän mit vollem Rang, Emlyn Bouverie, führte sie – der aus einer stolzen Marinefamilie stammte und von dem es hieß, er werde sehr bald zum Flaggoffizier befördert. Galbraith kannte ihn nicht, aber die, die ihn kannten, lehnten ihn offenbar aus vollem Herzen ab. Er war kein Tyrann und kein Leuteschinder wie andere Kommandanten. Doch als Perfektionist konnte er schnell jeden zusammenstauchen oder bestrafen, der seine hohen Anforderungen nicht erfüllte.

Er sagte jetzt: »Sie sind abgelöst, Sir!«

Er hob die Persenning vom Kartentisch des Masters und studierte mit Hilfe einer kleinen Laterne das Logbuch. Nach Cristies Ansicht würden sie vor dem Mittag noch Land sehen. Er wußte, daß Cristie sich noch nie geirrt hatte. Er hielt das Licht sehr ruhig. Die Küste von Nordafrika. Für die meisten Seeleute war sie geheimnisvoll und geisterhaft, und man hielt sich am besten fern von ihr. Er studierte die feine Schrift Cristies. *6. Juni, 1815*. Was würde dieser Tag bringen?

Kapitän Bolitho hatte seine Offiziere und die älteren Unteroffiziere gemeinsam in seine Kajüte gebeten. Galbraith drückte den Rücken durch und schaute wieder auf das Skylight und erinnerte sich.

Der Kapitän hatte den Auftrag beschrieben. Ein Besuch Algiers, um Erkundungen anzustellen. Sie kamen in friedlicher Absicht, doch die Stückmannschaften exerzierten zweimal am Tag. Es hieß, Algier werde durch sechshundert Kanonen geschützt. Mit denen würden sie es nie aufnehmen können, wenn es zum Schlimmsten käme.

Der Kapitän hatte sie angeschaut und sagte: »Im westlichen Mittelmeer gab es, ehe Napoleon die Waffen streckte, eine französische Fregatte, die *La Fortune*, und ein paar andere. Man weiß, daß der Dey von Algier und der Bey von Tunis diesen Kriegsschiffen ihre Häfen als Basen angeboten haben, wenn sie ihnen dafür bestimmte Dienste leisteten. Die Gefängnisse dort quellen über von Christen, Menschen, die man aus passierenden Schiffen holte und nur deswegen einsperrte, weil sie einen anderen Glauben haben. Man foltert sie, macht sie zu Sklaven, greift offen Schiffe an, die unter unserem Schutz stehen – die Liste ist endlos. Mit unseren Verbündeten ...«, er machte keinen Versuch, seine Verachtung bei diesem Wort zu verhehlen, »wir hätten die Chance, zusammen mit ihnen dieser Piraterie ein für allemal ein Ende zu setzen. Aber jetzt reitet Napoleon wieder an der Spitze seiner Heere. Da hat besonders der Dey vor, unser Engagement auszunutzen und seine Kontrolle dieser Gewässer auszudehnen, und zwar ziemlich weit.«

Jemand hatte sich nach dem Seemann erkundigt, den sie aufgefischt und später wieder bestattet hatten, Hauptmann Bosanquet von den Seesoldaten war es gewesen, erinnerte sich Galbraith.

Kapitän Bolitho war nur kurz darauf eingegangen. »Vermutlich einer von vielen.« Und dann hatte seine Stimme wieder bitter geklungen. »Deswegen will sich Kapitän Bouverie friedlich nähern. Vizeadmiral Bethune hat kein großes Geschwader. Also sieht er keine andere Möglichkeit.«

Bouverie war der dienstältere Kommandant und ließ sie das deutlich spüren, indem er bei jeder Gelegenheit Signale gab. Galbraith lächelte. Eines Tages würde er sicher einen guten Admiral abgeben.

Der Gehilfe des Masters meinte leise: »Das Licht ist jetzt aus, Sir.«

»Danke, Mr. Woodthorpe. Schön, daß Sie wach sind.« Im Dunkel sah er des Mannes Zähne blitzen.

Wie würde es weitergehen? Er erinnerte sich an den

Augenblick, als sie zusammen Wein getrunken hatten. Er hatte dabei eine andere Seite von Adam Bolitho entdeckt. Er sprach sogar kurz von seinen Tagen als Midshipman und von seinem Onkel, seinem ersten Kommandanten. Er öffnete sich und zeigte eine Wärme, die Galbraith nie bei ihm vermutet hatte.

Doch nach dem Besuch des Flaggschiffs war diese Tür wieder zugefallen. Galbraith hatte zuerst angenommen, daß Bolitho wegen seines berühmten Namens Vorzugsbehandlung erwartete und deswegen gegen Bouveries langsame und vorsichtige Vorgehensweise gewesen war. Aber Adam Bolitho war als Kapitän mit vollem Rang nicht nur bekannt, sondern auch erfahren und nicht leicht zu irritieren. Mit Männern wie Bouverie konnte er sicherlich umgehen.

Das Ganze ging also tiefer. Irgend etwas trieb ihn mit nicht zu haltender Kraft. Irgend etwas Persönliches.

Wie die Brigantine, die die *Unrivalled* vielleicht verfolgt hatte oder noch verfolgte. Zweimal hatten sie auf der Reise ein unbekanntes Segel ausgemacht. Der Ausguck war sich nie sicher gewesen. Selbst der erfahrene Sullivan konnte sich nicht festlegen. Doch Bolitho kannte solche Zweifel nicht. Als er Bouverie signalisierte und um Erlaubnis bat, nachzusetzen, wurde sein Anfrage mit einem knappen »Negativ« beantwortet.

Galbraith hatte ihn sagen hören: »Dies ist ein Kriegsschiff. Ich bin verdammt noch mal kein Gemüsefahrer!«

Galbraith erkannte die leichten Schritte und hörte den Kommentar, den Bolitho im Vorübergehen dem Gehilfen des Masters zugeworfen hatte. Dann sah er das offene Hemd, das sich im sanften Wind blähte, und mußte an die gewaltige Narbe über den Rippen denken, als er ihn einmal beim Rasieren in der Kajüte angetroffen hatte. Er war nur mit Glück am Leben geblieben.

Bolitho hatte damals seine Blicke bemerkt und gesagt: »Das haben die nicht schlecht gemacht.« Er hatte dabei gegrinst, und einen Augenblick lang hatte Galbraith gemerkt, wie Jugend Erfahrung und Erinnerungen verdrängte.

Nicht schlecht gemacht. Galbraith hatte vom Schiffsarzt erfahren, daß Adam mehr tot als lebendig gefangengenommen worden war. Ein amerikanischer Schiffsarzt hatte ihn operiert, der in Wahrheit aber Franzose war.

»Guten Morgen, Mr. Galbraith. Es ist alles wie vorher, wie ich sehe.« Er blickte in die Toppsegel hoch. »Ich könnte sie fliegen lassen, wenn ich's dürfte!«

Stolz auf das Schiff? Nein, es war mehr. Es klang wie Liebe.

Er trat an das Kompaßhäuschen und nickte dem Rudergänger zu. Die Männer verfolgten ihn mit ihren Blicken weiter zum Tischchen unter der Leinwand.

»Wir werden am Vormittag mit den Hauptbatterien exerzieren, Mr. Galbraith.«

Galbraith lächelte, das würde sich wie ein Lauffeuer im Schiff rumsprechen. Aber man mußte zugeben, die Stückmannschaften hatten sich verbessert.

»Lassen Sie alle Mann eine Viertelstunde früher rufen. Ich erwarte das Schiff heute tipptopp. Und dann möchte ich, daß alle gut frühstücken und nicht irgendwelchen Fraß bekommen.«

Eine neue Seite an ihm! Kapitän Bolitho hatte den Koch bereits degradiert, weil er Nahrungsmittel verschwendete und das Essen schlecht zubereitete. Vielen Kommandanten wäre die Qualität des Essens für die Mannschaften egal gewesen.

Er hielt die kleine Lampe in die Höhe, doch er schien nicht auf die Karte zu sehen, und Galbraith hörte nur, wie er leise sagte: »Der sechste Juni, ich hätte es fast vergessen!«

»Darf ich fragen, um was es geht?«

Einen Augenblick meinte er, er habe sich zu weit vorgewagt. Doch Adam sah ihn nur an, sein Gesicht blieb im Schatten.

»Ich denke an ein paar wilde Rosen und eine Dame.« Er wandte sich ab, als fürchte er, etwas zu verraten. »An meinem Geburtstag.« Und dann abrupt: »Wind! Bei Gott, endlich Wind!«

Es schien, als spüre das Schiff seinen Stimmungswechsel. Blöcke und Fallen ratterten, und über ihnen schlug das Großsegel wie eine Trommel.

Adam sagte: »Letzter Befehl zurück. Sofort alle Mann auf Station.« Er packte Galbraith am Arm, als wolle er ihm klarmachen, wie wichtig das war. »Wir werden heute Land sichten. Verstehen Sie, wenn wir verfolgt werden, ist das heute ihre letzte Gelegenheit, uns einzuholen!«

Galbraith wußte, daß man über diese plötzliche Erregung nicht reden konnte. Mit dem ersten Licht würden sie den Kurs ändern, um wieder zur *Matchless* zu stoßen. Es gab nicht den leisesten Beweis, daß gelegentlich gesichtete ferne Segel irgend etwas bedeuteten oder irgend etwas miteinander zu tun hatten. Aber der feste Griff ließ gar keine Zweifel aufkommen.

Er wandte sich um. »Alle Mann auf Station, Mr. Woodthorpe. Und holen Sie mir den Master, so schnell es geht!« Er wandte sich in Richtung der unklaren Silhouette. »Kapitän Bouverie würde das vielleicht nicht billigen, Sir.«

Doch Adam Bolitho meinte nur leise: »Aber Kapitän Bouverie ist noch nicht in Sicht, oder?«

Männer liefen aus den Schatten, manche noch schlaftrunken, blickten in die wild schlagende Leinwand und das klappernde Rigg, bis Ordnung und Disziplin wieder die Oberhand gewannen.

Der Master kam barfüßig über das schräge Deck und

murmelte: »Kann man nicht mal Ruhe haben!« Dann entdeckte er den Kapitän. »Neuer Kurs, Sir?«

»Wir werden halsen, Mr. Cristie. Und dann so hoch an den Wind gehen wie möglich!«

Pfeifen schrillten, und Männer kletterten nach oben. Für die meisten war die Arbeit im Dunkeln da oben jetzt nicht mehr gefährlich.

Blöcke quietschten, und jemand stolperte über einen Tampen, der sich wie eine lebendige Schlange über die feuchten Planken wand. Aber das Schiff gehorchte von dem Augenblick an, als das doppelte Rad herumgewirbelt wurde.

Galbraith hielt sich an einem Backstag fest, als sich das Heck noch schräger legte. Im Dunkeln klang alles viel wilder und lauter, als reagiere das Schiff auf die Kühnheit seines Kommandanten. Er wischte sich Schaum aus dem Gesicht und sah, wie die Sterne um den Wimpel im Mast wirbelten. Es war kurz vor Sonnenaufgang. Er sah zum Kommandanten hinüber. Und wenn die See jetzt leer war? Und kein Fahrzeug in Sicht? Er dachte an Bouverie und wußte, ohne es sich genau erklären zu können, daß dies ein Wettkampf war.

Die *Unrivalled* beendete ihr Manöver, Wasser lief durch Speigatten an Lee, die Segel füllten sich jetzt auf dem anderen Bug wieder, der Klüver knallte laut, und sie ging so hoch an den Wind, wie es möglich war.

Cristie rief laut: »Recht so. Neuer Kurs, Sir, Ost bei Süd.«

Nachher meinte Galbraith, es sei das erste Mal gewesen, daß er den Master beeindruckt oder überrascht erlebt hatte.

»Fest machen. Belegen!«

Männer liefen los. Für eine Landratte sah das alles noch nach Chaos und gequältem Tauwerk aus.

Adam packt die Reling und sagte: »Jetzt fliegt sie. Spüren Sie's!«

Galbraith drehte sich um, schüttelte den Kopf und antwortete nicht. Der Kapitän war ganz allein mit seinem Schiff.

»Aufentern, Mr. Lomax. Lassen Sie die Bramsegel setzen. Mehr Leute an die Großsegel. Die Kerle sind heute lahm wie alte Weiber.«

Leutnant George Avery stand unter dem Besanmast, wo seit fast einer Stunde die Seesoldaten gemustert wurden. Er hatte ein paar leise Flüche gehört, als das Feuer in der Kombüse gelöscht worden war, ehe einige Wachgänger sich ein schnelles Frühstück greifen konnten.

Er fühlte sich auf der *Matchless* fremd und am falschen Platz. Alles lief glatt und leicht, wie man es auf einer Fregatte erwarten konnte, die seit drei Jahren im Dienst war. Aber ihm war aufgefallen, daß hier kein kameradschaftlicher Geist herrschte, den er sonst schnell spürte und gern annahm. Jedes Manöver, jeder Kurswechsel schien von einem Mann zu kommen. Hier gab es keine Kommandokette, wie er sie kannte, sondern nur den einen Mann.

Er konnte ihn jetzt erkennen. Er stand breitbeinig da, die Hand auf der Hüfte, eine eckige Gestalt im heller werdenden Tageslicht. Er dachte über das eine Wort nach, das Kapitän Emlyn Bouverie exakt charakterisierte. Auch wenn das Schiff sich auf neuem Kurs überlehnte, blieb Bouverie wie ein Fels stehen. Auch seine Hände waren eckig, stark und hart – genau wie der Mann.

Bouverie sagte: »Kümmern Sie sich um die Leute im Ausguck, Mr. Foster, Sie sollten meine Befehle inzwischen kennen.« Seine Stimme war ohne Anstrengung weithin hörbar, und Avery hatte ihn noch nie ein Sprechrohr benutzen sehen, selbst in der Bö nicht, die sie kurz nach dem Auslaufen von Malta erwischt hatte.

Er hörte einen Leutnant diverse Namen rufen und glaubte zu wissen, warum. Die *Unrivalled* würde bald gesichtet werden, vorausgesetzt, Adam Bolitho hatte seine Position wie befohlen gehalten. Er erinnerte sich an die Besprechung auf dem Flaggschiff. Bouverie hatte widersprochen, als Avery auf die *Unrivalled* gehen wollte statt auf das Schiff des dienstälteren Offiziers. Bethune hatte zugestimmt. Avery fragte sich jetzt immer noch, ob er wirklich zugestimmt hatte oder nur beweisen wollte, daß es keine Vorzugsbehandlung für Sir Richard Bolithos Neffen gab.

Er schaute nach oben, wo die Bramsegel losgeworfen wurden und sich im Wind blähten. Die Toppgasten arbeiteten auf beiden Seiten der Rah, wohl wissend, was der Kommandant erwartete.

Stolz oder Eifersucht? Das eine war wohl ohne das andere nicht zu haben. Die *Matchless* war seit mehr als drei Jahren in diesen Gewässern. Trotz des Kupfers am Rumpf war sie von Algen und anderem Seezeug bewachsen. Die *Unrivalled* war gezwungen gewesen, am Tage öfter mal die Segel zu kürzen, um auf Station zu bleiben. Nachts müßte sie also fast beidrehen. Er konnte sich Adams Enttäuschung und Ungeduld vorstellen. *Und dennoch kenne ich ihn kaum.* Es war schon seltsam. Wie auch die Übergabe des Medaillons. *Ich hätte es am liebsten selbst behalten.*

Er spürte, daß Bouverie jetzt am Besan neben ihm stand. Wenn Bouverie es darauf anlegte, konnte er sich schnell und ungehört bewegen.

»Langweilig, Mr. Avery? Hier dürfte es nach Ihrem letzten Kommando ziemlich zahm zugehen.«

»Ich komme mir wie ein Passagier vor, Sir!« antwortete Avery.

»Wohl wahr. Aber ich kann hier an Bord nichts ändern, verstehen Sie!«

Er lachte. Bouverie lachte in der Tat häufig, aber das Lachen stand nie in seinen Augen.

»Alles gesichert, Sir.«

Jemand eilte vorbei. Auf der *Matchless* ging nie jemand in normalem Tempo.

Bouverie nickte. »Ich habe gelesen, was Sie bei Ihrem letzten Besuch in Algier gesehen und aufgeschrieben haben. Das könnte nützlich sein.« Er unterbrach sich und rief laut: »Notieren Sie den Mann, Mr. Munro. Ich will heute keine verdammte Schlamperei.«

Den Mann. Nach drei Jahren Dienst müßte ein Kommandant jede einzelne Seele an Bord kennen!

Wieder fielen Erinnerungen über ihn her. Richard Bolitho hatte seinen Männern immer wieder eingeprägt, wie wichtig die Namen der Männer waren. *Oft sind ihre Namen das einzige, was sie überhaupt besitzen.*

Verblüfft drehte er sich um, als Bouverie meinte: »Sie vermissen den Admiral sicher.« Hatte er Gedanken gelesen?

»In der Tat, Sir!«

»Ich bin ihm nie begegnet. Dabei war ich schon in Kopenhagen dabei, auf der *Amazon* unter Kapitän Riou. Mein erster Einsatz als Leutnant. Ein blutige Feuertaufe, glauben Sie's mir.« Wieder lacht er, aber niemand drehte sich um, um zuzuhören oder hinzuschauen. Das gab es auf der *Matchless* nicht. Wieder fuhr Bouveries Arm vor. »Luvbrasse dichter holen und belegen! Viel zu langsam!«

Ebenso schnell wechselte er das Thema. »Hatten Sie viel mit Lady Somervell zu tun? Man sagt, sie könne einem Mann mit einem einzigen Blick das Herz schmelzen lassen. Eine wahre Schönheit. Sie hat ja für genügend Aufregung gesorgt.«

»Sie ist auch eine mutige Frau, Sir!«

Bouverie musterte ihn im Zwielicht. Avery konnte seinen Blick spüren wie den eines Anklägers vor einem Kriegsgericht. Und er spürte, wie in ihm die Ablehnung dieses Mannes wuchs.

Bouverie sank auf die Hacken zurück. »Wenn Sie das sagen. Ich hätte gedacht...« Er unterbrach sich, verlor fast das Gleichgewicht. »Was war das, zum Teufel?«

Jemand rief: »Kanonenfeuer, Sir!«

Bouverie schluckt schwer. »Idiot.« Er ging an die andere Seite. »Mr. Lomax, aus welcher Richtung?«

Avery leckte sich die Lippen, schmeckte das Salz. Ein einziger Schuß, er konnte nur bedeuten, beizudrehen. Er starrte auf die Kimm, bis ihn die Augen schmerzten. Seit sie Malta verlassen hatten, geschah jeden Morgen dasselbe. Sobald die *Unrivalled* in Sicht kam, ließ Bouverie ein Signal setzen, damit sie ihm ja nicht entkommen konnte. Ohne hinzuschauen wußte er schon, daß die Flaggen für das erste Signal des Tages bereits angeschlagen waren und sofort zur Rahe aufsteigen konnten. Andere Schiffe wären zufrieden, wenn sie bei einander bleiben könnten. Er zitterte, weniger des zunehmenden Windes wegen. Er erinnerte sich, wie ungeduldig Adam Bolitho bei der Besprechung gewesen war, als man Zweifel über die Brigantine äußerte. Als ob es ein lächerlicher Tick war, mit dem man nur Aufmerksamkeit erregen und andere beeindrucken wollte. Mehr nicht.

Er hörte den Ersten Offizier: »Die *Unrivalled* ist nicht mehr auf Position, Sir!«

»Das weiß ich selber, verdammt noch mal. Wir werden den Kurs ändern, sobald...« Er wandte sich an Avery. »Was meinen Sie? Oder haben ›Passagiere‹ keine Meinung?«

Avery blieb ganz kühl. »Ich glaube, die *Unrivalled* hat etwas sehr Nutzbringendes ausgemacht, Sir!«

»Sehr diplomatisch, Sir. Und was halten Sie von Kapitän Adam Bolitho? Glaubt er wirklich, er braucht Befehle nicht zu befolgen und steht außerhalb der Disziplin, die uns alle verbindet?«

Eine innere Stimme warnte Avery. Ein andere beharrte: *Du hast eigentlich nichts zu verlieren.*

Er sagte: »Ich war zusammen mit Sir Richard Bolitho in Algier, Sir. Da hat sich sicher manches geändert. Wenn wir versuchen, ohne Erlaubnis einzulaufen…« er schaute sich um, und sah den ersten Goldglanz des Morgens auf der Kimm. Diesen Augenblick liebte er über alles. Aber das gehörte eigentlich der Vergangenheit an, »dann würde man dieses Schiff zerstören. Ihr Schiff würde in Stücke zerschossen, ehe Sie auch nur wenden könnten. Ich kenne den Ankergrund und die Zitadelle und habe einige von den Fanatikern gesehen, die die Kanonen führen.«

»Ich habe Schlimmeres erlebt.«

Avery entspannte sich. Prahlereien hatte er schon immer erkennen können.

»Dann werden Ihnen die Folgen klarsein, Sir!«

Bouverie starrte ihn an. »Ihre verdammte Impertinenz soll der Teufel holen.« Dann grinste er überraschenderweise. »Aber Mut haben Sie, wenn Sie so was sagen.« Er starrte in den heller werdenden Himmel.

Ein Stimme rief jetzt: »Segel an Steuerbord voraus.« Eine winzige Pause. »Zwei Segel, Sir!«

Langsam nickte Bouverie: »Also eine Prise.«

Der Erste Offizier kam aus den Stagen, ein Teleskop unter dem Arm.

»Das ist eine Brigantine, Sir!«

Avery blickte auf seine Hände. Sie waren ganz ruhig und warm im ersten schwachen Sonnenlicht, doch er meinte, sie zitterten.

Bouverie sagte: »Nein, nicht das Signal, Mr. Adams.« Er nahm dem Midshipman, der für die Signale verantwortlich war, das Glas aus der Hand und richtete es sorgsam aus. Er studierte die Toppsegel der *Unrivalled*, die wie rosa Muscheln im hellen Licht standen, obwohl die Sonne noch nicht aufgegangen war. »Wenn Sie wieder auf Position ist, dann signalisieren Sie: Kapitän an Bord kommen!«

Avery wandte sich ab. Wie lange würde Adam Bolitho solche Signale noch befolgen müssen und sie ganz anders sehen als andere Männer? So hatte ihn auch sein Onkel einmal an Bord des Flaggschiffs rufen lassen, um ihm den Tod von Zenoria Keen mitzuteilen. *Wir kleiner Kreis verschworener Brüder*... Es war ihr gemeinsames Geheimnis.

»Frühstück, denke ich«, sagte Bouverie. »Dann hören wir mal, was uns unser tapferer Kapitän Bolitho mitzuteilen hat.« Seine gute Laune war noch verletzender als seine übliche Stimmung. »Ich hoffe, mir gefällt's.«

Doch aus Gewohnheit und Erinnerung beobachtete Avery nur die Signalgasten beim Hissen der Flaggen.

Bouverie saß schwer in einem breiten Ledersessel und grub die Hände in die Lehne, als müsse er sich sehr beherrschen.

»Also, Kapitän Bolitho«, begann er, »bitte berichten Sie mit eigenen Worten. Lassen Sie uns teilhaben an Ihren Entdeckungen.« Er blickte zum Tisch hinüber, an dem Avery mit einer Ledertasche und ein paar Karten saß und neben ihm der Schiffsschreiber mit bereiter Feder. »Zu unser beider Nutzen sollten wir diese Unterhaltung festhalten. Sir Graham Bethune wird das sicher erwarten.«

Adam Bolitho trat an das Heckfenster und blickte auf sein eigenes Schiff, dessen klare Linien und glänzender Rumpf durch das nicht mehr ganz einwandfreie Glas verzerrt wurden. Man mochte kaum glauben, wie schnell alles abgelaufen war. Und doch war genau das eingetreten, was er sich vorgestellt hatte, als er *Unrivalled* den Kurswechsel befahl. Alle hatten ihn für verrückt gehalten. Vielleicht sogar zu Recht.

Er erinnerte sich an den ruhigen, sicheren Blick vom alten Stranace, dem Stückmeister, als er ihm erklärte, was er wollte. Stranace war mehr an die tödliche Stille das

Magazins und der Pulverkammer gewöhnt, aber wie die meisten Männer seines Zuschnitts hatte er seine Herkunft nicht vergessen und wußte, wie man einen Achtzehnpfünder richtig ausrichtet.

Das alles mußte die Leute auf der Brigantine völlig überrascht haben. Tagaus, tagein war die Brigantine den beiden Fregatten gefolgt, wußte im voraus fast auf die Minute genau, wann beide Schiffe für die Nacht die Segel kürzten. Und dann war plötzlich eines der Opfer aus der letzten Dunkelheit hervorgestoßen, alle Segel oben, auf kreuzendem Kurs, ohne daß genügend Platz für ein Manöver gewesen wäre oder gar eine Flucht in Betracht kam...

Ein Schuß! Der erste, den die *Unrivalled* mit Wut abgegeben hatte.

Adam hatte den Einschlag im Wasser beobachtet, die spitzen Schaumspritzer, die hochsprangen, als die Kugel über das Wasser hopste – gerade eine Bootslänge vor dem Bug. Er hatte dem Stückmeister die Hand auf die Schulter gelegt, die sich wie Eisen anfühlte. Es bedurfte keiner weiteren Worte. Es war der perfekte Schuß. Die Brigantine hatte beigedreht. Man konnte ihren Namen jetzt lesen – *Rosario*. Ihre Segel flappten im Wind, der alles verändert hatte, wild durcheinander.

Er hörte die Feder über Papier kratzen, und ihm wurde klar, daß er das eben laut beschrieben hatte. Er schaute wieder auf und sah die Brigantine im Umriß, mehr ein verwischter Schatten als Realität. Die *Unrivalled* hatte zwei Boote zu Wasser gelassen, und die hatten sich gut geschlagen. Die See war lebhaft, und die Männer waren durch ihre Waffen etwas behindert. Jago war dabei, heiter, aber dann tödlich ernst. Einer aus der Mannschaft der *Rosario* hatte eine Pistole auf sie gerichtet, als die Entermannschaft die Wurfanker geschleudert hatte und dann ausschwärmte. Der Mann mit der Pistole hatte Jago nicht mal gesehen, so blitzschnell hatte der seinen Säbel bewegt. Ein Schrei – und die abgetrennte Hand schlitterte über Deck.

Leutnant Wynter hatte das zweite Boot geführt und mit seiner eigenen Mannschaft die Besatzung der Brigantine in Arrest genommen. Nach Jagos Hieb hatte es keinen weiteren Zwischenfall mehr gegeben.

Rosario war portugiesisch, war immer wieder mal verchartert worden und einmal sogar an das britische Geschwader in Gibraltar. Der Master, ein schmutziger, unrasierter Mann, schien kein Englisch zu sprechen, doch er konnte Karten vorweisen, die seine Reisen belegten. Die Karten waren wie die ganze *Rosario* viel zu schmutzig, um sie genauer zu inspizieren.

Cristie hatte später gemeint: »Die navigieren nach Gefühl und Wellenschlag, diese Heiden!«

Also alles vergebens. Adam hatte die Unruhe der Entermannschaft gespürt und die patzige Sicherheit des Masters. Doch dann hatte Wynter, der eigentlich als Offizier die wenigste Erfahrung besaß, auf die Bewaffnung der *Rosario* hingewiesen – sechs Drehbassen, die achtern und in der Nähe der Luken gerigt waren. Und der Gestank...

Adam hatte befohlen, daß die Luken geöffnet wurden. Nur eine einzige Ladung konnte so stinken. Sie fanden die Ketten und Fesseln, mit denen Sklaven unten außer Sichtweite eingepfercht werden konnten, bis sie in Angst und Dreck auf einem geeigneten Markt an Land gebracht wurden. Auf einem Paar Eisen war noch Blut zu entdecken, und Adam nahm an, daß der arme Gefangene einfach über Bord geworfen worden war.

Er hatte gesehen, wie Wynter entsetzt dreingeschaut hatte und nur kühl bemerkt: »Ein Sklavenhändler also. Ein nutzloses Schiff. Holen Sie einen Strick, und hängen Sie den Kerl als Warnung für andere an der Großrahe auf!«

Wynters Verblüffung wich abrupter Bewunderung, als der Master der Brigantine sich Adam vor die Füße geworfen und um sein Leben gebettelt hatte, schluchzend und in schlechtem, aber völlig ausreichendem Englisch.

»Ich dachte mir, daß er's nicht vergessen hat!«

Überzeugt und weniger behutsam hatten sie ihre Durchsuchung fortgesetzt. Sie fanden einen Tresor, und der bibbernde Master hatte Adam sogar den Schlüssel selbst überreicht.

Adam drehte sich um, als Avery die Tasche öffnete.

»*Rosario* hat keine Schiffspapiere. Schon das macht aus ihr eine Prise.« Er lächelte leicht. »Jedenfalls momentan.«

Adam breitete den Inhalt der Tasche auf dem Tisch aus. Ladepapiere in Spanisch. Öl war an eine Garnison zu liefern, portugiesisch. Ein Logbuch mit grob gekritzelten Daten und Eintragungen, die wohl Positionen angaben. Einige folgten denen der *Unrivalled.*

Abrupt ließ Bouverie sich hören: »Es gibt viele Schiffe dieser Art, die Bewegungen von Schiffen ausspähen, eigenen und fremden, und sie ihren Herren melden.« Man sah sein charakteristisches Nicken. »Aber ich gestehe Ihnen zu, Bolitho, daß Sie das wahrscheinlich selber nicht geahnt haben.«

Adam spürte plötzlich Spannung. Zum ersten Mal wieder seit . . . Er sagte: »Hier ist ein Brief. Ich verstehe kein Französisch, aber ich erkenne ihn.«

Avery nahm ihn in die Hand. »An den Kapitän der Fregatte *La Fortune.*« Sein Lächeln wurde ernster. »Ich habe mein Französisch unter erschwerten Umständen lernen müssen. Als Kriegsgefangener.«

Bouverie rieb sich das Kinn. »Sie liegt also in Algier. Im Schutz gewaltiger Batterien, sagen Sie.«

»Als Köder in der Falle, Sir. Sie werden kaum erwarten, daß wir nicht anbeißen«, sagte Adam.

Als seien unsichtbare Fesseln durchschnitten worden, sprang Bouverie aus seinem Sessel auf.

»Kommt nicht in Frage. Selbst wenn wir *Rosamund* behalten...«

Avery hörte, wie er ihn sanft verbesserte: »*Rosario*, Sir.« Er fluchte innerlich. Immer noch ganz der stets korrekte Flaggleutnant.

Adam blieb beharrlich. »Nein, Sir, wir benutzen sie. Und stellen selber die Falle. Die wissen, daß wir hier abwarten und rechnen mit der Ankunft der Brigantine. Die läuft Algier sicher regelmäßig an.«

Er spürte, wie Avery ihn mit dunklen Augen anschaute, als sei er jemand ganz anderer... Er war plötzlich tief gerührt. *Mit meinem Onkel.*

»Die *Rosario* scheint ein handiges Schiff zu sein, Sir. Es wäre nur richtig, wenn wir sie nach Algier hinein ›verfolgen‹.«

Bouverie schluckte. »Also ein Kaperunternehmen? Ich bin mir da gar nicht sicher...« Doch dann nickte er entschlossen. »Es könnte klappen, verrückt genug ist es ja. Total verrückt, würde mancher meinen.«

Adam blickte wieder durch das Heckfenster. Einer aus der Mannschaft der *Rosario* hatte ihm anvertraut, daß sie oft Sklavinnen an Bord hatten, manche sehr jung. Der Master hatte sich an ihnen ständig vergnügt.

Er mußte an Zenoria denken, der ein Peitschenhieb den Rücken aufgerissen hatte. Keen hatte sie gerettet, sie hatte ihn geheiratet. Nicht aus Liebe, nur aus Dankbarkeit.

Das Zeichen des Teufels hatte sie die Narbe genannt.

Er hörte sich sagen: »Viel Zeit haben wir nicht, Sir. Wir können nicht lange zögern!«

»Die Vollmacht für solch ein Unternehmen, das einen neuen Krieg ausbrechen lassen könnte...«

»Haben Sie, Sir!«

Sollte ihm das nicht egal sein? Bouverie wäre weder der erste noch der letzte Offizier, der auf eine Entscheidung seiner Vorgesetzten warten würde. Aber jetzt war es nicht egal. Jetzt kam es darauf an.

Er sagte: »Ich könnte die *Rosario* übernehmen. Wir sind zwar unterbemannt, aber wir könnten die Last zwischen uns teilen. Dann würde auch der Ruhm uns beiden gelten.«

Das hatte gesessen. Wie ein Schuß vom alten Stranace.

»Wir machen es. Ich schicke Ihnen innerhalb der nächsten Stunde ein paar gute Leute.« Bouverie war jetzt schnell, als hätten sich Schleusentore vor der Flut geöffnet. »Werden Sie den Master der *Rosario* mitnehmen, für alle Fälle?«

Adam nahm den Hut auf und entdeckte Blut am Ärmel. Jagos Säbel.

»Ich nehme ihn mit. Später sorge ich dafür, daß er gehängt wird.« Er blickt Avery an. »Dazu habe ich jede Vollmacht.«

Adam Bolitho setzte das Teleskop ab und trat in den Schatten der Vorsegel der Brigantine. Hunderte von Augen beobachteten sie jetzt sicher von Land her. Ein einziger Fehler würde sie verraten.

Bum!

Er sah die Fontäne aus dem Wasser aufsteigen. Nahe. Aber war es nahe genug, um ihre Zuschauer zu täuschen?

Er hatte beobachtet, wie die *Matchless* sich beim Kurswechsel auf dem letzten Schlag zum Ziel weit überlehnte. Er hatte die Zitadelle ausgemacht und all das entdeckt, was Avery beschrieben hatte – und mehr. Die Stadt lag da, als habe sie dort schon Jahrhunderte gelegen, vom Anbeginn der Zeiten an. Avery hatte ihm von einer geheimen, höhlengleichen Einfahrt berichtet, durch die sie eine

Galeere gebracht hatte. Um so einen Ort zu stürmen, könnte man ein ganzes Heer verlieren. Oder eine Flotte.

Er schaute zum Master der *Rosario*. Er schien jetzt, da er wieder auf seinem eigenen Schiff war und es führte, gewachsen zu sein. Das wimmernde Betteln um sein Leben hatte er offenbar ganz vergessen. Jago saß mit ausgestreckten Beinen gegen das Schanzkleid gelehnt, und seine Blicke ließen den Mann keinen Augenblick los.

Nichts war jetzt mehr sicher. Der Master hatte vorgehabt, bei der Annäherung an das schützende Land ein Erkennungssignal zu setzen. Doch Adam hatte das abgelehnt.

»Nein, sie kennen die *Rosario*. Die erwarten kein Signal von ihr, wenn sie verfolgt wird.«

Darüber hatte jemand sogar lachen müssen.

Er schaute auf die Drehbassen, die alle geladen und ausgerichtet waren. Und er sah auf die Luken. Er konnte sich die Matrosen und Seesoldaten vorstellen, die da unten zusammengedrängt schwitzten und immer wieder Schüsse der *Matchless* hören mußten. Auch Hauptmann Bosanquet war da unten und offenbar mehr mit dem Zustand seiner Uniform in dem Dreck unter Deck befaßt als mit der Aussicht, in der nächsten Stunde vielleicht schon tot zu sein.

Adam trat in den Schatten zurück, hielt den Atem an, hob das Glas und suchte sehr genau die Zitadelle und die Hauptmauer ab, woran Avery sich so präzise erinnert hatte. Eine Bewegung. Er wagte kaum, die Wimpern zu senken. Kanonen schoben ihre Mündungen durch die Schießscharten, eine ganze Linie von Kanonen, deren Bedrohung auch durch die Ferne nicht kleiner wurde. Er konnte die eisernen Lafettenräder fast über die ausgewetzten Steine quietschen hören.

Ein Schauer überlief ihn. Der Master der *Rosario* mochte sein, wer er wollte, diese Gewässer hier kannte er jedenfalls gut. Jetzt hatten sie flaches Wasser erreicht und liefen auf den Ankergrund zu. Avery hatte recht behalten. Er fühlte sich fast erleichtert. Richtig. Die Mündungen der großen Kanonen konnten nicht so tief gesenkt werden, daß sie die Brigantine gefährdeten. Darin glichen sie den Batterien in Halifax. Die waren sehr gut auf dem Festland und auf einer kleinen Insel im Hafen plaziert worden, so daß kein feindliches Schiff unentdeckt an ihnen vorbei kam.

Nur – hier gab es eine solche Insel nicht.

Er sah die erste Kanone feuern und zurückrollen, Rauch stieg über den alten Wällen wie ein zerfetztes Szepter auf. Dann schossen auch die anderen – hintereinander. Das Echo kam von überall. Sie benutzten wahrscheinlich noch Bronzekanonen. Auch die waren tödlich für ein hölzernes Schiff.

Er mußte an die *Unrivalled* denken, die irgendwo weit weg vom Vorland stand, immer noch außer Sicht. Er dachte an Galbraith und Cristie und all die anderen, die trotz seines Versuchs, sich von ihnen fern zu halten, keine Fremden mehr waren.

Würde er das je begreifen? Galbraith hatte Männer für das Überfallkommando auf der *Rosario* ausgesucht. Das war ihm schwergefallen, denn alle, auch die Unerfahrensten an Bord, hatten sich freiwillig gemeldet. Die waren sicher alle verrückt. Was würde Galbraith wohl jetzt denken? War er stolz, daß er nun das Kommando führte? Und erhoffte er sich eine Beförderung, wenn die Sache hier schiefgehen sollte?

Ein Matrose meldete: »Eine Galeere kommt auf uns zu, Sir, an Steuerbord voraus.«

Die *Matchless* feuerte wieder, diesmal eine Breitseite. Man konnte unmöglich feststellen, wohin die Kugeln trafen. Jetzt waren auch andere örtliche Schiffe auszumachen mit Lateinersegeln, ältere Schoner und Daus, die vor dem spiegelnden Wasser an Fledermäuse erinnerten.

Adam spürte, wie trocken sein Mund plötzlich war, als um den Bug der *Matchless* herum Kugeln ins Wasser schlugen. Sehr nahe. Zu verdammt nahe. Er biß sich auf die Lippen und trat an die andere Seite.

Als er wieder aufsah, mußte er sich zusammennehmen, um nicht laut zu schreien.

Direkt vor seinem Backbordbug und deutlich vor der hohen Mauer der Zitadelle lag jetzt die Fregatte. Er versuchte, sich jede Einzelheit einzuprägen, wie so viele andere Bilder. Die Entfernung, die Zielaufnahme, der Zeitpunkt des ersten Schusses. Doch eine Fregatte hier vor Anker liegen zu sehen, die Segel nur leicht aufgetucht und im sanften ablandigen Wind gebläht, ohne daß sie sich bewegte, war nervtötend und völlig unwirklich.

Er räusperte sich. »Klar zum Wenden. Alle Mann vorwarnen, Mr. Wynter.« Er faßte nach dem kurzen gebogenen Kampfsäbel und lockert ihn in der Scheide. Er hörte im Geist noch einmal Jago: »Nehmen Sie den alten Säbel, Sir. Genau den, Sir!«

Und er erinnerte sich auch an seine eigene Antwort, die wie die eines Fremden klang. »Wenn ich ihn mir verdient habe!«

Die Männer der *Rosario* hingen jetzt an Brassen und Fallen, ihre nackten Füße krallten sich in die Planken, sie fühlten sicher nichts mehr.

Nur einer von ihnen müßte rufen oder ein Signal geben! Adam spürte, wie sich seine Faust fester um den Säbelgriff schloß. Sie durften nicht geschlagen werden. Man würde kein Pardon kennen und schon gar kein Mitleid.

Er ging um den Mast und sah, wie der Rudergänger das Rad herumwirbelte. Neben ihm stand einer der Toppgasten der *Unrivalled*, den Dolch in der Faust.

»Die *Matchless* hat abgedreht, Sir.« Erleichtert atmete der Mann aus. »Es ist für sie auch das beste, aus diesem Loch zu verschwinden!«

Adam sah sich die Fregatte genauer an. Sie war alt, aber gut in Schuß. Der Name *La Fortune* lief in verblichenem Gold quer über das Heck. Er schätzte sie auf dreißig Kanonen. Ein Gigant also gegenüber der örtlichen Schiffahrt, über die sie im Namen Frankreichs herfiel. Er sah Gesichter an der Reling und auf dem Heck, doch Kanonen waren nicht ausgefahren. Adam meinte, ein Zittern zu spüren. Warum sollten sie auch Kanonen ausfahren? Die großen hatten von Land aus den vorwitzigen Eindringling vertrieben. Er hörte, wie drüben einige lachten, andere jubelten. Viele waren es nicht. Die meisten waren offenbar an Land. Ein sicheres Anzeichen dafür, daß das Schiff hier sicher und zu Hause war.

Der Master der *Rosario* sprang zur Seite vom Rudergänger weg, legte die Hände vor den Mund und starrte wild nach oben, wo gerade die gewaltigen Masten der Fregatte erschienen. Der Dolch fuhr ihm in die Seite, und er brach ohne einen weiteren Laut zusammen.

In seinem letzten Augenblick mußte ihm klar geworden sein, daß nichts, was Adam ihm antun ließ, dem glich, was seine neuen Herrn mit ihm machen würden, wenn sie in ihm den Verräter erkannt hätten.

Es war jetzt für alles andere zu spät. Das Ruder lag im Anschlag, die Distanz wurde schnell kürzer, und dann fuhr der Bugspriet der *Rosario* wie ein Stoßzahn über das Heck der Fregatte und zersplitterte es. Tampen und zerrissene Leinwand schützten Wynters Enterkommando, das jetzt über die Seite schwärmte.

Adam zog seinen Säbel und wirbelte ihn über den Kopf.

»Auf sie, Männer!«

Die Luken sprangen auf, und Männer rannten, vom

Sonnenlicht fast geblendet, über das Deck, von den Kameraden mitgerissen und ohne lange nachzudenken.

Adam packte eine herumhängende Leine und schwang sich über die Reling der Fregatte, rutschte aus und wäre fast zwischen die beiden Schiffskörper gefallen.

Eine unbekannte Stimme röhrte: »Lassen Sie uns jetzt bloß nicht im Stich, Sir.«

Irgend jemand lachte, ein schreckliches Geräusch. So schrecklich wie der Anblick des Seesoldaten in ihren scharlachroten Uniformen, die irgendwie noch ihre Formation hielten, während ihre Bajonette wie Eis im Sonnenlicht glänzten.

Hauptmann Bosanquet schrie: »Zusammen bleiben, Soldaten. Zusammen!«

Adam sah, daß sein Gesicht jetzt dieselbe Farbe hatte wie seine saubere Uniformjacke.

Ein Horn oder eine Trompete war klagend über dem Geschrei zu vernehmen, über dem Klang des Stahls und über dem Schreien der Männer, die unter Säbelhieben zusammenbrachen.

Das Enterkommando mußte man nicht anfeuern. Hinter dem Rauch und dem verletzten Segelschiff lag das offene Wasser. *Die See.* Die besaßen sie. Nur auf die kam es an.

Adam stoppte, als ein junger Leutnant ihm den Weg versperrte. Wahrscheinlich war er der einzige Offizier an Bord.

»Ergeben Sie sich!« Es war wie immer, würde immer wieder so sein: »Ergeben Sie sich, verdammt noch mal.«

Der Leutnant senkte seinen Säbel und zog dabei eine Pistole aus der Jacke. Er grinste, er grinste tatsächlich, als er auf ihn zielte, doch er war schon nicht mehr bei ihnen.

Jago sprang vor und hielt neben Adam, als der französische Offizier plötzlich husten mußte und gegen die Reling taumelte. Ein Enterbeil hatte seinen Rücken gespalten.

Adam schaute nach oben in den Verklicker. Der Wind stand immer noch günstig.

»Aufentern. Segel los.«

Wie konnten sie hoffen, daß es gelang? Wie konnte man so ein Schiff kapern – in einem geschützten Hafen?

»Ankertau kappen.«

Er wischte sich über den Mund und schmeckte Blut, aber er konnte sich an keinen Zweikampf erinnern. Männer ergaben sich jetzt, andere wurden über Bord geworfen, tot oder lebendig, darauf kam es jetzt nicht mehr an.

Die *La Fortune* kam frei, ihr Rumpf bewegte sich schon, die ersten Toppsegel und der Klüver gaben ihr gegen den Druck des Ruders bereits Fahrt.

Kanonen feuerten, aber die *La Fortune* segelte weiter, die Batterien erreichten sie nicht.

Er sah, wie die *Rosario* davontrieb, wie die Rudergaleere versuchte, sie auf den Haken zu nehmen.

Wynter schrie jetzt: »Sie gehorcht uns, Sir!«

Das klang nicht mehr so glatt und beherrscht wie sonst. Der Mann sah gefährlich aus mit wütenden Augen. Sein Vater, Mitglied des Parlaments, würde ihn sicher nicht wiedererkannt haben.

»Wir haben drei Mann verloren, Sir, ein vierter wird's nicht mehr lange machen«, meldete Jago.

Er zuckte zusammen, als Eisen aus den Drehbassen der *Rosario* in den Rumpf der Fregatte schlug, und fuhr sich über die trockenen Lippen. Ein Schiff der Froschfresser. Es würde also Wein an Bord geben. Das sollte er dem Hauptmann sagen.

Dann sah er, wie ein Seesoldat die weißgrundige britische Kriegsflagge an der Gaffel der Fregatte hißte. Sie hatten es also geschafft, stellte Adam ohne Staunen fest. Und sie hatten überlebt.

Laut sagte: »Für dich, Onkel. Für dich!«

VI   Keiner ist tapferer

Adam schloß das kleine Logbuch und stützte sich mit Ellbogen auf den Tisch in seiner Kajüte. Er sah das schwindende Tageslicht, sah Schatten über den karierten Boden gleiten, als die *Unrivalled* vor einem stetigen achterlichen Wind in eine See glitt. Ein schöner Sonnenuntergang, das dicke Glas und das Skylight der Kajüte glänzten bronzefarben.

Er rieb sich das Auge und versuchte die Enttäuschung zu verdrängen und das, was er als ungerecht empfand. Nicht sich selbst gegenüber, sondern gegenüber dem Schiff.

Sie hatten etwas unternommen, was mancher für verrückt gehalten hatte, hatten unter den Augen des Deys eine wertvolle Prise aus dem Hafen geholt, waren draußen in einer Atmosphäre von Triumph und Aufregung wieder zu den anderen Schiffen gestoßen.

Jetzt segelte die *Unrivalled* allein. Bei jeder anderen Gelegenheit hätte Adam diese Unabhängigkeit begrüßt, die alle Kommandanten von Fregatten liebten.

Aber er hatte so etwas wie Neid oder Ablehnung gespürt, als Kapitän Bouverie entschied, er würde als dienstälterer Offizier mit der gekaperten *La Fortune* nach Malta zurückkehren, den Ruhm ernten und den Löwenanteil vom Prisengeld, das zu erwarten war. Adam hatte aus dem Logbuch des Franzosen so viel entnehmen können, daß ihr Kommandant an der nordafrikanischen Küste agierte. Er brachte örtliche Schiffe auf oder zerstörte sie, ohne je auf besonderen Widerstand zu treffen. Die Entwicklung des Krieges hatte seine Rolle in die eines gedungenen Söldner verwandelt, der jetzt, da Napoleon zurückgekehrt war, wieder unter französischer Flagge segelte. Doch er lebte natürlich von den Verbündeten, die seine Dienste bezahlten, die sie selber nicht ausführen wollten.

Adam hat sein Leben lang nur Krieg gekannt. Und auch wenn er auf See war, war er sich der ständigen Bedrohung durch eine Invasion bewußt. Er dachte an den Kommandanten der *La Fortune* und andere seines Schlages. *Was würde ich tun, wenn England durch einen skrupellosen Machthaber erobert würde? Würde ich weiterkämpfen? Mit welchem Ziel?*

Er spürte unter der Gillung das Ruder zittern. Das Glas war beständig, doch Cristie bestand darauf, daß der Wind, der ihnen die *Rosario* gebracht und die einmalige Gelegenheit geboten hatte, die Fregatte aus dem Hafen zu holen, nur der Vorläufer stärkerer Böen war. Die gab es immer mal im Mittelmeer, selbst im Juni.

Zwei der Männer, die beim Kapern des Schiffes ihren Wunden erlegen waren, stammten von der *Unrivalled,* und sie waren sofort bestattet worden. Das schmerzte natürlich. Doch offene Proteste gab es schließlich, als die *Matchless* mit der Prise davonsegelte. In einer Messe war es zu offenen Auseinandersetzungen gekommen, einen Unteroffizier, der einschreiten wollte, hatte man sogar bedroht. Morgen standen also zwei Männer zur Bestrafung an.

Adam liebte das brutale Ritual einer Auspeitschung nicht. Zu oft zerbrach die Auspeitschung einen Mann, aus dem etwas hätte werden können, wenn er richtig geführt worden wäre. Er erinnerte sich, was Galbraith dem Midshipman zugerufen hatte. Begeistern! Die harten Burschen würden noch härter und widerspenstiger werden. Doch was tun, solange es keine Alternative gab?

Adam runzelte die Stirn, als der Diener eintrat und über das schräge Deck auf ihn zuging. Es war Napier, einer der Schiffsjungen, der ursprünglich einmal ausgebildet worden war, in der Offiziersmesse Dienst zu tun. Er nahm seine Aufgaben sehr ernst und schaute immer grimmig entschlossen drein.

Klick... klick... klick. Napier trug für seine jetzige Aufgabe sehr schlecht passende Schuhe, hatte sie möglicherweise von einem der Händler gekauft, die immer um ein Schiff des Königs herumlungerten. Das Klappern ging Adam auf die Nerven.

»Napier!«

Der Junge erstarrte, und Adam änderte seine Meinung. »Egal. Hol mir Wein!« Er bezwang seine Ungeduld, weil er wußte, daß der Fehler bei ihm lag. *Was ist bloß los mit mir?* Der Junge, den er zum Midshipman hatte erziehen lassen und den er nach seinem eigen Bild hatte formen wollen, wenn er ehrlich war, war tot.

Napier verschwand, froh, etwas zu tun zu haben. Klick... klick... klick. Adam mußte an den Stand der Vorräte der französischen Fregatte denken. Fast alles war am Ende, als sie die Fregatte gekapert hatten: Pulver, Geschosse, Salzfleisch und selbst der Käse, der ja zum täglichen Leben der Franzosen gehörte.

Er dachte zurück an das, was Jago über den Wein bemerkt hatte, und lächelte. Wein hatte es wirklich genug gegeben, abgeschlossen, bis Hauptmann Bosanquet von den Seesoldaten das Schloß mit einem gut gezielten Pistolenschuß sprengte.

Napier brachte eine Flasche, ein Glas und stellte beides vorsichtig neben das Logbuch auf den Tisch.

Adam spürte, wie der Junge ihn musterte, während er das Glas füllte. *Der Kapitän.* Der lebte hier in seiner feinen Kajüte und wußte nichts von der Enge und dem rohen Umgang in den Meßdecks. Ihm fehlte hier nichts.

Der Wein war kühl, und Adam konnte sich vorstellen, wie Catherine das edle Getränk für ihn ausgesucht hatte. Wer sonst würde an so etwas denken? Das würde er nie vergessen. An Erinnerungen wie diese mußte man sich klammern.

Er zerbrach das Glas fast, als er laut rief: »Teufel noch mal, Junge.« Napier krümmte sich zusammen, und er sagte schnell: »Nein, du bist nicht gemeint.« So beruhigte man auch erschreckte Tiere. Er war beschämt, wie leicht er andere erschrecken konnte – in seiner Position als Kapitän. Ruhig sagte er dann: »Sag bitte dem Posten, er soll den Ersten Offizier holen.«

Napier rang die Hände, sah auf das Glas. »Habe ich etwas falsch gemacht, Sir?«

Adam schüttelte den Kopf. »Ein schlechter Ausguck sieht nur, was er erwartet oder was andere ihm gesagt haben, das er sehen wird.« Er erhob seine Stimme. »Posten!«

Als der Seesoldat seinen Kopf durch die Tür schob, sagte er: »Meinen Respekt für den Ersten Offizier, und bitten Sie ihn zu mir!« Er blickte wieder auf den Jungen. »Heute bin ich der schlechte Ausguck!«

»Ich verstehe, Sir«, sagte der Junge zögernd.

Adam mußte lächeln. »Das glaube ich zwar nicht, aber hol noch eine Flasche.«

Vielleicht hatte er nur etwas vergessen. Vielleicht wollte er seine Wut über Bouveries arrogantes, aber berechtigtes Verhalten in bezug auf die Prise vergessen.

Was war mit der *La Fortune*? Es gab immer noch Menschen, die nicht wußten oder nicht glaubten, daß Schiffe Seelen haben. Sie war kein neues Schiff und mußte oft genug gegen die Flagge gekämpft haben, die der Seesoldat an ihrer Gaffel gesetzt hatte. Jetzt war sie bestimmt schon verkauft, höchstwahrscheinlich an die Holländer. Auch ein Gegner von einst. Den Holländern hatte man schon manche Prise verkauft, obwohl, wie auch der Vizeadmiral immer wieder betonte, sie selber knapp an Fregatten waren.

Galbraith trat ein und sah mit einem Blick den Wein und den verängstigten Jungen.

»Sir?«

»Nehmen Sie Platz. Ein Glas?« Er sah, wie der Erste Offizier sich etwas entspannte. »Der Franzose, den wir gekapert haben. Der hatte doch kaum noch Vorräte an Bord. Vor allen Dingen kaum noch Pulver und Geschosse.«

Galbraith ließ sich Zeit. Er hob das Glas und sah es sich genau an. »Das haben wir schon früher bemerkt, Sir!«

Sie hatten das also in der Messe besprochen und sicherlich vor allem die Höhe des Prisengeldes, das am Ende unter ihnen aufgeteilt würde.

»Da war doch auch ein Brief, den Leutnant Avery übersetzte.« Adam erinnerte sich bitter. »An den Kommandanten der *La Fortune.* Anscheinend von einer Frau.« Er spürte ein schnelles Interesse und dann Zweifel. »Ich sehe schon, Sie denken genau so wie ich.« Er grinste verschmitzt. »Endlich!«

Galbraith meinte: »Es ist doch seltsam, daß jemand einen Brief an ein Schiff schickt, dessen Aufenthalt weitgehend unbekannt ist.«

Adam nickte. Ihm war trotz der Wärme in der Kajüte eiskalt.

»Um die Lieferung von etwas anzukündigen, das sie gar nicht brauchten: Wein!«

Galbraith sah an ihm vorbei. »Daniel... ich meine, Mr. Wynter hat sich alle Daten aus dem Logbuch der *Rosario* aufgeschrieben, Sir!«

»Wirklich? Dann werden wir bald Grund haben, ihm für seine Aufmerksamkeit zu danken.«

Er stand jetzt, und sein Schatten fiel auf das weiß gepönte Holz, während das Schiff sich weit überlehnte.

»Mein Befehl lautet, hierzubleiben und weitere Instruktionen abzuwarten. Das muß ich also tun. Aber wir wollen hier auch gesehen werden! Es gibt sicher manchen, der glaubt, die *Matchless* sei nur verschwunden, um Verstärkung zu holen. Also ist die Zeit jetzt ganz wichtig.«

Galbraith sah Adam an, beobachtete, wie dessen Gefühle arbeiteten und er laut zu denken schien.

Adam fuhr fort: »Sie erwarten Nachschub, vor allem Pulver und Blei. Wenn noch weitere Schiffe in Algier liegen, dann...« Adam unterbrach sich und legte ihm die Hand auf die Schulter. »Sie haben immer noch den Kommandanten der *La Fortune,* der ihnen weiterhelfen wird, vergessen Sie das nicht.«

»Und wir sind allein, Sir!«

Adam nickte und stellte sich die Karte vor: »Der korsische Tyrann hat mal gesagt, daß er die englische Flagge überall findet, wo noch ein Stück Holz schwimmen kann.« Dann verließ ihn sein Humor sofort. »Das Wahrste, was er je gesagt hat.« Zum ersten Mal schien er jetzt zu merken, daß Napier immer noch in der Kajüte war und wieder die Gläser füllte – mit Wein aus der St. James Street in London. Er sagte nur: »Wir haben keine andere Wahl!«

Er trat an das Heckfenster. Doch nur eine feine Linie trennte den Himmel vom Meer. Es war fast dunkel. *Mein Geburtstag.*

Er dachte an die Frau, die er geliebt und verloren hatte. Dann sah er den alten Säbel, der in seinem Gestell hing, in dem sich die Lampe spiegelte und dachte an die andere, die ihm geholfen hatte und an die er ständig denken mußte. Keine hatte anfangs ihm gehört. Dann wollte er plötzlich wissen: »Wie war das heute, als Sie hier wieder ein eigenes Kommando hatten?«

Galbraith zögerte nicht. »Es ging mir wie dem Schiff – ruhelos, ohne den Kommandanten.«

Sie sahen sich an. Ihre Blicke blieben fest. Die Barriere war verschwunden. Sie fühlten sich verbunden.

Die Kutsche mit den perfekt aufeinander abgestimmten Grauschimmeln drehte scharf in die Einfahrt und hielt am Fuß der Stufen. Sillitoe sprang heraus und warf dabei kaum einen Blick auf den Kutscher.

»Wechseln Sie die Pferde, Mann. So schnell Sie können.«

Er wußte, daß er sich seine Erregung anmerken ließ, doch dagegen war er machtlos. Er ließ die Kutschentür offen stehen, wässeriges Sonnenlicht spielte auf dem Wappen. Baron Sillitoe of Chiswick.

Ein Diener fegte die Stufen, doch er nahm den Besen zur Seite und sah den eilenden Sillitoe nicht an, der die Doppeltüren aufwarf, ehe jemand ihn begrüßen konnte.

Er hatte sich verspätet, sehr verspätet. Und nur, weil er beim Premierminister aufgehalten worden war mit irgendeiner Angelegenheit, die den Prinzregenten betraf. Die Sache hätte auch warten können, hätte warten müssen.

Sillitoe sah Marlow, seinen kleinen Sekretär, aus der Bücherei auf ihn zukommen. Marlow kannte seine Launen und war ihm treu geblieben, wahrscheinlich eher wegen der Launen als trotz ihrer. Marlow spürte seine schlechte Stimmung und wußte, daß es keinen Zweck hatte, ihn zu beschwichtigen.

»Sie ist nicht da, Mylord.«

Sillitoe sah sich im leeren eleganten Treppenhaus um. In ihm hingen nur wenige Gemälde, das seines Vaters, eines Sklavenhändlers, war eine auffällige Ausnahme. Und es gab auch sonst nur wenige Kunstwerke. Spartanisch nannten das einige. Sillitoe gefiel es so.

»Lady Somervell sollte hier auf mich warten. Ich habe Ihnen genau gesagt, was ich vorhatte...« Abrupt hielt er inne. Er verschwendete nur Zeit. »Also, reden Sie!«

Er fühlte sich leer, war entsetzt, wie leicht es war, ihn zu täuschen. Es mußte sein. Niemand sonst würde es wagen, nicht einmal den Gedanken daran.

Marlow antwortete: »Lady Somervell war hier, Mylord.« Er blickte durch die offene Tür in die Bibliothek, sah sie immer noch vor sich. Ganz in Schwarz, doch so schön, und sehr beherrscht. »Ich versuchte, es ihr bequem zu machen, aber als die Zeit verstrich, machte sie sich ... Sorgen.«

Sillitoe wartete, zügelte seine Ungeduld und war überrascht, wie betroffen Marlow war. Er hatte in seinem kleinen Sekretär mit den angenehmen Umgangsformen immer nur den tüchtigen und verläßlichen Vollstrecker seiner eigenen Absichten gesehen.

Lautlos öffnete sich eine zweite Tür, und besorgt erschien Guthrie, sein Kammerdiener mit dem zerschlagenen Gesicht. Er sah mehr nach einem Preiskämpfer als nach einem Diener aus und glich darin den meisten anderen Dienern aus Sillitoes Umgebung.

»Sie bat um eine Kutsche, Mylord. Ich habe ihr gesagt, sie würde auf Menschenmassen treffen. Es würde Schwierigkeiten geben. Aber sie bestand darauf, und ich wußte, Sie erwarteten, daß ich in Ihrer Abwesenheit handle. Ich hoffe, ich habe das Richtige getan, Mylord?«

Sillitoe ging an ihm vorbei und sah auf den Fluß, die Boote, die ankernden Leichter. Passagiere und Besatzungen deuteten beim Passieren immer auf sein Haus am Themseufer. Viele kannten es, wirklich gut kannte es keiner.

»Das war richtig, Marlow!« Er hörte draußen Pferde stampfen, sein Kutscher sprach sie mit Namen an.

Sillitoe maß seine Verärgerung jetzt so kühl, wie er einen Gegner mustern würde hinter der Spitze eines scharfen Säbels oder hinter der Mündung einer Duellpistole.

Er war der Generalinspekteur des Prinzregenten, sein

Freund und sein vertrauter Berater – für die meisten Angelegenheiten. Für die Ausgaben, für die Versetzung und Beförderung wichtiger Militärs oder Admiräle, selbst für den Umgang mit Frauen. Und wenn der König einmal sterben würde, den sein Wahnsinn immer noch umfing, dann würde er noch größeren Einfluß gewinnen. *Denn vor allem ist der Prinzregent mein Freund.*

Sillitoe versuchte die Angelegenheit kühl und logisch zu betrachten, so wie er mit allem tat, was ihm begegnete. Der Prinz, der Prinny, kannte Neid und Mißgunst besser als mancher andere und entdeckte beides schnell an Menschen seiner engsten Umgebung. Ihm kam es vor allem auf eine »erkennbare Stabilität« an, wie er es nannte. Wahrscheinlich hatte er ihn bereits gewarnt, was aus der Stabilität würde, wenn sein Generalinspekteur sein Herz verlieren würde – an eine Frau, die für den Mann, den sie liebte, die Gesellschaft so offen mißachtete und überging.

Das habe ich nicht gemerkt. Er konnte es sogar verstehen. Aber daß der zukünftige König ihn überlistet hatte, indem er ihm einen Auftrag gab, der ihn davor schützte, sich im Treiben der Gesellschaft lächerlich zu machen, das konnte er sich einfach nicht vorstellen. Doch es mußte wahr sein. Eine andere Erklärung gab es nicht.

Marlow hüstelte leise. »Die Pferde sind gewechselt, Mylord. Soll ich William holen?«

Sillitoe sah ihn ruhig an. Marlow wußte es also oder erriet es.

Er dachte an Catherine, hier in diesem Haus oder hinter der großen Biegung des Flusses in ihrem Haus in Chelsea. An die Nacht, als er mit Guthrie und den anderen in ihr Zimmer gestürmt war und sie rettete. Sie errettete. Das Bild würde er nie vergessen können, wie man Blut und Guillotine nicht vergessen konnte, wenn man an den Terror der Franzosen dachte.

Er dachte an Bethunes dümmliche, eingebildete Frau

und an Rhodes, der sich ausgerechnet hatte, Erster Lord der Admiralität zu werden. Und an Richard Bolithos Frau. Und an die vielen anderen, die bei der Feierlichkeit sein würden. Nicht um einen toten Helden zu ehren, sondern um zu erleben, wie Catherine beschämt wurde – oder sogar zerstört.

Jetzt fragte er sich, warum er gezögert hatte.

Er sagte knapp: »Ich bin soweit.« Er schob sich an seinem Kammerdiener vorbei, ohne auf den hingehaltenen Mantel zu achten, der seine Identität verbergen sollte. »Dieser Bursche von der *Times,* der so gut über Nelson geschrieben hat...«, er schnappte mit den Fingern, »Laurence, stimmt's?«

Marlow nickte, wußte nur einen Augenblick nicht, worum es ging. »Ich erinnere mich an ihn, Mylord.«

»Finden Sie ihn. Heute noch. Wie Sie das machen, ist mir egal. Und auch, was es kostet. Ich glaube, er schuldet mir den einen oder anderen Gefallen.«

Marlow trat an die Tür und sah, wie Sillitoe in die Kutsche stieg. Er sah die Schmutzspritzer an der Seite, Beweis für eine schnelle Fahrt. Darum also mußten die Pferde gewechselt werden!

Die Kutsche hatte bereits gedreht und fuhr auf das schöne Tor zu, das der Prinzregent selber einmal sehr gelobt hatte.

Er schüttelte den Kopf und erinnerte sich noch sehr an den Pomp beim Trauerzug und der Bestattung Nelsons. Eine gewaltige Flotte von Booten hatte die Barke mit dem Sarg eskortiert, von Greenwich nach Whitehall, und ein Zug von der Admiralität nach St. Paul's. Er war so lang gewesen, daß die Spitze bereits das Ziel erreicht hatte, ehe das Ende sich in Bewegung setzte.

Heute würde es keinen Sarg geben, keinen Leichenzug, aber man würde sich auch an diesen Tag wie an den Mann lange erinnern.

Dabei hatte Sillitoe heute morgen erst erfahren, daß das Ende des Krieges nahe war. Man mußte also nicht mehr darauf hoffen und darum beten. Würde eine einzige Schlacht ein so gewaltiges Monstrum, das scheinbar unsterblich war, vernichten können? Er lächelte bedrückt. Es war schon seltsam, daß das an solch einem Tag wie heute fast unbedeutend war.

Sillitoe drückte sich in die Ecke in seiner Kutsche und hörte, wie die eisenbereiften Räder wieder einmal anders klangen, als die Pferde in eine schmale Straße einbogen. Graue Steingebäude, leere Fenster, Büros von Banken, von Anwälten und von reichen Handelsherren, deren Geschäfte den ganzen Erdball umfaßten. Die Nabe, wie Sir Wilfred Lafargue sagte, um die sich alles dreht. William, der Kutscher, kannte diesen Teil Londons und hatte alle wichtigen Straßen umfahren, über die Menschenmassen zogen, heute nicht so geschäftig und zielbewußt wie sonst. Heute war Sonntag. Um St. Paul's herum würde es noch schlimmer sein. Sillitoe suchte nach der Uhr, ließ es dann aber. Wenigstens eine halbe Stunde. Wenn der Premierminister ihn nicht aufgehalten hätte, hätte er Zeit genug gehabt, wie voll auch immer es hier war. Er lehnte sich vor und tippte mit seinem Degen ans Dach der Kutsche.

»Was ist los? Warum werden wir langsamer, Mann?«

William drehte sich seitwärts von seinem Sitz um. »Die Straße ist blockiert, Mylord.«

Das klang bedacht. Er hatte heute auf der Fahrt zum Chiswick House Sillitoes Laune bereits kennengelernt.

Sillitoe riß an einem Riemen, und das Fenster glitt nach unten. In der Kutsche war es sehr eng, wie in einer Höhle. Es roch nach Pferden und Ruß ... Er konnte einen Haufen Leute ausmachen und etwas, das wohl eine Kutsche war. Soldaten waren zu erkennen und ein Offizier mit

Helm. Er kam geradewegs auf sie zu. Er war jung, aber erfahren oder klug genug, um Sillitoes elegante Kleidung einzuschätzen und das Ordensband zu erkennen, das seine Brust bedeckte. Er sah auch das Wappen auf der Kutschentür.

»Die Straße ist gesperrt, Sir!«

William fuhr ihn an. »Mylord!«

Der Offizier entschuldigte sich laut. »Verzeihung, Mylord, ich wußte nicht, daß Sie . . .«

»Ich muß nach St. Paul's«, fuhr Sillitoe ihn an, »und muß ja wohl nicht erklären, warum.« Er spürte wieder Wut aufwallen, und die war nur die Ruhe vor dem Sturm. Kühl musterte er den Offizier. »Vierzehnte Leichte Dragoner. Ich glaube, ich kenne Ihren Agenten in Grey's Inn.«

Der Schuß saß.

»Ein Fahrzeug hat ein Rad verloren, Mylord. Es hätte an keiner schlechteren Stelle geschehen können. Ich habe eben schon eine Kutsche zurückschicken müssen mit einer Dame . . .«

»Einer Dame?« Es war Catherine. Es mußte Catherine sein. Er blickte auf die glänzenden Helme und die unruhigen Pferde und sagte scharf: »Ich nehme doch an, Sie lassen die prächtigen Krieger da absitzen und schaffen das Hindernis aus dem Weg.«

»Ich, ich bin nicht sicher. Meine Befehle lauten . . .«

Sillitoe lehnte sich zurück. »Falls Sie weiteren Wert auf Ihr Offizierspatent legen.«

Die Dragoner brauchten nur wenige Minuten, um das Fahrzeug zur Seite zu schieben, so daß William weiterfahren konnte.

Absicht? Ein Unfall? Oder war es das, was Richard Bolitho Schicksal zu nennen pflegte?

Er mußte an Catherine denken. Zu Fuß jetzt, bedrängt von gaffenden, neugierigen Gesichtern. Er schaute wieder nach draußen und sah jetzt St. Paul's. Die Kathedrale war ganz nahe, überragte alles, und hier war die Stille überaus beeindruckend.

»Halten Sie sofort!«

Er wußte, daß William etwas dagegen haben würde und sich wahrscheinlich wünschte, der kräftige Guthrie wäre hier. Doch der Kutscher stieg ab, um die Pferde zu beruhigen, damit sie in der sich langsam bewegenden Menge und der unnatürlichen Stille nicht durchgingen.

Was war Catherine widerfahren? Hatte man sie an den beeindruckenden Pforten der Kathedrale mit irgendeinem schlechten Vorwand zurückgeschickt, weil ihr Name auf keiner Einladungsliste stand? Ausgerechnet Catherine. Ein verdammter Tag.

Er wurde schneller, gewöhnte sich an starre Blicke und neugierige Gesichter, hatte mit ihnen nichts gemein oder glaubte es jedenfalls.

Jemand zupfte an seinem Mantel. »Wollen Sie ein paar Blumen ihm zu Ehren kaufen, Sir?«

Sillitoe schob den Händler mit einem knurrenden »Aus dem Weg, Mann!« einfach zur Seite.

Dann hielt er, als habe er plötzlich die Kontrolle über seine Gliedmaßen verloren. So erklärte sich die Stille, das vollständige Schweigen, das dieser Platz noch nie erlebt hatte.

Auch Catherine stand schweigend da, hoch aufgerichtet, von Menschen umringt und doch unendlich fern von ihnen allen.

Auf den Stufen der Kathedrale stand unausgerichtet eine Reihe Männer – Seeleute, jedenfalls so lange, bis sie im Kampf verstümmelt worden waren. Männer ohne Arme, Männer, die sich nur noch auf hölzernen Stümpfen bewegen konnten. Männer mit verbrannten und zerrissenen Gesichtern, Opfer aus hundert verschiedenen Schlachten und aus ebenso vielen Schiffen, die sich heute wie eine einzige Mannschaft hier versammelt hatten.

Sillitoe versuchte die Männer kühl einzuschätzen, wie er es gewöhnt war. Wahrscheinlich kamen sie aus dem Marinelazarett in Greenwich und waren von der gleichen Kraft flußauf gebracht worden, die auch ihn hierher gezogen hatte. Alle trugen noch Uniformfetzen, manche hatten auf den Armen Tätowierungen, einer, in der Uniform eines Offiziers, trug sogar einen Säbel.

Sillitoe wollte zu Catherine gehen, nicht, um mit ihr zu reden, sondern nur um bei ihr zu sein. Doch er bewegte sich nicht.

Auch Catherine spürte die Stille. Sie hatte sogar beobachtet, wie die Dragoner das zusammengebrochene Gefährt entfernt hatten. Aber das war ganz woanders gewesen, nicht hier und nicht jetzt.

Sie stand unbewegt und sah den Mann in der Offiziersuniform langsam vor die Reihe der verkrüppelten Seeleute treten. Männern mit hölzernen Rahen, zusammengezimmerte Seebuckel, hätte Allday sie genannt. Sie zitterte. Er hatte das immer ohne Spott und ohne Mitleid gesagt, denn diese Männer waren wie er.

Der Offizier war jetzt näher gekommen, sie sah, daß er eine Leutnantsuniform trug. Sie war sauber und gut gebügelt, aber die Flicken und Ausbesserungen waren unübersehbar. Er hatte einem anderen Mann die Hand auf die Schulter gelegt. Als sie seine Augen sah, wußte sie, daß er blind sein mußte, obwohl der Blick hell und strahlend schien. Und bewegungslos.

Sein Begleiter sagte leise etwas, und er nahm seinen Zweispitz mit einer zackigen Bewegung ab. Sein graues Haar und die schäbige Uniform paßten nicht in dieses Szenario. Er war wieder der junge Leutnant, und dort standen seine Männer.

Er streckte seine Hand aus, und sie spürte einen Augenblick lang sein Zögern, bis sie ihre Hand ausstreckte und seine ergriff.

»Sie sind hier willkommen.«

Sehr sanft küßte er ihr die Hand. Immer noch bewegte sich niemand oder sprach. Es schien, als seien er und die verkrüppelten Männer ihr zu Ehren angetreten.

Er sagte: »Wir alle kannten Sir Richard. Einige von uns haben unter ihm gedient. Er hätte nicht gewollt, daß man Sie so behandelt.«

Sie hörte Schritte neben sich und wußte, es war Sillitoe.

»Ich dachte . . . Ich dachte . . .«, murmelte sie nur.

Er stützte sie am Ellbogen und sagte: »Ich weiß, was Sie dachten. Was Sie denken sollten!«

Ohne aufzuschauen und ohne auf die Gaffer zu achten, wußte er, daß sich die große Pforte geöffnet hatte. Dann sagte er: »Ich danke Ihnen, meine Herren. Keine Frau eines Admirals hat je eine bessere Ehrengarde gehabt als Sie!«

Man lächelte jetzt, und ein Mann streckte seine Hand aus, um Catherines Kleid zu berühren. Er strahlte sie an, während Tränen über sein Gesicht rannen.

Sie schob ihren schwarzen Schleier zur Seite und sah die Treppe hoch.

»Ich habe keine Worte, Leutnant. Aber später . . .« Aber sie sah keinen grauhaarigen Offizier mehr, oder ihr Blick war zu verschwommen. Ein Geist also? Einer derer, die mit Richard vereint waren. »Führen Sie mich bitte hinein.«

Sie hörte das überraschte Wispern nicht, das sich wie das Rascheln von Blättern in einer Bö in der hohen Kathedrale ausbreitete. Sie sah weder die bewundernden Blicke, noch das Entsetzen oder die wütende Enttäuschung, als Sillitoe sie in seine Kirchenbank führte, die sonst leer gewesen wäre.

Catherine preßte beide Hände zusammen und spürte den Ring, den ihr Geliebter ihr am Tage der Hochzeit von Zenoria und Keen übergestreift hatte.

Vor Gott sind wir verheiratet.

Sie wollte nicht vorausblicken, wagte nicht, sich zu erinnern und an das zu denken, was sie niemals wieder besitzen würde.

Es war ein stolzer Tag für Richard und alle, die ihn geliebt hatten.

Und für diesen Augenblick war sie wieder mit ihm vereint.

Kurz vor der Morgendämmerung ließ der Wind seine ganze Kraft spielen. Joshua Cristie, der schweigsame Master der *Unrivalled*, fand keine Freude an der Tatsache, daß seine Vorhersage sich wieder mal als wahr erwiesen hatte. Denn er war sein Feind. Andere mochten das Krachen der Kanonen oder das Messer des Chirurgen fürchten, aber Cristie war bis in die Zehenspitzen, wie die meisten seiner Vorfahren, Seemann und sah in den Launen des Wetters seinen Gegner. Als er sich auf dem steigenden und fallenden Deck an einer Stütze festhielt, sah er den Himmel. Er brannte wie geschmolzenes Kupfer, lange dunkle Wolken trieben unter ihm her, als seien sie aus Asche.

In der Mittelwache hatten sie die Segel gekürzt. Er hatte den Kapitän die Befehle geben hören und war in den Kartenraum geeilt, um seine wertvollen Geräte einzusammeln und zu sichern.

Der Kommandant konnte seine Wünsche sofort klarmachen. Nach außen hin war die *Unrivalled* ein feines und diszipliniertes Schiff, aber nur nach außen hin, wie Cristie genau wußte. Erst wenn die Männer bis an die Grenze gefordert worden waren, könnte man sicher sein. Sie war immer noch ein neues Schiff und wie alle anderen nur so stark wie die Männer, die sie bemannten, und so gut wie die Befehle, mit denen sie geführt würde wie mit dem Ruder. Es sei denn...

Jetzt stand der Kommandant neben ihm, sein alter Bootsmantel schlug im Wind, das dunkle Haar hatte die fliegende Gischt gegen seinen Kopf gepreßt. Es sah in diesem seltsamen Licht aus wie Kupfersträhnen.

»Lassen Sie einen Strich abfallen, Mr. Cristie! Neuer Kurs Südwest bei Süd.«

Weitere Männer rannten an die Fallen und Brassen, einige nur halb bekleidet, nachdem die Pfeifen sie dringend an Deck gerufen hatten.

Cristie rief: »Der Wind dreht immer noch, Sir. Wir werden Sie so hoch am Wind nicht lange halten können.«

Der Kommandant schien über seine Worte nachzudenken und drehte sich um, um ihn anzusehen. Cristie musterte ihn so sorgfältig, wie er eine Peilung nahm oder die Tiefe lotete.

»Wir könnten halsen und ablaufen, Sir!« Er zögerte einen Augenblick, die Leinwand donnerte und krachte, und das Rigg stöhnte unter dem Druck. »Oder wir könnten beigedreht liegen bleiben und das Großtopp reffen.«

Galbraith schrie nach weiteren Männern, ein paar unerkennbare Gestalten waren oben im Besan und schnitten zerrissene Leinen ab.

Cristie hörte den Kommandanten antworten: »Nein. Wir laufen so hoch, wie wir können.« Er starrte in die weiten schwingenden Rahen hoch, deren Bewegung einen seekrank machen konnte. Es sah aus, als sei das Schiff völlig außer Kontrolle geraten.

Doch am Doppelrad standen jetzt noch zwei weitere Rudergänger. Eine Schaumwand wehte über sie und die Steuerleute. Sie sahen aus wie Schiffbrüchige, die sich an ein Wrack klammerten.

Adam Bolitho sah eine Gruppe Männer die Finknetze sichern. Das war nicht wichtig. Seeleute hatten schon früher mal in nassen Hängematten geschlafen und würden es wieder tun. Aber es beschäftigte sie sinnvoll, hielt sie in Bewegung, damit sich gar nicht erst Furcht unter ihnen ausbreiten konnte.

Die *Unrivalled* lehnte sich weit über, ihr Leeschanzkleid war fast unter Wasser, Wasser raste an den vorderen Karronaden vorbei und warf Männer wie Kegel um.

Er holte Luft und zählte die Sekunden, als der Bug wieder eintauchte. Der Rumpf zitterte, als er auf festes Wasser traf, und es schien, als sei sie auf Land gelaufen.

Er legte die Hände um den Mund. »Vorbramsegel ist ausgeweht!« Er merkte, wie Galbraith ihn anstarrte. »Lassen Sie's. Es lohnt sich nicht, Leben aufs Spiel zu setzen.«

Er sah zu, wie das Segel sich selbst zerstörte. Ein Gigant schien es zu zerreißen, unsichtbare Hände, bis nur noch Fetzen übrig waren.

Männer kletterten jetzt unter den lauten Rufen des Bootsmanns auf die Bootsstells. Wenn ein Boot jetzt los käme, würde es über das Deck toben und Männer verletzen oder töten.

Er hörte Partridge brüllen: »Aus dir mach' ich noch einen verdammten Seemann.«

Der alte Stranace würde auch da unten zu finden sein. Er würde sich von Kanone zu Kanone hangeln und alle Brocktaue prüfen und dafür sorgen, daß nichts, das ihm unterstand, verlorenging oder zerstört wurde.

Adam zitterte. Eiskaltes Wasser lief ihm immer wieder über den Rücken und über das Gesäß. Aber das war ihm fast egal. Was er hier an Toben erlebte, hatte er seit dem Verlust der *Anemone* nicht mehr gespürt.

Das Rückgrat jedes Schiffes, die Fachleute, die nie aufgaben ...

Midshipman Fielding wurde durch einen Block eines gebrochenen Falls zur Seite geschleudert, ein Seemann fing ihn auf und half ihm wieder auf die Beine. Adam erkannte ihn wieder, es war einer, der ausgepeitscht werden sollte. *Heute eigentlich.* Er sah den Mann sogar grinsen. Einer wie Jago, dem das alles Spaß machte und der auf alle herabsah. Er meinte John Allday zu hören, mit dem er zusammen unter Bolitho gedient hatte. So hatte der ein Schiff charakterisiert: *Auf dem Achterdeck gibt's vielleicht mehr Ruhm, aber die besseren Männer sind immer im Vorschiff.*

Er konnte den Horizont jetzt erkennen, Gischt machte ihn unklar. In diesem wilden Licht hob und senkte er sich. Die Gesichter von Männern, naß bis auf die Haut und vielleicht sogar verletzt. Einige hatten durch die tobende Leinwand Fingernägel verloren, als sie die Segel bändigen wollten. Ihre Welt bestand nur noch aus einer wie betrunken schwankenden Rah, und ihre ganze Kraft fanden sie in sich und den Kameraden, die mit ihnen da oben waren.

Lohnte sich das alles eigentlich? Was riskierte er hier nur auf Grund einer unsicheren Annahme?

Ein Gehilfe des Bootsmanns lief an ihm vorbei, einen Arm ausgestreckt. Sein Mund war ein offenes Loch. Was er rief, war nicht zu verstehen. Der Wind steigerte sich zu wütendem Schrillen. Adam meinte, er habe etwas fallen gesehen, wahrscheinlich von der Großsegelrah. Es schien spurlos im Wasser verschwunden zu sein im wirbelnden Wasser hinter dem Heck.

Nicht einmal ein Schrei war zu hören gewesen. Der Sturz allein hatte den Mann wahrscheinlich getötet. Doch wenn er lange genug lebte und auftauchte und sein Schiff im Sturm verschwinden sah?

So etwas geschah häufig genug. Niemand an Land konnte sich das vorstellen, wenn er ein Schiff des Königs in sicherer Entfernung vorbeisegeln sah.

Midshipman Bellairs wischte sich mit dem Ärmel über das triefende Gesicht und japste: »So kann's doch nicht weitergehen!«

Cristie hörte ihn und meinte nur: »Daran werden Sie sich später noch mal erinnern, mein Junge. Wenn Sie mal

Ihr eigenes Schiff führen und Ihren Männern das Leben zur Hölle machen können. Dann werden Sie daran denken, hoffe ich jedenfalls.«

Er sah den Kapitän in schiefem Winkel zum Achterdeck stehen. Seine Stimme war über dem lauten Jaulen des Windes und dem Röhren der See zu hören.

»Das wollen Sie doch mal tun, oder?« Er mochte Bellairs. Der würde, wenn er lange genug lebte, ein guter Offizier werden. Wieder sah er zum Kommandanten hinüber. *Und ein Beispiel.* Cristie hatte die besten und die bösesten Offiziere erlebt. Seine eigene Familie lebte in Tynemouth, eine Straße weiter als Colingwood, Nelsons Freund und Stellvertreter bei Trafalgar.

Er hörte Massie sagen: »Ich garantiere nicht für den Klüver, wenn wir auf den anderen Bug gehen!«

Cristie boxte dem Midshipman freundlich in die Rippen: »Denken Sie also daran!«

Er trat zur Seite, als der Kapitän kam.

»Was meinen Sie, Mr. Cristie? Halten Sie mich für verrückt, weil ich sie so treibe?«

Cristie wußte nicht, ob Bellairs zuhörte. Es war ihm aber auch egal. Das hier konnte er in kein Logbuch schreiben, auf keiner Karte eintragen. Niemand würde seinen Stolz verstehen. Der Kapitän, ein Mann, der sich selbst und andere nicht schonte, der nicht gezögert hatte, selber seine Leute in ein Kaperabenteuer zu führen, das fast zum Scheitern verurteilt schien, hatte ihn um seine Meinung *gefragt.* Sie ihm nicht *gesagt,* wie es das Recht eines jeden Kommandanten war.

Er hörte sich antworten: »Da haben Sie's, Sir!« Er beobachtete seine Züge, als blauer Himmel sich schnell von Horizont zu Horizont ausbreitete. Der Wind hatte nachgelassen, zum erstenmal konnte man wieder das Knallen der Blöcke und das Donnern zerfetzter Leinwand hören. Bald würde die Sonne über den weichenden Wolken stehen, und Dampf würde aus dem nassen, glatten gefährlichen Deck aufsteigen.

Männer holten tief Luft, sahen sich nach Freunden und Messekameraden um, wie nach einem Gefecht. Zwei jüngere Midshipmen grinsten sich sogar an und schüttelten sich in jubelndem Triumph die Hand.

Adam sah das alles und sah nichts. Er folgte mit seinen Blicken dem ersten Ausguck, der nach oben zu klettern wagte.

»An Deck. Segel in Luv voraus!«

Er wandte sich an Cristie und meinte ruhig: »Und da, mein Freund, haben wir den Feind.«

VII   Ein schlimmes Schiff

Leutnant Galbraith drehte sich auf den Hacken um, blickte nach oben in Richtung Achterdecksreling und kniff die Augen im ersten harten Sonnenlicht zusammen.

»Schiff ist klar zum Gefecht, Sir!«

Adam zog seine Uhr nicht heraus, er brauchte es nicht. Er hatte beobachtet, wie das Schiff wieder zum Leben erwachte und der Sturm fast vergessen war, in dem Augenblick, als die Trommelbuben ihr Stakkato-Rasseln erklingen ließen: Alle Mann auf Gefechtsstation. Nur ein paar Leinwandfetzen und gebrochene Enden, die die alten Seeleute »irische Wimpel« nannten, erinnerten an den Sturm, der ebenso schnell verwehte, wie er über sie hergefallen war.

Sieben Uhr morgens. Vom Vordeck hatte es gerade sechs Glasen geschlagen. Alles war Routine, ganz alltäglich – und doch ganz anders.

Adam stand an der Reling und spürte, wie das Schiff sich bereit für das machte, was es in den nächsten paar Stunden zu erledigen hatte. Zwischenwände waren abgebaut worden, Kabinentrennungen verschwanden und wurden unten im Laderaum zusammen mit Möbeln und allen überflüssigen privaten Besitztümern gestaut. Das war immer ein schlimmer Moment, wenn man sich die Zeit nahm, darüber nachzudenken, daß die Besitzer das alles vielleicht gar nicht mehr brauchten, wenn dieser Tag zu Ende gegangen war.

In zehn Minuten war das Schiff vom Bug bis zum Heck gefechtsklar gemacht worden. Selbst seine eigene Kajüte, die größte, die er je bewohnt hatte und der immer noch ein bestimmter eigener Charakter fehlte, lag offen, so daß die Stückmannschaften und die Pulveraffen sich frei bewegen konnten, wenn erst einmal die Kugeln flogen.

Das Feuer in der Kombüse war schon bei Beginn des Sturms gelöscht worden, und es blieb keine Zeit, es wieder anzuzünden. Mit vollem Magen kämpften Männer besser, vor allem wenn sie bereits den größten Teil der Nacht gegen Wind und See gestanden hatten.

Adam schaute das Oberdeck entlang, wo die Mannschaften an den Kanonen standen, den langen Achtzehnpfündern, die die Hauptbewaffnung der *Unrivalled* bildeten. Die meisten Männer zeigten sich mit nacktem Oberkörper, die neuen und die Landratten waren einfach dem Beispiel der alten gefolgt, die das alles schon einmal mitgemacht hatten. Kleidung war für einen arbeitenden Seemann teuer und aus der kargen Besoldung nur schwer zu bezahlen. Stoff führte auch zu Blutvergiftungen und behinderte die ärztliche Behandlung, wenn ein Mann verletzt wurde.

Adam meinte, er könne selbst hier auf dem Achterdeck den Rum riechen. Der Zahlmeister hatte sich so stumm erregt gezeigt, als für jeden Mann eine doppelte Ration befohlen worden war, als käme das Geld aus seiner eigenen Tasche. Aber der Rum ersetzte das fehlende Frühstück und würde niemandem schaden.

Sechs Mann standen an jeder Kanone, einschließlich des Stückführers. Doch wenn das Schiff in Lee eines Gegners war und die Kanonen ein schräges Deck hinaufgezurrt werden mußten, brauchte man erheblich mehr. Eine erfahrene Mannschaft sollte in der Lage sein, alle neunzig Sekunden einen Schuß abzufeuern, jedenfalls zu Beginn eines Gefechts. Doch Adam hatte auch Stückführer gekannt, die so gut waren, daß sie drei Schüsse in zwei Minuten feuern konnten. Er hatte sie auf der *Hyperion* getroffen, diesem besonderen Schiff, das ebenso legendär war wie ihr Kommandant.

Er lächelte und sah, wie Galbraith zurückgrinste.

Das Schiff bewegte sich stetig und scheinbar ohne jede Hast. Die Haupt- und die Stagsegel waren aufgetucht. Es schien durch die See zu schneiden, und Adam hatte einige Seeleute gesehen, die aufgeentert waren, um den Feind zu entdecken, ihn zu beobachten und sich auf ihn vorzubereiten so gut sie konnten. Er dachte darüber nach. *Der Feind*. Es waren zwei Feinde, ein großes Schiff, nach Augenschein ein gestutztes Kriegsschiff, das andere kleiner, eine Brigg.

Noch war alles friedlich, still und drohend.

Wer waren die beiden? Warum waren sie nach Algier unterwegs?

Er sah Leutnant Massie am Fockmast. Massie würde die ersten Schüsse feuern. Seine kleine Truppe bestand aus Midshipmen, Läufern und Unteroffizieren, die nur seine Befehle ausführen würden und gegenüber allem anderen ihre Augen und Ohren zu schließen hatten.

Adam verließ die Reling und sah die Seesoldaten in ihren scharlachroten Uniformen über das Deck verteilt. Sie schwankten so, wie das Schiff sich bewegte. Cristie, Leutnant Wynter, Midshipman Bellairs und seine Signalgasten, die Rudergänger und die Gehilfen des Masters. Das Zentrum. Das Gehirn des Schiffes. Er schaute auf die prallen Finknetze, die diese Ziele kaum schützen könnten.

Er blickte hoch und sah weitere Seesoldaten oben auf den Marsplattformen. Er mußte bei Gefechten auf See immer an diese Scharfschützen denken. Er wußte, daß einer ein notorischer Wilddieb gewesen war, der nur zu den Seesoldaten gegangen war, um nicht ins Gefängnis zu kommen oder deportiert zu werden. Sie alle waren ausgezeichnete Schützen.

Jetzt maß er wieder den Horizont. Die winzigen Segel standen wie Flecken auf der harten blauen Kimm. An die

Schützen würde er jetzt noch häufiger denken, denn Avery hatte die letzten Augenblicke so bewegend und genau beschrieben. Er biß sich auf die Lippe, um sich zusammenzunehmen. *Auf dem Achterschiff die größte Ehre.* Er griff an den alten Säbel an der Hüfte und erinnerte sich an die Zeilen, die Catherine ihm zu der Waffe gelegt hatte. *Für mich.* Er hatte Jagos abschätzende Blicke bemerkt, als er an Deck gekommen war. Der alte Säbel, die glänzenden Schulterstücke. Wie mochte er es eingeschätzt haben. Als Arroganz oder als Eitelkeit?

Jetzt kletterte Jago den Niedergang zum Achterdeck empor, seine dunklen Augen bewegten sich kaum, doch ihm entging nichts. Diesen Mann würde Adam vielleicht nie verstehen, aber verlieren wollte er ihn keinesfalls.

Jago trat neben ihn an die Reling und faltete die Arme, als wolle er einigen Beobachtern seine Verachtung kundtun, zum Beispiel Leutnant Massie oder dem schwierigen Midshipman namens Sandell, oder San*dell,* wie er unbedingt genannt werden wollte.

Jago meinte: »Das erste Schiff, Sir, der alte Creagh meint, er kennt es.«

Das schien so dahingesagt. *Will er mich prüfen?*

Das Bild von Creaghs Gesicht formte sich in Adams Phantasie. Creagh war einer der Gehilfen des Bootsmanns. Er hätte die Auspeitschung ausführen müssen, wenn die *Unrivalled* umgekehrt und nicht ins Zentrum des Sturms gesegelt wäre. Daran würden sicher immer noch viele denken und leise auf den Kommandanten fluchen, der stur geblieben war und nicht nachgegeben hatte.

»Ein Gehilfe von Mr. Partridge.« Er sah Jagos stilles Lächeln nicht, ahnte es nur.

»Er schwört darauf, daß es die *Tetrarch* ist. Er hat vor ein paar Jahren auf ihr gedient.«

Adam nickte. Die Marine als Familie. Wie unter den

Männern gab es auch unter den Schiffen schlechte Familienmitglieder.

Tetrarch war ein Schiff der vierten Klasse, die es praktisch in der Marine nicht mehr gab. Sie wurden zwar als Linienschiffe geführt, doch die steigende Brutalität und das immer bessere Treffen der Kanonen in diesem unendlichen Krieg hatte diese Kategorie überflüssig gemacht. Schiffe der vierten Klasse waren weder Fisch noch Fleisch, sie waren nicht schnell genug, um als Fregatten zu dienen, und konnten mit weniger als sechzig Kanonen als Schiff in der Linie nicht genügend austeilen und aushalten, wenn es Schiff um Schiff, Kanone um Kanone ging.

Die *Tetrarch* war bei Ushant vor etwa drei Jahren aufgebracht worden. Zwei französische Fregatten hatten sie angegriffen und erobert, und seither hatte man nichts mehr von ihr gehört.

Jetzt war sie wiederaufgetaucht und kam ihnen entgegen.

Jago meinte: »Man hat sie zusammengestutzt.« Er rieb sich über das Kinn, und es klang, als riebe er über eine grobe Feile. »Aber sie kann uns noch ganz schön einheizen, vor allen Dingen zusammen mit dem anderen da.«

Adam versuchte, sich in die Lage des Gegners zu versetzen. Er stellte sich die fernen Schiffe vor, als blicke er von hoch oben auf sie herab wie auf Markierungen auf einer Seekarte. Die Brigg würde man als erste opfern, wenn das größere Schiff mit Nachschub und Pulver für die Schiffe unterwegs war, die darauf in Algier warteten und die einseitige Neutralität des Deys genossen, wie Bethune sie zu nennen pflegte. Nachdem sie die *La Fortune* in einem halsbrecherischen Unternehmen verloren hatten, würden sie jetzt alles daran setzen, sich zu rächen.

Sie liefen auf sich kreuzenden Kursen, beide hoch am Wind, doch der Gegner hatte den Vorteil. Und es war keine Zeit mehr, das Bramsegel am Vormast zu ersetzen.

Galbraith trat zu ihnen und sah sie fragend an.

»Was meinen Sie, wie lange noch?« wollte Adam wissen.

Galbraith schaute zum Wimpel an der Mastspitze, der immer mal auswehte und dann wieder fiel. Wie konnte der Wind sich bloß so schnell ändern?

»Eine Stunde. Länger nicht«, sagte er und zögerte. »Sie hat den besseren Wind!«

»Der kleine Terrier macht mir Sorge. Wir haben letzte Nacht stark gerefft. Und jetzt wird's unsere Dame nicht leicht haben, sich zu beeilen.« Er schaute sich die Segel genau an, die dichtgeholten Brassen. Der Wind würde den Ausschlag geben. »Ich möchte ein paar Treffer landen, ehe sie zuviel Schaden anrichten können!«

Die Männer an den Neunpfündern auf dem Achterdeck sahen sich an. Zuviel Schaden. Das bezog sich nicht nur auf Holz und Rigg, sondern auch auf Fleisch und Blut.

Adam trat an das Kompaßhäuschen und kam zurück. »Wir brauchen heute unsere besten Schützen, Mr. Galbraith.« Er mußte plötzlich lächeln. »Eine Guinee für den Mann, der den Kapitän erwischt, den anderen, nicht unseren!«

Ein paar Männer lachten laut. Kapitän Bouverie würde so etwas Läßliches an Bord der *Matchless* nie erlauben.

Er drehte sich wieder um. »Seien Sie mit dem Pulver vorsichtig. Das Deck ist gleich wieder knochentrocken. Ein Funken und...« Er brauchte nicht fortzufahren.

Er nahm ein Glas und hielt es ans Auge. Die Luft war schon warm, wie er auf seiner Haut spürte.

Drei Schiffe also, die wie durch unsichtbare Drähte zusammengezogen wurden, sich näher kamen, erkennbar wurden, den Tod bringen wollten.

Ich darf nicht versagen. Ich darf es nicht.

Doch er klang unbewegt und kühl, verriet von diesen Gedanken nichts.

»In zehn Minuten laden, Mr. Galbraith. Aber rennen Sie die Kanonen noch nicht aus. Die Leute sollen sich Zeit lassen. Heute kommt es auf die Kanonen an.«

Wenn ich falle. Er steckte die Hand in die Tasche und spürte dort das Medaillon, sorgfältig eingewickelt. *Wen würde das scheren?*

Er mußte plötzlich an das alte Haus denken, das leer stand, und an die Porträts. Es wartete.

Die Gesichter würde es scheren.

Es war soweit.

Galbraith blickte schnell auf den Kommandanten und lehnte sich dann über die Achterdeckreling.

Ein letzter prüfender Blick. Es könnte immer noch einen Fehler in dem strengen Plan für das Gefecht geben.

Die Decks waren gesandet worden, besonders um die Kanonen herum, damit die Männer in der Hitze der Schlacht nicht auf Schaum oder Blut ausrutschten. Netze waren über das Deck gespannt, um die Mannschaften an den Kanonen und die Matrosen, die die Segel bedienten, vor herabstürzenden Trümmern zu schützen und um jeden Gegner abzuwehren, der verrückt genug wäre, sie zu entern.

Der Stückmeister und seine Männer waren bereits in der Pulverkammer verschwunden und gaben Ladungen an die Pulveraffen aus, kleine Jungen. Sie bedrückten noch keine Erfahrungen, und darum machten sie sich weniger Sorgen als die Alten, die ihre Selbstsicherheit in den bekannten Gesichtern um sich herum fanden. Jeder spürte die lauernde Gefahr aus den beiden Segelpyramiden, die jetzt so viel näher standen, doch sich auf dem glänzenden Wasser nicht zu bewegen schienen.

Galbraith rief jetzt: »Alle Kanonen laden!«

Jede Kanone war eine eigene Insel, keine Mannschaft kümmerte sich um die andere. Wie beim ständigen Exerzieren, als sie auf jeden Offizier vom Kapitän abwärts, nur geflucht hatten, prüften die Männer jetzt die Tampen, warfen die Brocktaue los und machten die Kanonen klar zum Laden. Auch das war Routine und Ritual. Der zweite Ladekanonier nahm dem keuchenden Pulverjungen die Ladung ab und schob sie in die Mündung, der erste drückte sie nach unten. Keine Fehler! Zweimal scharf rammen und dann den Propf zur Sicherung drauf!

Die erfahrenen Stückführer hatten die Kugeln aus den Pyramiden bereits ausgewählt, hatten sie abgewogen, sie genau betastet, um sicherzugehen, daß sie die besten für die erste Salve im Gefecht waren.

Das alles geschah sorgsam und ohne Hast. Galbraith verstand, warum der Kapitän befohlen hatte, sich Zeit zu lassen – jedenfalls für den ersten Schuß. Jetzt war es still, die Mannschaften warteten an den Kanonen auf ihren Plätzen, jeder Stückführer blickte nach achtern auf die blau und weiß Uniformierten, die für Disziplin und Autorität standen. Sie waren ihnen so vertraut wie die Kanonen, die ihren Daseinszweck bildeten, in deren Gegenwart sie jeden Morgen erwachten und die sie ständig an die harte Kameradschaft an Bord erinnerten.

Doch Galbraith kannte auch die andere Seite dieser harten Männer. Da war dieser Seemann ohne einen Schrei ins Meer gestürzt und untergegangen. Später würde man seine paar Habseligkeiten in einer Auktion vor dem Mast versteigern, so nannte man das. Messekameraden und andere, die ihn kaum gekannt hatten, würden tief in die Tasche greifen und hohe Preise zahlen, damit eine Frau oder eine Mutter in jener anderen Welt etwas Geld in die Hand bekam.

Er sah sich um. Der Kommandant sprach leise mit dem

Master, gestikulierte ab und an, als wolle er etwas deutlich machen. Er schaute auf die näherkommenden Schiffe. Der Augenblick der Umarmung. Wenn es heute schiefging, würde es viel zu versteigern geben.

Er zwinkerte, als ein Sonnenstrahl durch die gebraßten Rahen nach unten fiel. Das kleinere Schiff hatte gewendet, hatte die Entfernung zum Begleiter vergrößert. Terrier hatte der Kommandant es genannt. Es bereitete sich vor, das ungeschützte Heck der *Unrivalled* anzugreifen. Ein einziger Schuß würde reichen. Eine entscheidende Spiere, oder schlimmer noch, die Ruderanlage würde getroffen – damit wäre der Kampf zu Ende, noch ehe die *Unrivalled* ihre Zähne gezeigt hatte. Wieder sah er auf den Kommandanten. Der würde das wissen, sein erstes Kommando war eine Brigg gewesen. Damals war er dreiundzwanzig, hatte Galbraith von jemandem gehört. Er würde es wirklich wissen.

Der Gegner hatte den besseren Wind, doch Kapitän Adam Bolitho zeigte deswegen keine Furcht.

»Wir laden beide Breitseiten und schießen als erste auf volle Entfernung, Kanone nach Kanone. Sagen Sie dem Zweiten Offizier, er soll jede einzelne Kanone selber ausrichten. Dann werden wir anluven, und wenn der Wind es gut mit uns meint, können wir den Gegner mit der zweiten vollen Breitseite beharken.«

Galbraith zwang sich in die Gegenwart zurück. Am Fockmast warteten Männer extra darauf, das große Focksegel loszumachen, das jetzt wie die anderen aufgetucht war. Weil das Fockmarssegel fehlte, würden sie jeden Windhauch beim Manöver brauchen. Doch selbst dann...

»Kanonenpforten auf!« rief Adam jetzt.

Er konnte sich vorstellen, wie an beiden Seiten die Kanonenpforten aufgingen, er konnte das Wasser in Lee vorbeiströmen sehen. Die *Unrivalled* lehnte sich über und würde sich noch weiter überlehnen, wenn sie das große Focksegel erst einmal gesetzt hatten. Er ahnte, was Galbraith jetzt dachte. Wenn der Wind in diesem Augenblick nachließ, würde der Gegner sich spalten und ihn ausmanövrieren. Er berührte seine Tasche wieder. Wenn nicht, würden die langen Achtzehnpfünder, in Luv so schräg wie möglich gestellt, weiter tragen als die feindlichen Kanonen. Er lächelte. Das sagte sich so leicht...

Cristie hatte ihm etwas über die *Tetrarch* berichtet, das er vorher nicht gewußt hatte. Auf ihr herrschte damals, als die französischen Fregatten sie angriffen, fast Meuterei. Also war dort auch ein schlechter Kapitän, dachte er, wie der auf der *Reaper*. Die Besatzung hatte gegen die unmenschliche Behandlung durch den Kapitän gemeutert und sich zusammengetan, um ihn zu Tode zu peitschen. Die *Reaper* stand jetzt wieder bei der Flotte, hatte einen guten Kommandanten, einen Freund von Adam. Doch er fragte sich, ob sie dieses Stigma jemals wieder loswerden würde.

Mit der *Tetrarch* könnte es genauso stehen. Ihre Bewaffnung war verringert worden, um mehr Platz für Ladung zu schaffen, doch sie könnte sich trotzdem immer noch gut schlagen.

Er blickte nach oben in die schwarzen, vibrierenden Wanten, den sanften Unterbauch der großen Segel und mußte sich wieder daran erinnern, wie die schweren Kanonen der Amerikaner die *Anemone* einfach zerrissen hatten. Männer stürzten und starben. *Um meinetwillen.* Er drückte die Schultern zurück und spürte das Hemd auf der Narbe, die ihm ein Splitter gerissen hatte.

Das reichte.

»Ausrennen!« befahl er.

Jetzt war jeder Mann an den Zugseilen, auch die Seesoldaten, damit die schweren Kanonen auf dem schrägen Deck ihre schwarzen Mündungen durch die Pforten schieben konnten. Der Gegner war unbekannt und gesichtslos. Es wäre Wahnsinn, ihn wissen zu lassen, wie wenige Männer man hier an Bord hatte. Später mal...

Es gab einzelne Hurrarufe, als die Mannschaften den Gegner vor jeder Pforte erkannten, und Adam hörte Leutnant Massies harten Tadel: »Klappe halten, ihr Eisenfresser. Auf der Stelle bleiben, keine Ausnahme!«

Adam trat an die Reling und sah sich das nächste Schiff an, die Brigg. Sie glich seiner alten *Firefly* und wurde gut geführt, als sie jetzt wendete. Wahrscheinlich lief sie nun Südost. Er dachte an Cristie. *Mit Gefühl und Wellenschlag.* Er maß die Entfernung, überrascht, daß ihm das sofort gelang. Die *Tetrarch* hatte die großen Segel am Fockmast und am Großmast gerefft und bereitete sich auf ihre Chance vor. Sie lag an Steuerbord voraus, und es sah aus, als würde es gleich zu einer Kollision kommen.

Ein dumpfer Knall war zu hören, und Sekunden später war ein Loch im Großmarssegel. Ein Schuß, um die Entfernung zu nehmen. Er ballte die Fäuste. Noch nicht, noch nicht. Von irgendwoher kam ein zweiter Schuß, wahrscheinlich aus einer Bugkanone der Brigg. Er sah, wie eine Schaumfeder wie ein fliegender Fisch aus einer Welle aufstieg. Der Schuß lag immer noch zu kurz.

»Focksegel setzen, Mr. Galbraith!« Er trat an die andere Seite.

»Auf den Großmast halten, Mr. Massie. Feuern in der Aufwärtsbewegung!«

Wahrscheinlich erwartete der Feind eine Breitseite und würde dann die Entfernung verkürzen, ehe die *Unrivalled* nachladen konnte.

Adam hörte, wie Massie rief: »Feuer frei!«

Er hielt das andere Schiff fest im Blick. Massie wußte, was er zu tun hatte. Er hielt an jeder Kanone, legte dem Stückführer die Hand auf die Schulter, der die Zugleine gespannt hielt und nur darauf wartete, auf das Ziel zu schießen, das wie ein lebendes Bild vor ihm in der offenen Pforte hing.

»Feuer!«

Es mußte wie eine Lawine gewirkt haben, wie eine Lawine aus Eisen. Als der Wind den wirbelnden Rauch zur Seite gedrückt hatte und das andere Schiff wieder sichtbar wurde, war es kaum noch zu erkennen. Fast ohne Masten, die Stümpfe waren zerschmettert, und das Rigg hing im Wasser wie Unkraut. Es war ein Wrack geworden.

Adam nahm Midshipman Fielding ein Teleskop aus der Hand. Die Hand zitterte. *Oder ist es meine?*

»Noch mal, Mr. Cristie. An die Brassen und klar zum Halsen.« Adam versuchte, seine Ruhe wieder zu finden und das Glas ruhig zu halten.

Der Terrier war tot. Und das wahre Ziel würde ihnen nicht ausweichen können.

»Alle Kanonen geladen, Sir!«

Er beobachtete das andere Schiff. Er sah die Narben, die die gezielte Breitseite der *Unrivalled* beim erstenmal geschlagen hatte, die Löcher in der dunkel getönten Leinwand.

Galbraith rief: »Klar, Sir!« Er klang heiser.

»Halsen Sie, und legen Sie sie auf Steuerbord.«

Er schaute in die Großsegel und sah Löcher, die dort vorher nicht gewesen waren. Vorher? An meinem Geburtstag.

Wieder hörte er Galbraith. »Wir könnten ihn auffordern, die Flagge zu streichen, Sir!«

»Nein. Ich weiß, wie man sich dann fühlt. Wir eröffnen das Feuer, wenn wir wieder auf Position sind.« Er konnte dabei nicht lächeln. »Der Wind wird ihm jetzt nichts nützen.« Er sah, wie Midshipman Bellairs ihn fragend ansah. »Signalisieren Sie der Brigg, beizudrehen. Wir werden sie gleich entern.«

Bellairs wandte sich an seine Signalgasten. »Unsere

Prise, Sir?« Genau wie Galbraith klang er heiser, als könne er kaum noch sprechen.

»Nein. Eine Trophäe, Mr. Bellairs.« Er sah Galbraith an. »Halsen Sie also und reffen Sie die Toppsegel. Wir feuern weiter.« Er maß wieder die Entfernung. »Eine Meile, würde ich sagen. Nahe genug also. Dann sehen wir weiter.«

Er sah, wie aktiv es sofort auf dem Deck zuging. Schatten wanderten über die flappenden Segel, als die Fregatte weiter drehte. Die Mannschaften an den nächsten Kanonen schauten entschlossen drein.

Es war weder ein Wettbewerb noch ein Spiel – und das wußten sie.

Er sah, wie Massie mit dem Säbel voraus zeigte und Befehle gab, doch die Worte waren im Klappen von Segeln und Taljen nicht zu verstehen.

Solange die Flagge nicht gestrichen wurde, war es der reinste Mord.

Der Kommandant der *Tetrarch* hatte beschlossen, den achterlichen Wind zu nutzen und zu halsen, also nicht näher zu kommen, sondern die *Unrivalled* auszumanövrieren und ihrem Angriff auszuweichen.

Adam beobachtete ihn ruhig und hörte die Befehle um sich herum und den Widerstand der Leinwand nicht, als sein Schiff so hoch wie möglich an den Wind ging.

Wieder hob er das Glas und betrachtete den anderen, der jetzt durch den Wind ging. Er konnte sogar die Galionsfigur ausmachen, die See und Wetter mitgenommen und angeschlagen hatten. Sie war früher ein stolzer Römer mit einem Lorbeerkranz auf dem Kopf gewesen.

Die *Tetrarch* könnte versuchen, ihnen bis in die Dunkelheit auszuweichen, doch ihre Chancen waren gering. Es würde das Unausweichliche nur verschieben. Adam beobachtete den Umriß des Schiffes, der kürzer zu werden schien. Die Masten schoben sich voreinander, als es weiterdrehte.

Adam konnte spüren, wie Galbraith und ein paar andere ihn musterten, die wohl alle eigene Gedanken und Vorschläge hatten.

Wenn sie dem anderen Schiff zu nahe kämen und es in Flammen aufginge, dann könnte seine tödliche Fracht sie alle zerstören. Adam hatte so etwas schon einmal erlebt, damals war auch Jago dabeigewesen.

Entschlossen befal er: »Steuerbord, wie eben, Mr. Massie. Einzelschüsse!«

Er strich sich über die Augen und blickt wieder hin. Der Gegner lief jetzt genau auf sie zu, und in der kräftigen Linse sah es so aus, als würde sich ihr Bugspriet bald mit dem Bugspriet der *Unrivalled* verhaken.

»Ziel auffassen!«

Er sah, wie die Leinwand der *Tetrarch* sich blähte und dann füllte. Hinter dem dichtgeholten Besan war die glänzende Trikolore kurz zu erkennen. Was bedeutete diese Flagge wohl für die Besatzung, fragte er sich? War sie das Symbol für etwas, das bereits besiegt war?

Er mußte an die *Frobisher* und ihren Admiral denken, die ein grausames Schicksal in ein unerwartetes Treffen mit gleich zweien solcher Schiffe geführt hatte.

»Feuer frei!«

Er sah die ersten Schüsse die großen Segel und die Toppsegel durchlöchern. Das fürchterliche Krachen von fallenden Rahen und zerbrochenem Rigg konnte er nur fühlen, nicht hören.

Wie die *Anemone*...

Doch die *Tetrarch* drehte weiter, zeigte ihre Breitseite, und dann schossen helle Blitze aus den Kanonen, die am weitesten vorn standen. Einige schlugen in den Rumpf der *Unrivalled* ein, andere ließen nur den Schaum von Wasserfontänen auf Deck platschen, wo Mannschaften wie besessen die eigenen Kanonen auswischten und wieder luden.

Adam hörte Leutnant Luxmore von den Seesoldaten einen Namen brüllen. Einer seiner Scharfschützen auf der Marsplattform des Großmastes hatte seine Muskete abgefeuert, ohne den Befehl abzuwarten. Auf diese Entfernung war es, als werfe man mit einem Kieselstein nach dem Wetterhahn auf dem Kirchturm. *Der Wahnsinn.* Keiner war ganz gegen ihn gefeit.

Man jubelte laut, als der Fockmast der *Tetrarch* zu schwanken schien und nur noch das Rigg ihn hielt. Adam schaute gebannt, wie der Mast die Oberhand gewann und Wanten und laufendes Gut zerriß, als seien die starken Seile dünne Zwirnsfäden. Die Segel machten das Durcheinander und die Zerstörung noch schlimmer, und schließlich kippte der ganze Mast mit den oberen Rahen und dem sich drehenden Vortopp in den Qualm.

Nur am Rande nahm Adam die Schreie der Stückführer wahr, die wie besessen ihre Achtzehnpfünder feuerbereit durch die Luken ausrannten.

Er bewegte das Glas. Über dem Hauptdeck des Gegners hing eine kleine Feder Rauch. Jedes Feuer war gefährlich, Kampf hin, Kampf her, aber wenn der Rumpf voller Schießpulver war, bedeutete Feuer den sicheren Tod für alle. Er blickte auf die oberen Rahen der *Unrivalled* und den auswehenden Wimpel im Großmasttopp.

»Einen Strich abfallen!«

Er sah Massie sich mit bereits halb erhobenem Säbel nach ihm umdrehen.

Es durfte keine Zweifel geben, Mitleid schon gar nicht. *Der andere Kommandant könnte ich sein.*

Noch immer drehte die *Tetrarch,* ihr Bug zerrte an dem Gewirr von Spieren und Rigg. Er sah Männer im Wasser nach Hilfe rufen, die niemals kommen würde.

Die nächste Breitseite würde der *Tetrarch* das Ende

geben. Auf die richtige Entfernung und mit Kanonen, die sich mit dem Deck hoben und die genügende Schräge hatten, würde die Salve durch die noch stehenden Masten und die Segel fahren, ehe die Batterie der *Tetrarch* überhaupt ihr Ziel erfassen konnte.

»Ziel erfassen!«

Seine eigene Stimme klang Adam fremd. Er glaubte, die Sonne zu sehen, die sich in Massies erhobener Säbelklinge spiegelte. Und dann wußte er, daß die Stückmannschaften von Backbord ihre Stationen verlassen hatten, um zuzuschauen, und die ihre eigene Gefahr dabei vergaßen.

Er richtete sich gerade auf, hielt sein Glas unbewegt und wußte, daß das Zittern jetzt von der eigenen Hand kam.

»Befehl zurück!«

Es gab zwar viel Rauch, aber einiges war so klar zu erkennen, als läge der Gegner längsseits.

Dessen vordere Kanonen waren jetzt nicht mehr bemannt, und Männer rannten über das Oberdeck und zum Achterdeck, offenbar völlig unkontrolliert. Einen Augenblick meinte er, das Feuer habe das Schiff schon ganz in seiner Gewalt und die Mannschaft versuche nur verzweifelt, sich vor der drohenden Explosion in Sicherheit zu bringen.

Doch dann begriff er, was er sah. Die französische Flagge, der einzige farbige Fleck über dem zerschossenen Schiff, sank, zuerst ganz langsam, doch dann zerhackte jemand die Flaggleinen, und das Tuch trieb wie ein sterbender Seevogel auf dem Wasser.

Cristie grunzte nur: »Vernünftige Entscheidung, würde ich meinen.«

Und jemand anders ergänzte: »Die haben noch Glück, zum Teufel.«

Die *Tetrarch* fiel jetzt ab, ihre Großsegel und der Besan

161

wurden aufgetucht, als wolle man die Unterwerfung bestätigen.

Wieder hob Adam das Glas. Gruppen von Männern standen an Deck, andere lagen unversorgt neben den verlassenen Kanonen, ob tot oder verwundet, ließ sich von hier aus nicht feststellen.

Midshipman Bellairs rief laut: »Die weiße Flagge, Sir!« Auch er verstand offensichtlich nicht, was dort vorging und daß er Teil dieser Szene war.

»Beidrehen, wenn ich bitten darf.« Adam setzte das Glas ab. Er hatte entdeckt, daß jemand ihn vom anderen Deck her beobachtete. Mit Verzweiflung, mit Haß – das mußte ihm niemand sagen. »Nehmen Sie ein Boot und stellen Sie ein Enterkommando zusammen, Mr. Galbraith. Wenn es sicher ist, daß wir längsseits kommen können, geben Sie uns ein Signal. Und wenn Sie merken, daß man Sie hintergehen will, wissen Sie, was Sie zu tun haben!«

Ihre Blicke trafen sich. *Wissen, was dann zu tun ist.* Die *Unrivalled* würde die letzte Breitseite feuern. Und das Enterkommando würde unter den eigenen Kugeln drüben sein Ende finden.

Galbraith meinte: »Ich verstehe, Sir!«

»Die Sache ist heikel!«

»Wir müssen sie so angehen, Sir. Was Sie mit denen vorhaben ...«

Adam legte ihm die Hand auf den Ärmel. »Nein, Leigh, wenn's nach mir gegangen wäre ... Ich hätte sie alle am liebsten tot gesehen.«

Galbraith wandte sich ab und sprach drängend mit einem seiner Unteroffiziere. Als das Boot längsseits lag und die Männer vom Hauptdeck der Fregatte nach unten kletterten, dachte er immer noch an dieses Gespräch.

Der Kapitän hatte ihn mit Vornamen angesprochen wie einen alten, vertrauten Freund. Doch noch mehr erinnerte er sich an seinen schmerzlichen Gesichtsausdruck. Darin war auch Wut, als habe Adam etwas verraten. Oder jemanden.

»Vorne los. Zugleich!«

Die Riemen hoben und senkten sich auf dem unruhigen Wasser, und das Boot fuhr bereits durch das Wasser voller treibender Wrackteile und Toter. Galbraith legte die Hand über die Augen, um das andere Schiff zu beobachten. Es war riesig. Sie pullten unter dem Bug hindurch und sahen, welchen Schaden die Kanonen der *Unrivalled* hier angerichtet hatten.

»Seesoldaten aufs Achterdeck! Creagh, Sie gehen mit Ihrer Gruppe nach unten!«

Er sah den Gehilfen des Bootsmanns nicken, das wettergegerbte Gesicht sah ungewöhnlich ernst aus. Er hatte als erster die *Tetrarch* erkannt und erinnerte sich wahrscheinlich als einziger an den schlimmsten Augenblick ihres Lebens, als sie sich dem Feind ergeben hatte.

Sergeant Evans von den Seesoldaten rief ihm warnend zu: »Achten Sie drauf, was hinter Ihrem Rücken vorgeht, Sir. Ich würde keinem der Kerle trauen!«

Galbraith dachte wieder an den Kapitän: Das hätte auch uns geschehen können ... Dann sprang er auf die Füße, legte in dem übervollen Boot einem Mann am Riemen die Hand auf die Schulter und achtete nur noch auf den Wurfanker, der sich ins zerschossene Holz bohrte, und auf das Boot, das längsseits ging.

»Auf, Männer!«

Im nächsten Augenblick könnten alle tot sein und zwischen den anderen Leichen im Wasser treiben. Und dann stieg er hoch, über die erste Kanonenpforte hinweg, riß sein Bein an irgend etwas auf, aber spürte keinen Schmerz.

Auf Deck waren mehr Leute, als er erwartet hatte. Die meisten zerlumpt und äußerlich völlig undiszipliniert, der Abschaum aus einem Dutzend Ländern, Verbrecher, Deserteure und doch... Er blickt sich um, sah die verlassenen Waffen und die Toten, die das langsame und genaue Feuer der *Unrivalled* hingestreckt hatte. Um aus diesem Haufen eine Mannschaft zu machen, würde man mehr als Habgier oder einen anderen vergleichbaren Grund ansprechen müssen. Wie sonst sollten sie gegen ein englisches Kriegsschiff kämpfen, das höchstwahrscheinlich auch noch Verstärkung erwartete?

Er dachte an die Hand auf seinem Ärmel und deutete mit seinem Säbel auf die Leute.

»Wo ist Ihr Kommandant?« Er erinnerte sich nicht, den Säbel beim Heraufklettern gezogen zu haben.

Ein Kerl trat vor oder wurde geschoben. Sicher irgendein Offizier, obwohl seine Uniform keine Zeichen eines Ranges zeigte.

Heiser sagte er: »Er stirbt.« Er breitete die Arme aus. »Wir haben die Flagge eingeholt. Es war nötig.«

Einer von Creaghs Männern meldete: »Feuer ist gelöscht!«

Er blickte in die schweigenden Gesichter unterhalb des Achterdecks, als müsse er jeden einzelnen niederstrekken.

»Es war eine Laterne, Sir. Sie ist umgefallen!«

Das Schiff war also sicher.

Galbraith sagte: »Hissen Sie unsere Flagge!«

Er sah die *Unrivalled,* die sich langsam bewegte, die Kanonen schauten wie schwarze Zähne aus dem Rumpf. Dann sah er auf den Zug Seesoldaten mit aufgepflanzten Bajonetten. Sie hatten schon eine Drehbasse auf die Männer gerichtet, die jetzt ihre Gefangenen waren. Eine Kartätschenladung würde auch den letzten unsinnigen Widerstand brechen.

»Hier ist der Kapitän, Sir!« rief Sergeant Everett.

Galbraith schob den Säbel in die Scheide zurück. Es

würde kaum von Nutzen sein, wenn irgendein Verrückter tatsächlich das Schiff zurückerobern wollte. Die Männer traten zur Seite, um ihm den Weg frei zu machen. Sie schauten bedrückt aus – doch die Niederlage hatte offenbar jeden Kampfwillen gelöscht, falls es ihn je gegeben haben sollte. Das Gesicht der Niederlage zeigte immer Apathie, Hoffnungslosigkeit und auch Furcht.

Der Kapitän der *Tetrarch* war ganz anders als erwartet. Er saß da, von einem Offizier und einem bleichgesichtigen Jungen gestützt, und war schätzungsweise im gleichen Alter wie Galbraith. Er war blond, trug sein Haar in einem altmodischen Zopf, und Blut, das der Offizier zu stoppen versuchte, sickerte durch seine Weste.

»M'sieur, ich muß Ihnen sagen . . .«, begann Galbraith.

Die Augen öffneten sich, waren tief dunkelbraun, sein Atem ging schwer und machte ihm Schmerzen. »Keine Formalitäten, Leutnant. Ich spreche Englisch.« Er hustete, und Blut rann über die Hände seines Offiziers. »Ich bin Engländer, denke ich. Seltsam, daß es zu dieser Konfrontation kam.«

Galbraith blickt sich um: »Kein Arzt?«

»Nein, wir sind unterbemannt.«

»Ich bringe Sie zu uns an Bord. Werden Sie das durchstehen?«

Was sollte das eigentlich bringen? Er war ein abtrünniger Engländer. Nach seinem Akzent könnte er auch Amerikaner sein. Vielleicht war er von Anfang an Kaperer gewesen. Aber dafür war er eigentlich nicht alt genug. Galbraith erhob sich, er verschwendete nur seine Zeit.

»Riggen Sie einen Bootsmannsstuhl. Corporal Sykes, kümmern Sie sich um die Wunden dieses Offiziers.« Er entdeckte Zweifel im Blick des Soldaten. »Das hier ist wichtig!«

Creagh rief: »Da legt noch ein Boot ab, Sir!«

Galbraith nickte. Kapitän Bolitho hatte erraten oder

gesehen, was hier ablief. Eine Prisenbesatzung also. Und um die entmastete Brigg mußten sie sich auch noch kümmern. Man mußte schnell handeln, mußte das Enterkommando wieder sammeln und die Gefangenen auf versteckte Waffen durchsuchen.

Aber dann fragte Galbraith doch: »Wie heißen Sie, Kapitän?«

Der lehnte sich zurück, seine Augen blieben trotz der Schmerzen ganz ruhig: »Lovatt.« Er versuchte zu lächeln. »Roddie – Lovatt.«

»Bootsmannsstuhl ist geriggt, Sir!«

»Wir haben einen guten Arzt an Bord. Woher stammt Ihre Wunde?«

Er hörte, wie das zweite Boot einhakte, die Männer begrüßten sich laut, froh über die Verstärkung. Die Gefahr schien jetzt vergessen, nur nachts würden sie sicher wieder daran denken.

Lovatt versuchte nicht, seine Verachtung zu verbergen. »Eine Pistolenkugel. Von einem meiner tapferen Leute da unten. Als ich mich weigerte, die Flagge zu streichen.«

Galbraith legte dem Jungen die Hand auf die Schulter, der dem Verwundeten nicht von der Seite gewichen war.

»Geh zu den anderen!«

Seine Gedanken wirbelten durcheinander. Ein englischer Kommandant, vielleicht ein Amerikaner. Ein Schiff, das nach einer Meuterei dem Feind in die Hände gefallen war. Und die französische Flagge.

Der Junge versuchte, sich aufzurichten, da bat Lovatt leise: »Der Junge ist mein Sohn, bitte, Leutnant.«

Zwei Matrosen trugen Lovatt zum schnell geriggten Bootsmannsstuhl. Einmal schrie Lovatt vor Schmerzen laut auf und packte die Hand seines Sohnes. Dann blickte er auf die eben gehißte Flagge in der Piek, frisch und sauber über allen Schmerzen und dem Geruch des Todes.

Er flüsterte: »*Ihre* Flagge jetzt, Leutnant.«

Galbraith gab dem wartenden Boot ein Zeichen. Midshipman Bellairs blickte zu ihm hoch. Er würde heute wieder etwas Neues lernen.

Lovatt murmelte: »Flaggen, Leutnant... Irgendwie sind wir alle Landsknechte.«

Galbraith entdeckte Blut auf den Planken. Es war sein eigenes aus dem Bein, das er sich beim Aufentern verletzt hatte.

Der Bootsmannsstuhl wurde angehoben und schwang dann über die Reling hinaus.

»Geh mit, mein Junge. Aber schnell.«

Creagh trat neben ihn, als der Bootsmannsstuhl ins Boot hinuntersank, wo Bellairs auf ihn wartete.

»Den habe ich gefunden, Sir.« Er hielt ihm einen Säbel entgegen. »Gehört dem Kapitän, sagen die Leute.«

Galbraith griff danach und spürte trocknendes Blut an seiner Hand kleben. Ein Säbel, das war alles, was von einem Mann blieb. Etwas, das man weitergeben konnte. Er dachte an den Säbel der Bolithos, den sein Kommandant heute angelegt hatte. *Oder er war etwas, das man vergaß.*

Er sah sich den Griff genauer an. Eine ältere Ausführung, ein Muster mit fünf Kugeln. Die Marineoffiziere hatten es abgelehnt, als es als Standardausrüstung eingeführt wurde. Die meisten waren lieber bei ihren eigenen Waffen geblieben.

Er zog die Klinge neugierig aus der Scheide und las die Gravierung. Er konnte sich sogar die Werkstatt in Strand in London vorstellen, die Säbelschmiede, bei der er seine eigene Klinge erworben hatte.

Er starrte wieder auf sein Schiff hinüber, das Boot sank und stieg mit den Wellen in seiner Fahrt, die Mitleid diktiert hatte.

Vielleicht wäre der Mann besser gefallen, dachte er. Ein

Offizier des Königs, der zum Verräter geworden war? Wenn er das hier überstand, würde er sich sicher etwas anderes wünschen.

Er seufzte. Sich um Verwundete kümmern, Tote über Bord! Dann irgendwas essen, Und dann... Er spürte, wie seine ausgetrockneten Lippen sich zu einem Lächeln verzogen.

Er lebte, und dies war ihr Tag. Das reichte. Es mußte reichen.

VIII Kein Entkommen

Denis O'Beirne, Schiffsarzt der *Unrivalled,* kletterte erschöpft den Niedergang zum Achterdeck empor und hielt an, um Luft zu holen. Die See war jetzt ruhiger, die Sonne stand niedrig auf der Kimm.

Die Mannschaft arbeitete noch schwer. Männer spleißten hoch oben auf den Rahen ein paar gebrochene Tampen, und auf dem Hauptdeck saßen der Segelmacher und seine Gehilfen wie Schneider mit gekreuzten Beinen, deren Hände mit den Nadeln sich im Gleichtakt bewegten. Sie sorgten dafür, daß kein Fetzen Leinwand verschwendet wurde. Abgesehen von der ungewohnten Unordnung war es fast nicht zu glauben, daß dieses Schiff heute in einem Gefecht gestanden hatte und daß Männer gestorben waren, nicht viele, aber genug für diese kleine, übersichtliche Welt.

O'Beirne hatte bereits zwölf Jahre in der Marine gedient, zumeist in größeren Schiffen, Linienschiffen, die immer randvoll mit Menschen waren, übervoll und – für einen Mann seines Temperaments – bedrückend. Blockade-Aufgaben bei jedem Wetter, Männer, die in einem heulenden Sturm zum Reffen nach oben gezwungen wurden, und später noch mal, wenn das Wetter sich besserte, um wieder Segel zu setzen. Schlechtes Essen, einfachste Lebensbedingungen – er fragte sich oft, wie die Matrosen das aushielten.

Doch eine Fregatte war etwas ganz anderes. Sie war sehr lebendig und unabhängig, wenn ihr Kommandant Ehrgeiz hatte und sich vom Schürzenzipfel der Flotte lösen konnte. Auf ihr herrschte ein Mannschaftsgeist, der ganz anders war. O'Beirne hatte mit seiner üblichen Neugier beobachtet, wie sich dieser Geist gebildet und in den paar Monaten vertieft hatte, seit die *Unrivalled* an jenem bitterkalten Tag in Plymouth in Dienst gestellt worden war und der erste Kapitän des Schiffes sich eingelesen hatte.

Als Arzt war er Mitglied der Offiziersmesse und hatte in den wenigen Monaten mehr über seine Kameraden gelernt, als diese wahrscheinlich ahnten. Er war immer ein guter Zuhörer gewesen, ein Mann, der gern das Leben anderer wahrnahm, ohne je Teil von ihm zu werden.

Der Schiffsarzt war Offizier ohne königliches Patent, sein Status lag zwischen dem Master und dem Zahlmeister. Er galt mehr als Handwerker, nicht als Gentleman. Ein Beruf, der, wie einer seiner knochensägenden Kollegen gemeint hatte, weder gewinnbringend noch ruhig und schon gar nicht angesehen war.

In den letzten Jahren hatten sich die für Verwundete und Kranke zuständigen Stellen sehr eifrig bemüht, das Los der Ärzte zu verbessern. Sie sollten den gleichen Status bekommen wie die Heeresärzte. Doch wie auch immer, O'Beirne konnte sich keine andere Tätigkeit vorstellen.

Ihm stand eine dieser winzigen Kajüten zu, wie sie auch die Leutnants bewohnten, aber er zog es vor, allein im Lazarett unter der Wasserlinie zu hausen. Dort war seine Welt. Wer ihn freiwillig besuchte, kam mit Schrecken. Die anderen, die zu ihm getragen wurden wie die, die er auf dem Zwischendeck zurückließ, hatten keine andere Wahl, gleich denen, die tot nach einer eiligen Zeremonie über Bord geschoben wurden.

Er sah sich auf dem Achterdeck um. An diesem Ort, der der Autorität und einem einzigen Zweck galt, waren die Rollen umgedreht.

Die *Unrivalled* rollte immer noch heftig in einer steilen See, die nur ruhig aussah. Sie hatte schon den ganzen Tag beigedreht gelegen, die zerschossene *Tetrarch* in Lee.

Hammerschläge klangen durch die Luft, Taljen quietschten. Das Enterkommando nutzte alles handwerkliche Können, das sich an Bord gesammelt hatte, um ein Notrigg auf der *Tetrarch* aufzurichten, damit sie unter Begleitung weiter nach Malta segeln konnte.

Die kleine Brigg war gekentert und gesunken, ehe die meisten Verwundeten von Bord geholt werden konnten. Ihren Untergang hatte kaum jemand bedauert, und selbst der Verlust von Prisengeld schien unbedeutend.

Zwei Schiffe, die Sonne niedrig über ihrer Spiegelung... Der Kommandant schaute nach oben auf das neue Vormarssegel, und Cristie, der Master, deutete auf etwas, an dem ein paar Toppgasten immer noch arbeiteten.

O'Beirne dachte an seinen neuesten Patienten, den Kapitän der *Tetrarch*. Der hatte sich gut gehalten trotz des Einschußwinkels der Pistolenkugel und des hohen Blutverlustes. Der Schuß war auf kürzeste Entfernung abgegeben worden, die Weste war versengt und zeigte Spuren von Pulverrauch. Sein Leben hatte er nur einer Tatsache zu verdanken: Er trug immer noch die alten Kreuzriemen, die die Offiziere damals anlegten, als O'Beirne in die Marine eintrat. Sie hatten eine schwere Schnalle, wie ein Hufeisen. Die hatte die Kugel abgelenkt und in zwei Teile zerlegt.

Sie hatten ihn nackt ausgezogen, und die Helfer hatten ihn mit ausgebreiteten Armen und Beinen auf dem improvisierten Tisch festgehalten, der schon vom Blut derer verfärbt war, die hier vor ihm gelegen hatten.

O'Beirne war in der Lage, die Ohren zu schließen und sich ganz auf die Arbeit seiner Hände zu konzentrieren. Doch er konnte dabei immer noch an die bewegungslosen Gestalten denken, die im Schatten lagen oder gegen das Holz des Rumpfes gelehnt hockten. Bisher hatte er noch keine Zeit gefunden, die Lebenden von den Toten zu trennen. Er hatte sich daran zwar längst gewöhnt, doch er redete sich gern ein, daß ihn das noch nicht verhärtet hätte. Er erinnerte sich an den Pulveraffen, der ein Bein verloren hatte. O'Beirne hatte sich zusammennehmen müssen, um nicht in das Gesicht des Jungen zu blicken, als er mit dem Messer den ersten Schnitt machte. Der Junge war auf dem Tisch gestorben, ehe er mit der Säge die Operation fortsetzen konnte.

O'Beirne hatte einen seiner Helfer eine Notiz in ein zerfleddertes Buch eintragen sehen. Der Pulveraffe war erst zehn Jahre alt gewesen.

O'Beirne stammte aus einer großen Familie mit sieben Jungen und drei Mädchen. Drei Brüder waren in den Dienst der Kirche getreten, zwei waren Offiziere im örtlichen Infanterieregiment geworden, einer war auf einem Frachtschiff auf See gegangen. Die Schwestern hatten ehrbare Bauern geheiratet und zogen jetzt eigene Familien groß. Sein Bruder, der auf See gegangen war, lebte nicht mehr, und die beiden, die des Königs Rock angelegt hatten, auch nicht. Er mußte lächeln. Es ließ sich also doch etwas zugunsten der Kirche sagen.

Er merkte jetzt, daß der Kapitän ihn ansah. Er schien Cristie aufmerksam und mit offenem Blick zuzuhören, doch O'Beirne wußte, daß er seit dem Morgengrauen an Deck oder unten auf den Beinen gewesen war.

Adam verließ die Reling und sah nach unten auf den Segelmacher und seine Gehilfen.

»Was Neues?«

»Der Kapitän, Sir.« Er zögerte, als die dunklen Augen ihn anschauten. »Kapitän Lovatt.«

»Den Gefangenen meinen Sie? Ist er tot?«

O'Beirne schüttelte den Kopf. »Er hat ein paar innere Blutungen, aber die Wunde kann heilen, wenn sie Zeit hat.«

Er dachte an den Mann nicht als Gefangenen, sondern

nur als verwundeten Überlebenden. Er war ein paarmal ohnmächtig geworden, doch ihm war ein Lächeln gelungen, als er schließlich wieder zu Bewußtsein kam. O'Beirne hatte ihn daran gehindert, seinen Arm zu bewegen, weil das die innere Wunde immer wieder hätte aufreißen können. Die meisten Männer bewegten ihre Arme, wenn sie nach großen Mengen Rum nicht mehr klar denken oder protestieren konnten. Sie wollten einfach nur sichergehen, daß sie immer noch ihre Arme besaßen und die nicht in dem Bottich der abgeschnittenen Gliedmaßen verschwunden waren.

O'Beirne sah, wie am Unterkiefer des Kapitäns ein Muskel zuckte, nicht vor Ungeduld, sondern vor Erschöpfung, die er unbedingt verbergen wollte.

»Er hat nach Ihnen gefragt, Sir«, sagte er, »als ich seine Wunde verband. Ich habe dabei mit ihm geredet, das bringt einen Mann auf andere Gedanken.«

»Ist das alles . . .« Er drehte sich ab und dann wieder um. »Verzeihen Sie, Sie sind vermutlich erschöpfter als wir alle.«

Nachdenklich sah O'Beirne Adam an. Da sah er sie wieder, diese jugendliche Unsicherheit, die so gar nicht zu seiner Rolle als Kapitän dieses Schiffes und Verantwortlichem für ihrer aller Leben paßte.

Er sah, daß Leutnant Wynter und ein Gehilfe des Masters den Kapitän sprechen wollten. Die Liste von Fragen und Aufgaben schien endlos.

Er sagte: »Er kennt Ihren Namen, Sir!«

Adam sah ihn scharf an. »Doch sicher wegen meines Onkels!«

»Wegen Ihres Vaters, Sir!«

Adam drehte sich zur Reling, preßte beide Hände auf sie und fühlte, wie das Herz des Schiffes unter dem warmen Holz pochte. Und zitterte. Jede Stag und jede Wante, jedes Fall und jede Brasse schienen Teil von ihm selbst zu sein. Er hörte noch seinen allerersten Master auf der *Hyperion* sagen: *Wenn alle Teile gleichen Druck haben, geht es dem Schiff gut.*

So also kam alles wieder. Gab es denn gar keinen Ausweg? Keine Antworten auf die vielen Fragen, die er nie laut geäußert hatte?

Midshipman Bellairs meldete: »Von der *Tetrarch*, Sir. Klar zum Aufbruch.«

Adam starrte über das Wasser mit den purpurdunklen Schatten, das andere Schiff lag vor dem schwächer werdenden Licht der sinkenden Sonne. Helle Flecken Leinwand zeigten, was Galbraith alles erreicht hatte.

»Danke, Mr. Bellairs, bestätigen Sie, bitte.« Dann blickte er zu dem stattlichen Arzt, ohne ihn recht wahrzunehmen. »Signal an Mr. Galbraith. Guten Wind und viel Glück!« Er nahm die länger werdenden Schatten jetzt anscheinend zum erstenmal wahr und meinte: »Bitte, sofort!«

O'Beirne war überrascht, daß der jugendliche Kommandant sich Zeit nahm für eine persönliche Nachricht, während so viele dringende Angelegenheiten seine ganze Aufmerksamkeit verlangten. Noch mehr überrascht war er, daß ihn das bewegte.

Adam merkte, wie er beobachtet wurde, und ging wieder auf die Reling zu und sah auf den fetten Rauch, der aus dem Schornstein der Kombüse quoll. Es gab jetzt an Deck weniger Arbeitsgruppen. Einige erfahrene Männer warteten und schauten auf die *Tetrarch* hinüber, die gerade ihr Notrigg ausprobierte.

An diesem Tag waren Männer gefallen, und andere bangten um ihr Leben. Doch es roch auch nach Pech und Teer, nach neuem Tauwerk und nach Farbe. Die *Unrivalled* schüttelte die Erinnerung an den Krieg und ihr erstes Gefecht gerade ab.

»Ich bringe das Schiff auf den Weg!« Er sah den Arzt

sich abwenden und wußte, daß dieser dachte, der Besuch sei vergeblich gewesen. »Dann komme ich nach unten und sehe mir den Gefangenen an, wenn Sie das wollen.«

Pfeifen schrillten, und wieder rannten Männer an die Fallen und Brassen. So waren Seeleute – eben noch gänzlich erschöpft und im nächsten Augenblick wieder voll bei Kräften.

O'Beirne stieg vorsichtig den Niedergang hinunter. Er mußte an die letzte Bemerkung des Kapitäns denken. Halblaut sagte er: »Wenn *Sie* das brauchen, wäre wohl der richtige Ausdruck, schätze ich.«

Natürlich hörte das im Knallen und Schlagen der Leinwand niemand. Die *Unrivalled* gehorchte wieder denen, die auf ihr dienten.

Sie sahen sich an. Der Augenblick wurde durch die Stille verstärkt, die unter der Wasserlinie in O'Beirnes Lazarett herrschte. Adam Bolitho setzte sich in den schweren Lederstuhl des Arztes, der wie ein Thron den Raum beherrschte.

Er schaute auf den anderen Mann, den ein Gestell aufrecht sitzen ließ, eine eigene Erfindung von O'Beirnes. Es verhalf zu leichterem Atmen und verminderte das Risiko, daß die Lungen sich mit Blut füllten.

Zwei Kapitäne. Adam konnte nicht an Sieger und Besiegte denken. *Wir sind nur zwei Männer.*

Lovatt war nicht, was er erwartet hatte. Er zeigte ein starkes, doch empfindsames Gesicht, sein Haar war so blond wie das von Valentine Keen. Auch seine Hände waren wohlgeformt. Unter den pulsierenden Schmerzen der Wunde schloß und öffnete die eine sich, die andere ruhte.

Lovatt sprach als erster. »Ein schönes Schiff, Kapitän. Sie müssen sehr stolz sein.« Er blickte auf den nächsten

Spant. »Gewachsen, nicht gesägt. Natürliche Stärke also, die ist heute in diesen schlimmen Zeiten selten.«

Adam nickte. Es war in der Tat selten, denn die meisten Eichenwälder waren über die Jahre abgeholzt worden, um den wachsenden Bedarf der Flotte zu befriedigen.

Er dachte an Galbraiths hastig hingeworfene Notiz und wollte wissen: »Was haben Sie zu erreichen versucht?«

Lovatt hätte fast mit den Schultern gezuckt. »Ich befolge Befehle, wie Sie, Kapitän, wie wir alle.« Die Hand öffnete und schloß sich, als habe er keine Kontrolle mehr über sie. »Sie werden wissen, daß ich auf ein Schiff hoffte, das mich das letzte Stück bis Algier eskortieren sollte.«

Ruhig meinte Adam: »Die *La Fortune* wurde aufgebracht. Sie ist wie die *Tetrarch* eine Prise.« Seine Gedanken waren immer noch oben an Deck. Eine lebhafte Brise, eine gleichmäßige Bewegung im Wind, der fast genau von achtern kam. Ein Wind für Landtruppen, hieß er bei den alten Salzbuckeln. Der würde Galbraiths Notrigg guttun und es der *Unrivalled* erlauben, sich in Luv von ihr zu halten, falls sie Hilfe brauchte.

Adam schaute sich in O'Beirnes Reich um. Eifrig benutzte Bücher, Schränke, Regale mit Flaschen und Töpfen, die gelegentlich klapperten, wenn der Ruderkopf zitterte.

Hier unten roch es auch anders, nach Pülverchen und Salben, Rum und Schmerzen. Adam haßte diese Welt der Medizin, weil sie einen Mann, selbst den tapfersten, unter Messer und Säge zusammenbrechen ließ. Der Preis für Siege. Er schaute sein Gegenüber wieder an. Und der Preis für Niederlagen.

»Sie wollten mich sprechen?« Er unterdrückte seine Ungeduld, weil er nun selber neugierig war.

Lovatt sah ihn mit ruhigem Blick an. »Mein Vater hat zusammen mit Ihrem im Unabhängigkeitskrieg gekämpft. Sie kannten sich, obwohl ich von Ihnen nichts wußte, dem Sohn!«

Adam wollte gehen, doch irgend etwas hielt ihn hier. »Aber Sie waren Offizier des Königs.«

»Wenn man mich den richtigen Leuten überantwortet, werden sie mich sofort verdammen. Macht nichts – ich habe ja einen Sohn. Er wird das alles vergessen.«

Adam hörte vor der Tür Stiefel knarren. Ein Seesoldat als Posten. O'Beirne ließ sich auf nichts ein. *Kein Risiko.*

Lovatt fuhr fort: »Ich verließ Amerika und ging nach England zurück, nach Canterbury, meinem Geburtsort. Ich hatte einen Onkel, der meinen Eintritt als Midshipman in die Marine förderte. Der Rest ist Vergangenheit.«

»Berichten Sie von der *Tetrarch*!«

»Ich war Dritter Offizier . . . aber das ist lange her. Sie war ein Schiff vierter Klasse, aber sie hatte ihre besten Zeiten längst hinter sich. Zwischen dem Kommandanten und dem Ersten Offizier herrschte Spannung, und die Leute litten darunter. Als ich mich ihretwegen meldete, merkte ich, daß ich in eine Falle gelaufen war. Weil mein Vater Engländer auf der falschen Seite gewesen war, ließ man mir keine Zweifel, wie man meine Zukunft zerstören würde. Selbst der Zweite Offizier, den ich für einen Freund gehalten hatte, sah in mir für seinen weiteren Aufstieg eine Bedrohung.« Er lächelte bedrückt. »Das kennen Sie vielleicht auch, Sir!«

Midshipman Fieldings Kopf erschien in der Tür. »Gruß von Mr. Wynter, er möchte weiter reffen, Sir!« Seine Blicke hefteten sich auf Lovatt.

»Ich komme.« Adam drehte sich wieder um und sah in den dunklen Augen des anderen so etwas wie Hoffnungslosigkeit.

»Es gab keine Meuterei. Sie lehnten einfach ab, die Kanonen zu bemannen. Ich war einverstanden, so lange an Bord zu bleiben, bis sie ihr Anliegen den Franzosen vorgetragen hatten.« Sein Blick wanderte jetzt in die Ferne. »Die meisten waren ausgetauscht worden, glaube ich. Ich wurde zum Verräter gestempelt. Dann kam ein amerikanischer Kaperer nach Brest . . . Bis dahin war ich Gefangener der französischen Marine, auf mein Ehrenwort, auf meine Ehre.« Das schien ihn zu amüsieren. »Ich habe dort ein Mädchen getroffen. Paul ist unser Sohn.«

Adam stand jetzt, und sein Haar berührte die Decke. »Und jetzt sind Sie wieder Gefangener. Haben Sie etwa auf eine Vorzugsbehandlung gehofft, weil Sie meinen Vater erwähnten? Falls Sie das hofften, kennen Sie mich noch nicht.«

Es war Zeit zu gehen. *Jetzt.*

Lovatt ließ sich in das Gestell zurücksinken. »Ich kannte Ihren Namen, ich wußte, was er Seeleuten aller Nationen bedeutete. Meine Frau ist tot. Ich habe nur noch Paul. Ich hatte auf die Rückkehr nach England gehofft, statt dessen gab man mir das Kommando über die *Tetrarch.*« Er schüttelte den Kopf. »Das verdammte, elende Schiff. Ich hätte Sie zwingen sollen, auf uns zu feuern. Dann wäre alles zu Ende gewesen!«

Das Deck schwankte leicht. Sie warteten oben sicher alle auf ihn. Die Befehlskette begann bei ihm.

Adam hielt noch einmal an, die Hand bereits auf dem Türgriff. »Canterbury? Haben Sie noch Verwandte dort?«

Lovatt nickte. Das Sprechen machte ihm jetzt Schwierigkeiten. »Gute Freunde. Sie werden sich um Paul kümmern.« Er blickt zur Seite, und Adam sah, wie seine Faust sich verzweifelt schloß. »Aber er wird mich sicher hassen, nehme ich an.«

»Er ist immer noch Ihr Sohn!«

Wieder dieses ferne Lächeln. »Seien Sie glücklich, Kapitän, Sie haben dieses Schiff!«

Dann stand O'Beirne in der Tür, und seine Blicke waren überall.

Adam sagte: »Ich bin hier fertig.« Er sah Lovatt kühl an. *Er ist der Gegner,* gleich unter welcher Flagge er diente und mit welcher Absicht. Aber er sagte: »Ich werde tun, was ich kann!«

O'Beirne öffnete einen Schrank und nahm eine Flasche Brandy heraus, die er für besondere Gelegenheiten vorgesehen hatte, ohne vorher zu wissen für welche. Er hörte wieder die gleichmäßige Stimme des Kommandanten mit dem Tonfall eines Mannes aus Cornwall, die ein Gebet gesprochen hatte, ehe die Toten über die Seite glitten. Die meisten Toten waren Unbekannte, Protestanten, Katholiken, Heiden, Juden – das machte jetzt keinen Unterschied mehr.

Er holte zwei Gläser und hielt sie im Licht der leise schwankenden Laterne hoch, um zu prüfen, ob sie sauber waren. Dann entdeckte er das getrocknete Blut wie Farbe auf der Manschette.

Lovatt räusperte sich: »Das hat er wohl ehrlich gemeint, denke ich.«

O'Beirne hielt ihm ein Glas hin. »Hier – es hilft oder es tötet. Dann brauchen Sie Ruhe.«

Er wartete über seinem Glas. Eine besondere Gelegenheit... Der Brandy schwankte im Glas mit den Bewegungen des Schiffes. Er dachte an Kapitän Bolitho, der oben bei seinen Männern stand, die Sterne beobachtete und das Schiff dieses Mannes hier begleitete.

»Natürlich hat er es ehrlich gemeint«, sagte er.

Doch Lovatt war schon in erschöpften Schlaf gefallen.

Von irgendwoher hörte O'Beirne eine Fiedel, wahrscheinlich aus der Unteroffiziersmesse. Sie wurde schlecht gespielt und war überhaupt nicht gestimmt. Doch für O'Beirne, den Schiffsarzt, war es das Schönste, was er seit langem gehört hatte.

Vizeadmiral Sir Graham Bethune schritt über den gefliesten Boden und stellte sich an eins der hohen Fenster, wobei er darauf achtete, im Schatten zu bleiben. Die Mittagshitze lastete schwer auf ihm. Mit der Hand über den Augen sah er auf die ankernden Schiffe, seine Schiffe, und erkannte mühelos, was das eine vom anderen unterschied. Er kannte jetzt auch Gesicht und Charakter all seiner Kapitäne, von Flaggkapitän Forbes auf der *Montrose*, die dort im harten Licht mit geriggten Sonnensegeln ankerte, bis zum jungen, doch sehr erfahrenen Christie auf der kleinen *Halcyon* mit ihren achtundzwanzig Kanonen. An das alles hatte er sich inzwischen gewöhnt, so wie er auch die Verantwortung seines Ranges akzeptierte als einer der jüngsten Flaggoffiziere der Marine.

Noch immer spürte er den Verlust, fühlte ihn ganz ungebrochen. Er war noch ungeduldiger geworden und spürte zum erstenmal Enttäuschung.

Auf See mit der *Montrose* hatte er eine ähnliche Unruhe gespürt. Er hatte mehr als einmal Sir Richard Bolitho anvertraut, wie unwohl er sich fühlte, ein Flaggschiff zu kommandieren, ohne es selbst zu führen. Jeder Wachwechsel, jeder unerwartete Pfiff aus einer Bootsmannspfeife, alle Geräusche und Bewegungen machten ihn hellwach, bereit an Deck zu gehen und alles selber in die Hand zu nehmen. Doch es anderen zu überlassen, auf das respektvolle Klopfen an der Tür zu warten – das war fast nicht auszuhalten.

Dabei hatte Bethune sofort die Gelegenheit ergriffen, ein Kommando auf See zu übernehmen, weil er meinte, die Korridore der Admiralität seien doch nicht seine Welt. Das war natürlich ein Fehler. Aber es war dennoch schwer, sich damit abzufinden.

Er sah, wie die kleinen Boote die aufgebrachte französische Fregatte *La Fortune* umkreisten. Eine echte Prise. Natürlich war es ein Risiko gewesen, und er hatte Adam

Bolithos Gesicht genau vor Augen, als er den Bericht las. Doch das Risiko war Adam mit großem Können eingegangen. Wenn die Lordschaften weitere Beweise brauchten, daß der Dey von Algier sich auf gefährliche Eskapaden einließ, dann hatten sie sie hier.

Er erinnerte sich, was Bouverie ihm berichtet hatte. Sie hatten das Schiff aus dem Hafen geholt. Es war natürlich nicht richtig, Partei zu ergreifen, doch Bouverie hatte den Eindruck erweckt, als sei die Eroberung der Fregatte ganz allein seine Idee gewesen.

Er wandte dem großen Hafen und den alten, zerfallenden Befestigungsanlagen jetzt den Rücken zu. Seine Augen mußten sich jetzt wieder an das Dämmerlicht in diesem Raum gewöhnen, der Teil seines offiziellen Hauptquartiers war. Das Gebäude erinnerte an einen Palast und hatte einst einem reichen Handelsherrn gehört. Auf dem kleinen Hof gab es sogar einen Springbrunnen und einen Balkon. Hier war auch der Raum, in dem Catherine Somervell zum letzten Mal ihren geliebten Richard gesehen hatte.

Bethune hatte befohlen, das Zimmer verschlossen zu halten und ahnte, was sein Stab dazu meinte. Er selber hatte den Raum nur einmal betreten. Ein stiller, abgeschiedener Raum, doch als er die Läden geöffnet hatte, schienen der Lärm und die Unruhe Maltas in ihn einzufallen. Das war fast unheimlich.

Auf dem Tisch stand eine Glocke. Er brauchte nur zu läuten, und ein Diener würde auftauchen. Vielleicht Wein? Oder etwas Stärkeres? Er lächelte fast. Nein, das war nicht seine Art. Er hatte zu oft gesehen, was sich unter dererlei Gewohnheiten die Männer in der Admiralität verändert hatten.

Er trat an ein anderes Fenster. Wenn er an seine Frau und die beiden Kinder in England dachte, spürte er immer ein Schuldgefühl. Weil er froh war, daß er auf See gehen konnte? Oder weil er seinen eigenen Gefühlen gegenüber der Geliebten von Richard Bolitho mißtraute? Hier schien das alles absurd. Er drehte sich um, als jemand an die Tür klopfte.

Oder war es doch nicht so absurd?

Sein Flaggleutnant, Charles Onslow. Jung, eifrig, aufmerksam. Und langweilig, richtig langweilig. Er war ein entfernter Cousin, und mit seiner Ernennung hatte er seiner Frau einen Gefallen erwiesen.

Onslow stand dicht an der Tür, den Hut unter dem Arm, ein leichtes Lächeln im jugendlichen Gesicht.

»Es tut mir leid, daß ich störe, Sir Graham.« Wenn er mit Bethune sprach, begann er jeden Satz mit einer Entschuldigung, auf seine Untergebenen brüllte er ein. Gefallen hin, Gefallen her, er würde sich von ihm trennen.

»Das macht nichts.« Bethune sah auf die schwere Unformjacke, die achtlos über einem Stuhlrücken hing. So viele Offiziere beneideten ihn um sie, blickten zu ihm auf und hofften, von ihm gefördert zu werden.

Ich gehöre hier gar nicht hin.

»Um was geht es?«

»Eine Meldung vom Ausguck, Sir Graham. Die *Unrivalled* ist gesichtet worden. Wenn der Wind durchsteht, wird sie am späten Nachmittag einlaufen!«

Bethune holte seine Gedanken in die Gegenwart zurück. *Unrivalled* hatte ihre Station verlassen. Dafür mußte Adam gute Gründe haben. Wenn nicht ...

Onslow fügte hinzu: »Sie bringt ein Schiff mit. Eine Prise!«

Eine zweite aus Algier? Doch das war unwahrscheinlich. Er erinnerte sich, wie Richard Bolitho darauf beharrt hatte, daß die Kampfinstruktionen, wie knapp auch immer sie gehalten waren und wie unpopulär sie auch sein mochten, die Initiative eines Kommandanten nicht ersetzten.

Vorausgesetzt natürlich, daß der Zweck die Mittel heiligte.

»Signalisieren Sie bitte der *Unrivalled,* der Kapitän möge sich bei mir melden, sobald es möglich ist.«

Onslow runzelte die Stirn. Das schien ihm sicherlich zu leicht und lässig.

Er wandte sich wieder zur Tür und sagte: »Ich hätte fast vergessen, Sir Graham«, er senkte den Blick, »ein Leutnant namens Avery bittet um ein Gespräch mit Ihnen.«

Bethune zupfte sich das Hemd von der Brust. »Wie lange hat er warten müssen?«

»Der Sekretär hat es vor einer Stunde gesagt. Ich hatte da gerade mit den Meldungen zu tun. Die Bitte ist ungewöhnlich, dachte ich.«

Er genoß es. Er wußte besser als die meisten anderen, daß Avery Flaggleutnant bei Sir Richard Bolitho gewesen war. Er wußte auch, daß Avery freiwillig in Malta geblieben war, um seine Dienste einzubringen und seine Erfahrungen, als er in die Höhle des Löwen vorgedrungen war, nach Algier.

»Bitten Sie ihn zu mir. Ich werde mich selber entschuldigen!«

Es machte ihm fast Vergnügen zu sehen, wie der Tadel saß – wie ein Schuß, mit dem man vor der Breitseite die Entfernung prüfte.

Er überlegte, ob er die schwere Jacke anziehen sollte, und entschied sich dagegen.

Er hörte Avery im Korridor, erkannte ihn am ungleichen, ziehenden Schritt.

Avery hielt und sah sich fast verunsichert im Raum um. Wie die meisten Marineoffiziere fühlte er sich auf dem Trocknen, am falschen Platz. Doch daran müßte er sich gewöhnen, dachte Bethune. Er bot ihm lächelnd die Hand.

»Ich bedaure die Verzögerung. Sie war unnötig!« Er

deutete auf den Umschlag auf dem Tisch. »Ihre Befehle. Sie können Malta verlassen und mit dem nächsten Schiff nach England segeln. Sie haben hier mehr als genug geleistet.«

Er sah, wie die dunklen Augen ihn jetzt anschauten, als sei Avery bis eben mit seinen Gedanken ganz woanders gewesen.

»Danke, Sir Graham. Ich wollte gerade aufbrechen.« Sein Blick suchte ihn. »Ich kam, um . . .« Jetzt zögerte er.

Bethune wurde hellwach, ahnte etwas. Avery kannte dieses Haus. Und das Zimmer, in dem jetzt nur Stille herrschte.

Fast abrupt sagte Avery: »Ich habe gehört, daß die *Unrivalled* gesichtet wurde. Mit einer Prise.«

Bethune fragte nicht, woher er das wußte, nachdem er selber es gerade eben erst erfahren hatte. Das lag jenseits aller Erklärungen. Das wissen Seeleute eben, hatte er mal von einem alten Admiral gehört.

Er sagte: »Verzeihen Sie. Ich sprach von zu Hause. Ich habe nicht daran gedacht.«

Avery sah ihn ohne Bewegung an, war etwas überrascht, daß der andere sich überhaupt daran erinnerte und daß es ihm etwas bedeutete. Er hatte kein Zuhause. Er hatte in Falmouth gelebt. Wie Allday immer wieder gemeint hatte, »wie einer von unserer Familie«. Doch die gab es jetzt nicht mehr.

Er zuckte mit den Schultern. »Vielleicht werde ich hier noch gebraucht. Ich habe so eine Vorahnung wegen der Prise. Kapitän Bolitho und ich haben darüber mal geredet. Er ist ein sehr kluger und erfahrener Mann, sein Onkel wäre stolz auf ihn.«

Ruhig ergänzte Bethune: »Und auf Sie genauso, denke ich.« Er drehte sich um, als es wieder klopfte. »Herein!«

Es war wieder Onslow. Sein Blick huschte vom Umschlag auf dem Tisch zum Admiral, der so unpassend gekleidet war, ohne Jacke, in Gegenwart eines jüngeren Offiziers. Er vermied es, Avery direkt anzublicken.

»Verzeihen Sie, Sir Graham. Noch eine Meldung vom Ausguck. Der Schoner *Gertrude* ist gesichtet worden.«

Bethune streckte die Arme aus. »Hier ist viel los, wie mir scheint.« Dann wandte er sich plötzlich entschlossen an seinen Flaggleutnant. »*Gertrude*? Die wird doch erst in ein paar Tagen erwartet, trotz des Windes! Schicken Sie sofort einen Läufer zum Ausguck.«

Bekümmert fuhr Onslow fort: »Und Kapitän Bouverie von der *Matchless* wartet auch, Sir Graham.«

»Ich gehe sofort, Sir«, sagte Avery.

Doch Bethune streckte die Hand aus. »Speisen Sie heute abend mit mir, hier.« Er wußte, daß Avery Bouverie nicht mochte, vor allem deswegen, vermutete er, weil Bouverie ihn nach Malta zurückgebracht hatte und Avery sicher viel lieber bei Adam geblieben wäre. Die alten Bande hielten sie alle zusammen. Er erlaubte sich, dem Gedanken kurz nachzuhängen. *Und Catherine, die uns alle verzaubert hat.*

Avery lächelte: »Mit dem größten Vergnügen, Sir.« Und das meinte er auch.

Bethune sah ihn gehen und hörte dann seine ungleichmäßigen Schritte leiser werden. Er mußte sich jetzt um viele Angelegenheiten gleichzeitig kümmern.

Die unerwartete Ankunft der *Unrivalled* und das zu frühe Eintreffen des Kuriers, der *Gertrude*. Meldungen, Briefe aus England, Befehle für die Schiffe und die Männer, die ihm unterstanden. Das alles hatte Zeit. Er würde Adam dazu bitten und höflichkeitshalber auch seinen Flaggleutnant. Nur keinen bevorzugen ...

Heute abend würden andere auch dabeisein. Er schaute über den leeren Balkon und die geschlossenen Läden. Roxanne blieb sichtbar, aber sie war sehr gegenwärtig. Er merkte, daß Onslow immer noch dort stand.

»Ich möchte jetzt Kapitän Bouverie sprechen. Und dann möchte ich über den Wein für heute abend reden.«

Er zog jetzt die schwere Uniformjacke mit glänzenden Epauletten und den Silbersternen an. Für alle anderen um ihn herum veränderte er sich damit gewaltig, doch unter dem Stoff war er derselbe Mann geblieben.

Armer Onslow. Nicht alles war sein Fehler. Er erwischte ihn noch in der halb offenen Tür.

»Sie sind selbstverständlich ebenfalls eingeladen.«

Diesmal konnte Onslow seine Freude nicht verbergen. Bethune hoffte nur, er würde seinen impulsiven Entschluß nicht bedauern. Er mußte an Avery denken, der diesen Ort verlassen wollte, aber Furcht vor dem Leben hatte, das ihn anderswo erwarten mochte. Er lächelte sich selber zu, wandte sich zur Tür, bereit für den nächsten Auftritt.

Catherine hatte ihn einmal in der Admiralität besucht, privat, ja eher geheim. Sie hatte den Handschuh ausgezogen, damit er ihre Hand küssen konnte. Das traf ihn jetzt wie ein Fausthieb. Adam, George Avery und einer der jüngsten Flaggoffiziere in der Marine ... sie waren alle in sie verliebt.

Die Nacht war warm, doch eine Brise von See her hatte die klebrige Feuchtigkeit des Tages vertrieben.

Drei Offiziere standen nebeneinander an einem offenen Fenster und beobachteten die Lichter, Boote, die wie Glühwürmchen auf dem dunklen Wasser tanzten. Ein paar blasse Sterne waren zu sehen, und Gesang und Rufe klangen aus den schmalen Straßen hoch. Vor einiger Zeit hatten Glocken lärmend geläutet, bis ein paar betrunkene Matrosen aus der Kirche gejagt worden waren.

Kapitän Forbes hatte sich entschuldigt und war auf seinem Schiff geblieben, denn die eroberte *Tetrarch* erforderte seine ganze Aufmerksamkeit. Im Hafen sah sie vor den Schaluppen und den Briggs sehr viel größer aus. Ihre wertvolle Ladung an Pulver, Kugeln und Nachschub würde beim Verkauf als Prise viel Geld einbringen, vom Schiff selber ganz zu schweigen. Doch das schien jetzt nebensächlich in diesem kühlen Zimmer mit den Reihen brennender Kerzen.

Es war ein lautes Liebesmahl geworden, unterbrochen von zahllosen Toasts und guten Wünschen für abwesende Freunde. Leutnant Onslow hatte die meiste Zeit geschlafen, und selbst die Diener waren überrascht, wieviel Wein er getrunken hatte, ehe er auf den Boden gesunken war.

Der kleine Schoner *Gertrude* hatte überwältigende Nachrichten gebracht. Das britische Heer und die verbündeten Heere unter dem Herzog von Wellington waren an einem Ort namens Waterloo auf Napoleon gestoßen und hatten ihn dort gestellt. Als die *Gertrude* ankerauf ging, um die Meldungen in der Flotte zu verbreiten, hatte man mehr als das nicht gewußt. Nur noch, daß es erschreckend viele Tote gegeben hatte, daß die Schlacht im Gewitter und auf Morast ausgetragen worden war und daß der Sieg mehr als einmal fraglich gewesen war. Doch es wurde gemeldet, die französische Armee sei auf dem Rückzug. Vielleicht nach Paris. Doch es konnte immer noch einen Rückschlag geben.

Aber unten im Hafen jubelten auf allen Schiffen die Seeleute, die nur Krieg und Tod gekannt hatten. Bethune erinnerte sich an den Tag in London, als schon einmal die Nachricht von Napoleons Niederlage in der Admiralität eintraf. Er selber hatte eine Besprechung beim Ersten Lord unterbrochen, um die Niederlage zu melden. Das war fast auf den Tag genau vierzehn Monate her. Doch dann hatte der Tyrann Elba wieder verlassen und war in Richtung Paris marschiert...

Er sah Adams Profil und wußte, daß auch er sich erinnerte. Ihr geliebter Freund, Englands Held, war dabei einem Scharfschützen des Feindes zum Opfer gefallen.

Morgen müßte er neue Befehle für Kapitäne und Kommandanten ausstellen. Wie auch immer die Sache an Land ausging, die Forderungen an sein Geschwader wie an die gesamte Flotte blieben die gleichen. Sie hatten Flagge zu zeigen, Schutz zu gewähren, zu kämpfen und zu drohen, um die Herrschaft über das Meer zu behalten, die sie mit so viel Blut gewonnen hatten.

Adam spürte, daß er beobachtet wurde, doch er blickte weiter auf den dunklen Hafen und dorthin, wo die *Unrivalled* lag. Er dachte an sie alle ... Galbraith, der in einem Augenblick ungeheuer stolz und im nächsten sehr gerührt war. Der beeindruckende Arzt O'Beirne, der sich vergessen hatte und zur Fiedel eines Shantysängers eine Gigue tanzte. Und all die anderen, an die er sich gewöhnt hatte. Es waren Gesichter, die er eigentlich fern von sich halten wollte. Und dann Lovatt, der Gefangene, fieberkrank. Er hielt seinen Sohn fest und sprach auf ihn ein, in Englisch und Französisch gleichermaßen drängend. Adam hatte den Jungen gesehen und sich an Lovatts Worte erinnert. Für den Ausdruck auf dem Gesicht des Jungen gab es nur eine Bezeichnung: Haß.

Ein Diener brachte wieder ein Tablett mit vollen Gläsern. Eins stellte er vorsichtig neben die anderen an Onslows Platz, der immer noch laut schnarchte.

Bethune rief: »Auf unsere guten Freunde. Mögen sie immer leben!«

Adam fühlte in seiner Tasche das Medaillon und teilte diesen Augenblick – schuldbewußt.

Die drei Gläser stießen zusammen, und eine Stimme sagte: »Auf Catherine!«

Bethune meinte, sie über den dunklen Hof lachen zu hören.

IX   Mehr Glück als die meisten

Unis Allday schob sich ein Haarsträhne aus der Stirn und hörte, wie ein paar Gäste im »langen Zimmer«, wie ihr Bruder es nannte, laut lachten und ihre Krüge auf die gescheuerten Tische knallten. Im »Old Hyperion« war heute viel los, mehr als in den letzten Monaten, an die sie sich erinnerte.

Sie füllte Apfelschnitzel in eine Schüssel und sah aus dem Küchenfenster. Blumen überall, Bienen summten und stießen an die Scheiben, die Sonne schien warm auf Unis' nackte Arme. Die Nachricht von der großen Schlacht »da drüben« war per Kurier-Brigg nach Falmouth gekommen und hatte wie ein Lauffeuer alle Dörfer erreicht und schließlich auch dieses kleine Gasthaus am Helford bei Fallowfield.

Diesmal war es kein Gerücht, sondern viel mehr. Die Menschen, die auf den Höfen und Gütern in dieser Gegend arbeiteten, sprachen nur vom Sieg – ohne Wenn und Aber. Männer konnten wieder ihren Geschäften nachgehen, ohne befürchten zu müssen, zu den Fahnen gerufen zu werden oder Opfer der verhaßten Preßtrupps zu werden. Der Krieg hatte viele Opfer gekostet. Es gab nur sehr wenige junge Männer, die auf den Straßen an den Häfen zu sehen waren. Sie alle besaßen diesen kostbaren Schutzbrief. Doch auch sie konnten nicht sicher sein, was ein übereifriger Leutnant als seine Pflicht ansah und mit ihnen machen würde, wenn er verzweifelt Männer suchte und seinen Kommandanten fürchtete, falls er mit leeren Händen an Bord zurückkehrte. Und es gab viele, viele Krüppel, die jeden daran erinnerten, daß der Krieg Cornwall keineswegs verschont hatte.

Sie dachte an ihren Bruder John, der ein Bein verloren hatte, als er mit dem 31sten Infanterie-Regiment in den Krieg zog. Ohne ihn hätte sie es nie geschafft, das Gasthaus zu übernehmen und zum Blühen zu bringen. Dann war der andere John, John Allday, in ihr Leben getreten, und sie hatten hier in Fallowfield geheiratet.

Ihr Bruder hatte wenig gesagt, nachdem die Nachricht von der Niederlage der Franzosen überall in den Dörfern Tagesgespräch geworden war. Er schien sich jetzt auch von den Gästen fernzuhalten. Vielleicht mochte er die lauten Gespräche nicht und den steten Verkauf von Cider und Bier, der damit einherging. Vielleicht war ihm jetzt bewußter als je, was der Krieg ihn gekostet hatte und alle anderen, die neben ihm Schulter an Schulter im Glied gestanden hatten.

Er wird wohl darüber hinwegkommen, hoffte sie. Er war ein freundlicher Mann und hatte sich rührend um Kate als Baby gekümmert, als John auf See war. Sie inspizierte jetzt einen Krug an einem Haken und wandte sich dann dem Modell der *Hyperion* zu, das John Allday ihr gebaut hatte. Das alte Schiff hatte das Leben so vieler Menschen verändert, ihres eingeschlossen. Ihr erster Mann hatte als Gehilfe des Masters auf der *Hyperion* gedient und war in der Schlacht gefallen. John Allday war in Falmouth von einem Preßkommando auf eine Fregatte geschleppt worden, deren Kommandant Kapitän Richard Bolitho war. Später war die *Hyperion* ihr Schiff geworden. Sie verband sie alle mit dem Schiff, obwohl sie nur wenige Kriegsfahrzeuge gesehen hatte, bis auf die, die Falmouth anliefen. Es schien nur recht, daß dieses Gasthaus jetzt »Old Hyperion« hieß.

John Allday konnte seine Gefühle nicht vor ihr verbergen, weder die Liebe zu ihr oder dem Kind noch seine Sorgen.

Leute, die von all dem wenig verstanden, stellten ihm

ständig neugierige Fragen zu Sir Richard Bolitho, obwohl sie sie vorwarnte. Sie wollten wissen, wie er als Mensch gewesen war. Und natürlich, wie er gefallen war.

Allday hatte versucht, jeden Tag mit solchen Fragen fertig zu werden, als sei das die einzige Möglichkeit, die ihm geblieben war. Sein bester Freund Bryan Ferguson hatte ihr mal anvertraut, daß er einem alten Hund gliche, der seinen Herrn verloren hat. »Er sieht keinen Sinn mehr!«

Unis wußte auch, daß seine alte Verwundung ihm Schmerzen bereitete. Wenn sie ihn gefragt hätte, hätte er das natürlich verneint. Ferguson meinte, er hätte längst an Land gehen sollen, obwohl er besser als jeder andere wußte, daß Allday niemals seinen Admiral, seinen Freund, allein gelassen hätte, solange beide noch gebraucht wurden.

Unis bemerkte den Schmerz in seinem Gesicht jetzt öfter, wenn er sich im Gasthaus nützlich machte, vor allem, wenn er Bierfässer in die Gestelle hob. Sie würde künftig andere Männer darum bitten, wenn sie es schaffte, daß Allday es nicht merkte.

Sie wußte, daß er manchmal nach Falmouth ging, und daran konnte sie nicht teilhaben, versuchte es auch gar nicht. Er ging dann zu den Schiffen, den Seeleuten, den Erinnerungen. Es fiel ihm schwer, nicht mehr dazuzugehören. Er wollte auf keinen Fall einer der alten Salzbuckel werden, die ihre Tage auf See verherrlichten, wie er betonte.

Unis mußte oft an die denken, die ihr nahegestanden hatten. An George Avery, der öfter hier abgestiegen war und der auf See die Briefe ihres Mannes geschrieben und ihm ihre eigenen vorgelesen hatte. John hatte ihr gesagt, daß Avery selber nie Post bekam, und das hatte sie irgendwie traurig gestimmt. Und sie dachte an Catherine, die immer dann hierhergekommen war, wenn sie *unter Freunden* sein wollte. Das vergaß Unis nie.

Doch jetzt war in dem großen grauen Haus unter dem Pendennis Castle alles anders geworden. Ferguson hatte nur sehr wenig gesagt, aber sie wußte, wie sehr ihn das alles betraf. Aus London waren Rechtsanwälte hergekommen, um eine Lösung zu finden, wie er sagte. Das Gut war an Kapitän Adam Bolitho vererbt worden, mit Brief und Siegel. Aber es gab Komplikationen. Sir Richards Witwe und seine Tochter Elizabeth mußten bedacht werden, egal was Sir Richard gewollt und was Catherine ihm bedeutet hatte.

Wohin würde sie jetzt gehen? Was würde sie tun? Bryan Ferguson hütete sich, Vermutungen zu äußern. Er machte sich Sorgen um die eigene Zukunft. Er und seine Frau hatten viele Jahre auf dem Gut gearbeitet und gelebt. Was wußten Anwälte aus London von Treue und Loyalität?

Unis mußte auch an den Gottesdienst in Falmouth denken, zu seiner Erinnerung. Sie wußte, daß es in Plymouth und London größere Gottesdienste gegeben hatte, doch sie fragte sich, ob die sich wohl mit der Liebe, dem Stolz und auch der Trauer vergleichen ließen, die alle an jenem Tag hier in der übervollen Kirche verbunden hatte.

Ihr Bruder kam jetzt in die Küche, sein Holzbein knallte auf die Steine des Fußbodens.

Er suchte seine lange Tonpfeife. »Ich habe gerade mit Bob geredet, dem Sohn des Hufschmieds.« Er nahm einen Kienspan vom Kaminsims, hielt ihn in die Flammen und vermied ihren Blick. »In Carrick Roads liegt eine Fregatte vor Anker, die diesen Morgen eingelaufen ist.« Er sah, wie ihre Hände sich in die Schürze krallten. »Reg dich nicht auf, keiner von den Leuten wird hierherkommen.«

Sie schaute auf die alte Uhr. »Also wird er unten sein und sich ansehen.«

Er sah dem Rauch aus seiner Pfeife nach, der fast bewegungslos in der warmen Luft hing. So wie damals, als es ihn erwischt hatte. Sie hatten wie Zinnsoldaten in einer geraden Linie gestanden. Über ihnen hatte auch Rauch gehangen. Tagelang. Männer hatten geschrien und waren schließlich gestorben.

»Er hat dich und die kleine Kate. Er hat Glück. Mehr Glück als die meisten.«

Sie legte die Arme um ihn: »Und wir haben dich, Gott sei Dank!«

Jemand knallte den Krug auf den Tisch, und sie wischte sich mit der Schürze übers Gesicht.

»Ich sag's ja, manche können nie genug bekommen.«

Ihr Bruder sah sie aus der Küche eilen und jemanden laut mit Namen ansprechen.

Find hier festen Grund, John. Er wußte nicht, ob er eben nicht vielleicht laut gesprochen hatte, und wen er gemeint hatte, sich selber oder John, den Seemann, der vom Meer heimgekehrt war.

Er hörte plötzlich lautes Gelächter und war sehr stolz auf seine propere, kleine Schwester und schämte sich, daß er sich bitteren Erinnerungen überlassen hatte. Das war nicht immer so gewesen. Er richtete sich auf und klopfte die Pfeife vorsichtig in der Handfläche aus, um sie nicht zu zerbrechen. Dann trat er in den Raum nebenan und nahm sich einen leeren Krug. Wie lautete das Motto der alten 31er? *Steht zusammen vor dem Feind wie ein Mann.*

Er war wieder zu Hause.

Catherine Somervell hielt sich an einem geschmückten Griff fest und lehnte sich nach vorn, während die Kutsche mit den eleganten Grauschimmeln in die beeindruckende Einfahrt rollte. Der Himmel über der Themse war klar, doch nach vielen Gewittern und viel Regen während der letzten Tage schien nichts mehr beständig.

Sie war allein. Ihre Begleiterin Melwyn hatte sie zurückgelassen, damit sie die Männer entlohnen konnte, die die Eingangstür ihres Hauses in Chelsea ausbesserten. Sillitoe hatte ihr seine Kutsche geschickt. Unterwegs hatte sie viele der Kutsche nachblicken sehen, einige hatten dabei gewinkt und gelächelt.

Es war immer noch schwer, sich mit dem Schicksal abzufinden und es zu verstehen.

Man hatte ihr Blumen geschickt. Jemand hatte ihr sogar ein teures Rosengesteck vor die Tür legen lassen mit ein paar Zeilen: *Für die Dame des Admirals. Mit Bewunderung und Liebe.*

Und dann das genaue Gegenteil! In der Nacht hatte jemand wahrscheinlich während eines Gewitters in eben diese Tür das Wort *Hure* geritzt. Melwyn war außer sich gewesen, die Erregung war bei einem so jungen Mädchen ungewöhnlich. Sie fühlte sich also solidarisch.

Catherine beobachtete das Spiel der Pferdeohren, als die Kutsche ausrollte und hielt. Sie sah jetzt wieder auf die Themse, auf denselben Fluß – doch in einer ganz anderen Welt. Als die Gerüchte über das Kriegsende sich zu Tatsachen verdichtet hatten, hatte sie sich gefragt, in welcher Weise wohl Adam davon betroffen war. Sie hatte ihm geschrieben, aber aus eigener, bitterer Erfahrung wußte sie, wie lange Briefe unterwegs waren, bis sie ein bestimmtes Schiff des Königs erreichten.

Als sie kürzlich an der Admiralität vorbeigefahren war, war ihr klargeworden, wie ganz und gar sie jetzt von Richards ehemaliger Welt getrennt war. Sie kannte niemanden mehr in den geschäftigen Gängen und auch nicht privat. Bethune war im Mittelmeer auf Richards einstigem Posten, und Valentine Keen residierte in Plymouth. Sie mußte an Graham Bethunes Zuneigung denken und an die spürbare Entfremdung von seiner Frau. Er war als Mann attraktiv und ein guter Gesellschafter. Schon gut, daß er so weit weg Dienst tat ...

Ein Junge mit einer Lederschürze öffnete die Kutschentür und klappte den Tritt nach unten. Ihm waren sicher die Trennungen und Schmerzen des Krieges erspart geblieben. Sie stieg nach draußen und blickt hoch zum Kutscher.

»Danke, William. Das war sehr komfortabel.«

Sie spürte seine Überraschung, weil sie sich an seinen Namen erinnerte oder weil sie überhaupt mit ihm sprach. Sie sah, wie sein Blick zu ihrer Brust wanderte und den kleinen Diamantanhänger entdeckte. Genauso schnell wanderte er wieder weg. Er verhielt sich wie die Männer, die ihre Haustür neu strichen. Sie hatte deren Neugier deutlich in den Gesichtern gesehen.

Sie dachte wieder an den blinden Leutnant und die verkrüppelten Soldaten vor der Kathedrale. Sie ließen alle anderen wie Figuren im Staub erscheinen.

Ein Diener öffnete die Tür, ein Mann, den sie noch nicht kannte. Er verbeugte sich eilig.

»Wenn Sie bitte in der Bibliothek warten würden, Mylady. Lord Sillitoe wird sofort bei Ihnen sein.«

Sie betrat den Raum und sah den Stuhl, auf dem sie am Tag des Gedenkgottesdienstes gesessen und auf Lord Sillitoe gewartet hatte. Das war erst vor zwei Wochen gewesen. Schon ein ganzes Leben her!

Nun war sie also wieder hier. Sillitoe hatte sich persönlich der juristischen Schwierigkeiten angenommen. Sie hatte in der Auffahrt eine zweite Kutsche entdeckt und ahnte, daß sie dem Anwalt aus der Stadt gehören mußte, Sir Wilfried Lafargue. Sillitoe kannte jeden Mann von Einfluß, ob nun Freund oder Feind. Jemand hatte Catherine einen Artikel aus den Nachrichtenspalten der *Times* gezeigt, einen sehr persönlichen Nachruf auf den Mann, den sie geliebt hat.

»Sir Richard führte Krieg aus vollem Herzen und begeisterte andere, aus vollem Herzen auch zu siegen. Er wird für die Marine

von prägendem Einfluß bleiben. Wir werden ihn nie vergessen und auch die Frau nicht, die er bis zu seinem Ende geliebt hatte.«

Ihr Name war nicht gefallen, das war auch nicht nötig.

Sillitoe hatte davon nichts erwähnt, auch das war nicht nötig gewesen.

Die Tür ging auf, und er trat ein. Mit schnellem wachen Blick registrierte er das grüne Kleid und den breitrandigen Strohhut mit dem passenden Band. Er schien überrascht, daß sie nicht mehr Trauer trug. Seine tiefliegenden Augen verrieten wenig, aber ihr war, als begrüße er es. Er küßte ihr die Hand und wandte sich halb zur Seite, als Hufschläge auf der Auffahrt zu hören waren.

»Lafargue kann selbst aus einem einzelnen Wort eine ganze Ouvertüre machen.« Er ließ sie Platz nehmen und ihr Kleid glattstreichen. »Aber ich denke, wir wissen, wie wir vorgehen müssen.«

Sie spürte seine Blicke, die Blicke eines mächtigen Mannes – so intensiv, daß viele ihn deswegen fürchteten.

Nur einmal hatte sie ihn ungeschützt erlebt, an jenem Tag in der Kathedrale, als er sich durch die schweigende Menge geschoben hatte, um neben ihr zu sein. Ihr war damals, als habe er sie irgendwie im Stich gelassen und könne das nicht verbergen.

Aber es gab auch andere Gelegenheiten, wie damals, als er ihre Reise nach Malta arrangiert hatte – *zu ihrem letzten Treffen.* Sie preßte die Hand um den Sonnenschirm. Sie hatte ihn schon oft so blicken sehen wie jetzt in diesem großen, schweigenden Haus über der Themse. Vielleicht dachte er an die Nacht, in der er in ihr Zimmer gestürmt war, sie gehalten und beschützt hatte, während seine Männer den Wahnsinnigen entfernten, der sie zu vergewaltigen suchte.

Er hatte ihr gegenüber aus seinen Gefühlen keinen Hehl gemacht. Hier hatte er sogar einmal von Heirat gesprochen. Doch was hielt er wirklich von ihr – nach jener schrecklichen Nacht?

Sie dachte an die Blitze über dem nächtlichen Fluß, als wahrscheinlich ein Verrückter das Wort in ihre Tür gekratzt hatte. Ihr war es wie damals gewesen. Melwyn hatte den Schrecken gespürt und war neben ihr ins Bett geschlüpft und hielt ihr wie einem Kind die Hand, bis das Gewitter fortgezogen war.

Sillitoe sagte: »Lady Bolitho wird das Recht haben, Falmouth aufzusuchen. Ein Anwalt, den Lafargue akzeptiert«, er lächelte, »und auch ich werden dabeisein. Gewisse Besitztümer . . .« Er hielt inne, weil er genug von diesen Ausflüchten hatte. »Es wäre nicht gut, wenn Sie dort wären. Kapitän Bolitho ist der rechtmäßige Erbe, aber solange er nicht da ist, werden wir Zugeständnisse machen müssen.«

Ruhig antwortete sie: »Ich hatte nicht die Absicht, nach Falmouth zurückzukehren.« Sie hob das Kinn und schaute ihn entschlossen an. »Manche Leute würden sehr schnell behaupten, ich könne nicht schnell genug ein neues Bett finden.«

Sillitoe nickte. »Das sagen Sie sehr deutlich!«

»Die Zeit vergeht. Ich werde dort fremd werden.«

»Adam wird Sie bitten, Falmouth zu besuchen oder dort ganz zu wohnen, wenn Sie wollen. Wenn er schließlich zurückkehrt!«

Sie erhob sich, ohne sich dessen bewußt zu sein, und blickte auf den Fluß. Männer arbeiteten auf den Barken, einer führte seinen Hund spazieren. Ganz normale Tätigkeiten, etwas, das ihr verwehrt war. Sie biß sich auf die Lippe.

Dann sagte sie nur: »Ich meine, das könnte gefährlich werden.«

Erklären mußte sie das nicht, es war unnötig.

Sie hatte die Wahrheit gesagt. Was sollte sie dort? Schiffe beobachten, Matrosen zuhören und sich mit Erinnerungen quälen, die sie mit niemandem teilen konnte?

Sillitoe wartete. Er sah, wie sie sich vor dem Fenster umdrehte, wie die Sonne sie anleuchtete. Sie sah so braun aus wie irgendein Mädchen, das auf dem Feld arbeitete, der Diamantanhänger glitzerte zwischen ihren Brüsten. Sie war die einzige Frau, die er wahrhaftig begehrte. Er hatte es nie so deutlich gespürt. Und sie war die einzige, die er nie besitzen würde.

Abrupt sagte er: »Ich muß aus London verreisen, morgen oder übermorgen.« Wieder sah er, wie ihre Hand sich zur Faust ballte. Was bedrückte sie eigentlich? »Ich muß nach Deptford. Ich wollte Ihnen gerade vorschlagen, daß Sie hierherkommen. Man wird sich hier um Sie kümmern, und Sie werden sich hier sicherer fühlen.«

Sie blickte wieder auf den Fluß. »Das würde sicherlich Ihrem Ruf schaden!«

»Was heißt das schon!« Er stand jetzt neben ihr wie damals in der Kathedrale. »Wenn ich meine Pflichten in Deptford erledigt habe, habe ich endlich Zeit, mich mehr um meine eigenen Angelegenheiten zu kümmern. Es sei denn ...«

Sie wandte sich ihm wieder zu und war nicht beunruhigt, als ihr klar wurde, daß er sie nur deswegen hierhergebeten hatte. »Es sei denn ... was?« wollte sie wissen.

»Es könnte sein, daß der Prinzregent der Meinung ist, daß ich meine Aufgaben als Generalinspekteur erledigt habe.« Er zuckte mit den Schultern. »Und er hätte wahrscheinlich recht.«

Sie spürte das Pochen ihres Herzens wie Hammerschläge und fragte wieder: »Es sei denn ... was?«

»Ich denke, Sie wissen es, Catherine!«

»Also meinetwegen. Was man sagen würde. Wie Sie dastehen würden! Man würde Sie angiften, so wie man

Richard zerstören wollte.« Und wieder sagte sie: »Nur meinetwegen!«

»Sie glauben doch nicht, daß ich etwas darum gebe, was die Leute über mich reden? Sie haben vieles lange genug vor mir verborgen. Macht ist eine scharfe Klinge – man muß sie mit feiner Hand führen und immer zum rechten Zweck!«

Irgendwo klang eine Glocke. Ein neuer Besucher. Doch sie wollte sich nicht bewegen.

Es war ein Fehler gewesen, die reinste Dummheit, sich auf diesen harten, einsamen Mann zu verlassen. Doch sie ahnte, was in ihm vorging, wie damals in der Kathedrale, als er alle Blicke und die Verachtung aller auf sich gezogen hatte.

Ruhig sagte sie: »Sie hätten eine passende Frau heiraten sollen!«

Er lächelte. »Das habe ich. Ich dachte, sie paßt zu mir. Aber sie zog davon. Die Kirschen in Nachbars Garten... so sagt man doch, oder?«

Das kam ganz ruhig von ihm, klang unbewegt, als habe er alles längst hinter sich gelassen. Oder war auch das nur eine neue Art, sich zu verteidigen?

Stimmen waren zu hören. Von Marlow, dem Sekretär, oder einem der bärbeißigen Diener.

Er legte seine Hand auf ihren Arm, und sie sah es, als beobachte sie einen Fremden.

Und dann fragte sie: »Wollen Sie mich als Ihre Geliebte haben, Mylord?« Sie hob den Blick und sah ihn an. Sie war wütend, wollte diesen kühlen Mann verletzen.

Er ergriff ihren Arm, drehte sie zu sich und war ihr sehr nah.

»Wie ich schon sagte, Catherine. Nur als meine Frau. Ich kann Ihnen die Sicherheit geben, die Sie verdient haben. Ich habe Sie immer aus der Ferne geliebt, und manchmal habe ich dagegen angekämpft. Aber jetzt ist es gesagt!«

Sie wehrte sich nicht, als er sie an sich zog. Sie zuckte nicht einmal, als er ihr Haar und ihre Haut berührte. Eine Stimme schrie: *Was ist los mit dir?* Doch sie konnte nur die beschädigte Tür sehen. *Hure.*

»Nein«, flüsterte sie, »bitte nicht!«

Er hielt sie von sich ab und musterte sie ganz genau, Zug um Zug.

»Begleiten Sie mich bei dieser letzten Aufgabe, Catherine. Dann werde ich es wissen.« Er versuchte ein Lächeln. »Und der Prinzregent auch!«

Wieder kamen die Gedanken, die gleichen wie einst in Antigua. Damals hatte sie Richard wieder getroffen, und sie hatte ihm gesagt, er brauche Liebe wie die Wüste Regen. Sie hatte aber im Grunde von sich gesprochen. Sie dachte an die seltenen, wertvollen Stunden, die sie zusammen verbracht hatten. Zusammen. Und das endlose Warten dazwischen. Und dann das Ende.

Verlaß mich nicht.

Doch sie hörte keine Antwort.

John Allday lehnte sich gegen das eiserne Geländer auf der Pier, das nach so vielen Jahren ganz glatt geworden war, und starrte nach drüben auf den vollen Ankerplatz. Ein Boot aus der Gegend hatte ihn nach Falmouth mitgenommen. Der Bootsführer würde bestimmt bald im Gasthaus auftauchen und ein Freibier verlangen.

Allday war froh, hierzusein. Doch wie sollte er das Unis oder irgend jemand anderem erklären? Es war sicherlich nicht gut, sich so an die Vergangenheit zu klammern, aber...

Die Fregatte drüben hatte schätzungsweise achtunddreißig Kanonen, obwohl John aufgefallen war, daß einige Pforten leer waren, als sei die Hauptbewaffnung aus irgendeinem Grund reduziert worden. Sie hieß *Kestrel*, und selbst ohne Glas konnte er ihre Galionsfigur erkennen, die ausgestreckten Flügel, den gebogenen Schnabel. Wie ein lebendiger Vogel sah sie aus. Er kannte das Schiff nicht, und das machte ihn unruhig. Sehr bald würden andere Schiffe kommen und gehen, die ihm fremd waren, vom Namen her und vom Ruf. Schiffe ohne Erinnerung.

Er musterte die Fregatte kritisch. Ein schönes Schiff, frisch gemalt, und die aufgetuchten und gerefften Segel waren sicherlich gerade vom Segelmacher gekommen. Es gab drüben kaum Schiffe aus der Gegend, also ankerte die Fregatte nicht hier, um sich zu verproviantieren. Er hatte von jemandem gehört, die *Kestrel* sei bereits bewaffnet und ausgerüstet für eine lange Reise. Vermutlich nicht in die Biskaya oder ins Mittelmeer, sondern für sehr viel weiter entfernte Ziele. Scharlachrote Uniformen waren an der Gangway und im Vorschiff zu erkennen. Ihr Kommandant ging also kein Risiko ein mit Deserteuren des letzten Augenblicks. Manche hatten wegen der Nachrichten von der anderen Seite des Kanals ihre Meinung zur Seefahrt geändert, jetzt, da das Ende endlich in Sicht war. Doch die Marine brauchte man immer. Und darum würde es auch immer Deserteure geben.

Er hörte, wie ein paar alte Matrosen über das Schiff diskutierten. Sie sprachen so laut, als wollten sie unbedingt gehört werden und würden ihn im nächsten Augenblick in ihr Gespräch ziehen.

Er ging ein paar Schritte weiter und sah das Wasser gegen die Treppenstufen schlappen, die so viele Männer hatte kommen und gehen sehen. Er meinte, sein eigenes Leben habe auch hier begonnen, als er auf Bolithos *Phalarope* gepreßt worden war, zusammen mit Bryan Ferguson und ein paar anderen, die nicht schnell genug dem Preßkommando ausgewichen waren. Eigentlich ein ungewöhnlicher Anfang einer so starken Freundschaft. Er war kein Neuling auf See, hatte bereits in der Flotte gedient.

Er rieb sich die Stirn und schaute stolz auf seine gute blaue Jacke mit den glänzenden Knöpfen, die Bolitho für ihn hatte anfertigen lassen. Sie trug das Wappen Bolithos als Zeichen für den Bootsführer des Admirals. Er seufzte. Und als Zeichen seiner Freundschaft.

Unis tat alles, um sein Leben an Land angenehm zu gestalten. Sie machte ihm Mut und schenkte ihm Liebe. Und dann gab es die kleine Kate. Er erinnerte sich, wie glücklich Lady Catherine gewesen war, als sie hörte, daß die Tochter nach ihr benannt wurde. Denn mit diesem Namen rief Sir Richard sie.

Und jetzt war sie aus dem alten grauen Haus verschwunden. Es schien so leer ohne sie. Das hatte auch sein bester Freund Bryan geäußert. Er besuchte ihn, so oft er konnte, um mit ihm ein Gläschen zu trinken und von den alten Zeiten zu reden.

Man sprach davon, daß Sir Richards Witwe zurückkehren würde. Niemand wußte es allerdings ganz genau. Was sahen schon Anwälte und hochnäsige Schreiber in diesem Besitz und den Leuten hier? Hier roch alles nach Farbe und Teer. Fischernetze hingen zum Trocknen im Schein der Junisonne. Und dann die Geräusche. Winschen und Hämmer, Händler schacherten mit Fischern, die früher als erwartet eingelaufen waren. Und überall herrschte die See.

Er faßte sich an die Brust. Der Schmerz lauerte noch, hatte nur angeklopft. Fallowfield war ein stiller Ort und ein friedlicher. Er wußte, wie unruhig Unis wurde, wenn Seeleute mal so weit von Falmouth in das »Old Hyperion« kamen. Er hatte sie aufmerken sehen.

»Riemen!«

Das Kommando kam klar, aber es war viel zu laut für den Anlaß. Allday wandte sich um, als eine Jolle um die Pier drehte und der Bugmann aufstand und nach seinem Bootshaken griff. An der Pinne stand ein schick aussehender Midshipman, den Hut gegen die Sonne schräg in die Stirn gedrückt.

»Riemen auf!«

Die Riemen erhoben sich wie ein einziger, sahen aus wie weiße Knochen, und der Midshipman brachte das Boot längsseits, ohne daß es krachte.

Allday nickte, gut gemacht! Im Augenblick jedenfalls. Bei diesen jungen Leuten konnte man nie sicher sein. Die jungen Herren waren in einem Augenblick überaus lernbegierig und im nächsten die reinsten Tyrannen.

Einer der alten Seeleute auf der Pier murmelte: »Seht euch den an. Der reinste Held, nicht wahr!«

Allday runzelte die Stirn. Das würde der Mann von der alten Marine nie sagen, von der er in den Kneipen im Ort immer noch erzählte.

Der Midshipman kam jetzt die Steinstufen empor, einen glänzenden Kurzsäbel an der Seite. Allday wollte zur Seite treten, aber der Junge, und das war er noch fast, vertrat ihm den Weg.

»Mister Allday, Sir?«

Er sah ihn erwartungsvoll an, und die Männer im Boot beobachteten ihn neugierig.

Sehr neu und sehr jung. Ihn mit »Mister« und »Sir« anzureden! Der hatte sicherlich noch viel zu lernen, und zwar sehr schnell, sonst... Da meldete sich der Schmerz in Alldays Brust wieder. Die Welt hatte sich verändert. Er gehörte nicht mehr dazu.

»Ja, das bin ich.« Der Midshipman erinnerte ihn an jemanden. Ein Gesicht tauchte auf, Midshipman Neale von der *Phalarope*, der dann schließlich Kapitän und Kommandant einer Fregatte geworden war. Neale war gestorben, als er zusammen mit Richard Bolitho in Gefangenschaft geriet. *Und zusammen mit mir.*

Erleichtert atmete der Midshipman auf. »Mein Kommandant hat Sie erkannt, Sir.« Es schien, als fürchte er sich umzudrehen, weil er vielleicht vom ankernden Schiff aus beobachtet wurde. »Er läßt respektvoll grüßen, Sir!«

Allday schüttelte den Kopf und verbesserte ihn knapp: »Freundlich grüßen, heißt es!«

Doch der Midshipman blieb beharrlich. »Respektvoll, Sir. Und ob Sie bitte an Bord kommen würden, wenn Ihre Zeit es erlaubt?«

Allday tippte ihm auf den Arm. »Gehen Sie vor!« Es lohnte sich schon der Kerle wegen, die da an der Pier standen und zu ihm herabschauten. Der mit dem lautesten Mundwerk würde jetzt sicher die Klappe halten. Er hob sich über das Dollbord. »Solange ich jedenfalls nicht gepreßt werde!«

Einige Männer grinsten. *Die denken sicher, ich bin dazu viel zu alt.*

»Vorn los. Ruder ein. Und zugleich!«

Dann starrte der Midshipman ihn an und sagte: »Machen Sie sich keine Sorgen, Sir. Die sind bald so gut wie Sie.« Darauf war er stolz.

Allday sah sich um, vermied die Blicke der Matrosen, die sich in die Riemen warfen, und konnte es immer noch nicht begreifen. Der Midshipman wußte, wer er war. *Er kannte ihn.*

Schließlich wollte er wissen: »Und wer ist Ihr Kommandant?«

Der Junge sah ihn überrascht an und hätte fast unwillkürlich Ruder gelegt. »Kapitän Tyacke, Sir, natürlich. Sir Richard Bolithos Flaggkapitän!«

Allday sah auf den wilden Turmfalken, der am Bug seine hölzernen Schwingen ausbreitete. Ein Seemann arbeitete mit seinem Marlspieker an einem Ende, doch er unterbrach sein Spleißen, um zu ihm nach unten zu starren. Kapitän James Tyacke! Ein Gesicht von damals. Oder ein halbes – nach der schrecklichen Entstellung, die er in der Schlacht vor Abukir empfangen hatte.

Der Midshipman erhob sich und nahm den Hut ab, als das Boot an den Großrüsten festmachte und Allday die Treppe nach oben in die Relingspforte stieg. Er merkte gar nicht, wie leicht ihm das gelang und daß er keine Schmerzen mehr spürte.

Alles schien ihm wie in einem Traum oder wie in einer halb vergessenen Geschichte, die jemand anderes erzählt hatte. Ein Leutnant grüßte, sehr alt für seinen Rang, also wahrscheinlich einer, der aus der Mannschaft aufgestiegen war – auf die harte Tour. Allday hatte von Tyacke diese Worte für solche Männer gehört. Für ihn gab es kein größeres Lob mit seinem Wissen als Seemann und seinem großen Können.

Er versuchte, unter dem Achterdeck jede Einzelheit wahrzunehmen. Die Pieken standen sauber ausgerichtet, die Leinen waren gründlich gesalbt. Es roch nach frischer Farbe und neuem Tauwerk. Es war ja doch erst vor ein paar Monaten gewesen, daß Bolitho gefallen war und er ihn sterbend in den Armen gehalten hatte. Tyacke war dabeigewesen, doch weil noch Nahkampf tobte, konnte er seine Männer nicht allein lassen. Allday nickte sich selber zu, als habe jemand ihm etwas gesagt. *Das war alles erst gestern.*

Ein Seesoldat knallte die Hacken zusammen, als der Leutnant an die Tür klopfte. Er könnte überall sein. Fast erwartete er Ozzard, der die Tür öffnete.

Aber es war Kapitän Tyacke. Er schüttelte ihm die Hand, schob alle Formalitäten zur Seite und führte ihn in die große Kajüte. Durch die dicken, schrägen Heckfenster sah Allday auf die Reede von Carrick Roads, auf feste Masten und sich blähende Segel. Doch realistisch schien ihm nichts.

Tyacke ließ ihn am Tisch Platz nehmen und sagte: »Ich bin in Falmouth vor Anker gegangen, weil ich hoffte, Lady Somervell zu treffen. Aber als ich jemanden aufs Gut schickte, hörte ich, sie sei in London.« Er blickte nach oben zur Decksluke und unternahm keinen Versuch, wie sonst immer, seine schrecklichen Narben zu verbergen.

»Sie hätten sie sicher gern gesprochen, Sir«, entgegnete Allday.

Tyacke hob die Hand. »Bitte, kein Sir. Ich werde ihr schreiben. Ich habe Befehl für die westafrikanische Küste. Aber als ich Sie eben im Glas sah, mußte ich mit Ihnen reden. So einen Zufall trifft man selten – wie das Glück.«

Zögernd sagte Allday: »Wir dachten ...« Er unternahm einen neuen Anlauf. »Meine Frau Unis war sich sicher, daß Sie heiraten würden, wenn die *Frobisher* außer Dienst gestellt wurde. Und ich nahm an, Sie würden ein bißchen an Land bleiben.« Er versuchte ein Grinsen. »Sie hätten es am ehesten verdient!«

Tyacke schaute in Richtung Schlafkabine nebenan und war froh, daß die große Seekiste dort endlich gestaut war, seine Begleitung während so vieler Jahre. Über Tausende von Seemeilen hinweg, durch eisige Stürme und erstik-kende Hitze, neben Kanonen und Tod. Diese Kiste hatte neben der Tür von Marions Haus gestanden, bis Männer sie abholten und auf sein neues Schiff brachten. Auf dieses hier. Er sagte: »Ich dachte, ich würde gern nach Afrika zurückkehren. Die Lords der Admiralität hatten ein Ein-sehen und haben mir meinen Wunsch erfüllt.« Wieder blickte er durch das Skylight nach oben. Vielleicht konnte er von seinem Platz aus die Großmaststenge sehen. Keine Admiralsflagge. Ein ganz normales Schiff, seines.

Allday hörte, wie jemand mit Gläsern kam. Er mußte an Unis denken. Welches Glück hatte er doch mit ihr.

Wieder sprach Tyacke ohne erkennbare Gefühle in sei-ner Stimme. »Das wäre nicht gutgegangen, verstehen Sie. Die beiden Kinder ...« Er berührte sein entstelltes Ge-sicht, erinnerte sich. »Ich kann mir gut vorstellen, was sie davon halten.«

Traurig schaute Allday ihn an. *Nein, bestimmt nicht.*

Tyacke gab dem Steward ein Zeichen. »Nelsons Blut, wenn ich mich nicht irre?«

Allday merkte, wie der Diener ihn schnell musterte und war froh, daß er heute seine beste Jacke trug, als habe er etwas geahnt.

»Es tut mir gut, wenn ich das alles mal hinter mir lasse. Hier hält mich nichts. Nichts mehr.« Tyacke ergriff ein volles Glas. »Was wir gemeinsam erlebt haben, kann uns niemand mehr rauben.« Er nahm einen Schluck, seine blauen Augen blitzten. Dann sagte er nach kurzem Schweigen: »Er hat mir meinen Stolz zurückgegeben und meine Hoffnung, als ich alles längst verloren sah. Das und vieles andere werde ich ihm nie vergessen.« Er lächelte kurz. »Mehr bleibt uns nicht – außer der Erinnerung.«

Er füllte noch einmal das Glas voller Rum und dachte an Marion, an ihr Gesicht, als er das schmucke Haus verließ, und an die Kinder, die sich in einem Zimmer versteckt hatten. Das Haus eines anderen, die Kinder eines anderen.

Er sah sich in der Kajüte um und wußte, daß er das hier wollte. Hier war sein Leben, das er kannte und das auf ihn wartete.

Also zurück auf die Jagd nach Sklavenhändlern. Bei solchem Auftrag hatte er Richard Bolitho zum erstenmal getroffen. Der Handel war inzwischen bedeutender geworden und brachte noch höhere Gewinne trotz aller Vereinbarungen und Verträge. Die Händler hätten die besten Schiffe zur Verfügung, sobald dieser Krieg endgültig beendet war. Wie die von damals. Er erinnerte sich an den sterbenden Bolitho, den dieser große Mann, in dessen Händen das Glas mit Rum fast verschwand, so sanft gehalten hatte, wie man es sich kaum vorstellen konnte. Es sei denn, man war dabeigewesen – *bei uns gewesen.*

Er mußte plötzlich lächeln. Er hatte Marion kein Wort

über das gelbe Kleid erzählt, das er immer in der alten Seekiste verstaut hatte.

Später am Nachmittag gingen sie an Deck. Hinter dem Pendennis Castle war Nebel zu sehen, doch das Glas war beständig, und der Wind stand durch. Die *Kestrel* würde auslaufen, ehe man wieder auf den Beinen war und seinen Geschäften nachging.

Allday stand an der Relingspforte und spürte unter seinen guten Schuhen das Schiff. Es zitterte leicht. Er war überrascht, daß er das ohne Schmerz oder Mitleid akzeptieren konnte. Das hier würde er nie aufgeben, genausowenig wie der große Kommandant mit seinem zerstörten, verbrannten Gesicht.

Die Jolle kam bereits längsseits, und wieder stand der junge Midshipman an der Pinne. Allday war irgendwie dankbar dafür.

Tyacke und er sahen sich an und schüttelten sich die Hand, als wüßten sie beide, daß sie sich nie wieder treffen würden. So war das häufig unter Seeleuten.

Tyacke winkte das Boot heran und wollte wissen: »Und wohin jetzt, alter Freund?«

Allday lächelte. »Nach Hause, Käpt'n!«

Dann trat er an die Pforte, hielt an und grüßte das Achterdeck mit der Hand an der Stirn. Träge wehte die große Flagge aus. Für ihn, John Allday, würde dies immer sein Leben bleiben.

Er kletterte nach unten ins Boot und grinste den jungen Midshipman an. Das Schlimmste lag hinter ihm.

Der Junge entspannte sich an der Pinne und fragte scheu: »Wollen Sie übernehmen, Sir?«

Allday wartete, bis der Bugmann vorne loswerfen konnte.

»Vorne los. Ruder ein. Und zugleich.«

So würde es immer sein.

X   Kommandant an Kommandant

Luke Jago ging ohne Eile nach achtern. Schlank, wie er war, lehnte er sich gegen das schräge Deck. Die *Unrivalled* lief wieder West und steuerte hoch am Wind auf Steuerbordbug unter Mars und Bramsegeln. Der leichte Wind hielt sie nicht sehr ruhig.

Hier auf dem Meßdeck hingen der Duft von Rum schwer in der Luft und der Geruch des Mittagessens. Anders als bei einem Linienschiff gab es hier keine Kanonen. Jeder Messe standen ein geschrubbter Tisch und Bänke zu und Haken oben, an die die Hängematten befestigt wurden, wenn im Schiff Nachtruhe gepfiffen wurde. In größeren Schiffen erinnerten die Kanonen Seeleute und Seesoldaten ständig an ihre Aufgabe, ob sie in die Hängematten klettern oder ob sie an Deck gepfiffen wurden. Kanonen waren der Grund ihres Hierseins.

Jago schaute im Vorbeigehen auf die Tische. Einige Männer sahen ihn an und nickten ihm zu, andere wichen seinem Blick aus. Das war ihm nur recht. Er erinnerte sich, daß der Kommandant ihm gesagt hatte, er könne den kleinen Raum neben der Kajüten-Pantry für seine Mahlzeiten nutzen, aber das hatte er abgelehnt. Kapitän Bolithos Angebot hatte ihn überrascht. Daß der sich um so etwas überhaupt kümmerte!

Er hörte das laute Durcheinander von Stimmen und das Klappern der Teller. Die Morgenwache machte sich schon über ihr Fleisch her und über etwas, das an Haferbrei erinnerte. Der neue Koch war viel besser als sein Vorgänger und nicht so geizig mit Rindfleisch, Schweinefleisch und Brot. Der Kommandant hatte einen Arbeitstrupp zu einer Garnison auf Malta geschickt. Das Heer schien sehr gut zu leben, wenn es nicht im Feld stand. Es gab sogar Butter, jedenfalls anfangs. Als der Zahlmeister die Verteilung an die Messen überwachte, konnte man meinen, es ginge um seine eigene Haut. Aber so waren diese Burschen immer.

Für die Männer war so etwas, das an Land gang und gäbe war, der reinste Luxus. Wenn Brot und Butter ausgegangen waren, wären sie wieder auf Schiffszwieback angewiesen und irgendwelche Fettreste, die sie aus den Töpfen kratzten, damit das Essen überhaupt schmeckte. Er grinste innerlich. Das war das Los der Seeleute.

Er sah Metall glänzen und scharlachrotes Tuch leuchten. Seesoldaten bewachten bei der Essensausgabe die Gefangenen der *Tetrarch*, die Pech gehabt hatte. Jago hatte gesehen, wie sie ihr Essen so in sich hineinschlangen, als sie an Bord gebracht worden waren, daß man meinen konnte, sie hätten jahrelang nichts Richtiges bekommen. Einige von ihnen arbeiteten jetzt an Bord mit, wurden nur leicht bewacht. Jago war der Ansicht, daß die Männer ganz froh waren, wieder zu einer Welt zu gehören, die mal die ihre gewesen war – egal, was vor ihnen lag.

Der Admiral in Malta, Bethune, wollte sie so schnell wie möglich loswerden, jedenfalls die Briten unter ihnen. Sollte irgend jemand anders über ihr Schicksal entscheiden! Ob der sich die Mühe machen würde, nach ihrer Vergangenheit zu fragen? Meuterer, Deserteure oder fehlgeleitete Männer? Für die meisten war der Strick das Ende.

Er mußte wieder an den Kommandanten denken. Er hatte befohlen, daß die Gefangenen die gleichen Rationen wie die Mannschaft bekamen. Nur Unruhestifter würden bestraft werden – und zwar sofort. Er sah Bolithos Gesicht noch, als er das entschieden hatte. Jago wußte, daß die meisten Kommandanten diese Männer an Deck behalten hätten – in Eisen und bei jedem Wetter. Als Beispiel und zur Warnung. Und solche Behandlung war auch billiger.

Er hielt an einem der Tische und schaute sich ein schön gearbeitetes Modell eines Schiffes mit vierundsiebzig Kanonen an. Die *Unrivalled* stand erst ganze sechs Monate im Dienst, und während dieser Zeit hatte er beobachten können, wie dieses wunderbare Modell Gestalt annahm.

Der Mann hob den Kopf. Es war Sullivan, der scharfäugige Ausguck.

»Fast fertig, Bootsmann!«

Jago legte ihm eine Hand auf die Schulter. Er kannte die Geschichte des Modells. Es war die *Spartiate,* ein Zweidecker, der bei Trafalgar zu Nelsons Luv-Geschwader gehört hatte. Sullivan hielt sich sehr für sich, aber man schätzte ihn sehr. Trafalgar – das Wort machte ihn zu jemand Besonderem. Er war dabei gewesen in der größten Seeschlacht aller Zeiten und hatte mit den anderen gejubelt, als sie die französische Linie durchbrochen hatten und war verstummt wie sie alle, als die Meldung kam, daß Lord Nelson, »unser Nel«, gefallen sei.

Manchmal, wenn Jago den Kommandanten beobachtete, fragte er sich, ob er wohl den Tod seines Onkels, Sir Richard Bolitho, mit dem Nelsons verglich. Auch er war respektiert und verehrt worden wie Nelson. Aber er war bei einem Treffen gefallen, das eher ohne Bedeutung gewesen war. Nun ja, schließlich machte es keinen Unterschied.

Er sah über Sullivan hinweg zum nächsten Tisch, an dem die Schiffsjungen saßen. Sie waren fast alle durch ihre Eltern an Bord verpflichtet worden, die sie loswerden wollten. Wenige, wie Napier zum Beispiel, der Diener des Kommandanten geworden war, hofften auf jemand, der sie förderte, damit sie auch einmal Offiziere werden könnten. Er erinnerte sich noch an das Gesicht des Kommandanten, als er ihm meldete, der junge Whitmarsh sei gefallen. Der Kapitän hatte vorgehabt, aus dem Jungen einen Midshipman zu machen. Whitmarsh hatte aber immer nur bei ihm bleiben wollen.

Am Tisch saß ein Fremder, Paul, der Sohn des abtrünnigen Kommandanten der *Tetrarch*. Wenn der Vater den Kampf fortgesetzt hätte und einer Breitseite hätte standhalten müssen, während sein Schiff bis zum Lukenrand voller Pulver war... es wäre sicher ein schneller Tod geworden.

Sullivan sah nicht hoch, als er fragte: »Was werden sie mit dem machen?«

Jago zuckte mit den Schultern. »Vielleicht setzen sie ihn nur an Land.« Er runzelte die Stirn, war irgendwie wütend, ohne es sich erklären zu können. »Krieg ist schließlich nichts für Kinder!«

Sullivan kicherte: »Seit wann denn das?«

Jago sah sich im halbvollen Messdeck um. Durch die Grätings und einen offenen Niedergang drangen schwankende Sonnenstrahlen nach unten.

Dies war seine Welt, hierher gehörte er, hier konnte er das Schiff wirklich erspüren. Das wäre ihm künftig verschlossen, falls er das Angebot des Kommandanten annahm.

Er sah den bärbeißigen Campbell, einen Matrosen, der ausgepeitscht werden sollte, weil er einen Unteroffizier bedroht hatte. Zwei Männer waren zu einer Strafe verurteilt worden, doch einer war während der ersten Schüsse des Gefechts gefallen. Der Kommandant hatte angeordnet, daß Campbells Bestrafung ausgesetzt werden sollte. Er saß jetzt schweißglänzend von zu viel Rum da. Wahrscheinlich hatte er Rationen von anderen bekommen, als Dank für kleine Dienste oder als Versuch, sich auf seiten des Mannes zu halten, der als Unruhestifter nie aufgeben würde.

Campbell war einer der harten Burschen. Ihm hatte man schon öfter an der Gräting den Rücken gezeichnet. Jago wußte selber, was Auspeitschen bedeutete. Seine eigene Bestrafung war zu Unrecht geschehen. Obwohl ein Offizier seinetwegen eingeschritten war, würde er die Narben auf dem Rücken bis ans Ende seiner Tage tragen. Kein Wunder also, daß Männer desertierten. Auch er wollte schon zweimal fast davonlaufen. Das war auf anderen Schiffen. An die Gründe konnte er sich kaum noch erinnern.

Was hielt ihn hier eigentlich? Er verzog das Gesicht. Sicherlich nicht Loyalität oder die Liebe zur Pflicht.

Er erinnerte sich wieder, wie er und Kapitän Bolitho sich die Hände geschüttelt hatten, als sie den großen Amerikaner vertrieben hatten. Wie ein Handel, der aus dem Augenblick heraus besiegelt worden war, als das Blut nach der Schlacht noch kochte. Das war neu, er begriff es nicht ganz. Und es beunruhigte ihn.

Campbell sah ihn schräg an. »Eine unerwartete Ehre, Jungs, den Bootsführer des Alten bei Leuten wie uns zu sehen!«

Jago entspannte sich. Mit Leuten wie Campbell wurde er immer fertig.

»Das reicht, Campbell. Riskier hier nicht das große Wort, das paßt mir nicht. Du hast Glück gehabt, also reiß dich zusammen!«

Campbell schien enttäuscht: »Ich wollte hier nichts riskieren!«

»Noch so eine Bemerkung, und dann schlepp' ich dich höchstpersönlich nach achtern!«

»Warum sind wir wieder unterwegs nach Gibraltar, Bootsmann?« wollte jemand wissen.

Jago hob die Schultern. »Meldungen, dann müssen wir die Leute von der *Tetrarch* absetzen . . .«

Knurrig meinte Campbell. »An die Rah mit ihnen, das

würde ich tun.« Er zeigte auf den Jungen am anderen Messetisch. »Seinen Alten als ersten!«

Jago lächelte. »Das sieht dir ähnlich. Ein Knabe von zehn Jahren. Das scheint dir wohl zu behagen!«

Leise meldete sich Sullivan: »Offizier kommt, Bootsmann.«

Jemand anders meinte: »Eher wohl so ein kleines Schwein!«

Midshipman Sandell ging in seiner aufgeblasenen Art an den Tischen vorbei, das Kinn erhoben und ohne den Hut abzunehmen, was die meisten Offiziere aus Höflichkeit taten. Jago bückte sich unter den massiven Decksbalken und stellte erstaunt fest, daß der junge Midshipman selbst mit dem Hut auf dem Kopf noch gerade gehen konnte. Sandell trug einen glänzenden, und wie Jago annahm, auch teuren Sextanten, wahrscheinlich ein Abschiedsgeschenk seiner Eltern. Er hatte kurz vorher die Midshipmen noch auf dem Achterdeck gesehen, als sie ihre Mittagshöhen nahmen. Cristie, der Master, hatte sie dabei kritisch beobachtet, als sie die Position des Schiffs für ihre Logbücher gißten.

Cristie entging kaum etwas, und Jago wußte, daß Cristie Sandell mehr als einmal angefahren hatte zur offensichtlichen Freude aller anderen.

Jago sah ihn gelassen an. Kerlchen wie er konnten gefährlich werden.

»Ach, hier sind Sie.« Sandell schaute sich um, als wäre er noch nie auf dem Messdeck gewesen. »Ich suche Lovatt. Er soll nach achtern kommen. Und zwar sofort!«

»Ich werde ihn holen, Mr. Sandell!«

»Wie oft muß ich das noch sagen?« Er war fast außer sich. »San*dell*! Das kann man sich doch wohl merken!«

»Tut mir leid, Sir«, murmelte Jago. Er freute sich, daß das gesessen hatte, wie geplant. Er deutete auf den Jungen und fragte: »Den will der Kommandant, Sir?«

Sandell starrte ihn an. Da wagte jemand, ihn etwas zu fragen! Doch trotz seiner Erregung warnte ihn eine innere Stimme, sich zusammenzunehmen. Jagos Haltung und die Jacke mit den glänzenden Knöpfen ließen ihn zögern.

»Ja, den will der Kapitän sprechen«, sagte er leichthin. Er schnippte mit den Fingern. »Los, los, Junge!«

Jago sah sie gehen. Sandell würde sich nie ändern. Während des Gefechts hatte er keine Furcht gezeigt, aber das bedeutete wenig. Leute wie er hatten meistens mehr Angst, ihre Furcht anderen zu zeigen, als vor der Furcht selber. Er blinzelte Sullivan zu. Wenn Sandell jemals aufsteigen sollte, handelte er klug, wenn er nie zurückblickte.

Die Messe der *Unrivalled* erschien groß nach den Räumlichkeiten, die George Avery von anderen Fregatten her kannte. Sie war auf dem Geschützdeck ins Achterdeck eingebaut worden. Anders als die Männer vom Unterdeck mußten die Offiziere die Messe und ihre Unterkünfte mit sechs Achtzehnpfündern, je drei auf einer Seite, teilen.

Das Mittagessen war gerade abgetragen worden, und Avery saß jetzt an einer offenen Kanonenluke und beobachtete schreiende Möven, die sich aufs Wasser stürzten. Wahrscheinlich hatte der Koch gerade Abfälle über Bord gekippt.

Sie hatten vor zwei Tagen Malta verlassen, waren auf dem Weg nach Gibraltar, und alles andere war nicht mehr von Bedeutung. Das Essen bei Vizeadmiral Bethune und Adam Bolitho, die Erregung, Teil eines Unternehmens zu sein, das mit Sir Richard begonnen hatte – das alles war in dem Augenblick zu Ende gegangen, als ein Kurier eingelaufen war. Die *Unrivalled* sollte Bethunes Meldungen nach Gibraltar bringen und sie dort dem ersten Schiff übergeben, das auf dem Weg nach England war. Bethune hatte sich klar geäußert, obwohl er seine wahren Gedanken dabei nicht verriet. Sein Befehl lautete, den Dey in seinen Aktivitäten zu behindern, doch die Situation nicht zu verschlimmern, bis mehr britische Schiffe eingetroffen waren.

Adam hatte stummen Protest spüren lassen, obwohl die *Unrivalled* für ihn schon das richtige Schiff war. Sie lief schneller und war besser als jede andere Fregatte hier oder sonstwo in der Flotte bewaffnet. Es gab Berichte, nach denen kleinere Schiffe von den Korsaren aufgebracht oder zerstört worden waren. Die Verbindungen und der Austausch von Nachrichten zwischen den Basen und Geschwadern waren nie von so großer Bedeutung gewesen wie jetzt. Immer noch wußte man nicht genau, ob Napoleon nun endgültig besiegt war oder nicht. In Waterloo hatte er wohl aufgegeben, alle französischen Truppen sollten sich auf dem Rückzug befinden, wie man hörte. Selbst die beeindruckende Kavallerie von Marschall Ney war durch die Karrees rotberockter Infanterie besiegt worden.

Und dann hatte er, Leutnant George Avery, Befehle empfangen, die alle anderen aufhoben. Er hatte nach England zurückzukehren und sollte sich bei den Lords der Admiralität melden. Wahrscheinlich wartete man auf seinen Bericht. Er legte seine Hand auf eine Kanone, die so warm war, als sei sie kürzlich abgefeuert worden. Vielleicht war er näher an der Wahrheit, wenn er annahm, man wollte wahrscheinlich nicht noch einen Bericht, sondern eine Leichenschau.

Er blickte sich unter seinen Kameraden um. Es war eine freundliche Messe. Immerhin war er ein Fremder, nur zeitweise Mitglied ihrer kleinen Schar.

Ein Thema hing immer in der Luft. Das war nur natürlich, und er wußte, wie unvernünftig er wäre, wenn er etwas anderes erwartete. *Ich war dabei. Als er fiel.*

Galbraith, der Erste Offizier, hatte das begriffen. Seine Fragen beschränkten sich auf Averys Besuch der Festung des Deys. Er wollte wissen, wie groß das Risiko war, daß seine Angriffe auf Schiffe und die Gefangennahme von Christen eine größere Auseinandersetzung nach sich ziehen würden. Der Krieg mit Frankreich wäre bald vorbei, falls er es nicht sowieso schon war. Galbraith dachte sicher über seine eigene Zukunft nach, war sicher dankbarer als andere, weil er einen wichtigen Posten auf einer neuen und mächtigen Fregatte angetreten hatte unter einem Kommandanten, der wegen seines berühmten Onkels, aber auch wegen eigner Erfolge schon bekannt war.

Massie, der Zweite Offizier, blieb skeptisch, wenn er nicht offen Bethunes neue Haltung kritisierte.

»Wenn Bonaparte sich jetzt ergibt, werden Ihre Lordschaften die Flotte bis auf einen Kern außer Dienst stellen. Wir werden weniger als je in der Lage sein, mit diesen Möchtegern-Tyrannen fertig zu werden.«

Dabei würde nach einem so teuren Krieg jede Nation, Freunde ebenso wie Feinde, neue Handelswege suchen und alle Schiffe und alle Männer brauchen, um diese Wege zu schützen.

Er sah, wie Noel Tregillis, der Zahlmeister, eine Aufstellung durchging. Selbst hier hörte er mit der Arbeit nicht auf.

Hauptmann Bosanquet von den Seesoldaten schlief auf seinem Stuhl und hielt immer noch ein leeres Glas in den Händen. Sein Stellvertreter, Leutnant Luxmoore, war auf einen Drink zu seinem Sergeanten gegangen.

O'Beirne, der beeindruckende Arzt, hatte sich entschuldigt und hatte sich, ohne sein Essen angerührt zu haben, nach achtern in die große Kajüte begeben. Lovatt, der Gefangene, war nicht in Ordnung, der Arzt war mit der Heilung der Wunde gar nicht zufrieden.

Er hatte deutlich seine Meinung gesagt: »Der Mann hätte in Malta an Land gehört. All das hier ist ganz und gar unnötig.« Der ernste Ton war ganz und gar untypisch für diesen Arzt, der sonst eher still und freundlich war, doch seinen Beruf sehr ernst nahm, wie Avery wußte.

Auch O'Beirne hatte in der ersten Nacht auf See davon gesprochen. Er hatte Lefroy gekannt, den kahlen Arzt der *Frobisher.* Das war zu erwarten, denn die Flottenärzte kannten sich untereinander noch viel besser als die Marineoffiziere. Also war wieder alles aufgetaucht: Der Arzt hatte sich auf dem blutbespritzten Deck von den Knien erhoben, auf dem Allday seinen Admiral mit solch fürchterlicher Besorgnis gehalten hatte. »Er ist hinüber, tut mir leid.« Das waren die entscheidenden Worte gewesen.

Durch ein offenes Skylight hörte er Lachen. Der junge Bellairs hatte die Nachmittagswache mit Leutnant Wynter. Ob man sich wohl fühlte, wenn man wieder siebzehn wäre und mit jedem Bündel Meldungen die Leutnantsprüfung erwarten konnte? Vom Jungen zum Mann, vom Midshipman zum Offizier – Bellairs hätte es verdient. Avery mußte an Adam denken. Wie hatte er sich doch verändert. Sicherheit und Reife zeichneten ihn jetzt aus wie der alte Säbel, den er trug. Er lächelte. Ein Mann für den Krieg. Oder...

Und ich? Eine Figur, die man übergangen hatte, mit Erinnerungen, doch ohne Aussichten.

Er mußte an Sillitoe denken, an dessen Energie, an dessen Drahtzieherei, und wie sie sich das letzte Mal getroffen und getrennt hatten. Er hatte es nie für möglich gehalten, Mitleid für diesen Mann zu empfinden.

Vor der Tür waren Schritte zu hören, und Galbraith schaute von einer alten, immer wieder gelesenen Zeitung hoch.

»Was ist, Parker? Wollen Sie mich sprechen?«

Der Bootsmannsmaat deutete auf Avery und sagte:

»Kompliment vom Kommandanten, Sir. Und Sie möchten doch bitte sofort nach achtern kommen!«

Galbraith erhob sich. »Der Gefangene?«

Der Bootsmannsmaat schaute sich neugierig in der Messe um. Sie gehörte zum Schiff und war doch so ganz anders.

Dann sagte er: »Ich glaube, er stirbt!«

Der Zahlmeister sah von seiner Rechnerei hoch. Sein Gesicht verriet nach langer Übung nichts von seinen Gedanken. *Ein Mund weniger zu stopfen.*

Galbraith nahm Bosanquet das leere Glas aus der schlaffen Hand und sagte: »Wenn Sie mich brauchen . . .«

Avery griff nach seinem Hut. »Danke. Ich weiß!«

Er ging in den dunkleren Schatten der Hütte und sah den Posten der Seesoldaten vor der großen Kajüte stehen. Das Zentrum der Macht, das er nie innehaben würde. Und der einsamste Platz auf einem Schiff des Königs.

Der Posten richtete sich auf und ließ den Kolben auf die Planken krachen. »Der Flaggleutnant, Sir!«

Avery schaute ihn an. Ein bäuerliches, unbekanntes Gesicht.

»Nicht mehr, tut mir leid!«

Der Soldat zuckte unter seinem Lederhelm nicht mit den Augen. »Für uns werden Sie das immer bleiben, Sir!«

Hinterher meinte er, eine Hand habe ihn berührt.

Dann soll es wohl so sein.

Adam Bolitho legte den Finger auf den Mund, als Avery sprechen wollte. Leise sagte er: »Kommen Sie nach hinten.«

Er ging voraus zu den schrägen Heckfenstern. Weil die Sonne direkt über ihnen stand, sah das Panorama aus blauem Wasser und wolkenlosem Himmel wie ein gewaltiges Gemälde aus.

»Danke, daß Sie so schnell gekommen sind.« Er blickte sich um, als er wieder Lovatts rasselnde Stimme hörte. Es klang eher nach einem Gespräch als nach den Worten eines einzelnen Mannes. Fragen und Antworten und dann, nur einmal, auch ein Lachen. Und ein Husten. »Er liegt im Sterben. O'Beirne hat alles getan, was man für ihn tun konnte. Ich war soeben auch noch bei ihm.«

Avery sah das dunkle Profil, die Bedrückung um Augen und Mund. Er spürte auch die Energie, die nicht aufgeben wollte. Als er die Kajüte betreten hatte mit den Worten des Postens im Ohr, hatte er eine Jacke bemerkt, die achtlos auf einen Stuhl geworfen war. Er hatte eine von Cristies Karten auf einem Tisch vor der Bank entdeckt, die von Gewichten festgehalten wurden. Daneben lagen ein Messingzirkel und das Notizbuch des Masters. Eine unberührte Tasse Kaffee stand da und neben ihr ein leeres Glas. Der Kommandant schonte sich nicht. Wahrscheinlich hatte er etwas gegen die neuen Befehle. Avery wußte sehr wohl, daß Adam keinem anderen in der Marine stärker verbunden war als Richard Bolitho. Die Rangunterschiede und die Verantwortung erlaubten das sonst nicht.

Oder machte er sich irgendwelche Vorwürfe? Welcher Kommandant ließ schon einen Gefangenen in seine Kajüte legen, selbst einen verwundeten?

Adam bemerkte: »Die meiste Zeit liegt er schon im Delirium. Der junge Napier und der Arzt sind bei ihm. Ein guter Junge.« Mit einiger Verbitterung sagte er dann: »Lovatt hält ihn für seinen Sohn!«

Avery hatte Lovatts Sohn, bewacht von einem Midshipman, auf dem Weg hierher gesehen. Den Rest konnte er sich denken.

Als sich Adam wieder umdrehte, war er ganz ruhig.

»Ich habe Sie hierhergebeten, weil ich meine, daß Sie mir helfen können.«

Warum hatte er ihn rufen lassen und nicht den Ersten Offizier?

»In Ihrem ursprünglichen Bericht an Sir Graham Bethune erwähnen Sie einen Kapitän Martinez«, sagte er. »Sie haben ihn beschrieben als Berater von Mehmet Pascha, dem Gouverneur und Oberbefehlshaber in Algiers. Ein Spanier...«

Er unterbrach sich, als Lovatt schrie: »Ruder nach Lee, Mann. Sind Sie blind, verdammt noch mal.« Dem folgte ein Hustenanfall, und zum erstenmal hörte Avery jetzt auch O'Beirnes durchdringende Stimme.

Adam fuhr fort: »Ein Überläufer, meinten Sie?«

Avery zwang sich zum Nachdenken, als er den Ernst in den Worten des Kommandanten spürte.

»Ja, Sir. Er hat öfter die Seiten gewechselt, aber der Dey findet ihn ganz nützlich. Er hat oder hatte Verbindungen nach Spanien, als wir ihn damals trafen. Aber dem Dey kann man es nur schwer recht machen, und Martinez weiß das sicher ganz genau.«

Adam sagte: »Heute morgen hat Lovatt von ihm gesprochen. Er sagte, daß Kugeln und Pulver und andere Teile der Ladung spanischer Herkunft sind, die ganze Ladung der *Tetrarch,* um genau zu sein.«

Avery versuchte, das ergreifende Röcheln und die Stimmen aus der Schlafkabine zu überhören und fuhr fort: »Er sagte mir auch, daß ein zweiter Versorger der *Tetrarch* folgen würde.« Er deutete ungeduldig auf die Karte. »Morgen stehen wir nördlich von Bona. Bona ist das Wespennest.« Er lächelte fast. »Sie werden sich bestimmt daran erinnern!«

Avery schwieg. Das Bild tauchte wieder auf, wie alles aus der Erinnerung in Bildern bei ihm auftauchte.

»Das kann durchaus so sein, Sir. Unsere Patrouillen werden sie bestimmt kaum ausmachen, so selten wie sie hierherkommen...«

Adam faßte ihn am Ärmel. »Und selbst wenn ... Man bräuchte Schiffe zur Unterstützung, man müßte den Admiral informieren, sich mit ihm beraten – na ja, eben der ganze übliche Kram!«

Also war er doch ergrimmt über Bethunes geänderte Befehle.

Avery meinte: »Hier fliegen die Nachrichten nur so, Sir. Das Aufbringen der *Tetrarch* und Ihre Kaperung der *La Fortune* werden für Aufregung gesorgt haben.«

Die Nebentür öffnete sich, O'Beirne schaute herein. »Wenn Sie immer noch wollen, Sir, wär's jetzt an der Zeit!«

Adam nickte. Er meint sicher, *zum letzten Mal möglich.*

»Also gut.« Er blickte kurz auf die Uniformjacke, zögerte und schlüpfte dann doch hinein. Und sagte zu Avery: »Von Kommandant zu Kommandant, wissen Sie noch!«

Avery erschien die Szene gespenstisch. Lovatt war in dem improvisierten Gestell des Arztes aufgerichtet worden, eine Hand fuhr über das Holz hin und her, den anderen Arm hatte er um die Taille des jungen Napier gelegt. O'Beirne saß in eine Ecke gedrückt, seine Finger hatten sich auf seinen Knien verschränkt, als wolle er sie mit Macht ruhig halten.

»Aha, Kapitän. Also haben Sie gerade nichts Wichtiges vor?«

Lovatt klang jetzt etwas kräftiger, aber das war auch alles. Sein Gesicht war eingefallen, seine braunen Augen glänzten fremd wie aus einer Fiebermaske.

Avery sah, wie er den Jungen fester umfaßte und entdeckte, daß Napier seine Schuhe ausgezogen hatte und barfüßig auf dem karierten Decksteppich stand.

»Welch ein Trost, mein Paul!« Er unterdrückte einen Hustenanfall.

Napier tupfte ihm mit einem feuchten Tuch die Stirn ab, sanft und ohne Zögern, als sei er nur dafür ausgebildet worden. Aber er hatte ganz und gar nicht die Gestalt von Lovatts Sohn, war größer und etwa vier Jahre älter. Konnte man Lovatt wirklich so täuschen? Oder war es bei ihm Verzweiflung, reine Verzweiflung?

Adam legte seine Hände auf das Gestell. »Sie haben vorhin noch von einem zweiten Versorger gesprochen, Kapitän Lovatt!«

Lovatt wandte den Kopf hin und her, als könne er etwas hören – oder jemanden hören. »Söldner. Der Krieg weckt unseren Hunger auf alles.« Er schwieg, als das Tuch sanft über seine Stirn fuhr. »Ich konnte meinen Männern keinen Grund angeben, für den zu sterben sich lohnt. Es war eine Geste. Der endgültige Betrug!« Zum ersten Mal schien er Avery zu bemerken. »Wer ist das? Ein Spion? Ein Zeuge?«

O'Beirne wollte sich erheben, um einzugreifen, aber Adam schüttelte den Kopf.

»George Avery ist ein Freund.«

»Gut!« Lovatt schloß die Augen, und O'Beirne zeigte schnell auf eine zweite Schüssel. In ihr lag ein zusammengefalteter Verband, blutgetränkt.

Avery bemerkte eine Blutspur in seinem Mundwinkel, die jetzt wie ein dünner roter Faden über das aschfarbene Kinn lief. Der Junge tupfte sie weg, so konzentriert wie damals, als er dem Kommandanten Wein eingeschenkt hatte.

»Danke, Paul. Tut mir wirklich leid . . .«

Avery hatte viele Männer leiden sehen, hatte selber große Schmerzen ausgestanden. Und doch fragte er sich grimmig, warum der Tod so häßlich sein mußte, so würdelos. Schmerzen, Leiden, Erniedrigung. Ein Mann, der einst Hoffnungen gehegt und geliebt hatte, hatte verloren.

»Wo liegt das Land, Kapitän?« Diesmal klang die Frage drängender.

Leise antwortete Adam: »Wir stehen nordöstlich von Bona und laufen in Richtung West bei Süd.«

Die Augen fanden Adam und hielten ihn fest. »Sie werden ihn in Sicherheit bringen, Kapitän?«

»Ich werde alles tun, was ich kann.« Er zögerte. *Um was ging es?* »Mein Wort darauf, Kapitän Lovatt!«

Lovatt ließ den Kopf zurücksinken und starrte nach oben auf die weiß gepönte Decke. Plötzlich entdeckte Adam Furcht im Gesicht des Jungen, der sicher annahm, daß Lovatt jetzt tot war.

Adam durfte nicht aufgeben, er konnte es nicht. »Es waren noch zwei Fregatten im Hafen.« Er wiederholte die Frage und merkte, daß die braunen Augen wieder schärfer blickten.

»Zwei. Habe ich Ihnen das nicht gesagt?« Lovatt schaute auf Napier und versuchte zu lächeln. »Ganz die Mutter, weißt du. Ganz wie sie.«

Adam lehnte sich über das Gestell, haßte das alles, die Verzweiflung, den Schmerz, die Ergebung. Den Gestank des Todes.

»Werden sie segeln?« fragte er entschlossen.

Er spürte O'Beirnes Einspruch, seinen stummen Vorwurf. Avery verhielt sich sehr still, war nur Zeuge. Niemand konnte wissen, was er dachte.

Über ihnen an Deck fiel etwas Dumpfes, man hörte, wie Taljen durch Blöcke gepullt wurden. Die üblichen täglichen Geräusche auf einem Schiff. Und oben waren auch Männer.

Die von mir abhängen. Ich darf nichts darauf geben, was andere denken.

Noch einmal fragte er: »Werden sie segeln?«

»Ja.« Lovatt schien zu nicken. »Also laufen Sie ab, solange Sie es noch können, Kapitän.« Wieder versagte seine Stimme, doch er versuchte es noch einmal. »Aber versprechen Sie mir . . .«

Er stieß einen kurzen Schrei aus, und Blut erstickte die Worte in seiner Kehle. Diesmal hörte das Bluten nicht auf.

O'Beirne zog den Arm des Toten von der Hüfte Napiers und schob den Jungen zur Seite, weil er wußte, daß jetzt jedes Mitgefühl einen bleibenden Eindruck hervorrufen würde.

Adam legte dem Jungen die Hand auf die Schulter.

Napier starrte immer noch auf Lovatts verzerrtes, blutiges Gesicht. Obwohl er ganz ruhig erschien, zitterte er unkontrolliert am ganzen Leib.

Adam sagte: »Lassen Sie den Ersten Offizier kommen!«

Er ließ seine Hand auf Napiers Schulter liegen. *Um seinetwegen oder um meinetwegen?*

O'Beirne sagte: »Meine Leute werden hier saubermachen, Sir!« Er sah den Kapitän an, als habe er etwas ganz Neues an ihm entdeckt. »Wir sollten ihn bald bestatten, meine ich.«

»Sagen Sie's dem Segelmacher. Hatte er Besitztümer?« *Hatte.* Schon war alles Vergangenheit. Er war kein Mensch mehr, nur eine Sache.

Als könne er Gedanken lesen, äußerte O'Beirne ganz direkt: »Es wäre besser, man hätte ihn gleich getötet!«

Galbraith stand in der Kajüte, ernst und Ruhe ausstrahlend.

»Wir werden ihn bei Dämmerungsbeginn bestatten«, sagte Adam.

Avery hörte genau zu, fürchtete, ihm könne etwas entgehen. Um ihn herum waren lauter Seeleute, die den Tod kannten. Und wußten, wie man seine Gefühle verbarg.

Galbraith meldete: »Er hatte nur seinen Säbel, Sir.«

Adam sah ihn an, schaute durch ihn hindurch. *Aber versprechen Sie mir...* Was hatte er sagen wollen? Er drehte sich um und sah gerade in der Tür den Sohn des Toten –

mit offenen, unbewegten Augen. Er starrte auf das Gestell im Bett und könnte das Gesicht des Toten gesehen haben, ehe einer der Matrosen es mit einem Stücken Tuch verdeckt hatte. Und dieser Junge hatte sich bis zuletzt geweigert, zu seinem sterbenden Vater zu kommen. Seine Wut verflog so schnell, wie sie sich entflammt hatte. Der Junge war ganz allein. *So wie ich damals, so wie ich heute.* Ihm war nichts geblieben.

Der Junge drehte sich um und spürte, daß Avery ihn beobachtete. Es blieb viel zu tun. Lovatt hatte es eine letzte Vorstellung genannt. War es mehr?

Der Junge bat: »Ich hätte gern seinen Säbel, *Capitaine*.« Er klang beherrscht und klar, so daß das Französisch seiner Mutter deutlich hörbar war.

Adam bat Napier: »Bring ihn nach vorn zu meinem Bootsführer. Der weiß, was er tun muß«

Dann wandte er sich an den Jungen: »Über den Säbel reden wir später.«

Er trat ans Fenster und sah in den Himmel, spürte um sich herum das Schiff, das keinem anderen glich.

Galbraith meldete sich wieder: »Noch Befehle, Sir?«

Die Rettungsleine in die tägliche Welt, in ihr Leben zurück...

»Segel exerzieren, Mr. Galbraith. Versuchen Sie mal, ob die Toppgasten schneller werden.«

Galbraith lächelte.

»Und morgen sollten wir mal wieder an den Achtzehnpfündern üben, Sir!«

Adam blickte in das Schlafabteil hinüber. Bis auf seine eigene Koje, die er nicht hatte benutzen können, war es jetzt leer. Lovatts Säbel lehnte gegen die hängenden Kleider.

Adam fielen Galbraiths Worte wieder ein.

»Ich glaube nicht, Leigh.« Avery ballte die Faust. Er wußte es also auch schon. »Ich glaube, morgen wird es ernst.«

XI Ein letztes Lebewohl

Galbraith unterdrückte ein Gähnen und ging auf dem Achterdeck nach Luv hinüber. Wieder eine Morgenwache. In ihr wurde das Schiff immer wach und fand zu sich selbst. Es war die Zeit für jeden gestandenen Ersten Offizier, Arbeiten einzuteilen und Fehler im Ablauf von Tagesläufen zu entdecken, ehe sein Kommandant ihn darauf hinwies.

Er spürte Wärme auf seiner Wange. Das Schiff legte sich bei einer plötzlichen Böe leicht über. Der Rudergänger blickte vom flatternden Besansegel hoch auf den Wimpel im Großmast, der jetzt nach Backbord voraus auswehte, und gab dann mit viel Feingefühl dem Winddruck am Ruder nach.

Heute würde es heiß werden, wie auch immer der Wind durchstehen mochte. Die Decks waren zu Beginn der Dämmerung gewaschen worden und jetzt schon fast trokken. Männer des Bootsmanns füllten die Boote jetzt mit Wasser, damit die Nähte zwischen den Planken sich nicht öffneten, wenn die Sonne im Zenith stand. Seine Blicke liefen weiter. Die Hängematten waren sauber gestaut, die Leinen aufgeschossen, um sofort benutzt werden zu können, ohne daß es zu gefährlichen Woolings und langwierigen Verzögerungen kam.

Ein kurzer Blick nach oben zeigte ihm, daß weitere Männer oben schon Leinen und Rigg nach Brüchen oder Schamfielungen absuchten – auch eine der täglichen Routineaufgaben.

Er sah Napier, den Diener, eine bedeckte Schüssel in einer Hand balancierend, nach achtern gehen und erinnerte sich an die Bestattung von Lovatt. Die Leiche war über eine Planke über die Seite geglitten, nachdem der Kommandant ein paar Worte gesprochen hatte. Ein Matrose aus Lovatts Mannschaft hatte dabei den geteerten Hut abgenommen – aus Respekt, aus Schuldgefühl? Das war schwer zu entscheiden. Auch Napier war dabei gewesen, hatte im schwächer werdenden Licht neben Lovatts Sohn gestanden. Als der Leichnam von der Planke ins Wasser glitt, hatte Napier dem Jungen die Hand um die Schulter gelegt.

Galbraith sah eine Böe über die Wellen heranlaufen, Katzenpfoten auf dem Wasser. Aus der Piek wehte die große Nationale aus, und jenseits der nackten Galionsfigur hob sich der Horizont zu einem kleineren Winkel. Westwind. Gibraltar in drei Tagen also, weniger, wenn der Wind zunahm. Er sah, wie ein Seemann auf dem Kanonendeck mit angespannt konzentriertem Gesicht ein Ende spleißte. Jemand, der die Räder der Lafette mit Fett gelabsalt hatte, nahm ihm das Ende aus der Hand. Seine kräftigen, teerfarbenen Finger bewegten sich wie Marlspieker, die beiden grinsten sich an, und die Aufgabe war erledigt. Einer der Gefangenen, der einem der Neulinge beim Lernen der Geheimnisse von Spleißen und Tauwerk half. *Wenn wir doch bloß nicht so unterbesetzt wären.* Ungeduldig schritt er über das schräge Deck. Die halbe Morgenwache lag noch vor ihm, und hundert Dinge waren zu überwachen.

Die Männer im Ausguck hatte ein paar ferne Segel gesichtet, zweifellos Fischer. Wahrscheinlich waren sie ihnen nicht feindlich gesonnen. Was würde geschehen, wenn sie in Gibraltar keine Verstärkung bekämen? Er schaute zum Skylight der Kajüte hinüber und stellte sich Kapitän Bolitho vor, der unten allein mit seinen Gedanken war. Wie immer die Befehle lauteten, die ihm der Vizeadmiral oder irgendein anderer Flaggoffizier gegeben hatte, mußte er sich keine Vorwürfe machen. Sie waren erst vor so kurzer Zeit in Dienst gestellt worden und hatten aus den zusammengewürfelten Männern doch schon eine Mannschaft gemacht, hatten eine Fregatte aus dem feindlichen Hafen geholt und ein Versorgungsschiff als Prise erobert. Wenn die *Tetrarch* bis zum Schluß gekämpft hätte, hätte es auch schiefgehen können. Beide Schiffe hätten zerstört werden können. Doch trotz so vieler gemeinsamer Erfahrungen war der Kommandant immer noch wie ein Fremder für Galbraith. Manchmal platzte er fast vor Begeisterung und Enthusiasmus, und dann war er wieder ganz zurückgezogen, als wolle er niemandem zu nahe treten. Er mußte an Lovatt denken und wie der Kapitän seine ganze Intelligenz eingesetzt hatte, um aus dem sterbenden Mann alle Informationen herauszuholen. Wer war bloß dieser Lovatt? Ein Verräter, würde man wohl sagen. Ein Idealist bestenfalls. Doch als der Kommandant den unglücklichen Mann bestatten ließ, klang sehr viel Mitgefühl in seiner Stimme.

Galbraith hörte Schritte auf den Stufen des Niedergangs, Leutnant Avery erschien und suchte Himmel und See ab.

»Ganze ohne Frühstück?«

Avery trat grinsend neben ihn an den Kompaß. »Ich habe gestern abend zuviel Wein getrunken, dummerweise.« Er sah nach achtern. »War der Kommandant schon oben?«

Galbraith sah ihn prüfend an. Avery schien bedrückt, doch er nahm an, daß es nichts mit dem Wein gestern abend zu tun hatte.

»Ein- oder zweimal. Manchmal glaube ich, er schläft nie.« Und dann: »Kommen Sie, gehen wir zusammen auf und ab. Das ist gut gegen die Nachwehen.«

Sie schritten nebeneinander her. Sie waren beide groß und als Marineoffiziere, die regelmäßig körperliche Übungen machten, kamen sie ohne Schwierigkeiten durch die Wachen und die arbeitenden Männer hindurch und wichen Ringbolzen und Brocktauen ohne Schwierigkeiten aus, die jede Landratte zu Fall gebracht hätten.

Galbraith meinte: »Sie kennen Kapitän Bolitho schon sehr lange, nehme ich an.«

Avery sah ihn nur kurz an: »Ich habe schon vor sehr langer Zeit von ihm gehört. Begegnet sind wir uns nur selten.«

Galbraith hielt an, als ein Fall an seinem Bein vorbeischwang. »Man könnte meinen, die Frauen würden ihm wie wild nachstellen, aber er ist nicht verheiratet.«

Avery dachte an das Mädchen, das sich umgebracht hatte. Er spürte, daß es Galbraith nicht um Gerüchte ging, die er hier und da weitererzählen würde. Er wollte den Kommandanten kennenlernen, wollte ihn verstehen. *Aber nicht mit meiner Hilfe.*

Galbraith ging weiter und spürte, wie wenig Avery bereit war, über das Thema zu reden. Also wechselte er es.

»Was haben Sie vor, wenn dies alles hier vorbei ist?«

Avery zog die Brauen zusammen, weil sein Kopf schmerzte. »Ich gehe an Land. Es gibt hier zu viele Offiziere, die in sehr viel besseren Positionen sind als ich. Ich werde nicht mehr mitmachen.« *Sie sind so einer.*

Galbraith meinte: »Sie haben einen sehr berühmten Onkel, habe ich gehört. Ich an Ihrer Stelle . . .«

Avery stoppte sofort und sah ihn an: »Ich hoffe, dort werden Sie nie stehen, mein Freund.« Er mußte an das Medaillon denken, das der Admiral trug, als er fiel, und das er Adam gegeben hatte. Was würde aus Catherine werden?

Midshipman Fielding meldete: »Der Kapitän kommt, Sir!« Er gab sich große Mühe, nicht wie ein Untergebener zu klingen, der neugierig zugehört hatte.

Galbraith faßte Avery an den Arm. »Ich wollte nicht

rumbohren, George, aber ich muß diesen Mann verstehen. Es geht dabei um uns alle.«

Jetzt lächelte Avery. »Wenn er mal unten in seiner Kajüte ist und die Uniform abgelegt hat, dann fragen Sie ihn einfach als Mann ohne Epauletten. Fragen Sie ihn, das hat mir sein Onkel beigebracht – und noch viel mehr!«

Adam Bolitho kam aus dem Niedergang und nickte dem wachhabenden Gehilfen des Masters zu.

»Sieht wie ein vielversprechender Tag aus, Mr. Woodthorpe.« Er blickt in die voll gebraßten Rahen hoch, in die vollen Segel, die nur gelegentlich mal in der Brise knallten. Er musterte das Schiff wie Galbraith heute morgen, doch mit ganz anderen Augen.

»Wir werden gleich das Großsegel setzen, Mr. Galbraith.« Dann legte er die Hand über die Augen, um sich vor dem spiegelnden Sonnenlicht zu schützen, als er auf den Kompaß blickte. »Laufen Sie einen Strich höher. Das schaffen wir leicht. Steuern Sie West bei Nord.« Er winkte einem Midshipman zu. »Wenn Sie die Krümel von Ihrer Jacke entfernt haben, Mr. Fielding, tragen Sie die Änderungen bitte ins Logbuch ein, und informieren Sie Mr. Cristie!«

Ein Rudergänger grinste seinen Kumpel an. Selbst solche Kleinigkeiten wirkten ansteckend. Er trat an die Reling und preßte seine Hände auf das Holz. Heiß und bereits knochentrocken. Er sah die Boote in ihren Stells und hörte das Wasser klatschen, als die *Unrivalled* tief in ein Wellental tauchte und Schaum über den Bugspriet sprühte.

Wir brauchen Wind, lieber Gott, Wind.

Er sah Matrosen beim Spleißen. Einer, den er nicht kannte, zeigte einem anderen, wie man die Kardeele richtig führte und in Form brachte. Der Mann mußte seinen Blick wohl gespürt haben, denn er schaute sich nach achtern um. Wie loyal war er wohl? Vielleicht war er jemand wie Jago, für den ein Offizier wie der andere war.

Plötzlich fragte Adam: »Haben Sie den Schlüssel zum Tresor, Mr. Galbraith?« Er drehte sich um und sah einen einsamen Vogel bewegungslos über der Besanstenge in der Luft hängen. »Machen Sie davon Gebrauch, für Briefe, Dokumente oder sonstiges.«

Galbraith zögerte einen Augenblick und schüttelte den Kopf. »Davon haben wir nichts, Sir!«

An der Niedergangsluke sah Cristie zum Wimpel im Großmast hoch. Adam ging zu Avery an den Finknetzen, spürte seine Einsamkeit und kannte die Gründe.

»Sie werden im Hochsommer in England ankommen, George, und an Land gehen!«

Avery antwortete nicht. Er hatte an kaum etwas anderes denken können, als die neuen Befehle eingetroffen waren. Er folgte mit seinen Blicken den Arbeitstrupps an Deck, sah, wie sicher und affengleich sich die Toppgasten oben im Rigg bewegten, und roch den fetten Rauch aus der Kombüse. Selbst der war Teil seines Lebens geworden. Wie die Briefe, die er für Allday geschrieben hatte und die Antworten seiner Frau, die er ihm vorgelesen hatte. *Er gehörte dazu.* Er versuchte an London zu denken, an die Admiralität, wo es höfliches Interesse oder deutliches Desinteresse für seine Berichte geben würde. Das war ihm egal, es war das Schlimmste von allem.

Hatte er wirklich in jenem schönen Haus mit der erregenden Susanna Mildmay im Bett gelegen? Die schöne Susanna – schön und treulos.

Adam erkundigte sich: »Kann ich irgend etwas für Sie tun?«

Avery sah ihn an, und Erinnerungen schwebten wie Geister heran und verschwanden wieder.

»Wenn ich nach England komme ...«

Sie starrten nach oben, als die Stimme des Ausgucks in ihre Gedanken schnitt.

»An Deck! Segel an Steuerbord voraus!«

Galbraith rief sofort: »Mr. Bellairs, hoch mit Ihnen, und nehmen Sie das Glas mit.«

Avery lächelte und streckte die Hand aus, als wolle er die Adams schütteln.

»Ich werde an Sie denken.«

Der Rest wurde übertönt durch lautes Getrappel von Füßen und einen weiteren Ruf von oben aus dem Mast.

Leise fügte er hinzu: »Bestimmt!«

Der Augenblick war verflogen.

Midshipman Bellairs war leicht über die Geräusche der See und die flappenden Segel zu hören.

»An Deck. Square-Rigger, Sir!«

Adam kreuzte die Arme und blickte über sein Schiff. Die Vormittagswache war noch nicht angetreten, doch das Deck und die Gangway waren bereits voller Menschen. Dabei war kaum etwas von ihnen zu hören. Einige starrten nach draußen auf die scharfe Kimm, andere sahen auf das Schiff, und wieder andere suchten mit ihren Blicken andere Männer.

Cristie meinte leise: »Also diesmal kein Fischer.«

Adam wartete, spürte die Unsicherheit, den Zweifel. Er sagte: »Eine Fregatte!«

Galbraith schaute nach oben auf die Dwarssaling, als erwarte er von Bellairs eine Bestätigung.

»Sollen wir klar Schiff zum Gefecht machen, Sir?« Seine Stimme war leise.

»Noch nicht.« Adam winkte mit der Hand ab und erinnerte sich an Averys Hoffnungslosigkeit. »Da draußen ist noch einer – irgendwo.« Er sah in Richtung einer niedrigen Wolkenbank. »Sie hatten Zeit genug, sich vorzubereiten. Wir hatten seit Sonnenaufgang die Sonne hinter uns – jeder Blinde konnte uns sehen!«

Galbraith trat näher heran, als wolle er alle anderen ausschließen. »Wir haben auch noch Zeit, Sir!«

Adam schaute ihn fragend an. »Um zu fliehen?«

»Wir werden Probleme haben, gegen zwei zu kämpfen.«

Adam faßte ihn am Arm, der sich so hart gespannt anfühlte, als ob Galbraith einen Hieb erwartet hätte. »Das haben Sie gut gesagt, Leigh. Ich respektiere Ihre Meinung.«

Er konnte sich zwei Schiffe vorstellen, so als seien sie sichtbar, statt Meilen entfernt, erkennbar nur für den Ausguck und Bellairs oben im Mast. Er würde heute etwas lernen. Falls er überlebte.

»Wie viele Männer haben wir außer unseren eigenen an Bord?«

»Fünfundfünfzig – und zwei Verwundete. Ich kann sie alle in Eisen legen lassen, wenn Sie meinen ...«

Was hatte Lovatt gesagt? *Eine Geste, eine verspätete Geste.*

Plötzlich sagte er: »Räumen Sie unten das Schiff, und lassen Sie alle Mann achtern antreten.« Er versuchte ein Lächeln, dem sich sein Mund widersetzte. »Man könnte meinen, sie seien schon alle oben.«

Er ging wieder zum Kompaß hinüber und hörte seine Schritte so laut auf Deck wie damals, als er in Portsmouth vor dem Kriegsgericht gestanden hatte. Das war unendlich lange her. Er hörte unter Deck die Pfeifen schrillen. Ein paar Bummelanten eilten nach oben, um sich zu den anderen zu gesellen, die dicht an dicht bereits an Deck standen.

»Alle Decks geräumt, Sir!«

Adam berührte das Kompaßhäuschen und dachte zurück an den kurzen klaren Augenblick, ehe Lovatt gestorben war.

Ich konnte meinen Männern keinen Grund angeben, für den zu sterben sich lohnt.

Das hätte er selbst in diesem Augenblick auch sagen können.

Adam drehte sich um und trat an die Reling des Achterdecks und blickte nach unten in die Menge von Gesichtern, die ihrerseits alle zu ihm nach oben schauten. Alle anderen hatte er schon gesehen, die Achterdeckswache, den dunklen Leutnant Massie, der für die Kanonen an Bord verantwortlich war. Den jungen Wynter, dessen Vater im Parlament saß. Die beiden Offiziere der Seesoldaten in ihren scharlachroten Uniformjacken hielten sich etwas abseits. Die Midshipmen und die Gehilfen des Masters. Männer, die ihm in den vergangen sechs Monaten sehr vertraut geworden waren.

»Ihr werdet schon wissen, daß westlich von uns zwei Schiffe stehen!«

Es gab schnelle, unsichere Blicke, die sich sofort änderten, als Bellairs von oben mit heller Stimme meldete: »Zweites Schiff, Steuerbord voraus. Square Rigger, Sir!«

»Die beiden sind nicht zufällig dort. Sie haben die Absicht, uns in ein Gefecht zu verwickeln und die *Unrivalled* zu erobern oder zu zerstören.«

Er sah, wie mancher sich nach den schwarzen Achtzehnpfündern umschaute und sich vielleicht schon die Chancen ausrechnete, wenn man gleichzeitig zwei Fregatten bekämpfte. Die erfahrenen Leute würden von Wahnsinn reden. Vom Wind auf die Seite gedrückt, würde man brutale Kraft einsetzen müssen, um in Luv die Kanonen wieder durch die Pforten zu bekommen, nachdem sie abgefeuert worden waren.

»Der Krieg gegen Napoleon ist wahrscheinlich schon längst beendet. Man wird uns das wohl bald offiziell mitteilen, hoffe ich.«

Er sah, wie Stranace, der alte Stückführer, säuerlich lächelte. Mehr blieb ihm nicht, aber das reichte.

Adam deutete auf die leere See. »Diese Schiffe dort werden keinen Vertrag akzeptieren, kein Stück Papier anerkennen, das alte Männer in den Regierungen unterzeichnet haben. Sie stehen jetzt schon außerhalb jedes Gesetzes.« Er ließ seinen Arm sinken und und erinnerte sich an Lovatts Worte. *Im Krieg sind wir alle Landsknechte.* Dann legte er beide Hände auf die Reling und sagte entschlossen: »Heute brauche ich eingeübte Männer.«

Er bemerkte, wie ein paar von *Unrivalleds* Männern die Neuen anschauten, die vom Schicksal zwischen sie geworfen worden waren. Keiner hatte die Tage vergessen, die ja noch nicht so lange zurücklagen, als die verhaßten Preßtrupps sie genauso brutal ergriffen und auf Schiffe des Königs geworfen hatten.

»Ich kann euch nichts versprechen. Aber ich kann euch die Gelegenheit geben, neu anzufangen. Wenn wir heute verlieren, liegt unser Schicksal in den Händen des Feindes. Es wird ein schreckliches Schicksal sein. Wenn wir gewinnen, gibt es die Chance der Freiheit.« Er dachte an Avery und fügte hinzu: »In England. Ihr habt mein Wort.« Das hatte er auch Lovatt gesagt.

Galbraith deutete auf jemanden. »Ja? Rede, Mann!«

Ein Seemann, wie er in jedem Hafen und auf jedem Schiff zu finden war, fragte: »Und wenn wir nicht mitmachen, Kapitän? Und auf unseren Rechten beharren?«

Knurrende Zustimmung ertönte.

»Rechte?« Adam schlug auf den Lauf des Neunpfünders an seinem Knie. »Reden wir von Rechten, wenn die hier schweigen, oder?«

Er nickte Galbraith zu. Das war ein Fehler gewesen. Der Schuß war nach hinten losgegangen. Galbraith trat neben ihn an die Reling.

»Weggetreten!«

Die Stille war körperlich zu spüren. Sie lastete. Es war schlimmer, als wenn Adam nicht zu den Männern gesprochen hätte.

Dann hörte er den großen Bootsmann Partridge rufen, als sei alles ganz normale Tagesroutine: »Also, ihr Kerle da drüben. Ein bißchen schneller. Creagh, schreib ihre Namen auf, wenn du noch weißt, wie man das tut!«

Und dann lachte jemand.

Adam wandte sich den Männern wieder zu. Die Menge teilte sich in Gruppen, schob sich hin und her, und dazwischen blitzten die blau-weißen Uniformen der Unteroffiziere, die die Situation schnell wieder unter Kontrolle hatten. Adam versuchte sich zu erinnern, wie viele Galbraith genannt hatte. Mehr als fünfzig, keine Armee, aber die Anzahl konnte entscheidend sein. Es waren Männer, die um den größten Teil ihres Lebens betrogen worden waren, die man belogen und schlecht behandelt hatte. Und die sich entschieden hatten, daß die Treue gegenüber Flagge oder Vaterland nichts bedeutete, der verläßliche Freund aber alles.

Galbraith stand jetzt wieder neben Adam. »Das hätte ich nie geglaubt, Sir.« Er zögerte. »Sagen Sie's mir! Wie haben Sie das bloß geschafft?«

Adam sah den Mann an, der ihm laut diese Frage gestellt hatte. Ihre Blicke trafen sich kurz im Wirbel und Durcheinander der Unteroffiziere. Der Mann hob die Schultern. Resignierend? Oder konnte man sich jetzt auf ihn verlassen?

»Vielleicht habe ich ihrem Leben einen Sinn gegeben«, sagte er leise.

Er spürte, wie Schaum seine Wange streifte. Der Wind nahm weiter zu. Das war ihre Chance. Doch er hörte immer noch Lovatts spöttisches Lachen.

Er drehte sich auf dem Absatz um und sagte: »Jetzt können Sie klar Schiff zum Gefecht machen lassen, Mr. Galbraith.« Er sah, wie Napier ihn von der Winsch her beobachtete. »Hol bitte meine Jacke, und meinen Säbel auch.«

Aber da stand Jago schon neben ihm, hielt ihm den Säbel lässig, ja gänzlich ungerührt hin. »Hier, Sir!«

Adam breitete die Arme aus und spürte, wie Jago den Säbel einhenkte. War dies auch nur eine Täuschung?

Jago trat zurück. »Sie sind vielleicht Abschaum, Sir. Aber Sie werden kämpfen. Die kennen nichts anderes, genau wie ich!«

In diesem Augenblick rollten die Trommeln ihr Stakkato und forderten »Klar Schiff zum Gefecht«.

Adam starrte auf das Wasser, bis sein Blick sich trübte. Er fühlte keine Furcht, wenn er überhaupt etwas fühlte, dann war es Stolz.

Adam Bolitho strich sich eine lose Haarsträhne aus der Stirn und nutzte seinen Ärmel als Schutz vor dem Blitzen der unruhigen See, das der zunehmende Wind noch verstärkte.

Von vorn war ein Glasen zu hören. Midshipman Fielding schien wie aus tiefen Gedanken aufzutauchen und drehte das Glas um, ehe jemand ihn schelten konnte.

So kurze Zeit war erst vergangen, seit dem ersten Anzeichen einer Gefahr, zwei Stunden, eher weniger. Er erinnerte sich mit Schwierigkeiten, doch im Logbuch würde alles notiert sein. Er fuhr sich mit der Zunge über die trockenen Lippen. Für die Nachwelt.

Das Schiff hatte sich in dieser kurzen Zeit verändert. Klar Schiff zum Gefecht bedeutete, daß die *Unrivalled* nackt schien wie die Männer an den Kanonen, die ihre Hemden ausgezogen hatten. Ihre Halstücher hatten sie behalten, um ihre Ohren vor dem Lärm der Kanonen zu schützen. Das Großsegel und das Besansegel waren wie alle Stagsegel weggerefft worden, so daß das Deck offen und verletzbar erschien. Unter Mars- und Bramsegeln machte die *Unrivalled* unter der locker aufgetuchten Fock gute Fahrt durchs Wasser. Gischt wehte immer wieder über Bug und Vorschiff. Netze waren gerigt worden, die die Mannschaften an den Kanonen vor fallenden Masttrümmern schützen sollten. Adam musterte das alles wie eine Herausforderung, den Unterschied zwischen Sieg und Niederlage. Und dann die Boote. Er mußte seinen Platz in Luv nicht verlassen, um die Bootsstells zu sehen. Jedes Boot war leer geöst worden und dampfte in der Sonnenhitze.

Es war immer ein schlimmer Augenblick, wenn man die Boote zu Wasser und vor einem Seeanker treiben ließ, bis der Sieger sie einsammelte. Selbst alte Seeleute gewöhnten sich nie daran. Die Boote waren die letzte Hoffnung zu überleben. Adam hatte genau gesehen, wie man Partridge und seine Männer beobachtete, die die Taljen klar machten, um die Boote anzuheben und auszuschwingen und zu Wasser zu lassen. Und sie aufzugeben.

Aber Adam hatte fürchterliche Verletzungen gesehen, wenn Kugeln Boote an Deck zerfetzten und die Splitter wie Rasiermesser ins Fleisch schnitten. Dies war die letzte Aufgabe.

Er nahm ein Teleskop aus dem Stell und blickte durch die Netze hindurch. Es war nun kein Verdacht mehr, kein Fleck auf der Kimm, sondern brutale Realität. Der Feind.

Zwei Schiffe. Fregatten. Ihre Umrisse überschnitten sich, als klebten sie zusammen, eine übliche Täuschung. Sie waren noch ungefähr fünf Meilen entfernt. Man konnte jedes Segel erkennen. Sie waren so dicht gebraßt, daß sie fast längsschiff standen. Vielleicht war das nur wieder so ein Trick, aber jeder Kommandant hatte sicher seine Schwierigkeiten, sein Schiff so hoch am Wind zu halten, so dicht, wie es ein erfahrener Schiffsführer nur schaffte.

Wer waren die beiden? Auf was hofften sie heute, außer auf den Sieg? Vielleicht war es doch besser, seinen Feind nicht zu kennen, ihm nicht ins Gesicht zu schauen? Man könnte sich selber dort wiederfinden . . .

Adam sah über das Deck. Jeder war auf seinem Posten. Die Seesoldaten standen hinter den dicht gestauten Hängematten, am Rad warteten Ersatzleute, Leutnant Wynter mit der Achterdeckswache, sein Midshipman Homey dicht neben sich. Cristie und seine ältester Gehilfe beobachteten alles wie Avery, der die Arme vor der Brust gekreuzt hielt und den Hut gegen das Sonnenlicht tief in die Stirn gezogen hatte. So hatte er sicher viele Male gestanden ...

Adam wandte sich ab. »Also nun, Mr. Galbraith, Boote los!«

Er sah, wie Männer von den Kanonen weg und auf die Boote blickten. Dieser Augenblick war der schlimmste, ganz besonders für die Neulinge.

Galbraith kehrte aufs Achterdeck zurück und wartete darauf, daß das Loch im Netz wieder geschlossen wurde. Den treibenden Booten achteraus warf er keinen Blick nach.

»Wenn ich einen Vorschlag machen dürfte, Sir!«

Adam sagte: »Ich weiß. Meine Jacke. Die macht Ihnen Kummer.«

»Sie überraschen mich, Sir. Jeder Scharfschütze wird alles dransetzen, den Kommandanten zu treffen. Das wissen Sie doch gut genug!«

Adam lächelte, berührt von seiner Sorge, die so ehrlich war wie der Mann selber.

»Der Feind weiß, daß die *Unrivalled* einen Kommandanten hat, Leigh. Ich möchte, daß unsere Männer es auch wissen.«

Wieder hob er das Glas. Die zweite, achtere Fregatte hatte ein Signal gesetzt, zwei Flaggen, sonst nichts. Ein privates Zeichen vielleicht? Es könnte auch eine Kriegslist sein, die ihm ein drittes Schiff vortäuschte. Er erinnerte sich an Francis Inch, den Ersten Offizier der *Hyperion*. Der hatte seinen Midshipmen immer eingebleut, daß ein

Kommandant im Zweikampf mit einem Gegner außerhalb der gewaltigen Schlachtlinie ebenso oft dank Täuschungen überlebte wie dank seiner eigenen Gewandtheit.

Adam dachte nach. Zwei Fregatten, keine so mächtig wie die *Unrivalled,* aber wenn sie kämpferisch und entschlossen geführt wurden, waren sie bedrohlich.

Wie zu sich selbst sagte er: »Sie werden versuchen, unsere Kräfte aufzusplittern. Sagen Sie Mr. Massie, er soll persönlich jede Kanone ausrichten, egal mit welcher Seite wir beginnen. Die ersten Schüsse entscheiden alles.« Er machte eine Pause und wiederholte: »Sie müssen alles entscheiden.«

Adam schritt von einer Seite des Decks zur anderen und hörte Galbraith, der Massie den Befehl zurief. Wenn die *Unrivalled* vor den beiden Schiffen weglief, würden sie den Windvorteil haben. Er stellte sich die Gegner vor wie kleine Modelle auf einer Karte. Von hintereinander zu nebeneinander hatten sie keine Wahl. Und wollten sie wohl auch nicht haben.

Er hörte die Gischt über die Leereling klatschen und dachte: *Nein, Kapitän Lovatt, nicht weglaufen.*

Als Galbraith zurückkam, fand er den Kommandanten am Kompaß, Jacke und Hemd im heißen Wind aufgeknöpft. Von dem Druck, den er früher gespürt hatte, war jetzt nichts mehr erkennbar. Wieder mußte er an die Frau denken, über die Avery so ganz und gar nicht reden wollte. Was war bloß vorgefallen? Was würde sie denken, wenn sie ihn jetzt sähe, an diesem glänzend hellen, tödlichen Morgen?

Adam befahl: »Lassen Sie laden. Einzelne Kugeln an Backbord, doppelte an Steuerbord. Aber noch nicht ausrennen. Beim nächsten Glasen ändern wir den Kurs und steuern Südwest.« Er mußte fast lächeln. »Das hatten die Feinde auch vor, nehme ich an. Ein fröhliche Verfolgungsjagd mit achterlichem Wind, ohne große Gefahr für sie. Und wenn alles schiefgeht, können sie immer noch hoffen, uns an der afrikanischen Küste auf Grund laufen zu lassen. Was meinen Sie?«

Galbraith blickte zum knatternden Wimpel hoch. »Das leuchtet ein, Sir.« Doch er schien Zweifel zu haben, war zumindest überrascht.

Adam erklärte: »Wir luven im entscheidenden Augenblick an und beharken den Nächststehenden. Sagen Sie Massie, daß jede Kugel treffen muß.«

»Das habe ich ihm schon gesagt, Sir!«

Aber Adam hörte nicht zu. Er hatte die Lage genau vor Augen. »Wir müssen es gleich packen, eine zweite Chance haben wir nicht. Also alle überflüssigen Männer unter Deck. Wir sind unterbemannt, wie Sie wissen. Und die da wissen es auch.«

Galbraith sah, wie Adam sich umdrehte und ungeduldig seinem Diener Napier zuwinkte.

»Komm mal her!«

Napier eilte hinüber, an grimmig dreinschauenden Matrosen und Seeleuten vorbei, ein Entermesser im Gürtel. Seine Schritte knallten auf dem sonnengedörrten Deck und ließen ein paar Männer an einem Neunpfünder überrascht grinsen.

Einer meinte laut: »Seht euch das an, Leute. Wir haben nichts mehr zu befürchten. Wir sind in sicheren Händen.«

Freundlich sagte Adam: »Du gehörst nach unten, das weißt du doch.«

Napier sah ihn furchtsam an, beinahe verzweifelt. »Mein Platz ist hier, Sir, neben Ihnen.«

Niemand lachte jetzt mehr, und Cristie blickte zur Seite, weil er sich vielleicht an jemanden erinnerte.

Adam sagte: »Tu, was ich dir sage. Ich weiß, wo du bist. Ich weiß, was ich will.«

Auch Jago hörte die Worte. Er fühlte wieder den Handschlag, dieses seltsame Zusammengehörigkeitsgefühl, das er nie ganz begreifen würde.

Galbraith sah den Jungen zum Niedergang zurückkehren, hoch erhobenen Kopfes, das Entermesser fast über die Planken schleifend.

Adam hob wieder das Glas und erinnerte sich, daß Midshipman Bellairs immer noch als Ausguck im Mast war.

»Machen Sie weiter, Mr. Galbraith. Drehen Sie, und dann lassen Sie sie fliegen.«

Er hob die Hand, und Galbraith wartete und prägte sich jede Bewegung und jedes Wort ein wie ein Kind das liebste Bild aus seinem Buch.

Dann grinste der Kommandant plötzlich. Seine Zähne glänzten im braun gebrannten Gesicht. »Und Kopf hoch, mein Freund. Der Tag wird unser sein!«

Cristie klang heiser, und sein nordenglischer Akzent war noch deutlicher als sonst herauszuhören. »Neuer Kurs liegt an, Sir. Südwest bei Süd.«

Wieder kam ein Krachen über das unruhige Wasser, die zweite Kanone war abgefeuert worden. Adam preßte die Fäuste gegen seine Oberschenkel, zählte die Sekunden und spürte dann, wie die Kugel in den unteren Rumpf der *Unrivalled* einschlug. Er brauchte kein Teleskop. Er hatte den Rauch vor dem nächsten Verfolger gesehen, ehe der Wind ihn verwehte. Der zweite Schuß! Auch er war wie der erste von der Fregatte an Steuerbord achteraus gekommen. Nicht etwa weil die andere Fregatte, auf der anderen Seite fast in der gleichen Position, nicht schießen konnte, sondern weil das Schiff, das zuerst geschossen hatte, Vorrang hatte und vielleicht die besseren Bugkanonen, wie Adam annahm.

Das Schiff, das das kurze Signal gesetzt hatte ... Also kein Trick. Von ihm ging die größte Gefahr aus. Das Heck der *Unrivalled* war verletzbar. Jeder Schuß war gefährlich, wie schlecht gezielt auch immer. Das Ruder, die Steueranlage . . . Adam wollte nicht daran denken.

»Klar zum Wenden, Mr. Galbraith!« Er trat wieder an die Reling und legte die Hand über die Augen.

Zwei Schüsse. Sie waren genug. Mehr konnte er nicht riskieren. Wenn sie lahmte, würde man die *Unrivalled* in Stücke schießen.

Als er sich umdrehte, sah er die forschenden Augen der Männer an den Brocktauen an Steuerbord, deren Kanonen auf die leere See zeigten. Die Mündungspropfen waren entfernt, die Kanonen waren geladen, und die Männer mit Schwamm, Wurmhaken und Rammern warteten schon auf die nächsten Befehle. Ihre Körper glänzten vor Schweiß, als habe ein tropischer Guß sie durchnäßt.

»Klar auf dem Achterdeck!«

Massie würde mit seinen Stückführern jetzt warten. All das Exerzieren . . . jetzt kam es darauf an.

»Ruder nach Lee!«

Füße rutschten über nasse Grätings, als die Rudergänger das Rad herumwirbelten. Mit ihren vollen Toppsegeln reagierte die *Unrivalled* sofort. Ihr Bug bewegte sich noch leichter, als Männer die Vorsegelschoten loswarfen und dem Schiff erlaubten, in den Wind zu drehen und durch den Wind zu laufen. Segel knallten und klatschten wie im Chaos. Und als sich das Deck wieder schräg legte, schien das nächste feindliche Schiff auf die verborgene Breitseite zu zielen.

Das Manöver mußte den feindlichen Kommandanten gänzlich überrascht haben. Aus einer gleichmäßig ungehinderten Verfolgungsjagd war nun dies geworden: Die *Unrivalled* hatte gedreht, zeigte ihre volle Breitseite, und keine der eigenen Kanonen war schon schußbereit.

»Luken auf. Ausrennen.«

Jede Ordnung schien vergessen. Männer fluchten und schrien, als sie an den Tauen schufteten und alle Pforten gefüllt waren und die See nun nicht mehr ohne Ziel war.

Massie ging an den leeren Bootsstells entlang. »Feuer frei!« Er schlug einem Mann auf die verspannte Schulter. »Feuern, wenn Sie das Ziel erfaßt haben.«

Dann wurde jede Leine gerissen. Ein Achtzehnpfünder rollte zurück, wurde aufgefangen, ausgewischt und mit Pulver und Kugel neu geladen.

Adam rief: »Neuer Kurs Nordwest!«

Wieder ertönten Schreie, und er meinte, das splitternde Krachen einer fallenden Rah zu hören. Doch das war unmöglich über dem Stöhnen von Segeln und Rigg und dem letzten Echo einer vollen Breitseite.

Adam legte die Hände als Sprechrohr um den Mund. »In der Aufwärtsbewegung, Feuer!«

Die Breitseite war nicht vollständig, denn einige Kanonen waren noch nicht ausgerannt. Doch er sah drüben das Eisen einschlagen, Schanzwerk und Planken zerstören. Zerschmetterte Rahen und Männer wurden wie Abfall über Bord geworfen.

So hätte es uns auch ergehen können.

Galbraith rief laut: »Die andere hält auf uns zu, Sir!«

Die zweite Fregatte schien ganz nah, ragte an Backbord gewaltig hoch über das Heck, drohend im harten Sonnenlicht. Adam konnte auf dem Großsegel sogar die Flicken erkennen und das drohende Schwert der einst so stolzen Galionsfigur. Er zuckte, als weitere Kugeln in den Rumpf schlugen, fühlte das Deck unter seinen Füßen rucken und hörte das mörderische Brechen, als eine Kugel ins Hüttendeck jagte. Der Bugspriet des Gegners war jetzt schon fast über das Backbordheck hinaus. Adam wedelte sich den Qualm aus dem Gesicht und sah auf der anderen Seite einen Mann fallen. Sein Schrei war im Brüllen einer einsamen Kanone nicht zu hören.

Wieder gab er Cristie ein Handzeichen. »Jetzt!«

Wieder wirbelte das Rad, doch einer der Rudergänger lag in seinem Blut. Die *Unrivalled* drehte sich nur einen Strich, so daß es schien, als wolle das andere Schiff durch ihr Heck hindurchsegeln. Der Bugspriet stand über den Finknetzen, Männer feuerten und durch den drehenden Rauch hindurch sah Adam vage Gestalten, die über Bug und Bugspriet des anderen Schiffes schwärmten. Entermesser glänzten schwach im Rauch der Kanonen.

Sie werden uns entern. Das klang wie eine fremde Stimme.

»Mr. Galbraith, lassen Sie die Männer von unten kommen!« Wenn das jetzt schiefging . . .

Er verwarf den Gedanken und zog seinen eigenen Säbel, erkannte Avery neben sich und Jago einen Schritt vor ihnen, eine kurze Hiebwaffe in der Faust.

Adam hob den Segel. »Zu mir, *Unrivalled*!«

Das andere Schiff war gut bewaffnet. Er erinnerte sich, wie er es bewundert, es beneidet hatte. Außer ihren beiden Batterien von Achtzehnpfündern hatten sie acht Karronaden, Zweiunddreißigpfünder. Zwei von ihnen waren fast genau unter seinen Füßen.

Midshipman Homey rutschte aus und fiel auf die Knie, dann traf ihn eine schwere Kugel im Kopf, als er gerade wieder aufstehen wollte. Fleisch, Blut und Knochensplitter spritzten auf Adams Kniehose. Die Karronaden brüllten gemeinsam auf, rollten zurück und jagten die Geschosse, gefüllt mit Schrapnell und gezacktem Eisen, aufs feindliche Vordeck.

Avery drehte sich um, starrte ihn an, winkte mit dem Säbel und rief etwas. Aber sein Blick bewegte sich nicht mehr, und er fiel mit dem Gesicht voraus, als die Menge der Enternden an ihm vorbei auf das andere Deck stürmte.

Zögern half nichts. Zu viele hingen von ihm ab. Nur

einen Augenblick sah Adam auf den Mann herab, der ein Freund seines Onkels gewesen war.

Jago zog ihn am Arm. »Kommen Sie, Sir. Die Schufte fliehen!«

Ein Traum, ein Alptraum. Bilder verzweifelter Brutalität, jedes Mitleid war vergessen. Männer fielen und starben. Andere ließen sich zwischen die beiden Rümpfe fallen, der einzige Ausweg. Ein Gesicht war über der brüllenden, kämpfenden Menge zu erkennen.

Campbell, der harte Bursche, winkte mit einer Flagge und schrie: »Die Flagge, sie haben die Flagge gestrichen.«

Um ihn herum waren jetzt andere Gesichter. Adam wurde klar, daß er wie Avery gefallen war und auf dem Deck lag. Er suchte nach seinem Säbel. Midshipman Bellairs hielt ihn. Er war ihm sicher aus der Hand geschlagen worden.

Und dann erreichte ihn der Schmerz, ein brennender Schmerz, der ihm die Luft aus den Lungen preßte. Er griff sich an die Schenkel, an den Leib. Es war überall. Eine Hand packte sein Gelenk. Es war O'Beirne, und da begriff er, daß er auf dem Kanonendeck der *Unrivalled* lag. Er mußte das Bewußtsein verloren haben und fühlte Panik.

Er sagte: »Sie gehören ins Zwischendeck, zu den Verwundeten, nicht hierher, Mann!«

O'Beirne nickte grimmig. Sein Gesicht verwandelte sich wie schmelzendes Wachs. Dann war Jago dran. Er hatte Adams Kniehosen vorn aufgerissen und hielt etwas in das trübe Licht. Kein Blut, keine klaffende Wunde. Es war die Uhr, die er immer in der Tasche über der Hüfte trug. Eine Kugel hatte sie fast in zwei Hälften zerlegt.

Wieder verlor er die Kontrolle. Der Laden in Halifax. Die vielen wie im Chor schlagenden Uhren. Die kleine Meermaid . . .

Jago sagte nur: »Lieber Gott, haben Sie Glück gehabt, Sir!« Er wollte es auf seine übliche Art herunterspielen. Aber diesmal fehlte ihm die Leichtigkeit. Er sagte schließlich nur: »Augenblick mal.«

Männer jubelten, umarmten sich, die Seesoldaten trieben Gefangene zusammen. Es gab viel zu tun, die Prise mußte gesichert, die Verwundeten versorgt werden. Adam holte Luft, als ihn jemand anheben wollte. Und Avery. Avery ...

Ich muß es Catherine sagen. Ein Brief. Und das Medaillon.

Dann stand er wieder auf den Beinen und starrte auf die Flagge, um ganz sicherzugehen. Doch er konnte nur an die kleine Meermaid denken. Vielleicht war das ihr letzter Gruß an ihn gewesen.

Und dann verlor er das Bewußtsein.

XII   Nachwehen

Wie ein Käfer, der es nicht eilig hat, aber seinen Weg kennt, wurde die Gig der *Unrivalled* ruhig und gleichmäßig um die vielen Schiffe herum und an ihnen vorbei gepullt, die im Schatten Gibraltars vor Anker lagen.

Die Männer spürten Stolz und Triumph, der seinen Höhepunkt erreichte, als sie in die Bucht einliefen – mit einer Prise im Schlepp und einer zweiten in der Händen ihres Prisenkommandos. Für die Angehörigen der Flotte, die unter jahrelangen Entbehrungen und Verlusten gelitten hatten, war dieser Augenblick etwas, das auch sie feiern konnten. Sie standen auf den Rahen und jubelten. Von Land her hatten Boote sie in einer inoffiziellen Prozession begleitet, bis die Anker fielen und wieder Ordnung und Disziplin herrschten.

Der Krieg war nun endlich vorbei. Endgültig vorbei. Das mußte man erst einmal begreifen. Napoleon, der einst unbesiegbar erschien, hatte sich ergeben und sich Kapitän Frederick Maitland in Basque Roads auf seiner alten *Bellerophon* unterstellt, um nach Plymouth gebracht zu werden.

Der Hafenoffizier, der auf die *Unrivalled* gekommen war, sobald die Anker gefallen waren, meinte nur: »Als Sie noch kämpften und die beiden Fregatten aufbrachten, hatten wir schon Frieden!«

Adam hatte nur kurz geantwortet: »Das macht keinen Unterschied!«

Er mußte an die Männer denken, die in dem kurzen, heißen Gefecht gefallen waren. Und an die Briefe, die er geschrieben hatte. An die Eltern von Midshipman Thomas Homey, der gefallen war, als die zweite Fregatte ihr

Achterschiff unter Feuer nahm. Vierzehn Jahre alt war er geworden, sein Leben hatte noch nicht einmal begonnen.

Dann der Brief an Catherine, ein langes und schwieriges Schreiben. Noch immer sah er Averys entsetzten, unbeweglichen Blick wie eine offene Frage.

Midshipman Bellairs saß hinter ihm, neben Jago, der das Ruder in der Hand hielt.

»Das Flaggschiff, Sir!«

Adam nickte. Er war ein kalkuliertes Risiko eingegangen und hatte gewonnen. Die Alternativen zu betrachten war witzlos. Die *Unrivalled* hätte es auch anders treffen können, sie hätte zurückgedrückt werden können, als sie durch den Wind gehen wollte. Die beiden Gegner hätten die Verwirrung nützen und *Unrivalleds* Heck unter Feuer nehmen können. Jede einzelne Breitseite wäre dann durch das ganze Schiff gejagt und hätte es zu einem Schlachthaus gemacht.

Der Schiffsarzt, der sonst selten um Worte verlegen war, wurde ungewöhnlich schweigsam. Vielleicht hatte Adam etwas gesagt, als er wieder bewußtlos wurde, das die Verzweiflung verriet, die ihn so lange bedrückt hatte.

O'Beirne meinte nur: »Sie haben Glück, Kapitän. Einen Zoll weiter, und die Damen hätten keine Freude mehr an Ihnen haben können.«

Er blickte jetzt auf und sah das Flaggschiff hoch über sie ragen. Der Bugmann der Gig stand schon mit dem Bootshaken da und bereitete sich auf das anstrengende Hochklettern vor. Er maß die gewaltige, einfallende Spantenkurve, die »Stufen«, die sie nach oben zu erklimmen hatten und hörte Jago sagen: »Alles im Griff, Sir!«

Adam schaute ihn an und erinnerte sich an sein Gesicht, als er ihm die Kniehose aufgerissen hatte, um sich um die Wunde zu kümmern. Das Gehirn und das Blut des armen Homey hatten alles schlimmer aussehen lassen, als es wirklich war.

Er griff nach dem Handlauf und preßte die Zähne zusammen, als er den ersten Schritt machte.

Eine unbekannte Stimme rief: »Kapitän kommt an Bord. Achtung! Pfeifen!«

Adam stieg Stufe um Stufe nach oben, und jede Bewegung war wie ein Stich in den Schenkel.

Die Pfeifen schrillten, und als sein Kopf über dem Geländer erschien, sah er die rotberockten Seesoldaten angetreten und das scheinbar unendliche, pieksaubere Deck des Flaggschiffs.

Die Wache präsentierte das Gewehr, und das Gegenstück zu Hauptmann Bosanquet ließ blitzend seinen Säbel sinken. Der Flaggkapitän trat vor und begrüßte ihn. Adam riß sich zusammen. Pym, ja, so hieß er. Der Schmerz kam wieder, trieb seinen Tort mit ihm.

»Willkommen an Bord, Kapitän Bolitho. Ihre neuen Erfolge haben uns alle neidisch werden lassen.« Er sah ihn jetzt forschend an. »Ich hörte, Sie sind verletzt worden!«

Adam lächelte. Es war sehr lange her, daß er das getan hatte. »Nur eine vorübergehende Behinderung, Sir, kein bleibender Schaden.«

Sie gingen zusammen in den Schatten des Achterdecks, das im Gegensatz zu dem der *Unrivalled* so gewaltig erschien. Adam ließ seine Gedanken frei laufen. Verglich das Deck mit dem der *Anemone*.

Der Flaggkapitän hielt an. »Konteradmiral Marlow ist immer noch mit Ihrem Bericht befaßt. Ihre weiteren Meldungen habe ich einem Kurier übergeben, der heute nachmittag ausläuft. Wenn es sonst noch etwas gibt, was ich für Sie tun kann, solange Sie hier sind, müssen Sie es nur sagen.« Er zögerte kurz. »Konteradmiral Marlow ist neu auf dem Posten. Er nimmt die Sachen noch immer gern selber in die Hand.«

Das war so gut wie eine Vorwarnung. Ein Kapitän stieg zum Flaggoffizier auf. Da hatte er oft bemerkt, daß der Neue keinem traute.

Konteradmiral Marlow stand mit dem Rücken vor dem hohen Heckfenster mit den Händen unter den Rockschößen, als habe er schon lange so gewartet. Ein klares, kluges Gesicht, jünger als Adam erwartet hatte.

»Schön, daß ich Sie endlich kennenlerne, Bolitho. Nehmen Sie Platz. Ich glaube, Sie trinken Wein.« Er bewegte sich nicht und bot ihm auch nicht die Hand.

Adam nahm Platz. Er war erschöpft und müde und sicherlich voreingenommen. Doch selbst der Stuhl schien ihm geschickt plaziert. Er stand so, daß Marlows Profil nur als Silhouette vor dem Fenster mit dem sich brechenden Sonnenlicht wahrgenommen werden konnte.

Zwei Diener bewegten sich lautlos in der anderen Hälfte des Raums und vermieden es sorgfältig, den Gast anzuschauen.

»Ich habe Ihren Bericht gelesen«, sagte Marlow. »Sie hatten Glück, daß Sie sofort den stärkeren der beiden erwischten, oder? Selbst dann, wie Perfektionisten meinen könnten, wenn Sie mit keinem mehr im Krieg waren.« Er lächelte. »Aber ich bezweifle, daß der Dey von Algiers, sich für die Leute einsetzt, die ihn im Stich gelassen haben.« Er blickte kurz zu seinem Flaggoffizier hinüber und meinte dann: »Was Ihren Wunsch angeht in bezug auf den Sohn des verdammten Überläufers – ich denke, dagegen habe ich nichts. Es ist eine unbedeutende Sache.«

Pym unterbrach ihn sanft. »Außerdem hat Kapitän Bolitho angeboten, alle Kosten für die Passage des Jungen zu tragen, Sir.«

»Richtig, ja.« Er winkte dem nächststehenden Diener. »Ein Glas?«

Adam war froh, daß er endlich wieder seine Peilung nehmen konnte. »Und die Prisen, Sir?«

Marlow musterte sein Glas überaus genau. »Ach ja, die Prisen. Angesichts der neuen Situation Frankreichs ist ihre Lage vielleicht auch eine andere. Manchmal hört man, daß Kommandanten von Fregatten Prisen nehmen, um neuen Ruhm zu erkaufen. Diese Einstellung habe ich nie teilen können.«

Adam merkte, daß das Glas leer war und antwortete ganz direkt: »Der Dey von Algiers hatte drei Fregatten, Sir. Sie wären eine ständige Bedrohung für die Schiffahrt gewesen, wenn jetzt der Handel wieder ungehindert läuft. Diese Drohung haben wir beseitigt. Das hat etwas gekostet. Ich halte das alles nur für fair.«

Geschickt wechselte Kapitän Pym das Thema. »Wie lange werden Sie für Ihre Reparaturen brauchen?«

Adam sah ihn an, lächelte dünn. »Wir haben nach dem Kampf schon einiges getan.« Er dachte nach, sah das zerschossene Rigg, die hinkenden Verwundeten, die beschwerten Leinwandbündel, die über die Seite glitten. »Eine Woche.«

Marlow hob die Hand. »Geben Sie ihm bitte jede Hilfe.« Dann deutete er auf den Tisch. »Die Meldung von der Admiralität! Wo ist die?«

Adam entspannte sich langsam. Da lag der wahre Grund für seinen Besuch. Man wollte ihn weder kreuzigen noch loben. Das war Bethunes Sache. Marlow hatte noch nicht einmal die Gefangenen erwähnt, mit denen er die Lücken in den Reihen der Mannschaft der *Unrivalled* gefüllt hatte.

»Sie haben den Auftrag, auf dem Weg nach Malta Passagiere mitzunehmen. Sir Lewis Bazeley und seine Begleiter, wichtige Leute, denke ich. Der Befehl erklärt alles weitere.«

Schnell warf Kapitän Pym ein: »Wegen der Korsaren oder anderer Verräter ist nur ein Kriegsschiff das geeignete Gefährt.« Er lächelte knapp. »Ihr eigener Kampf gegen die Übermacht hat das ja bewiesen. Ich bin sicher, Vize-admiral Bethune hätte Sie auch ausgewählt, wenn man ihn gefragt hätte.«

Adam glaubte, zurücklächeln zu können. Er begriff, warum Pym Flaggkapitän war.

»Noch irgend was?« Marlow sah ihn an. »Stellen Sie jetzt Ihre Fragen!«

»Ich habe einen Midshipman namens Bellairs, Sir. Er macht bald sein Leutnantexamen. Aber ich möchte ihn bis dahin gern als diensttuenden Leutnant führen und ihn entsprechend besolden. Er hat sich bisher ganz hervorragend gemacht!«

So überrascht hatte er Marlow noch nicht erlebt und Pym ihn auch nicht, wie man sah.

»Bellairs? Hat er Familie? Verbindungen?«

»Er ist mein dienstältester Midshipman, Sir. Nur das ist für mich entscheidend.«

Marlow schien irgendwie enttäuscht. »Machen Sie, was Sie für richtig halten.« Er wandte sich ab. Entließ ihn. »Ach ja, viel Glück weiterhin, Kapitän Bolitho!«

Die Tür fiel hinter ihm zu.

Pym grinste breit. »Das war ziemlich erfrischend. Über-lassen Sie alles weitere mir!«

Er grinste immer noch, als die Pfeifen schrillten und Adam in das wartende Boot hinabstieg.

»Vorne los. Riemen an. Zugleich!«

Bellairs beobachtete stehend das vorbeigleitende Boot eines Händlers. Er würde den Mann zurechtweisen, wenn er zu nahe käme.

Adam meinte: »Ach übrigens, Mr. Bellairs, Sie werden bald versetzt...«

Bellairs vergaß, was seine Aufgabe in der Gig des Kom-mandanten war. »Aber Sir, versetzt? Ich hatte gehofft...«

Adam sah Jagos Gesicht hinter der Schulter des Mid-shipman.

»In die Offiziersmesse!«

Es war nur eine Kleinigkeit, mehr nicht. Aber sie schien sich sehr zu lohnen.

Catherine, Lady Somervell, rutschte auf ihrem Sitz ein wenig zur Seite und verschob ihren breitrandigen Strohhut so, daß er ihre Augen vor der Sonne schützte. Die Fenster waren fast gänzlich geschlossen, es war heiß, und ihr Kleid fühlte sich auf der Haut feucht an.

Die City von London hatte in ihrem Leben nie eine bedeutende Rolle gespielt, und doch war sie in den letzten paar Monaten häufiger hier gewesen. Die Stadt wirbelte vor Leben. Die Kutsche hätte offen sein sollen, doch man mußte ständig auf Diskretion achten. Ihr schien auch, daß der Kutscher nie denselben Weg benutzte. Heute, wie schon bei früheren Ausfahrten, war die Kutsche nicht gekennzeichnet, ebenso wie damals das Gefährt, das Sillitoe für den Weg zur Trauerfeier in der St.-Pauls's-Kathedrale genommen hatte. Auch heute morgen hatte Catherine die Kathedrale wieder gesehen. Sie dominierte ihre Umgebung wie an jenem Tag, den Catherine nie vergessen konnte und auf den sie nie verzichten wollte.

Sie sah aus dem Fenster. Die Kutsche bewegte sich langsamer auf der enger werdenden Straße. Büros mit grauen Fassaden ... Eins hatte Sillitoe besucht zu einer Besprechung mit einem Schiffsmakler. Catherine hatte man in einem anderen Raum höflich bewirtet.

Sie entdeckte Stände mit Obst und Blumen, jemand hielt irgendwo eine Rede, und jemand anders zog Leute an mit einem spielenden und turnenden Äffchen.

Sie fuhren jetzt zu Sillitoes Haus in Chiswick zurück. Er hatte sich ihr nie aufgedrängt, doch er bot ihr immer seine Hilfe an, seine Begleitung oder seine Hilfe bei Entscheidungen, die ihre unmittelbare Zukunft betrafen.

Er saß ihr gegenüber und runzelte leicht die Stirn, als er

einen zweiten Stapel Papier durchblätterte. Immer beschäftigte er sich mit irgend etwas, sein Verstand ruhte nie. So auch bei ihrem letzten Besuch bei Sir Wilfred Lafargue in »Lincolns Inn«. Lafargue war ein berühmter Anwalt, doch als er und Sillitoe zusammensaßen, glichen sie eher Verschwörern als einem Anwalt mit seinem Klienten.

Sie mußte an den Brief denken, den sie von Kapitän James Tyacke bekommen hatte. Es war ein kurzer, emotionsloser Bericht, warum die Heirat mit der Frau, die er einst geliebt hatte, unmöglich geworden war. Das machte sie traurig, doch sie verstand seine Gründe und seine Gefühle, die er sonst nie enthüllte. Dieser Mann war ganz in sich zurückgezogen, ja fast menschenscheu, wenn er gezwungen wurde, die Welt zu verlassen, die er ganz und gar begriff. Sie war stolz darauf, ihn ihren Freund zu nennen, so wie er Sir Richards Freund gewesen war. Vielleicht bot die See ihm die einzige Lösung, doch ein Fluchtort würde sie nie sein, durfte sie nie sein.

Sie spürte wie Sillitoe sie ansah, so wie er das oft tat, wenn er meinte, sie merkte es nicht.

»Ich muß nach Spanien.« Er sagte das ruhig, so wie er meistens sprach und doch irgendwie anders. Diese Stimmung hatte sie vorher noch nie gespürt und auch nicht geahnt.

»Sie haben das angedeutet!«

Er lächelte. »Und ich habe gefragt, ob Sie mitkommen würden.«

»Und ich habe Ihnen geantwortet, daß meinetwegen schon zu viel Schaden angerichtet wurde. Sie wissen, wie recht ich habe!«

Sie wandte ihren Blick ab, um einer vorüberfahrenden Kutsche mit den Augen zu folgen, doch in der staubigen Fensterscheibe spiegelte sich nur ihr Gesicht.

Sillitoe hatte großen Einfluß in der Politik und im Handel, doch Generalinspekteur war er nicht mehr. Der

Prinzregent war für seine Untreue zwar stadtbekannt, doch er fürchtete offenbar, daß ihm als zukünftigem König eine Beziehung seines Beraters und Vertrauten zur Hure des Admirals nur schaden könnte. Sie spürte die alte vertraute Bitterkeit. Den Männern, die die Macht hatten, vergab man ihre Geliebten oder homosexuellen Freunde, solange sie nicht in aller Öffentlichkeit zu erkennen waren.

Sie hatte Sillitoe selten wütend gesehen. Doch vor einer Woche war im Globe eine Karikatur erschienen. Die hatte sie nackt gezeigt, am Hafen stehend und auf Schiffe schauend. Die Unterzeile lautete: »Wer wird der nächste sein?«

Man hatte sich entschuldigt. Jemand war entlassen worden. Aber was änderte das? Haß, Neid und Mißgunst blieben.

Vielleicht hatten sogar die Höflinge des Prinzen dabei ihre Hand im Spiel.

Sie erinnerte sich an das, was ihr Lafargue in bezug auf Belinda, Lady Bolitho geraten hatte: *Unterschätzen Sie niemals die Wut einer ungeliebten Frau!*

Sillitoe sagte jetzt: »Sie brauchen Sicherheit, Catherine, und Schutz. Ich kann Ihnen beides bieten. Meine Gefühle für Sie sind unverändert.«

Er schaute sich um, runzelte die Stirn über eine Lücke zwischen zwei Gebäuden, in der der Fluß sichtbar wurde: Masten und lose flatternde Segel, Ankunft und Abschied, Matrosen aus allen Teilen der Erde. Catherine fragte sich, ob der Kutscher, der London wie seine Westentasche kannte, wohl den Befehl bekommen hatte, auch Schiffen und Matrosen auszuweichen.

Wieder schaute sie zu ihm hinüber. Sein Gesicht schien gespannt, seine Gedanken beschäftigten sich vermutlich mit etwas, das ihn bedrückte.

Er sagte: »Sie könnten in meinem Haus bleiben. Niemand und nichts würde sie behelligen, mein Stab würde dafür sorgen.« Das hatte er auch schon gesagt, als jemand das Wort »Hure« in die Tür ihres Hauses in Chelsea geritzt hatte.

Abrupt meinte er: »Gefahr besteht immer. Das weiß ich selber gut genug.«

»Und was würden die Leute sagen?«

Er antwortete nicht direkt, doch seine Augen im Schatten schienen ruhiger. »Wenn Sie mit nach Spanien kommen, werden Sie wieder zu sich selber finden. Ich muß zuerst nach Vigo, mit ein paar Leuten reden, und dann weiter nach Madrid.« Er legte die Papiere zur Seite und beugte sich vor. »Sie mögen Spanien, Sie sprechen die Sprache. Sie würden mir sehr helfen.« Er ergriff ihre Hand. »Ich wäre als Mann sehr stolz.«

Sie entzog ihm die Hand sanft und sagte: »Ihnen kann man schwer etwas abschlagen. Aber ich muß an das bißchen Zukunft denken, das ich noch habe.«

Sie hörte, wie der Kutscher wieder mal den Pferden schnalzte, eine Gewohnheit, der er immer dann verfiel, wenn sie dem Haus in Chiswick nahe waren. Die Fahrt war gleich vorbei, sie mußte handeln, etwas sagen. Sillitoe hatte so viel für sie getan und ihr so sehr in den Turbulenzen nach Richards Tod geholfen.

Eine zweite Kutsche stand in der Auffahrt. Also hatte er geahnt, daß sie ablehnen würde. Die Kutsche wartete, um sie nach Chelsea zu bringen. Das Haus war einsam ohne Melwyn, ihre Begleiterin, die sie für kurze Zeit nach St. Austell geschickt hatte, damit sie ihrer Mutter bei einer Hochzeit auf dem Lande helfen konnte. Die Menschen würden spüren, wie das Mädchen sich verändert hatte. Sie war sicherer geworden, fast stolz. *So wie ich in dem Alter auch.*

Catherine bemerkte Sillitoes Ausdruck. Er war hellwach, schien etwas zu ahnen, ehe er seine gewohnte Ruhe wieder zeigte. Sie folgte seinem Blick, spürte, wie es ihr kalt den Rücken hinunter lief. Die Kutschentür zeigte den unklaren Anker der Admiralität, und neben dem Gefährt stand ein Marineoffizier, der sich mit Sillitoes Sekretär unterhielt.

Wie so oft. Nachrichten, Befehle, Briefe von Richard. Und immer war dabei die Furcht gewesen.

»Was liegt an?«

Er wartete, bis ein Diener herbeigeeilt war und ihr die Tür öffnete. Später meinte sie, er wollte auf diese Weise nur Zeit gewinnen.

Er sagte: »Ich werde Sie nicht aufhalten. Es scheint so, als braucht man mich in der Admiralität noch.«

Doch seine Augen sagten etwas ganz anderes. Marlow begleitete sie ins Haus und führte sie in die Bibliothek, in der sie schon so oft auf Sillitoe gewartet hatte.

»Stimmt irgend etwas nicht?«

Der Sekretär murmelte: »Ich fürchte, ja, Mylady!« verschwand und schloß die Tür.

Sie hörte Stimmen und Hufgetrappel. Der Besuch war verschwunden, ohne sich Zeit zu nehmen. Sillitoe selber trank wenig, aber er wußte, wen er damit willkommen heißen konnte. Er betrat die Bibliothek und sah sie stumm an.

Und dann rief er, ohne den Kopf zu wenden: »Cognac, bitte.«

Dann ging er quer durch den Raum auf sie zu und nahm ohne Erregung ihre Hand. »Die Nachricht ist gerade per Telegraph aus Portsmouth gekommen. Eine unserer Fregatten ist in ein Gefecht mit zwei Piraten verstrickt worden.«

Ohne es zu hören, wußte sie, es war die *Unrivalled.* Und daß das noch nicht alles war.

Sillitoe sagte: »Leutnant George Avery, mein Neffe und Adjutant von Sir Richard, ist gefallen.« Er schwieg einen Augenblick. »Kapitän Bolitho wurde verwundet, aber nicht schwer.«

Sie blickte an ihm vorbei, sah die Bäume, den dunstigen Himmel. Der Fluß. Nein, der Krieg war noch nicht vorbei. Napoleon war zwar gefangen und wurde jetzt sicherlich zu irgendeinem fernen Verbannungsort gebracht. Doch obwohl zu Ende, war der Krieg nicht vorbei. Der Krieg war hier gegenwärtig, hier in dieser Bibliothek.

Sillitoe sagte: »George Avery war auch Ihr Freund.« Und dann klang er plötzlich bitter. »Ich habe nie die Zeit gefunden, ihn kennenzulernen.« Er starrte aus dem Fenster. »Ich erinnere mich. Hier hat er sich verabschiedet, um sich Sir Richard anzuschließen. Ich wollte, daß er hierblieb. Ich glaube, er hatte mit mir nur Mitleid.« Seine Handbewegung schien vage und locker und ganz untypisch für ihn. »Für all das hier – denn am meisten galt ihm Freundschaft.«

Die Tür ging auf, Guthrie stellte ein Tablett mit dem Cognac auf den Tisch und schaute Catherine an. Sie schüttelte den Kopf, und die Tür fiel wieder zu.

Sillitoe nahm ein Glas und setzte sich auf einen der unbequemen Stühle.

»Er war auf dem Weg nach Hause, verdammt noch mal. Wir brauchten uns beide. Dafür haben wir schließlich gekämpft.«

Sie schaute sich um und spürte die Stille, als hielte das große Haus den Atem an.

Adam war in Sicherheit. Er würde sicher, so bald er konnte, schreiben. Und jetzt war er wieder auf See, dem einzigen Ort, den er kannte, in einem Element, auf das er sich verlassen konnte. Wie James Tyacke.

Sie schritt an Sillitoe vorbei, und plötzlich wurde ihr alles deutlich. Die bekannte Erregung war seltsam unpersönlich. Sie legte ihm die Hand auf die Schulter, und er wendete den Kopf, sah auf ihre Hand, dann auf sie.

So war es immer, sie war ohne Gegenwehr.

Dann sagte sie: »So gut ist mein Spanisch nicht mehr,

Paul.« Das Licht blitzte wieder in seinen Augen, und sie zuckte nicht, als er ihre beiden Hände küßte. »Ja, vielleicht können wir beide uns wieder finden.«

Er erhob sich und drückte sie fest gegen sich. Er sagte nichts. Es bedurfte keiner Worte.

Schließlich hörte man ein leises Klopfen an der Tür.

Marlows Stimme klang wie aus einer fernen Welt. »Kann ich noch etwas für Sie tun, Mylord?«

Sie antwortete an seiner Stelle: »Sagen Sie William, er soll ausspannen. Er wird heute nicht mehr gebraucht.«

Nun war es also soweit.

Bryan Ferguson kam eilends in die Küche und knallte die Tür fast hinter sich zu.

Er sah seinen Freund auf dem Stuhl sitzen, den er immer wählte, wenn er zu Besuch kam. Vor ihm stand die vertraute irdene Flasche.

»Tut mir leid, daß ich dich so lange warten ließ. Ich bin im Augenblick kein guter Gesellschafter.« Er schüttelte den Kopf, als Allday ihm die Flasche hinschob.

»Ich glaube nicht, John. Lady Belinda wird nicht viel von Dienern halten, die einen Schluck trinken.«

Al sah ihn nachdenklich an. »Hat sie sich sehr verändert?«

Ferguson trat ans Fenster und sah auf den Hof vor dem Stall und dachte über die Frage nach. Die Kutsche war schick wie damals, und der junge Matthew sprach mit einem Kutscher. Er lächelte traurig. Der junge Matthew war der älteste Kutscher des Bolitho-Haushalts. Er hatte leicht zugenommen und ging etwas nach vorn gebeugt. Aber er war immer der junge Matthew geblieben, auch nach dem Tod seines Vaters.

Er sagte: »Ja, mehr als ich es für möglich gehalten hätte.« Das fiel ihm schwer und klang wie Verrat.

Allday äußerte, was ihn bewegte. »Groß und mächtig. Ich dachte es mir, als ich sie zuletzt sah!«

Ferguson sagte: »Sie geht von Zimmer zu Zimmer mit diesem verdammten Anwalt. Schreibt sich was auf, stellt Fragen und behandelt meine Grace wie eine Küchenmagd. Das verstehe ich alles nicht.«

Allday trank ein Schlückchen Rum. Der war wenigstens in Ordnung. »Ich weiß noch, daß Lady Bolitho die bezahlte Begleiterin der Frau von irgendsoeinem blutdurstigen Richter war. Sie sah vielleicht aus wie die Frau von Sir Richard, aber das war auch alles. Mehr ist dazu nicht zu sagen.«

Ferguson hatte nur halb zu gehört. »Als ob das hier ihr Eigentum wäre!«

Allday meinte: »Der junge Kapitän Adam ist nicht da, Bryan, also streiten sich nur die Anwälte. Und für die bedeutet das hier gar nichts!«

Ferguson griff sich an den leeren Ärmel, wie immer, wenn er sich aufregte, ohne es zu merken. »Sie hat nach dem Säbel gefragt.« Jetzt hielt ihn nichts mehr. »Als ich ihr sagte, daß Lady Catherine ihn Kapitän Adam gegeben hatte, wie es Sir Richard verfügt hatte, da sagte sie nur, dazu hätte Catherine kein Recht.« Er sah seinen ältesten Freund an. »Wer hätte dazu wohl mehr das Recht? Verdammt noch mal, ich wünschte Lady Catherine wäre hier bei uns, wo sie hingehört.«

Allday wartete ab. Es war schlimmer als erwartet, schlimmer als ihm Unis vorhergesagt hatte. »Sie hat richtig gehandelt und ist weg geblieben, während das hier geschieht. Das weißt du selber am besten. Wie würde es aussehen und was würden die Leute sagen? Sie ist die Frau eines Seemanns und hat eben auch ihren Stolz. Du weißt doch, wie es Lady Hamilton erging. Von all den Versprechungen und all dem Lächeln blieb nichts übrig. Lady Catherine ist keine von der Art. Ich weiß das, ich habe sie nach dem Schiffbruch im Boot gesehen und oft genug sonst, wenn sie und Sir Richard lachend zusammen waren. Genau wie du. So was werden wir so leicht nicht wieder sehen, glaub mir!«

Wieder griff sich Ferguson an den leeren Ärmel. »Die schien zu glauben, ich würde hier meine Aufgaben nicht mehr erledigen können. So hörte sich das jedenfalls an. Verdammt noch mal, John, was anderes habe ich doch nicht gelernt!«

»Es ist alles genau festgelegt. Deine Stellung hier ist sicher. Sir Richard hat dafür gesorgt wie bei allen anderen.« Er schaute plötzlich zur Seite. »Nur nicht für sich selbst. Möge er in Frieden ruhen!«

Ferguson saß am Tisch. Sir Richard hatte ihn immer »meine Eiche« genannt, und plötzlich begriff Ferguson warum und war dankbar dafür.

Ruhiger meinte er dann: »Und dann ist sie auch in das große Zimmer gegangen, ihr Zimmer.« Er deutete zum Haus hinüber. »Sie sagte dem Anwalt, das Bild von Sir Richard sollte mit all den anderen von der Familie nach unten gebracht werden. Die von Cheney und Catherine könnten ihretwegen ganz entfernt werden.«

»Bleibt sie über Nacht?« wollte Allday wissen.

»Nein. In Plymouth. Bei Vizeadmiral Keen.«

Allday nickte verständnisvoll, in seinem zottigen Haar brach sich Sonnenlicht. Ihm machten die Besuche hier Freude. Hier ist meine Familie, hatte er immer gesagt, bis das Schicksal ihm Unis beschert hatte und das kleine Gasthaus in Fallowfield.

»Ich hoffe, daß jemand auf Böen achtet!«

Ein Stallbursche schob seinen Kopf durch die Tür, zögerte aber, als er Allday erkannte, der in der Gegend von Falmouth seit der letzten Schlacht von Sir Richard Bolitho zu einer Legende geworden war.

»Was ist, Seth?« wollte Ferguson wissen.

»Sie kommen, Mr. Ferguson.«

Ferguson erhob sich und holte tief Luft. »Ich brauch' nicht lange.«

Allday meinte nur: »Wir haben schon Schlimmeres durchgestanden, vergiß das nicht, Bryan.«

Ferguson stieß die Tür auf und lachte zum erstenmal. »Das ist lange her, mein Lieber!«

Er ging über den Hof, der ihm so vertraut war, daß er jeden Stein selbst im Dunkeln erkannte. Er dachte über Alldays Frage nach. Hatte sie sich sehr verändert? Er sah sie jetzt auf den breiten Stufen, die zum Eingang führten. Sehr elegant in einem roten Kleid. Ein Hut, der sicher in London hochmodern war, beschattete ihr Gesicht. Sie war Ende vierzig und hatte dasselbe herbstfarbene Haar wie die junge Frau, der sie gefolgt war, als Cheney Bolitho bei dem Unfall in der Kutsche zu Tode kam. Eigentlich konnte er immer noch nicht glauben, daß er sie mit seinem einzigen Arm getragen hatte, um Hilfe zu suchen. Dabei waren sie und das ungeborene Kind bereits tot.

Es gehörte zu der unbegreiflichen Ironie des Schicksals, daß Richard Bolitho und seine »Eiche« Belinda sich unter fast den gleichen Umständen nach einem Unfall auf der Landstraße getroffen hatten.

Lady Belinda lächelte nicht, und ihre Lippen waren schmaler als er sich erinnerte. Er mußte daran denken, wie Allday sie beschrieben hatte. *Groß und mächtig.*

Sie sprach jetzt mit ihrem Anwalt, einem aufmerksamen, vogelähnlichen Mann. Grace wartete mit ihrem Schlüsselbund neben ihr.

Ferguson sah ihren Gesichtsausdruck und spürte wieder seinen Ärger aufwallen. Grace war die beste Haushälterin, die man sich nur wünschen konnte. Als Frau hatte sie ihn durch Schmerzen und Niedergeschlagenheit begleitet, nachdem er seinen Arm bei den Saintes verloren hatte. Sie stand da wie ein Nichts.

»Da sind Sie, Ferguson. Ich fahre jetzt. Ich denke, ich komme am Montag wieder, wenn das Wetter es erlaubt.« Lady Belinda schritt über den Hof und hielt an. »Ich würde gern etwas mehr Disziplin unter den Dienern sehen!«

Ihr Augen blickten verächtlich.

Ferguson sagte nur: »Sie verstehen ihre Arbeit und sind verläßlich, Mylady. Leute von hier!«

Sie lachte leise. »Keine Fremden wie ich, soll das wohl heißen. Das finde ich abwegig.«

Er konnte sie sogar riechen. Schwer, anders als er gewohnt war. Er dachte an den feinen Duft von Jasmin in seinem Arbeitszimmer.

»Sind die Pferde zusammen mit dem anderen Vieh gezählt?«

Ferguson sah, wie sie den nahen Stall beäugte, in dem Tamara, die Stute, ihren Kopf im warmen Sonnenlicht schüttelte.

Er sagte: »Das war ein Geschenk von Sir Richard!«

Sie berührte sanft seinen Arm. »Das weiß ich wohl. Also braucht sie ein bißchen Bewegung.«

Ferguson spürte plötzlich, daß er genauso verletzt aussehen mußte wie Grace.

»Nein, Mylady, sie wurde regelmäßig bewegt, bis . . .«

Sie lächelte wieder, hatte perfekte Zähne. »Das klingt irgendwie komisch, meinen Sie nicht auch.« Sie schaute ungeduldig auf die Kutsche. »Vielleicht werde ich am Montag mit ihr ausreiten.« Wieder blickte sie auf das Haus, auf die Fenster, die zur See hinaus lagen. »Ich nehme an, Sie haben einen passenden Sattel.«

Ferguson spürte, daß es ihr Freude machte, ihn so von oben herab zu behandeln.

»Ich kann einen besorgen, wenn Sie vorhaben . . .«

Sie nickte langsam. »Die hat also wie ein Mann im Sattel gesessen. Sieh mal an. Wie passend!«

Sie drehte sich abrupt um. Man half ihr in die Kutsche. Alle sahen ihr nach, bis sie auf der schmalen Straße verschwunden war, und dann gingen sie in ihr Haus zurück.

Ferguson sagte: »Ich bring' John gleich nach Fallowfield zurück.«

Grace packte ihn am Arm und drehte ihn zu sich. Sie hatte sein Gesicht beobachtet, als sie in dem Zimmer mit den drei Porträts und dem Bett des Admirals gestanden hatten. Lady Belinda hatte Cheneys Porträt schon einmal entfernt. Catherine hatte es wieder gefunden und es herrichten und aufhängen lassen. Bryan war rundum ein guter Mann, aber Frauen würde er nie verstehen, vor allem die Belindas dieser Welt nicht. Catherine würde für Belinda immer eine Feindin bleiben, aber Cheneys Liebe könnte sie niemals erobern.

Allday wollte sich erheben, als sie eintraten, aber Grace winkte ihm zu, sitzen zu bleiben.

»War's schlimm?« wollte er wissen.

Ferguson meinte nur knapp: »Wir haben hier nichts mehr mitzureden, soviel ist sicher.«

Grace stellte ein weiteres Glas auf den Tisch. »Hier, mein Lieber. Das hast du verdient.« Sie schaute auf den leeren Herd. In einer Ecke hatte sich eine Katze zusammengerollt. Heimat. Hier war ihr Alles, etwas anderes besaßen sie nicht.

Es war, als liefe die Zeit rückwärts. Wieder der junge Kapitän Bolitho . . . Das konnte doch sicher niemand zerstören.

Sanft und entschlossen sagte sie: »Ich muß abschließen gehen.« Sie blickte beide an, eher traurig als wütend über die Hochnäsigkeit dieser Frau. »Gott wird sich darum kümmern. Ich werde mit ihm reden.«

Tom, der Küstenwächter, fand die Leiche. Vor einem Jahr hätte er sie schneller entdeckt. Er saß locker im Sattel, das

Kinn ins Halstuch gedrückt, und war nur halb bei der Sache. Wie sein Pferd kannte er auf diesem Pfad an dieser wilden Küste jeden Stein und hatte sich längst an alles gewöhnt. Sein junger Begleiter hinter ihm gab sich Mühe, ihn nicht zu stören oder ihn mit unnötigen Fragen und Beobachtungen aufzuschrecken. Er war ein guter Kerl, zwar noch unerfahren, doch eines Tages würde er einen guten Küstenwächter abgeben. Tom dachte daran, daß der Jüngere ihn nächste Woche ablösen würde. Das war schwer zu akzeptieren, obwohl er seit langem auf den Tag genau wußte, wann sein Dienst enden würde. Man hatte ihm schon eine Stelle bei der Post in Truro angeboten. Nach all dem, was er bei diesen einsamen und oft auch gefährlichen Ritten erlebt hatte, würde das alles für ihn neu sein, und sicher würden ihm alle Reize fehlen.

Er hatte mitbekommen, was alles in dem alten grauen Haus geschah, in dem seit Generationen Bolithos lebten. Anwälte, Schreiber, Beamte – alle aus London, lauter Fremde. Was wußten sie über den Mann und die Erinnerungen an ihn? Tom war am Hafen dabeigewesen, als die Nachricht vom Tod des Admirals eintraf. Er war in der Kirche zum Gedenkgottesdienst, als die Flaggen halbmast wehten und der junge Kapitän Adam Bolitho neben Lady Somervell Platz genommen hatte. Er mußte daran denken, wie oft er sie an dieser wilden Küste getroffen hatte, reitend oder spazierend oder nur nach dem Schiff ausschauend. Sir Richards Schiff, das nun nie wieder kommen würde.

Zuerst hatte er geglaubt, der Farbfleck, der sich in der Brise vor der Bucht von Falmouth manchmal leicht bewegte, sei Lady Catherine. Schließlich war dort einer ihrer Lieblingsorte.

Er mußte daran denken, wie sie ihn in die kleine Bucht unter Trystans Leap begleitet hatte und den zerschmetterten kleinen Leib des Mädchens aufgehoben hatte, das Zenoria hieß.

Er sprang aus dem Sattel und lief die letzten paar Schritte den Abhang hinunter, wo der alte zerbrochene Wall halb unter Sträuchern und wilden Rosen verborgen stand.

Da hatte er Tamara entdeckt, ein vertrauter Anblick auf seinen einsamen Ritten hoch über dem Meer.

Es war nicht Catherine Somervell. Er hatte seine Hand in das Kleid der Lady geschoben, sie über ihre Brust gelegt und meinte, ihre Augen verfolgten ihn durch den Schleier. Aber ihr Herz bewegte sich nicht mehr – wie ihre Augen.

Er hätte es eigentlich ahnen müssen. Die Lage ihres Kopfes verriet ihm jetzt einiges, ebenso wie die Reitpeitsche am Bändsel über ihrer Faust in den Lederhandschuhen. Die blutigen Spuren auf den Flanken des Pferdes verrieten den Rest.

Tamara würde alles wissen. Sie wäre selbst, wenn sie geschlagen worden wäre, nie über die alte Mauer gesprungen. Sie hätte etwas geahnt ...

»Was ist los, Tom?«

Er hatte seinen Begleiter ganz und gar vergessen. Er schaute hoch auf den dunklen Umriß des Hauses, das eben über den Hügeln zu erkennen war.

»Hol Hilfe, ich bleibe hier.« Er sah auf den Damensattel, der verrutscht war, als die Frau abgeworfen wurde.

»Das muß manches aushalten.« Er meinte das Haus.

Aber sein Begleiter ritt schon den Abhang hinab. Und außer dem Wind, der aus der Bucht wehte, war hier nichts mehr zu hören.

XIII   Neid

Acht Tage nach der Ankunft in Gibraltar war die *Unrivalled* erkennbar wieder auslaufbereit. Pym, Flaggoffizier des Konteradmirals, hatte sein Versprechen gehalten und alles getan, damit die Reparaturen schnell ausgeführt und die Teile des Riggs ersetzt wurden, die nicht mehr zu reparieren waren.

Doch noch etwas hatte sich verändert. Adam Bolitho hatte es schon am ersten Tag nach der Ankunft gespürt. Die Männer zeigten sich steifnackig und schienen voller Ablehnung, falls jemand meinte, die *Unrivalled* könne sich nicht selber helfen und brauche Unterstützung von anderen.

Einige Verwundete, die man in bequemere Quartiere an Land gebracht hatte, waren an Bord zurückgekehrt und wollten helfen. Sie waren nicht willens, sich von denen trennen zu lassen, deren Gesichter und Stimmen sie kannten.

Adam hatte gehofft, er könne ankerauf gehen und Segel setzen, ohne von dem Passagier behindert zu werden, den Konteradmiral Marlow erwähnt hatte. Die schriftlichen Befehle hatten wenig erklärt, nur die nötige Eile und Sicherheit verlangt.

Pym sagte: »Also keine Gefechte, Bolitho.«

Seltsamerweise konnte der Dritte Offizier, Daniel Wynter, weitere Informationen liefern. Sir Lewis Bazeley war in den politischen Kreisen gut bekannt, die Wynters Vater frequentierte. Er war ein entschlossener Geschäftsmann, der weitgehend für die Entwicklung und den Bau der Verteidigungsanlagen verantwortlich war, die die Südküste Englands von Plymouth bis zum Nore schützen sollten, als eine Invasion Napoleons unmittelbar vor der Tür zu stehen schien. Dafür hatte man ihn geadelt, und es hieß, er werde jetzt nach Malta versetzt, dessen Verteidigungsanlagen praktisch unverändert geblieben waren, seit man dort die ersten Kanonen aufgestellt hatte. Falls es irgendwo noch Zweifel an der Rolle Maltas gegeben hatte, waren die inzwischen zerstreut. Seine Festung beherrschte die Enge des Mittelmeers und war damit der Schlüssel für Gibraltar und den Nahen Osten.

Doch Adams Hoffnungen wurden zerschlagen, als die *Cumberland,* ein gewaltiger Ostindienfahrer in Gibraltar einlief. Er war gestern bei Galbraith gewesen, als sie vor Anker ging. Wie die meisten Fahrzeuge der Ostindischen Companie war sie schwer bewaffnet und ohne Zweifel auch hervorragend bemannt. Die Ostindische Companie zahlte gute Gehälter und bot Seeleuten und Marineoffizieren darüber hinaus noch andere finanzielle Anreize. Adams Meinung entsprach den Ansichten der meisten Marineoffiziere. Hätte man so viel Geld und so viel Sorgfalt auf die Marine des Königs verwandt, hätte der Krieg in der Hälfte der Zeit beendet werden können.

Es sollte keinerlei Zeremonien geben, hatte man ihm bedeutet. Der große Mann würde auf die Fregatte übersetzen mit ihren spartanischen Bequemlichkeiten, und die würde sofort ankerauf gehen.

Je früher desto besser, hoffte Adam.

Er war morgens auf dem Flaggschiff gewesen, wo Pym ihm zum Aussehen seines Schiffes gratulierte und zu der Schnelligkeit, mit der die Narben des Gefechts verdeckt, wenn nicht sogar entfernt worden waren. Teer, Farbe und Poliermittel konnten Wunder wirken. Adam war stolz auf die Männer, die das erreicht hatten.

Die schwere Prellung an seiner Hüfte hatte nicht viel Ruhe zum Ausheilen gefunden. Und der Schmerz kam immer gern dann wieder, wenn er all seine Energie und Geduld brauchte.

Noch größere und tiefer reichende Freude empfand er über zwanzig und mehr Seeleute, die sich ganz überraschend gemeldet hatten, um an Bord zu bleiben, nachdem er versprochen hatte, er würde alles für die tun, die auf der *Unrivalled* bleiben und kämpfen wollten. Galbraith war überhaupt nicht überrascht gewesen. Er meinte nur, alle hätten sich in die Mannschaftsliste eintragen lassen sollen, ohne lange nachzudenken. Im Gefecht waren zehn dieser Leute gefallen oder verwundet worden.

Adam fragte sich, was Lovatt wohl getan hätte.

In seinem Bericht an die Admiralität hatte er geschrieben: »*Ich habe ihnen mein Wort gegeben. Ohne sie wäre mein Schiff verloren gewesen.*«

Die Worte würden dort einige Spinnweben wegblasen. Er fragte sich auch, was Bethune an seiner Stelle getan haben würde. Ein Mann, der zwei Rollen ausfüllen mußte. Eine als junger Kapitän, in der er bekannt geworden war. Und die andere, die er jetzt hatte.

Die Gig der *Unrivalled* machte einen großen Bogen, als sie vom Flaggschiff zurückkehrte. Adam lehnte sich vor, seine Augen waren im gleißenden Licht zu Schlitzen verengt. So studierte er den Trimm und die Linien seines Schiffes. Er war jeden Tag um das Schiff gerudert worden, um sicherzugehen, daß die zusätzliche Ladung, auch nicht das Verlegen von Pulver und Kugeln innerhalb des Rumpfes und ihre Beweglichkeit insgesamt einschränkte. Er mußte lächeln. Also hatte er doch wieder ein Gefecht im Sinn.

Er erinnerte sich an die laute Feier, mit der Bethune in der Messe aufgenommen worden war. Es war die richtige Entscheidung gewesen, Bethune hatte alles von einem guten Offizier an sich. Er dachte an die Fragen des Konteradmirals. *Hat er Familie? Hat er Verbindungen?* Es gab genügend ältere Offiziere, die genauso wie Marlow dachten, wenn es um Beförderungen ging. Er erinnerte sich an einen erfahrenen Kapitän, der ganz offen zugab, warum er zögerte, Männer aus der Mannschaft zu Offizieren zu machen.

»Sie erreichen damit nur«, hatte er beharrt, »daß Sie einen guten Mann verlieren und einen schlechten Offizier gewinnen.«

Midshipman Fielding saß an der Pinne, Adam nahm an, weil Galbraith es so entschieden hatte. Homey, der gefallene Midshipman, war sein bester Freund gewesen. Eine gute Wahl also aus zwei Gründen.

Fielding meldete: »Da liegt ein Boot längsseits, Sir!«

Sir Lewis Bazeley und seine Begleiter waren angekommen. Keine Zeremonien, hatte Marlow gesagt.

»Beenden Sie die Runde ums Schiff, Mr. Fielding, ich bin noch nicht fertig«, sagte Adam.

Jago beobachtete, wie Fielding sich an der Pinne zu schaffen machte, doch seine Gedanken waren ganz woanders – bei dem Tag, als man den Sohn des toten Lovatt hatte rufen lassen. Er war noch ein Knabe, der auf eine lange Reise ging, zu Leuten, die ihn in Kent liebevoll aufnehmen würden. Jago hatte gehört, wie der Kommandant seinem Schreiber einen Brief diktierte. Alle Kosten wurden aus Adam Bolithos eigener Tasche beglichen. Es hatte ein Gefecht auf See gegeben, und Männer waren gefallen. Das war so und würde so bleiben, solange Schiffe auf den sieben Meeren fuhren und Männer verrückt genug waren, auf ihnen Dienst zu tun. Lovatt war gestorben, aber auch der Flaggleutnant, der Adams Onkel gedient hatte. Und der junge Homey, der für einen jungen Herrn kein schlechter Kerl gewesen war. Er dachte an den anderen. Sandell. San-*dell*. Um den Scheißkerl hätte niemand eine Träne vergossen.

Er schaute jetzt zum Kommandanten und erinnerte sich an dessen Gesichtsausdruck, als er ihm die Kniehose aufgerissen hatte – mit Knochenresten und Blutspritzern des toten Midshipman an seinen Händen. Und dann die Überraschung, als er die zerschmetterte Uhr fand, Stücke zerbrochenen Glases wie blutige Dornen. Warum war das eine Überraschung? *Fang ich an, weich zu werden?*

Jetzt legte ihm der Kapitän die Hand auf den Arm. »Gehen Sie längsseits.«

Sie schaute beide hoch, als der Bugspriet wie eine Lanze über ihrem Kopf erschien und die schöne Galionsfigur, die zu stolz war, ihnen auch nur einen Blick zu schenken. Er galt fernen Horizonten.

Er hörte ihn sagen: »Sieht ganz gut aus, nicht?«

Aber Jago konnte nur an den kleinen Sohn Lovatts denken. Er trug den Säbel seines Vater unterm Arm und hielt nur einmal an, um dem Diener Napier die Hand zu geben, der ihn in der Kabine versorgt hatte.

Jago war damals wütend geworden. Dem Mann, der seinem Vater hatte helfen wollen, galt nicht einmal ein Blick. Ihm selber auch nicht.

Er sah jetzt auf die beiden Prisen hinüber. Ja, die hatten sie beide zusammen aufgebracht...

Adam beobachtete den Ostindienfahrer, der schon wieder Segel setzte. Die Rahen waren voller Männer. Er fragte sich, was Catherine wohl gedacht haben mochte, als sie mit solch einem Schiff Malta verlassen hatte.

Midshipman Fielding räusperte sich laut: »Bugmann!«

Das Empfangskommando war bereits angetreten. Der Kapitän kam an Bord. Adam spannte sein Bein an und spürte wieder Schmerzen. Vom Deck des Ostindienfahrers beobachteten sicher zahllose reiche Passagiere die kleine Zeremonie, die gerade wieder auf einem Schiff seiner Majestät ablief.

»Riemen auf!«

Jago zuckte, als der Bugmann sich vorstreckte, um den Aufprall zu dämpfen. Er würde es sicher noch lernen. Er sah, wie der Kommandant nach dem ersten Halt griff und spürte, wie sich seine eigenen Muskeln angesichts der Unsicherheit aus Mitgefühl anspannten.

Dann drehte der Kapitän sich um und sah grinsend nach unten. Jago mußte dabei an den Tag denken, als sie vor dem Angriff auf Washington eine ganze Batterie in die Luft gesprengt hatten.

Adam meinte: »Gleicher Druck auf allen Teilen, oder?«

Der junge Midshipman im Boot grinste nach oben zurück, wie Jago sah, und hielt den Hut in der Hand.

Jago nickte bedächtig. »Sie gefallen mir doch, Sir!« Dann lachte er laut, weil er entdeckte, daß dieser Satz genau der Wahrheit entsprach.

Sir Lewis Bazeley war groß, aber er vermittelte stets den Eindruck von Kraft, nicht von Länge. Er hatte breite Schultern und eine Mähne aus dichtem grauen Haar. Sie war zwar der Mode entsprechend geschnitten, doch sie unterschied ihn von allen anderen Männern seines Alters.

Adam trat aus der Relingspforte und streckte ihm die Hand entgegen. »Es tut mir leid, daß ich nicht an Bord war, um Sie zu begrüßen, Sir Lewis.«

Auch der Händedruck des anderen war stark. Der Mann scheute vor harter Arbeit nicht zurück oder davor, ein Vorbild zu sein.

Bazeley lächelte und deutete vage aufs offene Wasser. »Ich weiß, das hier ist kein Schiff der Ehrbaren Ostindischen Gesellschaft, Kapitän. Ich erwarte keine Vergünstigungen. Nur eine schnelle Passage. Ich sehe selber, wie gut dies Schiff segeln wird, und mehr erwarte ich von niemandem.« Sein Lächeln wurde breiter. »Ich glaube, die Damen werden es für drei Tage auch aushalten.«

Adam schaute zu Galbraith hinüber. »Damen? Davon weiß ich nichts . . .«

Ein schnelles Nicken zeigte ihm, daß Galbraith das Problem bereits gelöst hatte.

Bazeley dachte schon weiter. »Ich habe versprochen, den Gouverneur privat zu besuchen, Kapitän. Könnten Sie mir ein Boot zur Verfügung stellen?«

Adam sagte: »Mr. Galbraith, lassen Sie die Gig wieder kommen.« Dann senkte er die Stimme, als Bazeley zur Seite trat, und mit einem seiner eigenen Leute sprach. »Was zum Teufel geht hier vor?«

»Ich habe die Damen nach achtern gebracht, Sir, wie Sie es sicher auch getan hätten. Und ich habe Mr. Partridge bereits gesagt, er soll dafür sorgen, daß alle Arbeitstrupps anständig gekleidet erscheinen und auf ihre Ausdrucksweise achten sollen!«

Adam schaute nach achtern. »Wie viele?«

Galbraith drehte sich um, als Bazeley irgend etwas rief und sagte: »Nur zwei, Sir.« Er zögerte. »Ich werde gern meine Kabine räumen, Sir.«

»Nein, der Kartenraum reicht. Ich glaube, ich werde ohnehin nicht viel Schlaf finden, ob wir nun schnell oder langsam vorankommen.«

Er fand Bazeley auf ihn wartend und ungeduldig mit den Schuhspitzen aufs Deck tippen. Er schien voller Energie, die er kaum beherrschen konnte. Er sah wie Ende vierzig aus, war aber möglicherweise älter. Man konnte es schwer schätzen. Selbst sein Anzug war ungewöhnlich. Er erinnerte mehr an eine Uniform als an den eines erfolgreichen Geschäftsmanns. Eines *Händlers,* wie Konteradmiral Marlow sich ohne Zweifel ausdrücken würde.

Er erinnerte sich an die deutlichen Worte seines Befehls. *Stellen Sie ihnen alles zur Verfügung.* Bethune würde wissen, was damit gemeint war, er war an dererlei gewöhnt.

Er sagte: »Vielleicht wollen Sie mit mir und meinen Offizieren zu Abend essen, Sir Lewis. Wenn wir genügend weit aus dem Hafen sind.«

Mit dem Tisch auf dem Ostindienfahrer wird diese Mahlzeit keine Ähnlichkeit haben, dachte er und erwartete, daß Bazeley irgendeine Ausrede fand.

Aber der entgegnete nur: »Ein Vergnügen. Ich freu' mich.« Er beobachtete, wie die Gig längsseits gezogen wurde, und nickte einem seiner Männer zu. In der Pforte hielt er inne: »Ich werde das Schiff nicht verpassen, Kapitän.«

Adam tippte an den Hut und fragte dann Galbraith: »Sind wir vollzählig?«

»Der Zahlmeister ist gleich wieder an Bord, Sir. Der Arzt ist noch in der Garnison. Da liegen noch zwei von unseren Leuten.«

Adam sah Napier am Niedergang warten. »Sagen Sie mir Bescheid, wenn Sie soweit sind.« Er schnitt eine Grimasse, als ihn wieder der Schmerz durchzuckte. »Ich werde heute kein guter Gastgeber sein.«

Er ging nach achtern, wo Matrosen Truhen verstauten und einige Kisten mit Wein, die sicher Bazeleys Gruppe gehörten. Partridge würde sie im Auge behalten.

Der Posten der Seesoldaten nahm Haltung an, als Adam vorbeiging, und lehnte sich dann neugierig an die Tür.

Adam stieß sie auf und starrte auf einen Haufen von Taschen und Kisten, die den Boden der großen Kajüte fast ganz bedeckten. Eine Frau saß auf einer Kiste und zog vor Schmerzen die Brauen zusammen, während eine jüngere zu ihren Füßen kniete und versuchte, ihr einen Schuh auszuziehen.

Adam sagte: »Tut mir leid. Ich wußte nicht, daß ...«

Die jüngere drehte sich um und sah zu ihm auf. Eine Frau? Sie war eher ein Mädchen mit langem Haar und einem breitrandigen Strohhut, der ihr auf dem Rücken hing. Beim Versuch, den zu engen Schuh abzuziehen, waren ihr Haarsträhnen ins Gesicht gefallen, eine Schulter war nackt und glänzte im Sonnenlicht.

Adam nahm das alles auf, ihre blauen Augen und ihren Ärger. Er unternahm einen weiteren Versuch: »Man hat uns Ihre Anwesenheit nicht angekündigt, sonst hätten Sie mehr Hilfe bekommen.« Wortlos deutete er auf die unordentliche Kajüte. »Ihr Vater hat mir davon nichts gesagt!«

Sie schien sich leicht zu entspannen, saß auf dem Boden und schaute zu ihm hoch. »Sir Lewis ist mein Mann, Leutnant. Das hätte man Ihnen wenigstens sagen müssen.«

Adam spürte, wie die andere Frau ihn beobachtete und offenbar seine Verlegenheit genoß.

»Ich bin Kapitän Adam Bolitho, Madame!«

Sie stand auf, wischte sich das Haar aus dem Gesicht – alles in einer schnellen Bewegung.

»Sieh da. Wir machen alle mal Fehler, Kapitän.« Sie sah sich in der Kajüte um. »Ihre, nehme ich an.« Das schien sie zu amüsieren. »Wir sind geehrt!«

Der anderen Frau war es jetzt gelungen, den Schuh abzustreifen, und sie starrte mißmutig auf den geschwollenen Fuß.

Lady Bazeley sagte ernst: »Dies ist Hilda. Sie kümmert sich um alles.«

Sie lachte, und die andere fiel ein, als habe sie nie gelernt, sich dagegen zu wehren.

Das Mädchen trat schnell an das Heckfenster und schaute auf das Panorama von Masten und farbigen Lateinersegeln. Dann sah sie Adam an, ihr Körper ein Schatten vor dem blauen Wasser. »Und dies ist ein Kriegsschiff?« Sie setzte sich auf die Heckbank, das Haar fiel über ihre nackte Schulter. »Und Sie sind der Kommandant?«

Adam wunderte sich über sein Schweigen, die Unfähigkeit zu antworten und sich ganz normal zu verhalten. Sie lachte ihn an, spöttelte über ihn und war sich der Wirkung sicher sehr bewußt, die sie auf ihn hatte oder auf andere Männer, denen sie gegenüberstand.

Dann zeigte sie auf die Kabine daneben: »Sie sind also nicht verheiratet, Kapitän, wie ich sehe!«

Kühl antwortete er: »Sie haben scharfe Augen, Madame.«

»Überrascht Sie das etwa? Vielleicht haben Sie unklare Vorstellungen von den Aufgaben einer Frau in den Dingen der Welt.« Wieder lachte sie, ohne auf eine Antwort zu warten. »Sie waren in einem Gefecht und sind verwundet worden, nicht wahr?«

»Viele hatten weniger Glück.«

Sie nickte langsam. »Das tut mir leid. Ich habe den Krieg nie aus der Nähe erlebt, aber ich habe gesehen, was er aus Menschen macht, die mir nahestehen.« Sie schüttelte den Kopf, der Ernst verflog. »Sie müssen mich jetzt entschuldigen, Kapitän. Ich muß mich fertig machen.« Sie ging an ihm vorbei, und er spürte ihre Gegenwart, als berühre sie ihn körperlich. Sie war schön, das wußte sie, und es sollte ihm als Warnung dienen, ehe er sich zum Narren machte. Bazeley war nicht der Mann, der auch nur eine leichte Annäherung zulassen würde.

»Wenn Sie mich bitte auch entschuldigen, Mylady. *Ich* muß das Schiff klar zum Auslaufen machen.«

Sie sah ihn fest an. In dieser Enge schienen ihre Augen dunkler. Violett.

Er blickte in seine Schlafkabine, in der seine Koje schon weggestaut war. Dort hatte er geträumt, hatte Erinnerungen nachgehangen. Er drehte sich ab. Und dort hatte Lovatt sein Leben ausgehustet.

»Mein Diener wird Ihnen helfen. Er ist sehr gut. Wenn Sie sonst etwas brauchen, werden Ihnen meine Offiziere Ihren Aufenthalt so bequem wie möglich machen.«

»Auf der *Cumberland* sagte der Kapitän, ich solle ihn fragen. Geht es auf den Schiffen des Königs so anders zu?«

Sie spielte wieder mit ihm. War sie so jung, daß sie nicht wußte, was sie tat oder anrichten konnte? Oder war es ihr egal?

Er antwortete nur: »Dann fragen Sie mich, Mylady, und ich werde versuchen, Ihnen zu helfen.«

Sie beobachtete ihn nachdenklich, ihre Hand lag auf der leeren Säbelstell.

»Pflichten also?«

Er lächelte und hörte, wie der Posten von der Tür trat. *Ihnen alle Wünsche erfüllen.*

»Ich hoffe, es wird auch ein Vergnügen, Madame.«

Er drehte sich zur Tür, und wieder traf der Schmerz ihn wie eine Kugel.

Eine Erinnerung? Wenn ja, dann eine rechtzeitige. Er ging schnell zum Niedergang, und sein Kopf wurde klarer, als der Schmerz abebbte.

Galbraith erwartete ihn, hatte bereits eine Liste in der Hand.

Er sagte: »Ich habe Sir Lewis' Leute so gleichmäßig wie möglich bei den Unteroffizieren verteilt, zwei bleiben in der Messe.«

Rang und Status. Die trennten immer, egal wie klein ein Schiff auch sein mochte. Er hörte wieder ihre spöttelnde Stimme. *Geht es auf den Schiffen des Königs so anders zu?*

Galbraith meinte: »Lady Bazeley ist eine sehr beeindruckende Frau, Sir. Ich werde dafür sorgen, daß niemand ihr mit irgendeiner nachlässigen Bemerkung zu nahe tritt oder sonstwie.«

Das sagte er so ernst, daß Adam fast gelacht hätte, und es dann auch tat. Es klang so absurd.

»Den Kapitän eingeschlossen, nehme ich doch an. Oder?«

Der diensttuende Leutnant Bellairs hörte ihn lachen

und entdeckte Überraschung und Verblüffung in Galbraiths Gesicht. Er mußte an die schöne Frau in der Kajüte denken. Die hatte ihn angelächelt.

Er gehörte also dazu.

Adam Bolitho versuchte auf der improvisierten Matratze seine Beine zu entspannen und starrte auf die Laterne, die über dem Kartentisch ihre schwankenden Kreise zog. Es war mühsam, einen klaren Gedanken zu fassen und jedes Geräusch und jede Bewegung zu identifizieren. Hier im Kartenraum war alles anders. Er kam sich vor wie auf einem fremden Schiff.

Er rieb sich die Augen und wußte, daß er keinen weiteren Schlaf finden würde. Er war schon an Deck gewesen, als die *Unrivalled* die Segel für die Nacht kürzte, und er hatte den zunehmenden Wind gespürt, der das Schiff zur Seite drückte. Die Dunkelheit war voller Gischt.

Das hatte ihm geholfen, wieder einen klaren Kopf zu bekommen. Aber nicht genug.

Er hörte das dumpfe Rucken von Blöcken und das Stampfen nackter Füße über sich. Beides schien seltsam verzerrt. Es hatte keinen Sinn. Er schob die Beine über den Rand der Matratze und spürte, wie das Schiff stieg und stieg, ehe es wieder nach unten pflügte. Er sah es im Kopf so deutlich, als stünde er dort oben neben Massie. Er fuhr sich mit der Zunge über die trockenen Lippen. Die Mittelwache. Wieviel Wein hatten sie bloß getrunken?

Die drei Leutnants und O'Beirne, der Schiffsarzt, saßen in seiner Kajüte um den Tisch. Lady Bazeleys Dienerin Hilda hatte das Auf- und Abservieren von Tellern und Schüsseln überwacht, wobei der junge Napier ihr geholfen hatte. Bazeley selber war in Hochform gewesen, erzählte von seinen verschiedenen Reisen, von Besuchen in anderen Ländern und nebenbei auch, wie er Festungen und Hafenanlagen im Auftrag der Regierung gebaut hatte. Er hatte den meisten Wein gestiftet und darauf beharrt, daß alle trinken sollten, was ihnen gefiel.

Adam war sich der Gegenwart der jungen Dame ihm gegenüber am Tisch sehr bewußt. Ihre Augen verrieten nichts, als sie nacheinander mit jedem Offizier sprach. Ihm war auch aufgefallen, wie wenig Bequemlichkeit hier in der Kajüte herrschte. Kein Wunder, daß sie meinte, er sei unverheiratet. Darüber hatten die Frauen sicher laut gelacht, als er die Kabine verließ.

Er suchte den Becher mit Wasser, aber der war leer. Es würde weitere Zwischenfälle der Art geben, die ihn so unvernünftig beunruhigten. Bazeley war gegangen, um einen besonderen Wein zu holen, und hatte an einer Laterne die Flasche gehoben, um ihnen zu zeigen, daß sein eigener Name auf das Etikett gedruckt war.

»Ein Château Lafitte, 1806. Der wird Ihnen gefallen, Kapitän.«

Das Schiff lief hoch am Wind, das Deck hob und senkte sich und zitterte im Druck von See und Ruder. Adam hatte gesehen, wie Bazeley seine andere Hand seiner Frau auf die Schulter legte, um das Gleichgewicht zu halten, während er die Bedeutung des Winzers und des Weinbergs erklärte. An beides konnte Adam sich nicht mehr erinnern. Er hatte nur die Hand gesehen, die die nackte Schulter festhielt. Die starken Finger bewegten sich gelegentlich wie in einer kleinen privaten Intimität.

Und währenddessen hatte die Dame ihn über den Tisch hinweg angesehen, ihr Blick hatte ihn nie losgelassen. Kein einziges Mal schaute sie zu dem Mann neben ihrem Stuhl hoch, und sie hatte auf seine Berührung auch nicht geantwortet. Das hieß vielleicht gar nichts, obwohl er gehört hatte, daß das Paar erst sechs Monate verheiratet war.

Er hatte den Bordeaux getrunken, der ihm nichts bedeutete. Es hätte ebensogut Apfelwein sein können.

Er hatte ihre Hand sich nur einmal bewegen gesehen, um das Kleid an ihrer Schulter zurechtzuzupfen. Und auch dann hatte ihr Blick ihn nicht losgelassen.

Er sah den alten Säbel neben seinem Bootsmantel in der starken Bewegung des Schiffs hin und her schwingen. War er so dumm, daß er die Gefahr nicht erkannte? Eine falsche Bewegung, und er würde alles verlieren. Er fand mit der Hand feuchtes Holz. Sein Schiff bedeutete ihm alles.

Langsam erhob er sich und wartete auf den Schmerz, aber der kam nicht. Er spreizte die Hände auf dem Kartentisch und starrte auf Cristies hingeworfene Notizen und auf das weiche Tuch, mit dem er die Schiffsuhr polierte, etwas, das er nie einem anderen überließ. Der Mann war in denselben Straßen wie Collingwood aufgewachsen. Was würde er von seinem Kommandanten halten, wenn er dessen Schwäche herausfände? Wie nach einer falschen Peilung oder Lotung auf der Karte könnte man ihm nie mehr trauen.

Es klopfte an der Tür, jemand wollte die Karte konsultieren, um eine neue Berechnung zu machen. *Im Zweifel immer den Kapitän holen.* Das schien seiner jetzt auch noch zu spotten.

Aber es war nur Napier, der Junge, der pitschnaß war und die Schuhe in der Hand trug.

»Was ist das?« Adam ergriff seinen nassen Arm. »Wo bist du gewesen?«

Ruhig antwortete Napier: »Ich dachte, ich sollte Sie rufen, Sir!« Er schluckte. Vielleicht bereute er schon, hierzusein. »Die Dame . . .«

»Lady Bazeley? Was ist los?« Plötzlich war sein Kopf ganz klar. »Ist ja in Ordnung, Red, aber laß dir Zeit.«

Im schwankenden Licht sah der Junge ihn an. »Ich hab' was gehört, Sir. Ich war in der Speisekammer, wie Sie befohlen hatten.« Er starrte jetzt in die Dunkelheit der inneren Hütte. »Sie war da irgendwo, Sir. Ich wollte ihr helfen, aber sie bewegte sich nicht. Sie ist seekrank, Sir!«

Adam griff nach dem Bootsmantel. »Schnell. Hin!«

Außerhalb des Kartenraums klangen See und krachende Leinwand ohrenbetäubend. Das Deck glänzte vor Nässe, die die *Unrivalled* beim Eintauchen in jede Welle nur so hereinschaufelte.

»Hier, Sir!« Napiers Stimme klang erleichtert, daß er es seinem Kapitän gemeldet hatte und daß die Dame immer noch da lag, wo er sie gefunden hatte.

Sie befand sich unter dem Niedergang zum Achterdeck in Lee auf dem Oberdeck. Die Wache hätte sie beim Vorbeigehen nie bemerkt. Sie war sicher über einen der festgezurrten Achtzehnpfünder gestürzt und hatte sich vielleicht Rippen oder den Schädel gebrochen. So etwas passierte selbst erfahrenen Matrosen manchmal.

Adam kroch unter den Niedergang und half ihr in eine sitzende Position. Sie fühlte sich leicht in seinen Armen an, ihre Haare verdeckten ihr Gesicht, ihre Füße schienen in der Dunkelheit ganz weiß. Sie war naß bis auf die Haut und fühlte sich eiskalt an.

»Hier ist mein Mantel.« Er hielt sie fest und fühlte, daß sie aus Kälte oder Übelkeit oder vor beidem zitterte.

Dann zog er ihr den Mantel um die Schultern und wickelte sie mit großer Vorsicht ein, während Schaum gegen den Niedergang schlug und sein Hemd durchnäßte. Er spürte, wie sie sich wieder zusammenzog und entdeckte Napier mit einem Eimer voll Sand unter der Leiter.

»Langsam, ruhig, ruhig.« Er merkte nicht, daß er laut geredet hatte. »Ich hole Hilfe.«

Sie schien seine Worte verstanden zu haben und ihn zu erkennen. Sie versuchte sich umzudrehen, sich mit einer Hand das Haar aus dem Gesicht zu wischen. Als er sie fester hielt, spürte er wieder ihre kalte Haut. Unter dem klitschnassen Kleid war sie nackt.

Sie keuchte: »Nein!« Als er weg wollte, schüttelte sie den Kopf und sagte: »Nein, gehen Sie nicht fort.«

Also rief er: »Hol jemanden, ganz schnell.«

Aber Napier war schon verschwunden.

Langsam und vorsichtig zog Adam das Mädchen unter der Leiter hervor. In jedem Augenblick würde jetzt jemand auftauchen und vielleicht Massie rufen, der die Wache hatte. Und dann Bazeley.

Sie fiel gegen ihn, und er spürte, wie ihre Hand seine packte, sie an sich zog und festhielt. Sie würde sich später an nichts davon erinnern. Und der Rest war auch egal.

Er spürte neben sich jemanden knien und roch den starken Dunst von Rum. Es war Jago, hinter ihm hockte Napier wie ein zitternder Geist.

Einsilbig knurrte Jago: »Probleme, Sir?« Er rechnete mit keiner Antwort. »Alle Frauen machen Probleme.«

Sie trugen und führten sie ins Achterdeck, der Lärm wurde leiser und bedeutungslos.

Die Tür zur Messe war geschlossen. Vor der Kajüttür stand kein Posten.

Jago murmelte: »Damit uns keiner was vorwerfen kann, Sir!«

Sie fanden Hilda – ungläubig und besorgt.

Adam sagte: »Trocknen Sie sie ab, und wärmen Sie sie wieder auf. Wissen Sie, was Sie tun müssen?«

Sie nahm das Mädchen auf den Arm und legte es auf das Sofa, das in der Schlafkabine aufgestellt worden war. Von Bazeley war nichts zu sehen, auch von seinen Kleidern nichts.

Sie sagte: »Sie hatte zuviel Wein. Ich wollte sie warnen.« Mit ihren Fingern strich sie dem Mädchen das nasse Haar aus dem Gesicht. »Sie sollten jetzt verschwinden. Das hier schaffe ich allein.« Und dann rief sie ihm nach: »Danke, Kapitän.«

Draußen schien es so, als sei nichts passiert. Der Posten

war vor der Tür wiederaufgetaucht, aber er trat zur Seite, als sie vorbeigingen. Ein Schiffsjunge kletterte den Niedergang empor und hielt einen Wachsmantel im Arm für einen der Wachgänger.

Adam schaute nach vorn und versuchte, den Lärm aus Rigg und Leinwand einzuschätzen. Sie würde ein Reff einbinden müssen, wenn der Wind nicht abnahm.

»Das bläst ganz schön.« Er sprach laut, ohne es zu wissen.

Jago mußte an das Mädchen denken, das da auf der Couch gelegen hatte in dem nassen Kleid, das nichts verbarg.

Mehr zu sich selbst meinte er: »Und daraus wird ein Hurrikan, wenn das Mädchen erst mal loslegt.«

Adam kam zum Kartenhaus und hielt hier. »Danke.«

Aber die Dunkelheit hatte Jago schon verschluckt.

Adam schloß die Tür und schaute wieder auf die Karte, dann auf sein Hemd und seine Hosen. Sie waren dunkel vor Nässe oder Erbrochenem. Er konnte noch ihre Finger spüren, als sie seine Hand gegen sich gepreßt hatte. Natürlich würde sie sich an nichts erinnern. Und wenn, dann würden Scham und Entsetzen sie schnell wieder spotten lassen – oder sie zu Schlimmerem veranlassen.

Er hörte Schritte auf dem Niedergang. Der Midshipman der Wache kam sicher, um dem Kapitän zu melden, daß der Wind weiter zunahm oder drehte oder abnahm. *Damit werde ich fertig.*

Er saß auf der Matratze und wartete. Doch diesmal liefen die Schritte vorbei.

Er legte sich zurück und starrte auf die Laterne. Als er die Kajüte verließ, hatte diese Hilda etwas gesagt, leise aber bestimmt.

Was immer es bedeuten mochte, Rettungsleine oder Henkerschlinge: Das Mädchen hieß Rozanne.

Heute oder spätestens morgen würde den Namen jeder

im Schiff kennen. Und doch wollte er nicht, daß das nicht geschähe.

Ein Traum? Bald vorbei, am besten schnell vergessen.

Als Galbraith achtern erschien, um die Mittelwache abzulösen, fand er den Kapitän fest schlafend.

Das Echo des Kanonensaluts rollte über den vollen Hafen wie ersterbender Donner, der Rauch bewegte sich kaum. Hinter dem Wachboot her kroch die *Unrivalled* auf den zugewiesenen Ankerplatz.

Adam Bolitho zupfte an seinem Hemd unter der schweren Jacke. Er sah die blassen Gebäude hinter Maltas Strand in der Hitze wie in einem Wüstenbild schimmern. Alles war hier so anders als auf der Reise von Gibraltar mit den heftigen, wechselnden Winden und den ständigen Kurswechseln, mit denen sie jede Laune ausmanövrierten.

Während der letzten Meilen waren sie fast wie in einer Flaute auf den Ankergrund gekrochen, die Groß- und Toppsegel hingen schlaff im Rigg.

Das Wachboot wurde jetzt zum Ufer gerudert, wahrscheinlich um Bethune die Ankommenden zu melden, dachte er. Bethune mochte diesen Teil seiner Aufgabe sehr.

Adam ging auf die andere Seite des Achterdecks und sah schon ganz in der Nähe die ersten Händler in ihren Booten, die ihre Waren hochhielten – wahrscheinlich genau die gleichen, die sie der *Unrivalled* schon bei ihrem ersten Besuch angeboten hatten.

Truhen und Gepäckstücke wurden schon an Deck gehievt und Netze, mit deren Hilfe man alles in die Boote herablassen konnte. Partridge und seine Leute wimmelten um die Bootsstells und rechneten sich sicher schon ihre Chancen aus, an Land zu kommen, um sich frei von Routine und Schiffsdisziplin mit einer der eher dubiosen Attraktionen der Insel zu vergnügen.

Er sah, wie das Skylight der Kajüte geöffnet wurde und offen stehenblieb. Lady Bazeley würde bald von Bord gehen. Er konnte die Lage jetzt gut beurteilen, so wie es immer mit den Beweisen war, die man ihm vorlegte, wenn ein Mann gemeldet wurde. Seit jener Nacht hatte er sie kaum mehr gesehen. Ein- oder zweimal war sie an Deck gekommen, immer in Begleitung jener Hilda und einmal in der des Arztes.

Die meiste Zeit hatte sie sich in der großen Kajüte aufgehalten, und dorthin ließ sie sich auch alle Mahlzeiten bringen. Napier berichtete, daß sie nur sehr wenig aß.

Einmal hatten sich auch ihre Blicke getroffen. Adam stand am Fockmast und besprach mit Blane, dem Schiffszimmermann, noch einige Reparaturen. Sie schien die Hand zum Gruß heben zu wollen, doch dann hatte sie nur den Rand des Hutes zurechtgerückt.

Bazeley hatte sich kaum mit Adam unterhalten – und wenn, dann nur über Themen, die mit der Reise zusammenhingen: das Tempo, die erwartete Ankunftszeit oder Fragen der Schiffsroutine. Über das Verhalten seiner Frau oder über ihre Übelkeit hatte er kein Wort verloren. Ein Rätsel hatte Galbraith gelöst: Bazeley hatte mit seinen Begleitern in der Messe der Unteroffiziere getrunken, als seine Frau die Kajüte im Nachtgewand verließ, weil ihr wahrscheinlich das Trinken nicht bekommen war.

Wenn Bazeley je von ihr sprach, dann wie von einem Besitz. Das schien, wie damals die Hand auf der Schulter, seine volle Absicht zu sein. Es schien, als würde Bazeley nichts aus einer reinen Laune heraus tun.

Verärgert über sich selber trat Adam in den Schatten des Decks. Er benahm sich wie ein mondsüchtiger Midshipman . . . Es war unwahrscheinlich, daß er und Rozanne sich je wieder trafen, und das war auch gut so. Er war verrückt, etwas anderes zu wünschen. Die ganze Sache war außerdem gefährlich.

Bellairs meldete: »Ich glaube, unsere Gäste wollen von Bord, Sir!«

Adam sah, wie Rozanne den Niedergang benutzte, sehr gewandt trotz ihres voluminösen Kleides. Einen Augenblick stand sie allein am unbemannten Rad, schaute sich um, sah die Männer an Deck und im Rigg arbeiten und blickte dann auf das Land, das hinter dunstiger Hitze wie hinter einem Schleier lag. Und schließlich entdeckte sie ihn.

Adam ging auf sie zu und nahm den Hut ab. »Ich hoffe, es geht Ihnen gut, Madame.«

Ihre Augen blitzten. Und sie sagte: »Besser, sehr viel besser. Danke, Kapitän.«

Er entspannte sich etwas. Entweder erinnerte sie sich an gar nichts, oder sie wollte den Zwischenfall vergessen.

Sie fügte hinzu: »Das ist also Malta. Eine Insel, für die es sich lohnen soll zu kämpfen und zu sterben, habe ich gehört.« Das klang weder verächtlich noch sarkastisch.

»Werden Sie lange hierbleiben, Mylady?« Eine innere Stimme warnte ihn. *Nicht weiter!*

»Wer weiß?« Sie sah ihn direkt an, und die Farbe ihrer Augen änderte sich wieder – wie die See, dachte er. »Und Sie, Kapitän? Ein neuer Hafen? Vielleicht ein neues Abenteuer?« Sie schüttelte den Kopf, beendete das Spiel. »Und eine bewundernde Frau?«

Galbraith meldete sich: »Sir Lewis besteht darauf, daß er unsere Boote nicht braucht, Sir.«

Adam blickt auf das Land und sah, daß ein paar Boote direkt auf sie zugerudert wurden. Bazeley war offensichtlich ein Mann mit Einfluß. Selbst Vizeadmiral Bethune gab sich Mühe, seine Bekanntschaft zu machen.

Galbraith verschwand, um alles für den Abschied der Passagiere vorzubereiten, und wie zu sich selbst sagte Adam: »Ich habe gelernt, daß die Dankbarkeit einer Frau verletzen kann. Und zwar sie selbst, Mylady.« Er sah, wie

288

sie unsicher wurde. »Ich hatte gehofft, Sie an Land begleiten zu können.« Er lächelte. »Vielleicht das nächste Mal.«

Und dann war Bazeley da, rief über die Schulter einem seiner Leute etwas zu, winkte ungeduldig einem anderen.

Er sagte: »Wir verabschieden uns, Kapitän. Vielleicht sehen wir uns eines Tages . . .« Er drehte sich schnell um: »Passen Sie doch auf, Sie Tölpel!«

In diesem Augenblick streckte sie Adam die Hand entgegen: »Danke, Kapitän Bolitho. Sie wissen wofür. Das kann uns keiner rauben.«

Er küßte ihre Hand, spürte ihren Blick und meinte, daß ihre Finger sanft seine Hand drückten.

Ein Bootsmannsstuhl war bereits gerigt, und sie ließ sich in ihn helfen, eine Leinwandschürze schützte ihr Kleid vor Fett und Teer.

»Fier weg. Vorsicht!«

Jeder, der nichts zu tun hatte, sah zu, wie sie angehoben und dann ausgeschwungen wurde und mit aller Sorgfalt in eines der wartenden Boote hinabsank. Bethune hatte sogar seinen Flaggleutnant geschickt, um ihr zu helfen.

Bazeley schaute sich um und fühlte seine Taschen ab, um sicherzugehen, daß er unten nichts vergessen hatte.

Adam mußte an die Matratzen und das Bettzeug denken, die unten in der Schlafkabine durcheinander lagen. Wo sie gelegen hatten. Wo Bazeley sie genommen und benutzt hatte wie ein Spielzeug.

Bazeley sagte: »Gute Reise, Kapitän.« Er schaute kurz zu seiner Frau nach unten im wartenden Boot. »Ich hörte, Sie sind ein Draufgänger.« Er hob eine Hand. »Sie bringen Ergebnisse, nur darauf kommt es an.« Dann lachte er, und Adam sah sie hochblicken, die Hand über den Augen. »Aber Sie wissen auch, wann Vorsicht sinnvoll ist. Und das ist auch nicht schlecht.«

Adam sah, wie das Boot freikam, und sagte: »Ich werde in einer Stunde an Land gehen, Mr. Galbraith.« Er spürte die ungestellte Frage und ergänzte: »Um den Admiral zu sprechen. Vielleicht hat er eine sinnvolle Aufgabe für uns.«

Galbraith sah ihn zum Niedergang gehen, ehe er das Teleskop des wachhabenden Midshipman ansetzte.

Sonnenlicht lag auf ihrem weißgelben Kleid, ein rotes Band um ihren Hut paßte zu dem anderen in ihrem Haar. Ein kleines, stummes Bild. Zwischen beiden konnte doch nichts sein! Wie auch? Doch heute hatte sie sich mit großer Sorgfalt gekleidet, und er hatte ihren Gesichtsausdruck bemerkt, als der Kapitän seine Lippen auf ihre Hand preßte.

Wynter hatte ihm alles erzählt, was er über Sir Lewis Bazeley wußte. Ein Mann, der sich nach oben gearbeitet hatte und auf dem Weg Gunst ausgeteilt und sicher auch empfangen hatte. Leute, die an dererlei Dinge nicht gewöhnt waren, würden von Bestechung reden. Doch eins war sicher: Es war gefährlich, sich mit ihm anzulegen. Galbraith hatte sein Kommando einst verloren, weil ein böswilliger Mann ihn nicht mochte und entsprechenden Einfluß besaß. Nur auf der *Unrivalled* konnte er eine zweite Chance finden.

Er blickte grimmig drein. Und doch beneidete er Adam Bolitho nur.

Adam sah sich unten in der großen Kajüte um. Der Raum war plötzlich riesig und wieder leer, die Heckgalerie war geöffnet, als müßten die letzten Spuren der Passagiere getilgt werden. Die Matratzen waren verschwunden, das Bettzeug auch, Adams eigene Koje war wieder an ihrem Platz. Natürlich mußte sie ihn foppen, wenn sie die ganze Zeit hier ...

Er sah seinen Bootsmantel von der Decke herabhängen, wo er sonst nie hing. Er nahm ihn herunter und legte den Kragen zusammen. Der Mantel war gesäubert und ausgebürstet worden, die Flecken jener Nacht waren vollständig verschwunden. Er griff in die tiefe Tasche, ohne zu wissen, warum.

Es war ein kleines, versiegeltes Papier. Er ging damit an das Heckfenster und brach das Siegel auf.

Kein einziges Wort, nur eine Haarlocke, die ein rotes Band zusammenhielt!

XIV Bestimmung

Vizeadmiral Bethune schob die ungeöffnete Post zur Seite und erhob sich von seinem glänzenden Schreibtisch.

»Kümmern Sie sich darum, Grimes. Ich habe im Augenblick den Kopf voll mit anderen Sachen.«

Er spürte, wie der Schreiber ihm mit den Blicken ans Fenster folgte, von dem aus man auf den kleinen, hitzeflimmernden Hof blickte.

Der Tag hatte schlecht begonnen. Der Offizier des Wachboots meldete, daß die *Unrivalled* nicht nur Briefe oder Meldungen mitgebracht hatte – sondern auch Besucher, die er unterbringen und unterhalten mußte. Bethune spürte wieder seine Ablehnung. Er hörte eine Frauenstimme und sah drüben auf dem gegenüberliegenden Balkon etwas Farbiges blitzen. Sein Flaggleutnant hatte darauf beharrt, daß der Raum der einzig richtige für Gäste sei, die mit dem ganzen Segen der Regierung und dem der Lords der Admiralität ausgestattet waren. Er konnte auch Bazeley hören, eine laute, autoritäre, fordernde Stimme. Ein Mann, der von sich überzeugt war.

Bethume seufzte und ging zum Tisch zurück. Auch seine Frau hatte ihm geschrieben, wollte wissen, ob sie zu ihm nach Malta kommen könnte oder ob er nach London zurückkehren würde. In ihrem Brief erschien London als der einzige Ort, an dem man wirklich leben konnte.

Er blickte auf den Bericht Adam Bolithos. Wieder zwei Prisen. Ihre Lordschaften würden ihm jetzt zusätzliche Schiffe anbieten. Die Prisen waren schließlich Beweis genug, daß die Aktivitäten des Deys von Algier und seines ebenso unsicheren Verbündeten in Tunis schnellere und entschlossenere Gegenmaßnahmen verlangten. Er lächelte leicht. Das würde auch ihn voranbringen, wenn er nach London zurückkehrte.

Bethune genoß die Gegenwart von Frauen und umgekehrt. Doch immer war er diskret gewesen. Der Gedanke, daß seine Frau zu ihm nach Malta käme, machte ihm klar, wie weit sie sich voneinander entfernt hatten, als sie damals versuchte, Catherine zu beleidigen. Oder hatte diese Entfremdung noch früher begonnen? Natürlich, dachte er bitter, da gab es die Kinder ...

Er schaute auf das zweite Fenster, mußte an Leutnant Avery denken, der neben ihm gestanden hatte und alles miterlebt und nie vergessen hatte. Jetzt war er tot. Der kleine Kreis Getreuer bestand nur noch aus Gespenstern, nur noch aus Erinnerungen.

Bazeleys junge Frau würde hier einigen Männern den Kopf verdrehen, wenn sich ihre Anwesenheit erst einmal herumgesprochen hatte. Sie hatte den bedeutenden Mann sicher nur wegen seines Geldes geheiratet, das Gerüchten nach, ein erkleckliches Vermögen darstellte. Aber wenn die Heißsporne aus der Garnison sich Hoffnungen machten, sollten sie besser auf der Hut sein. Bethune fragte sich, wie Adam ihrem offensichtlichen Zauber auf der Reise von Gibraltar hierher widerstanden hatte. Er war ein Draufgänger – aber natürlich kein Narr.

Der Flaggleutnant kehrte zurück. »Kapitän Bouverie ist da, Sir Graham!«

Bethune nickte. Es fiel ihm schwer, sich an Onslow zu erinnern in jener letzten Nacht, als sie alle zusammen waren und er auf den Planken lag, schnarchend und betrunken. Doch fast menschlich.

»Sehr gut!«

Onslow lächelte, wie immer entschuldigend. »Kapitän Bolitho wird gleich hiersein, sein Boot wurde vor ein paar Minuten gemeldet!«

Bethune drehte sich um blickte über den Hof. »Ich möchte mit beiden reden.« Und dann abrupt: »Aber getrennt.«

Onslow verstand oder glaubte es jedenfalls. Er würde die Gespräche nach dem Dienstalter arrangieren.

Bethune kannte die besondere Rivalität zwischen Adam Bolitho und Emlyn Bouverie von der Fregatte *Matchless*. Sie kannten sich kaum, und doch war es dazu gekommen. Er mußte an die Erfolge denken, die sein kleines Geschwader erkämpft hatte trotz – oder gerade wegen? – ihrer persönlichen Rivalität. Daraus könnten noch mehr Erfolge wachsen, wenn er sein Kommando hier vergrößerte. Wieder lächelte er. Er würde nie wieder nur ein einfacher Kapitän sein können, und er fragte sich, warum ihm das nicht schon längst aufgefallen war.

Adam Bolitho trat zur Seite, um zwei schwer beladene Esel auf ihrem Weg die Gasse hinauf passieren zu lassen. Als er zum Himmel nach oben blickte, schienen die Häuser sich über ihm fast zu berühren.

Er hatte sich absichtlich für einen längeren Weg vom Anleger entschieden, wohin die Gig ihn gebracht hatte. Vielleicht wollte er sich ausarbeiten oder nachdenken. Das Gebrabbel um sich herum nahm er kaum wahr. Viele Sprachen, viele Nationen lebten hier eng zusammen, offensichtlich sehr harmonisch. Und es gab viele Uniformen. Die britische Flagge würde noch lange über der Insel wehen.

In diesem Teil der Gasse gab es Stufen, und er spürte jetzt wieder den stechenden Schmerz, den er schon fast vergessen hatte.

Er hielt an, um sich Zeit zu lassen und hörte sanfte Hammerschläge. Hier waren die Waren in den Läden genauso vielfältig wie die Menschen. Ein Mann bot Korn an, neben ihm schlief ein anderer Händler auf einem Stapel bunter Teppiche. Er duckte sich unter ein Vordach und entdeckte einen Mann, der mit gekreuzten Beinen an einem niedrigen Tisch saß. Was er gehört hatte, war sein Hammerschlag auf einem Miniaturamboß gewesen.

Er blickte auf, als Adams Schatten auf einen flachen Korb mit Metall fiel, möglicherweise spanisches Silber wie das von Catherines Kette.

In fehlerfreiem Englisch fragte er: »Etwas für eine Dame, Kapitän? Ich habe vieles anzubieten!«

Adam schüttelte den Kopf. »Vielleicht komme ich später mal vorbei...« Dann zögerte er, beugte sich vor und prüfte die perfekte Nachbildung eines Säbels. »Was ist das denn?«

Der Silberschmied zuckte mit den Schultern. »Keine Antiquität Kapitän. Diese Säbelbrosche wurde für einen französischen Offizier angefertigt, der hier war.« Er lächelte höflich. »Ehe die Engländer kamen. Er hat ihn nie abgeholt. Der Krieg, wissen Sie!«

Adam hob den kleinen Säbel hoch, der aber für diese Größe sehr schwer war. Er mußte lächeln. Er war gerade im Begriff, sich lächerlich zu machen, und er wußte es.

Der Silberschmied beobachtete ihn gelassen. »Da gibt es eine Inschrift, ziemlich klein. Sie muß mal wichtig gewesen sein, sie spricht von *Bestimmung*, Kapitän.« Er machte eine Pause. »Ich habe noch andere Sachen.«

Adam drehte das Schmuckstück auf seinem Handteller hin und her. »Sie sprechen sehr gut Englisch.«

Wieder das Schulterzucken. »Das hab' ich in Bristol gelernt, es ist lange her.« Er lachte, und ein paar Leute, die dem Handel neugierig folgten, fielen in das Lachen ein.

Adam hörte nichts. *Bestimmung*. Wie die Kimm, die niemals näher kam.

Irgendwo fing eine Glocke an zu läuten. Er griff mit der Hand in die leere Uhrtasche. Er hatte sich verspätet. Auf den ersten Blick hin würde Bethune das nicht so genau nehmen, aber immerhin war er Vizeadmiral.

»Ich würde es gern haben«, sagte er.

Der Silberschmied beobachtete Adam, wie er seinen Geldbeutel zog. Als er zufrieden war, hob er die Hand.

»Das reicht wirklich, Kapitän.« Er lächelte, als Adam das Schmuckstück ins Licht hielt. »Falls die Dame es ablehnt, werde ich es von Ihnen zurückkaufen, Kapitän – mit einem Abschlag natürlich.«

Adam trat zurück ins Sonnenlicht, ein bißchen schwindelig und erstaunt über seine eigene Narretei. Er tippte an den Hut, als er an dem Posten der Seesoldaten vorbei in den Hof ging.

Ein unbekannter französischer Offizier und ein Silberschmied aus Bristol . . .

Dann sah er sie oben auf dem Balkon, sie trug dasselbe Kleid, das sie beim Vonbordgehen schon getragen hatte. Sie sah zu ihm herunter, lächelte aber nicht und winkte ihm auch nicht zu.

Er spürte es wieder. Die Herausforderung. Die Bestimmung. Die Kimm. Und dann wußte er, daß es für alle Vorsicht längst zu spät war.

Adam war von der Wärme des Empfangs bei Bethune überrascht. Dieser schien wirklich erfreut, ja erleichtert, ihn wieder zu sehen.

»Nehmen Sie hier Platz.« Bethume deutete auf einen Stuhl, der weit genug vom einfallenden Sonnenlicht entfernt stand. »Ich habe Sie eben durch die Pforte kommen sehen – hinkend, wie mir schien. Ich habe den ganzen Bericht gelesen.« Er schaute hinüber zu dem trübsinnig dreinblickenden Schreiber am anderen Tisch. »Jedenfalls so gut wie den ganzen Bericht. Ich bin froh, daß es nicht schlimmer kam.«

»Die Kugel hat meine Uhr zerschlagen. Darum kam ich zu spät.«

Er bemerkte, wie Bethune kurz zum Flaggleutnant hinüberblickte. Also hatten sie es bemerkt.

»Jetzt sind Sie hier und in Sicherheit, und das ist das wichtigste. Ich habe so verdammt wenige Schiffe, daß ich meine, in der Admiralität kümmert sich niemand mehr um uns hier draußen.« Er lachte und sah wieder aus wie der junge Offizier von einst. Dann fuhr er fort: »Wir werden gleich einen Schluck Wein trinken. Ich würde Sie gern zum Essen einladen, aber leider habe ich etwas zu erledigen, was keinen Aufschub duldet.« Wieder dieses Lächeln. »Aber das kennen Sie längst. Wie wir alle.«

Zum erstenmal wurde Adam klar, daß Bethune hier ganz isoliert herumtrieb. Vielleicht führte ein so hohes Kommando zu noch größerer Einsamkeit als das eines Kapitäns.

»Danke, Sir. Das macht nichts, ich muß auf mein Schiff zurück.«

Bethune trat ans Fenster und tippte mit einer Hand an die Schindeln des Ladens. »Kapitän Bouverie von der *Matchless* war hier.«

»Ich habe ihn kurz getroffen, Sir!«

»Kein sehr glücklicher Mann, nehme ich an. Sein Schiff muß dringend überholt werden. Soweit ich weiß, hat es hier draußen den längsten Dienst auf dem Buckel.«

Adam mußte an etwas denken, das er von Jago gehört hatte. *Er gleicht einem Mann, der einen Pfennig gefunden, aber einen Taler verloren hat.* Das traf auf Bouverie sehr gut zu.

Adam brauchte keine Erklärung. Wenn die *Matchless* nach England in eine Werft geschickt wurde, könnte sie außer Dienst gestellt und die Mannschaft entlassen werden.

Das kann mir auch passieren, uns auch passieren.

Er sah Bethune vom Fensterladen zurückkehren und

wußte, daß er den Balkon beobachtet hatte. *Sie* beobachtet hatte. Die Entdeckung überraschte ihn, und er fing an, den Mann in ganz anderem Licht zu sehen. Er erinnerte sich, wie gut Catherine in ihren Briefen von ihm gesprochen hatte. Ein hoher Rang hatte seine Vorteile, aber offenbar auch seine Nachteile.

»Wir haben Information aus Quellen, die wir für verläßlich halten«, begann Bethune. Er wartete, bis Adam neben ihn an den zweiten Tisch getreten war, auf dem Onslow eine Karte ausgebreitet hatte, deren Ecken von geschnitzten Elfenbeinfiguren niedergehalten wurden. »Dies sind die Inseln südwestlich von Malta. Sie gehören zur Zeit niemand, aber viele wollen sie haben.« Er tippte auf die Karte. »Fast auf halbem Weg zwischen uns und der Küste von Tunesien. Als Handelsplätze taugen sie nicht, zum Leben auch nicht. Auf ihnen gibt's nur ein paar Fischer, aber nur wenige, denn die Korsaren sind in diesen Gewässern ziemlich aktiv.«

Er trat zur Seite, als Adam sich über die Karte beugte.

»Ich kenne sie, aber nur aus der Ferne. Gefährliche Klippen, als Ankergrund nicht sicher. Aber kleinere Fahrzeuge könnten sie gut nutzen.«

Er blickte auf und sah Bethune nicken. Plötzlich herrschte Stille. Nur das Kratzen der Feder des Schreibers war zu hören. Der Straßenlärm drang nicht in diesen Raum.

»Einige dieser Inseln haben Erhebungen.« Bethume tippte wie zur Bestätigung auf das Papier. »Bei der letzten Korrektur dieser Karte wurde eingetragen, daß zwei dieser Hügel etwa dreihundert Fuß oder etwas höher über den Meeresspiegel aufragen.« Nachdenklich rieb er sich das Kinn. »Ich glaube, die Korsaren verbergen sich mit ihren Schebecken zwischen den Inseln. Die Erhebungen lassen jede übliche Annäherung unmöglich erscheinen. Selbst ein blinder Ausguck würde unsere Bramsegel entdecken, ehe wir auf fünf Meilen heran sind.«

»Die Information stimmt aber, Sir?«

Bethune schaute zum Fenster hinüber und schien seine Meinung zu ändern. »Zwei Handelsschiffe sind in der letzten Woche angegriffen worden, ein drittes ist verschollen. Ein sizilianisches Boot sah die Schebecken. Ihr Master hat uns über Jahre hinweg immer sehr gut informiert. Uns und natürlich auch die Franzosen.«

Ruhig sagte Adam: »Mein Onkel hielt sehr viel von diesen Schebecken, Sir. Sein Flaggschiff, die *Frobisher,* wurde von einigen angegriffen. Leutnant Avery hat mir berichtet.«

Sie sahen beide auf den leeren Stuhl, und Bethune sagte: »Er hat gesehen, was den meisten von uns entgangen ist.«

Adam ging ein paar Schritte auf und ab. »Ein Landungstrupp. Nachts. Freiwillige natürlich.«

»Seesoldaten?«

»Nein, Sir, besser nicht. Sie sind gute Kämpfer, aber im Herzen eben Infanteristen. Wir brauchen Männer, die gewöhnt sind, sich ganz oben unter allen Umständen traumhaft sicher zu bewegen.«

Die Tür öffnete sich, Gläser klangen. Kein Wunder, daß Bouverie so bedrückt und wütend war. Sein Schiff war zu langsam. Ehe die *Matchless* ihren richtigen Trimm wieder hatte, war es zu spät – für ihn!

Bethune fuhr fort: »Ich kann die *Halcyon* zur Verstärkung anbieten. Mein Flaggschiff kann ich leider nicht entbehren, und der Rest des Geschwaders ist anderswo im Einsatz.« Er schlug mit der Faust auf den Tisch. »Lieber Gott, ich hätte Arbeit für mindestens zehn weitere Fregatten.«

Adam kannte die andere Fregatte. Sie war mit ihren achtundzwanzig Kanonen halb so groß wie die *Unrivalled* und wurde von dem jugendlichen und sehr eifrigen Kapitän Christie geführt. Immer wieder zeigte die Marine sich als Familie. Christie war in der Schlacht von Aboukir

Midshipman unter James Tyacke gewesen. An jenem schrecklichen Tag hatte jeder seine Narben empfangen – auf ganz unterschiedliche Art.

Adam spürte, daß Bethune ihn beobachtete. Vielleicht sah er sich selber dort in einer Operation, die in einem Desaster enden könnte. Aber wenn die Korsaren diese Inseln wirklich nutzten, dann gab es kein besseres Versteck. Ein Stachel im Fleisch? Nein – viel mehr!

Gefahr hin, Gefahr her – Kapitän Bouverie müßte es als Begünstigung auslegen. Ich würde es an seiner Stelle auch. Unter seinem Hemd spürte er das Stückchen Silber. Eigentlich könnte man über diese Absurdität nur lachen.

Er erinnerte sich an einen Kommandanten, der ihn nach einem blutigen Nahkampf ausgescholten hatte: »Sie hätten umgebracht werden können, Sie verdammter Idiot. Ist Ihnen das klargewesen?«

Er richtete sich auf und nahm dem wartenden Diener ein Glas ab.

»Ich glaube, es ist möglich, Sir!«

»Das hatte ich gehofft.« Bethune konnte seine Erleichterung kaum verbergen. »Aber gehen Sie keine unnötigen Risiken ein.«

Adam lächelte dünnlippig. Bethune hatte nie ein Schiff verloren, hatte ihr Leiden nicht erlebt und nicht das der Leute, die sich auf das Schiff verlassen hatten. Das machte es ihm vielleicht leichter.

Onslow meldete sich. »Der Empfang, Sir Graham?«

Bethune sah ihn stirnrunzelnd an. »Vielleicht ist es besser, wenn Sie mit dem ersten Licht auslaufen. Ich werde Ihre Befehle sofort ausstellen lassen und Christies auch.« Er sah auf den Stapel Papier, der auf seine Unterschrift wartete. Dann fragte er abrupt: »Haben Sir Lewis und Lady Bazeley Probleme gemacht?«

»Wir hatten eine schnelle Reise, Sir!«

Bethune sah ihn lächelnd an. Das hatte er nicht wissen wollen.

»Heute abend gibt es einen Empfang zu ihren Ehren. Das ist ein knapper Termin. Aber hier in Malta ist man an so etwas gewöhnt. Ich bin's immer noch nicht.«

Er begleitete ihn zur Tür, während Onslow die Karten zusammenlegte, weil wahrscheinlich schon der nächste Besucher erwartet wurde.

Bethune sagte: »Kapitän Forbes gibt Ihnen jede Unterstützung. Er kennt diese Wasser in- und auswendig.« Und dann wechselte er das Thema abrupt. »Tut mir leid, daß Sie heute abend nicht dabeisein können. Es muß alles ganz normal aussehen.« Er unterbrach sich, als sei er zu weit gegangen. »Wie ein König einmal meinte – wenn man seinem besten Freund ein Geheimnis anvertraut, ist es keines mehr.« Wieder änderte sich die Stimmung, und er bat: »Ich möchte Sie noch mal sehen, wenn Sie Ihre Befehle holen. Egal, was ich tue, ich will Sie sehen.«

Adam ging die Marmortreppen hinunter und beschäftigte sich bereits mit den Einzelheiten seines Auftrags. Alle Verantwortung lag bei ihm. Er hatte es immer wieder von seinem Onkel gehört: *Wenn du Erfolg hast, empfangen andere den Lohn. Wenn es schiefgeht, trägst du die ganze Verantwortung.*

Er sah den kräftigen Flaggkapitän am Eingang. Er war bereit.

Die *Unrivalled* war heute morgen eingelaufen, morgen würde sie ankerauf gehen und wieder auslaufen. Und Adam wußte plötzlich, daß er darüber gar nicht traurig war.

Leigh Galbraith stand an den Finknetzen und musterte die Boote, die längsseits lagen. Eins war die Gig der *Halcyon*. Ihre Mannschaft erkannte man an den gewürfelten Hemden und den geteerten Hüten. Er lächelte. *Ein Schiff wird eben doch nach seinen Booten beurteilt.*

Der Kommandant der anderen Fregatte war seit mehr als einer Stunde unten in der großen Kajüte. Man besprach die gemeinsame Aufgabe, die eigene Rolle bei den Plänen, die Auswahl der Männer und ihrer Führer.

Ein Landungstrupp also. Ein Überfall, der die Korsaren auf See treiben sollte, damit die Fregatten über sie herfielen, ehe sie entkommen konnten.

Er hörte Leutnant Massie, der die Wache hatte, scharf auf einen Gehilfen des Bootsmanns einreden, einen Mann, der nicht gerade für schnelle Reaktionen bekannt war, solange es sich nicht um Routine handelte. Massie hatte wenig Geduld mit Leuten, die nicht mitkamen. Er war ein guter Offizier für die Schiffsartillerie, einer der besten, der Galbraith je begegnet war, aber er war ganz und gar niemand, für den man Gefühle entwickeln konnte.

Massie trat jetzt neben ihn und atmete schwer. »Der ist ja stur wie ein Bock, der Mann.« Galbraith schaute auf das geöffnete Skylight hinüber. *Jetzt bald.* Er hörte Bolitho lachen, eine Nebensache, aber beruhigend.

Der Kapitän hatte ihm gesagt, als sie auf Christie von der *Halcyon* warteten: »Ich möchte, daß Sie den Landungstrupp führen. Ich habe ein paar Ideen, über die wir reden können, aber im wesentlichen hängt alles von Ihrer Initiative und Ihren Entschlüssen ab, wenn Sie an Land gehen.« Seine dunklen Augen hatten ihn nicht losgelassen. »Es ist keine Schlacht, Leigh. Ich brauche Sie als meinen Ersten Offizier, nicht als toten Helden. Also sind Sie die beste Wahl.« Er lächelte. »Die richtige.«

Massie meinte: »Ein Mann soll ausgepeitscht werden, warum da die Aufregung?«

Ein Matrose war wachfrei betrunken in seiner Messe entdeckt worden. Es schien, sie seien eben erst vor Anker gegangen und mußten doch schon wieder auf See gehen... *Es wird gefährlich werden.* Auf einem Schiff war das ganz anders. Da gab es Gesichter und Stimmen, die einem Halt gaben, und natürlich das Holz des Schiffes ringsum.

Galbraith meinte: »Eine Auspeitschung nützt jetzt niemandem!«

»Ohne feste, entschlossene Disziplin lacht man uns aus, und das wissen Sie!« Massie schien zu triumphieren, als Galbraith schwieg. »Wir bekommen den Abschaum, aus dem wir Seeleute machen sollen. Also gut, dann machen wir es eben!«

Galbraith schaute auf die anderen Schiffe. In der auffrischenden Brise waren die Spiegelbilder auf dem Wasser nicht mehr so klar.

Massie schien seine Gedanken zu lesen und sagte: »Ich nehme an, halb Malta weiß, was wir vorhaben. Wenn wir diese verdammten Inseln erreichen, werden die Herren ausgeflogen sein, und das war dann unser Angriff, verdammt noch mal.«

Hoffe ich das etwa auch?

Galbraith mußte an den Abend in der Kajüte des Kapitäns denken, als Sir Lewis Bazeley und seine junge Frau dort bewirtet wurden. Bellairs hatte die Unterhaltung mit einem abenteuerlichen Bericht nach dem anderen dominiert. Und wie die Abenteuer, so waren auch die Flaschen auf den Tisch gekommen und geleert worden. Wie die meisten Marineoffiziere verstand Galbraith wenig von guten Weinen. Man nahm, was gerade zur Hand war – anders als in der fernen Welt, von der Sir Lewis berichtete. Aber ein- oder zweimal hatte er durchaus den Eindruck, daß Bazeley keineswegs immer den Luxus guten Essens und Trinkens gekannt hatte oder die Gesellschaft von schönen Frauen. Er war ein harter Mann mit Ecken, die Galbraith noch immer nicht an ihm identifizieren konnte.

Massie deutete mit dem Arm aufs Land. »Ein Empfang, immerhin. Wir sollten eigentlich dabeisein, nach all dem, was wir erreicht haben, nachdem wir zu diesem Geschwader gestoßen sind.«

Galbraith erinnerte sich vor allem an die junge Frau, die immerzu den Kapitän angeblickt hatte, während dieser eine der vielen Fragen beantwortete, die Bazeley stellte. Als wolle sie etwas lernen. Über ihn zum Beispiel . . .

Wie abwesend meinte er nur: »Vielleicht beim nächsten Mal!«

Midshipman Cousens meldete: »Der Kapitän kommt, Sir!«

Galbraith nickte und war froh, daß ihr Gespräch unterbrochen wurde und daß Massie eine Zeitlang den Mund halten würde.

»Lassen Sie antreten an der Reling.«

Die beiden Kommandanten standen an der Reling und warteten auf die Gig, die längsseits gezogen wurde.

Christie drehte sich um und lächelte Galbraith zu. »Mein Zweiter Offizier wird Sie bei diesem Unternehmen unterstützen. Tom Colpoys ist ein erfahrener Mann, Sie werden sich nicht beklagen müssen.«

Das klang so leicht, als hätte keiner dieser jungen Kapitäne irgendwelche Probleme in der Welt.

Die Musketenkolben klatschten, als die Wache präsentierte, ein Säbel blitzte in der staubigen Luft, die Pfeifen trillerten, und Augenblicke später pullte Christies Gig tadellos aus dem Schatten der *Unrivalled* davon.

Adam Bolitho drehte sich auf den Hacken um. »Ein Mann zur Bestrafung, habe ich gehört?«

Galbraith beobachtete den Kapitän, als Massie alle Vergehen aufzählte.

»Willis, sagen Sie?« Adam ging zur Reling und kam zurück. »Großtoppmann, Fockmast, Steuerbordwache, stimmt's?«

Massie schien überrascht: »Aye, Sir.«

»Erste Übertretung?«

Massie holte tief Luft. »Von dieser Art, ja, Sir!«

Adam deutete auf die glänzenden Dächer und Wallanlagen.

»Da drüben werden heute eine ganze Menge so betrunken sein, daß sie nicht mehr stehen können, Mr. Massie. Auch Offiziere, vergessen Sie das nicht. Man wird sie nicht auspeitschen, also geschieht Willis das auch nicht. Verwarnen Sie ihn diesmal nur.« Er sah den Leutnant so genau an, als suche er etwas in seinen Zügen. »Und verwarnen Sie den auch, der ihn Ihnen gemeldet hat. Verantwortung geht immer in beide Richtungen. Ich will nicht, daß man hier alte Rechnungen begleicht.«

Massie ging davon, und Galbraith sagte: »Ich hätte mich um die Sache gekümmert, Sir.« Wahrscheinlich hatte noch niemand Massie in seinem ganzen Leben so angesprochen. Nur sehr wenige Kommandanten hätten sich überhaupt um so etwas gekümmert.

»Ich werde gleich an Land gehen«, sagte Adam. Er lächelte über etwas, das Galbraith nicht begriff. »Um meine Bestimmung zu unterschreiben.« Er blickte das Schiff entlang, und Galbraith fragte sich, wie er es wohl beurteilte. Das war etwas, das Bolitho mit niemandem teilte. Es sei denn... »Wenn ich zurückkomme, werden wir ein Glas zusammen trinken.« Ein seltenes, ansteckendes Lachen. »Keinen Rotwein, denke ich.«

Und dann war der Augenblick verflogen, so schnell, wie er gekommen war, und er sagte: »Dieser Willis. Seine Frau ist gestorben.« Er schwieg, erinnerte sich. »In Penzance.«

»Das wußte ich nicht, Sir!«

»Warum auch? Aber Massie ist sein Offizier. Er hätte es wissen und darauf achten müssen, daß es nicht zu dieser unnötigen Konfrontation kam.«

Bellairs kam zu ihnen, doch er wartete, bis der Kapitän

gegangen war, ehe er eine Liste hervorzog mit Sachen, die er für den Landungstrupp zusammenstellen sollte.

Galbraith legte dem jungen Mann die Hand auf die Schulter. »Später, mein Junge, jetzt nicht!« Er schüttelte ihn sanft. »Ich wünschte, Sie wären eben hiergewesen, Sie hätten was gelernt, das Ihren Prüfern vor Bewunderung den Atem verschlagen hätte.« Er dachte an den Gesichtsausdruck des Kommandanten, seine Würde und an die Wärme seiner Worte. »Über die wahren Qualitäten, die einen Offizier des Königs auszeichnen. Ich weiß es jetzt, glauben Sie es mir!«

Er wußte, daß Bellairs ihm immer noch nachsah, als er davonschritt und die Mannschaft des Bootes rief. Er war froh, ihm das gesagt zu haben.

Adam näherte sich wieder so gelassen Bethunes Haus, ohne zu wissen warum. Die schmale Straße war jetzt noch schattendunkler, und die meisten Verkaufsstände waren zur Nacht geschlossen und verlassen. Er suchte den Laden mit dem niedrigen Vordach des Silberschmieds, aber auch der war verlassen, wie er geahnt hatte.

Er hatte die Gig am Anleger zurückgelassen und hatte Jagos Mißbilligung gespürt. Er war sogar so weit gegangen, ihm seine Begleitung vorzuschlagen: »Der ganze Ort ist wahrscheinlich voller Halsabschneider und Diebe.«

Doch er blieb in der Gig, als Adam ihm erklärte, daß er keinen seiner Männer wieder finden würde, wenn er zurückkäme, obwohl sie alle handverlesen waren.

Der Handschlag – doch noch immer teilte Jago seine innersten Gedanken nicht. Seinen alten Säbel hatte Adam in der Scheide dennoch gelockert. Ein paar kleine Jungen mit einem gefährlich aussehenden Wachhund hatten ihn angebettelt, aber sonst blieb er unbelästigt.

Die Luft wurde kühler, als zum Abend die Schatten länger wurden, doch nicht sehr. Er dachte ohne Vorfreude an den Empfang in Bethunes Hauptquartier, stellte sich die Menge schwitzender Leute vor und den Wein. *Unrivalled* würde morgens auslaufen. Er mußte einen klaren Kopf behalten, um mögliche neue Probleme zu lösen, ehe die beiden Fregatten ihren Auftrag erfüllten.

Er ging um eine Ecke und entdeckte in der Dämmerung die Pforten. Jedes Fenster war taghell erleuchtet. Er roch Essen und spürte, wie sein Magen sich zusammenzog. Seit dem Frühstück hatte er nichts mehr zu sich genommen. Jago würde es ähnlich gehen.

Adam tippte bei einem Posten an seinen Hut und betrat den Hof, sah undeutliche Gestalten, hörte Instruktionen und das ständige Klirren von Schüsseln und Gläsern.

Er erinnerte sich an Bethunes beiläufige Frage nach der Reise von Gibraltar herüber. Hatte er seine ungewollten Passagiere als Last empfunden oder in ihnen eine Chance für seine weitere Laufbahn gesehen? So mochte Bethune denken, Adams Welt war das nicht. Er würde nie freiwillig in diese Welt eintauchen.

Musik war zu hören, schwebende Töne, Geigen suchten sich und schwangen plötzlich in vollem Einklang über den Hof. Er hielt und wartete, bis die Musik verklungen war.

Jemand rief »Achtung!«.

Bethune hätte das sicher nicht gefallen.

»Ach Sie, Kapitän Bolitho? Stehen da ganz allein und so nachdenklich! Sie kommen sehr früh!«

Adam drehte sich um und sah sie unter dem Bogen eines Tors, das ihm beim ersten Besuch gar nicht aufgefallen war. Im dunklen Schatten sah ihr Kleid blau aus, war wahrscheinlich ausgesucht worden, weil es zu ihren Augen paßte. Ihr dunkles Haar war über den Ohren aufgesteckt. Sicher ein Ergebnis von Hildas Bemühungen, dachte er. Sie trug Ohrringe, die wie feurige Tropfen im letzten Licht der Sonne glänzten.

Er nahm den Hut ab und verbeugte sich. »Mylady, ich bin ein Besucher, kein Gast. Ich breche sofort wieder auf, nachdem ich mit Sir Graham oder mit seinem Adjutanten gesprochen habe.«

»Ich verstehe. Wieder die Pflicht.« Sie lachte und entfaltete einen kleinen Fächer, der an einem Band an ihrem Handgelenk hing. »Ich hatte gehofft, mehr von Ihnen zu sehen!«

Er trat zu ihr in den gepflasterten Torweg und roch ihren Duft, ihre Wärme. Dieselbe Frau und doch so ganz anders als die, die er in den Armen gehalten hatte, als sie seekrank und verzweifelt war.

»Es sieht so aus, Mylady, als kümmere man sich sehr um Sie.« Er schaute an ihr vorbei, als die Musik wieder einsetzte. »Ich hoffe, der Empfang wird ein großer Erfolg für Sie.«

Sie ergriff plötzlich entschlossen seinen Arm, drehte ihn zur Musik um, zu sich um, und dann standen sie nur noch wenige Zentimeter voneinander entfernt.

»Der Empfang ist mir ziemlich egal, Kapitän. Ich habe schon viel zu viele mitgemacht. Es bedrückt mich, daß Sie mir vorwerfen könnten, so etwas...« Sie schien sich zu ärgern, daß ihr das passende Wort nicht einfiel für ihr Mißfallen.

»Eine Notwendigkeit, Mylady?«

»Nein, das bestimmt nicht!« Sie beruhigte sich wieder. Sie spürte, wie ihre Finger seinen Arm umfaßten wie in der Nacht, in der Napier ihn zu ihr geholt hatte.

Sie sagte: »Begleiten Sie mich. Auf der anderen Seite hat man einen schönen Blick auf den Hafen!« Ihr Griff wurde fester, als wolle sie seinen Widerstand erdrücken. »Niemand wird uns sehen. Und niemand wird sich über uns Gedanken machen.«

»Ich glaube nicht, daß Sie verstehen...«

Wieder schüttelte sie seinen Arm. »Ich begreife das

schon, Kapitän. Ich kenne die Regeln, die Etikette der Offiziere des Königs. Keine Gespräche über Frauen in der Messe. Aber ein wissendes Nicken und ein Augenzwinkern verrät solche Einstellungen.« Sie lachte und ihr Lachen brach sich im Rundgang. »Hören Sie? Können Sie das hören?«

Sie erreichten eine gepflasterte Balustrade, hinter der Adam die See sah. Bronzefarben lag das Licht der untergehenden Sonne auf dem Wasser, und die Ankerlichter und die Laternen der kleinen Boote, die sich frei bewegten, schufen ein eigenes Muster.

Das unsichtbare Orchester spielte jetzt, und alle anderen Geräusche des Tischdeckens waren verstummt, als hielten auch die Diener und die Ordonnanzen inne, um zu lauschen.

Sie flüsterte fast: »Ist das nicht schön!« Und dann sah sie ihn voll an. »Fühlen Sie das nicht auch?«

Er legte seine Hand auf die ihre und spürte ihre Reaktion – die einer Frau jetzt, die eines Kindes im nächsten Augenblick. Oder machte er sich etwas vor?

»Wie Sie sehr genau erkannt haben, Mylady, bin ich ein bißchen hilflos, wenn es um die feinere Etikette geht.«

Sie antwortete nicht. Doch einen Augenblick später sagte sie, als habe sie ihn nicht gehört: »Ein Walzer. Wissen Sie, daß manche Leute ihn für viel zu schamlos halten, um ihn in der Öffentlichkeit zu tanzen!«

Er lächelte. Sie foppte ihn wieder.

»Ich bin dankbar, daß ich derlei Risiken nicht eingehen muß!«

Sie drehte sich wieder zu ihm um und schob seine Hand von ihrer, als wolle sie weggehen. Doch dann nahm sie seine beiden Hände, sah ihn mit schräg geneigtem Kopf an wie jemand, der vielleicht schon zu weit gegangen war.

»Hören Sie nur hin. Lassen Sie sich doch mal verzaubern!«

Sie legte seine rechte Hand auf ihre Hüfte und preßte sie dort so fest wie in jener Nacht, als sie ihn nicht loslassen wollte.

»Halten Sie mich so, und dann führen Sie mich mit Ihrer Linken!«

Adams Griff wurde fester, als er spürte, wie sie sich ihm näherte. Selbst in dem unsicheren Licht konnte er ihre nackten Schultern erkennen und den dunkleren Schatten zwischen ihren Brüsten. Sein Herz schlug heftiger vor Verlangen und Sehnsucht. Es war reiner Wahnsinn. Jeden Augenblick konnte jemand sie hier entdecken. Gerüchte liefen schneller als der Wind. Eifersucht würde alles andere wegdrücken.

Aber sie bewegte sich, hielt ihn fester und seine Füße folgten ihren, als habe er nur auf diesen Augenblick gewartet.

Dann sagte sie: »Sie führen.« Sie lehnte sich in seinem Arm zurück. »Dann werde ich nachgeben!«

Dabei lachte sie wieder. Die Musik war verstummt wie hinter einer geschlossenen Tür.

Er wußte nicht genau, wie lange sie in dieser Pose standen. Sie bewegte sich nicht, auch als er sie fest an seine Oberschenkel drückte, bis er ihren warmen Körper spürte, ihren Schock, über das, was geschah.

Dann schob er sie vorsichtig, doch entschlossen von sich und hielt sie an den nackten Schultern, bis sie ihn wieder ansehen konnte.

Er sagte: »Sie sehen, Mylady, das ist hier kein Spiel. Knochen heilen, aber Herzen nicht. Bedenken Sie das bitte!«

Sie entzog ihm die Hand und hob sie, als wolle sie ihn treffen. Doch als er ihr Handgelenk ergriff, schüttelte sie den Kopf. »Es war überhaupt kein Spiel und kein Trick. Ich kann das gar nicht erklären ...« Sie sah ihn mit Tränen in den Augen an, und er spürte, wie sie sich ihm zuneigte – ohne Protest oder Spott. Er wollte sie wegstoßen, was auch immer es für ihn oder sie beide bedeuten mochte.

Denk bei dem, was du tust, an die Folgen. Hast du den Verstand verloren, weil du einen anderen Verlust nicht verhindert hast? Oder weil du ein Glück nicht ausgekostet hast, das dir nie gehörte?

Es gab keine Lösung. Nur die Erkenntnis, daß er diese Frau begehrte, dieses Mädchen, die Ehefrau eines anderen.

Er hörte sich sagen: »Ich muß Sie jetzt allein lassen. Ich muß den Admiral sprechen.«

Sie nickte so langsam, als bereite die Bewegung ihr Schmerzen.

»Ich verstehe.« Er fühlte ihr Gesicht an seiner Brust, ihre Lippen. »Sie werden mich sicher verachten, Kapitän Bolitho.«

Er küßte ihre Schulter, fühlte, wie sie sich anspannte, entsetzt schien, ungläubig – das war nun auch egal.

Stimmen waren zu hören, Gelächter, jemand meldete Ankommende. Sie verschwand im Schatten, entfernte sich, doch hielt immer noch einen Arm ausgestreckt.

Er folgte ihr durch den niedrigen Gang und hörte, wie sie sagte: »Nein, das war alles mein Fehler.« Sie schüttelte sich, als wolle sie sich von etwas befreien. »Gehen Sie, gehen Sie bitte jetzt!«

Er hielt sie fest, küßte wieder ihre Schulter, wartend und mit tiefer Erregung. Stimmen kamen näher. Jemand suchte sie. Oder ihn.

Er drückte ihr die kleine silberne Säbelbrosche in die Hand und schloß ihre Finger darum. Dann ging er durch den Gang auf den Hof, obwohl alle Gedanken sich dagegen wehrten. Er hoffte fast, sie würde hinter ihm her eilen und ihn zurückhalten. Doch er hörte nur Metall auf

Steinen. Sicherlich hatte sie die kleine Brosche weggeworfen.

Leutnant Onslow erwartete ihn am gegenüberliegenden Tor, und das fand er irgendwie erleichternd.

»Kapitän Bolitho, Sir! Kompliment vom Admiral. Sir Graham ist leider nicht in der Lage, Sie heute abend zu empfangen. Er ist bei Sir Lewis Bazeley, und er hatte gehofft, ehe die Gäste kämen . . .«

Adam zupfte an seinem Ärmel. »Macht nichts. Ich werde meine Befehle quittieren und dann gehen.«

Lahm antwortete Onslow: »Er wünscht Ihnen viel Erfolg, Sir.«

Adam sah nicht zum Balkon hinauf. Sie war dort und wußte sicher, daß er sich dessen bewußt war. Alles weitere wäre reinster Irrsinn.

Er folgte dem Flaggleutnant in ein Zimmer. Während Onslow die schriftlichen Befehle heraussuchte, streckte Adam seine Hand aus und prüfte sie. Eigentlich sollte sie zittern, aber sie war ganz ruhig. Er griff nach der Feder und mußte an Jago denken, der unten mit der Mannschaft am Boot wartete.

Heute abend gab es an Land viel größere Gefahren als von Dieben und Halsabschneidern. Vielleicht hatte Jago auch diese gemeint.

Ich habe sie begehrt. Und sie weiß das.

Er hörte immer noch ihre Stimme. *Dann werde ich nachgeben.*

Vielleicht würden sie sich nie wieder treffen. Sie kannte sicher die Gefahren solcher Verbindungen, selbst wenn sie nur ein Spiel waren.

Die Bootsmannschaft nahm Haltung an, als er erschien, der Bugmann hielt das Dollbord fest, damit er an Bord steigen konnte. Jago übernahm die Pinne.

»Loswerfen!«

Kapitän Bolitho hatte nichts gesagt. Doch er konnte

Parfüm riechen, dasselbe, das sie auch aufgelegt hatte, als sie sie damals gemeinsam fast bewußtlos nach unten getragen hatten.

»Vorne abdrücken. Riemen ein.«

Jago lächelte vor sich hin. Nichts wie auf See hinaus, das war das beste für alle.

»Rudert an.«

Adam sah das Ankerlicht des Schiffes näher kommen und seufzte.

Bestimmung.

XV   Nahkampf

Leutnant Leigh Galbraith kniete im Heck des Kutters und schob seinen Kopf unter die abdeckende Leinwand, um den Kompaß abzulesen. Als er die kleine Klappe der Laterne öffnete, war das Licht strahlend hell wie eine Rakete, doch alle Geräusche um ihn herum gedämpft.

Er schloß die Klappe und setzte sich wieder neben den Rudergänger. Ihm schien es jetzt viel dunkler als vorher. Er konnte sich vorstellen, daß der Rudergänger seine Freude an der Unsicherheit des Leutnants hatte. An der Pinne saß Rist, einer der älteren Gehilfen des Masters der *Unrivalled,* der erfahrenste von allen. Die Sterne, die sich von Horizont zu Horizont über den Himmel erstreckten, waren schon bleicher geworden, doch Rist navigierte mit der Sicherheit eines Mannes, der mit ihnen lebte.

Galbraith sah, wie die Riemen sich im Gleichtakt hoben und senkten, nicht zu schnell, um die Kräfte eines Mannes nicht bereits erschöpft zu haben, wenn er sie am meisten braucht. Die Geräusche erschienen ihm heute besonders laut. Er versuchte den Gedanken zu verdrängen und sich zu konzentrieren. Die Dollen des Kutters waren eingefettet, die Riemen an der entsprechenden Stelle mit Sacktuch umwickelt worden. Nichts hatte man dem Zufall überlassen.

Er stellte sich ihr Vorankommen aus der Sicht eines Vogels vor. Drei Kutter in Kiellinie hintereinander, als letztes ein kleineres Boot, das im Schutz der Dunkelheit an Bord der *Unrivalled* gehievt worden war. War das erst zwei Nächte her? Es schien Galbraith fast eine Woche, seit sie morgens Malta verlassen hatten.

In einer ruhigen Nacht hatten sie das Boot an Bord

genommen. Trotz der steten Brise, die durch Rigg und aufgetuchte Segel wehte, war es still genug gewesen, um die Musik zu hören, die aus dem großen weißen Gebäude, das Vizeadmiral Bethune und sein Stab bewohnten, über das Wasser des Hafens drang.

Galbraith hatte den Kapitän an der Achterdecksreling stehen sehen, als das vierte Boot weit von den anderen weg an Deck festgezurrt wurde. Die Hände hatte er auf die Reling gelegt. Doch sein Blick wanderte immer wieder zur Musik hinüber, als wären seine Gedanken ganz wo anders.

Rist meinte jetzt leise: »Es dauert nicht mehr lange, Sir!«

Galbraith war trotz dieser Zuversicht unruhig. Ein Strich aus dem Kurs und die Boote würden an dem schlecht beschriebenen und ungenau eingezeichneten Inselchen vorbeilaufen. Wenn in zwei Stunden das Tageslicht ausbrach, waren die Boote weithin sichtbar, die geheime Annäherung unmöglich und die Schebecken würden fliehen – falls es dort überhaupt welche gab.

Der Landungstrupp bestand alles in allem aus fünfunddreißig Mann. Das war nicht gerade eine Armee, aber jeder weitere Teilnehmer würde das Risiko verstärken, entdeckt zu werden. Kapitän Bolitho hatte sich schließlich doch entschlossen, Seesoldaten in den Trupp zu integrieren, ganze zehn. Alle waren wie ihr Sergeant ausgezeichnete Schützen. Als Galbraith den Trupp das letzte Mal vor dem Auslaufen inspizierte, ehe sie in die Boote stiegen, war ihm aufgefallen, daß sie selbst ohne Uniform adrett und diszipliniert erschienen. Die anderen Männer sahen eher wie Piraten aus, doch alle waren sehr gut ausgebildete und erfahrene Leute. Selbst Campbell mit seiner vorlauten Klappe war im Boot. Er würde im Kampf nicht um Pardon bitten und natürlich auch keines geben.

Der Zweite Offizier der *Halcyon*, Tom Colpoys, saß im

letzten Boot. Bei ihm würde die Entscheidung liegen, zu kämpfen oder zu fliehen, wenn das erste Boot Probleme bekommen sollte.

Colpoys war ein zäher, überraschend schweigsamer Bursche, relativ alt für seinen Rang und im Landungskommando sogar der älteste. Galbraith fiel sofort auf, welchen Respekt seine eigenen Männer ihm zollten. Er kam aus dem Unterdeck und hatte wahrscheinlich unter allen möglichen Offizieren gedient, ehe er jetzt ihren Rang erreicht hatte. Es tat gut zu wissen, daß er der Zweite Mann in diesem Unternehmen war.

Galbraith hatte in seiner Karriere an verschiedenen Unternehmen ähnlicher Art teilgenommen, doch niemals in diesem Meer. Es gab hier keine Tide, die das Näherkommen decken konnte, keine dröhnende Brandung, die die endgültige Entscheidung zum Landen beeinflussen konnte.

Er dachte an die algerischen Schebecken, die er selber gesehen und die ihm die alten Seeleute genau beschrieben hatten. Wer solchen Schiffen noch nie begegnet war, lachte über sie als Überbleibsel aus längst vergangener Zeiten, die mit den Pharaonen begonnen hatten und mit dem Sklavenhandel endeten. Doch wer sie näher kannte, hatte Respekt vor ihnen. Im Lauf der Jahre war ihr Rigg verbessert worden, so daß sie all die kleinen Handelsschiffe, auf die sie es abgesehen hatten, leicht aussegeln konnten. Ihre langen Linien machten sie ungeheuer manövrierfähig, und das glich den Mangel an Bewaffnung aus. Ein Kriegsschiff konnte sogar mit kompletter und gut ausgebildeter Besatzung in Minuten das Opfer einer Schebecke werden, wenn es bekalmt liegen mußte. Schebekken konnten schnell ums Heck gerudert werden und dann auf Kernschußweite mit der einzigen schweren Kanone, die sie im Bug besaßen, durch das ungeschützte Heck feuern. Danach enterten die Algerier normalerweise – ohne Furcht und ohne Gnade. Es hieß, die Toten seien glücklich im Vergleich zu den Schrecken, die die Überlebenden erdulden mußten.

Er sah, wie Williams, einer der Gehilfen des Stückmeister der *Unrivalled,* sich über den schweren Sack beugte, den er mitgebracht hatte. Als sehr erfahrenem und verläßlichem Mann hatte man ihm Zündschnüre und Pulver übergeben, mit denen er ein flammendes Inferno produzieren konnte. Galbraith hatte beobachtet, wie er über das kleine Boot, das sie an Bord genommen hatte, geklettert war und persönlich die Plazierung und das Festlaschen jedes einzelnen dieser tödlichen Pakete überprüft hatte. Wenn überhaupt etwas die Schebecken aufscheuchen würde, dann dieser kleiner Brander. Wenn sie ihren Liegeplatz aufgaben und in tiefes Wasser ausliefen, dann waren sie keine Gegner mehr für die schnelle *Unrivalled* mit ihren Waffen.

»Jetzt, Sir!«

Rist gab der Pinne Raum, ohne auf den Befehl zu warten. Galbraith sah den Mann im Bug den Arm über den Kopf heben und winken und dann deutlich nach Steuerbord voraus zu deuten. Es wurde kein einziges Wort gewechselt, niemand drehte sich um, der Schlag der Riemen blieb gleichmäßig.

Galbraith hätte sich am liebsten mit der Hand über das Gesicht gewischt. »Machen Sie eine Pause, lassen Sie alle mal sehen, worauf wir zulaufen.«

Ihn überraschte selber, wie ruhig er das sagte. Jeden Augenblick konnte ein Schuß die Stille zerstören, ein Boot konnte von der unsichtbaren Insel auf sie zulaufen. Nur die Handvoll Seesoldaten verfügten über geladene Musketen. Alles andere wäre verrückt. Er selber war einmal bei einer Annäherung dabeigewesen, als ein Seemann stolperte, hinfiel und aus Versehen seine Muskete abfeuerte. Der Feind war sofort wach gewesen.

Doch das war jetzt kein Trost. Galbraith berührte das Entermesser an seiner Seite und fragte sich, ob er wohl Zeit finden würde, seine Pistole zu laden, wenn das Schlimmste eintrat. Und dann sah er sie. Nicht als Umriß, nicht als Linie, sondern wie etwas, das schon lange zu erkennen gewesen sein mußte und doch versteckt war: die Insel.

Er packte Rist an der Schulter. »Wir laufen auf den Strand zu und landen am Strand!« Später fragte er sich, woher er sein Grinsen geholt hatte: »Falls es einen passenden Strand gibt.«

Dann stolperte er selber durch das Boot nach vorn, hielt sich hier an einer Schulter oder dort an einem Arm fest, der kräftig ruderte, an Männern, die er kannte oder von denen er das wenigstens glaubte. Es waren Männer, die ihm trauten, weil sie keine andere Wahl hatten.

»Ruder ein. Und Achtung.«

Galbraith hob sich aus dem Boot und wäre fast gefallen, als das Wasser ihm in die Stiefel lief und an ihm zerrte, während der Kutter weiter auf das fahle Land zutrieb.

Jetzt sprangen weitere Männer ins Wasser, einer stöhnte laut auf, als er über harten Sand oder einen Stein stolperte. Das Boot lief krachend auf, und die Männer packten das plötzlich unbeholfene Gefährt und schoben und leiteten es, bis es schließlich sicher an Land ruhte.

Galbraith wischte sich Gischt von Augen und Mund. Gestalten eilten davon, als folgten sie den Speichen eines großen Rades, und er schüttelte sich, um die nächsten Schritte und Einzelheiten klarzubekommen. Doch ihm war klar, daß die anderen nur tun würden, was sie tun sollten. So war es ihnen auf dem vertrauten Deck der Fregatte erklärt worden. Gestern ... Konnte das sein?

Heiser meinte jemand: »Das nächste Boot läuft an, Sir!«

Galbraith deutete nach vorn: »Sagen Sie das Mr. Rist, und dann helfen sie denen beim Landen.«

Und dann war das Stückchen Strand plötzlich voller Männer, die ihre Waffen ergriffen oder die Boote sicherten. Der Gehilfe des Stückmeisters, Williams, schwamm fast in brusttiefem Wasser, während er sich mit dem letzten der vier Boote abgab.

Leutnant Colpoys klang zufrieden: »Hier liegen Sie sicher, Sir.« Er schaute nach vorn, wo das Land einen Kamm formte. »Die wären schon längst über uns hergefallen, wenn sie irgendwas gemerkt hätten.«

»Ich hol' mir mal meine Peilungen, Tom.« Galbraith berührte seinen Arm. »Ich bin Leigh, wenn Sie mögen, bestimmt kein Sir. Schon gar nicht in diesem gottverlassenen Stück Welt.«

Er begann zu klettern, Rist dicht hinter sich. Dabei atmete er heftig. Er war eben mehr an das glatte Achterdeck der *Unrivalled* gewöhnt als an solche Übungen wie diese.

Galbraith machte eine Pause und ließ sich auf ein Knie nieder. Er konnte den Kamm in seiner ganzen Länge sehen, der wie aus dem Nichts zu kommen schien. Wie ein Zweispitz hatte es in einer Beschreibung geheißen. Es war jetzt dunkler, weil die Sterne fast verschwunden waren. Doch die Tiefe und der Umriß wurden deutlicher, weil Galbraith' Augen sich jetzt an die wüste Umgebung gewöhnt hatten.

Dann erhob er sich, als habe jemand ihn gerufen. Und da sah er den wilden Ankergrund, hinter dem ein zweites, größeres Inselchen in weiter Ferne sichtbar wurde. Er fluchte leise vor sich hin. *Dort hätten wir landen müssen!* Er hatte sich trotz allem eben doch geirrt.

Neben sich spürte er Rist, aufmerksam, genau lauschend, bedrückt.

Dann sagte er: »Da hinten sind Feuer, Sir!«

Galbraith starrte ins Dunkle, bis seine Augen tränten. Feuer am Strand? Ging es um Wärme oder um Essen? Eigentlich war das egal. Er schätzte, daß die Feuer genau da brannten, wo seine Boote eigentlich Landberührung hätten haben sollen. Über alles andere mußte man jetzt nicht nachdenken.

Rist faßte zusammen: »Wir haben Glück gehabt, Sir!«

Knapp wollte Galbraith wissen: »Wann haben wir erstes Licht?«

»In einer halben Stunde, Sir.« Er nickte zur Bestätigung. »Nicht später.«

Galbraith wandte den flackernden Punkten des Feuers den Rücken zu. Das müßte reichen. Wenn nicht ...

Er schritt jetzt schneller aus und hörte Adam Bolithos Stimme.

Es wird fast ganz von Ihnen abhängen.

Und genau das war jetzt der Fall.

Er war noch nicht mal außer Atem, als er das Ufer erreichte. Oft genug hatte er gehört, daß ein britischer Matrose sich an alles anpassen konnte, wenn er nur ein bißchen Zeit hatte, und das war in der Tat richtig. Männer standen in kleinen Gruppen zusammen, einige luden stumm ihre Musketen, prüften andere tödliche Waffen, Entermesser, Dolche, Enterbeile. Die waren bei Nahkämpfen immer besonders beliebt. Colpoys kam ihm entgegen und hörte aufmerksam zu, was Galbraith ihm zu berichten hatte über den einzig möglichen Ankergrund. Schebecken hatten wenig Tiefgang. Sie konnten dicht an Land liegen, ohne ihre eleganten Rümpfe zu gefährden.

Colpoys hob die Hand und meinte trocken: »Der Wind hat etwas gedreht, Sir.« Er grinste bedeutungsvoll. »Das kann nur gut sein für unsere Schiffe.« Er schaute auf die Boote, die noch im Wasser lagen. »Aber das erlaubt es leider nicht, direkt zwischen die Algerier zu segeln. Ein

Mast, ein paar Segel, das werden sie von weitem schon erkennen und die Ankerleinen kappen. Da haben wir keine Chance.«

Galbraith sah, daß Rist nickte. Er ärgerte sich, daß ihm die leichte Winddrehung nicht selber aufgefallen war.

Aber dann sagte er: »Da sind sie, Tom. Ich weiß es. Sie haben Feuer entzündet.« Er stellte sich die andere Insel vor, hohes Land wie dieses. Beim ersten Tageslicht würde man einen Ausguck postieren, keine Frage, um sich nähernde Gefahren oder mögliche Opfer zu melden. Es war alles so einfach, daß er jeden verdammen wollte, der sich diesen Plan ausgedacht hatte. War es Bethune gewesen, dem die Admiralität einen scharfen Verwies erteilt hatte? Wer auch immer, jetzt war es zu spät.

Colpoys meinte nur: »Das ist nicht Ihr Fehler, Leigh. Die falsche Zeit, der falsche Ort, das ist's!«

Williams, der Gehilfe des Stückmeisters, lehnte sich vor und sagte in seinem deutlichen Waliser Akzent: »Ich habe die Zündschnüre getrimmt, Sir. Das hier brennt wie Zunder.« Er schien entsetzt darüber, daß sein Brander nun vielleicht doch nicht zum Einsatz kam.

Colpoy sagte: »Der Wind, nur darum geht es!«

Galbraith meinte: »Wenn der bloß . . .«

»Hör auf, Schluß mit allem, Rückzug, solange es noch möglich ist.«

Er schaute in die Gesichter, vage Schatten in der lauernden Dämmerung. Sie hatten gar keine Wahl.

»Wenn wir den ganzen Weg pullen, dann könnten wir es noch schaffen. Ich glaube nicht, daß sie Wachen an Deck haben wie wir.«

Jemand kicherte, ein anderer sagte: »Diese verdammten Heiden!«

Galbraith leckte sich die Lippen. Sein Magen verkrampfte sich wie in dem kurzen Moment, ehe eine Kugel trifft oder die Spitze einer Klinge.

»Drei Freiwillige. Ich gehe selber.«

Colpoy stellte das nicht in Frage und argumentierte nicht darüber. Er dachte schon weiter und war bereit, die Männer auszuwählen, die sich im Schatten um ihn sammelten.

Zwei von der *Halcyon* und Campbell, wie Galbraith es nicht anders erwartet hatte.

Williams sagte: »Ich muß mit, Sir!«

Galbraith blickte in den Himmel. Es war wieder etwas heller geworden. Man könnte sie vielleicht entdecken ... Er verdrängte den Gedanken wie unter einer fest geschlossenen Luke.

»Also los. Ins Boot.« Er packte Colpoy am Arm. »Kümmern Sie sich um die anderen hier, Tom. Und berichten Sie meinem Kapitän alles.«

Er warf seine Jacke ins Boot, stieg hinein und fand Platz zwischen den sorgfältig gestauten Ladungen. Ein paar Stimmen sagten noch etwas, aber er verstand sie schon nicht mehr. Colpoy watete jetzt neben den anderen Männern und schob das Boot in tieferes Wasser.

Vier Riemen, ein verdammt hartes Pullen. Er bezweifelte, ob jemand von den anderen schwimmen könnte. Wenige Matrosen konnten das. Für sie war die See immer der wahre Feind.

Er warf sich in die Riemen, und seine Muskeln protestierten. Williams saß an der Pinne, ein Stück Zündschnur zu seinen Füßen glänzte wie ein einsames, böses Auge.

Campbell sagte: »Ganz ruhig pullen, Männer. Wir wollen doch den Offizier nicht ermüden!«

Galbraith pullte gleichmäßig. Er konnte sich nicht erinnern, wann er das letztemal an einem Riemen gesessen hatte. Vielleicht als Midshipman? War er das je gewesen?

Und berichten Sie meinem Kapitän alles.

Was hatte er damit gemeint? Gab es sonst niemanden, den das hier interessierte?

Er dachte an das Mädchen, das zu heiraten er gehofft hatte. Doch weil er sein erstes Kommando antreten sollte, war die Hochzeit verschoben worden.

Er schloß die Augen und preßte die Füße fester gegen die Spanten. Schweiß lief ihm wie Eiswasser den Rücken hinab.

Aber sie hatte nicht gewartet, sondern einen anderen geheiratet. Warum mußte er gerade jetzt an sie denken?

All das aufgegeben für das hier? Ein verrückter Augenblick, und dann das Ende. Wie George Avery, kühl in manchen Dingen, gefühlvoll, ja manchmal sogar scheu. Und dann der Verräter Lovatt, der in der Kajüte des Kapitäns gestorben war. Vielleicht hatte der im Leben ein Ziel gehabt, bis zu seinem Ende ...

Williams meldete leise: »Nur noch ein paar Meter!«

Galbraith schnappte nach Luft. »Riemen auf.«

Die Riemen hingen jetzt längsseits, Wasser tropfte von ihnen. Als Galbraith sich auf der Ducht umdrehte, sah er etwas, das er für ein einzelnes großes Fahrzeug hielt, doch während er sich den Schweiß aus der Stirn wischte, erkannte er zwei Schebecken. Sie überschnitten sich, die Masten und die aufgetuchten Segel ragten hoch in den Himmel, die schlanken, gefährlichen Rümpfe lagen noch im Dunkeln.

»Wir werden an der ersten Schebecke längsseits gehen und die Zündschnüre anmachen.« Williams nickte nur, machte sich offensichtlich keinerlei Sorgen. »Dann schwimmen wir an Land. Zusammen!« Er machte eine Pause, in die hinein Williams antwortete: »Ich kann nicht schwimmen, Sir, habe das nie gelernt.«

Ein zweiter murmelte: »Ich auch nicht!«

Galbraith wiederholte. »Wir bleiben zusammen. Wir nehmen die Bodenbretter, und dann schaffen wir es!«

Er schaute Campbell an und entdeckte dessen böses Grinsen, das so vieles bedeuten konnte.

»Ich würde sogar auf dem Wasser laufen, um einem Offizier zu helfen, Sir!«

Der lange Bugspriet und der spitze Bug zogen jetzt über ihnen entlang, als bewege sich die Schebecke, nicht ihr Boot.

Galbraith stand auf und hob den Wurfanker hoch. Also los, hoch damit und rüber. *Jetzt.*

Gerade als der Wurfanker in der Spitze des Schiffes Halt fand, wurde die Stille durch einen lauten Ruf unterbrochen. Es klang eher teuflisch als menschlich. Galbraith stolperte und duckte sich, als direkt über ihm eine Muskete abgefeuert wurde. Der Schuß jagte dumpf in Fleisch und Knochen und mußte ihn ganz nahe verfehlt haben.

Jemand stöhnte auf. »Lieber Gott, hilf mir. O lieber Gott, hilf mir!«

Das war immer wieder zu hören, bis Campbell den Mann mit einem Faustschlag ans Kinn zum Schweigen brachte.

Die Zündschnur brannte jetzt, zeigte ihre Funken im Boot, schnell und todbringend.

»Raus, Männer.«

Das Wasser verschlug Galbraith den Atem, aber er behielt einen klaren Kopf. Keine weiteren Schüsse. Es würde sicher noch dauern, bis die Mannschaft der Schebecke entdeckte, was hier vorging.

Und dann schwamm er entschlossen. Williams und der andere Matrose strampelten zwischen ihnen. Der Verwundete war verschwunden.

Zwei Schüsse krachten über das Wasser, und dann hörte Galbraith laute Schreie und Rufe. Sie mußten jetzt erkannt haben, daß das Boot unter dem Bug kein freundlicher Besuch war.

Es war verrückt. Er wollte lachen, spuckte Wasser. Er versuchte zu raten, wie weit weg sie schon waren und ob die

Algerier die Zündschnüre gelöscht hatten. Dann stöhnte er vor Schmerzen auf, da sein Fuß zwischen zwei scharfen Steinen hing. Er hatte seine Stiefel verloren oder abgestreift. Er stolperte ins Flache, packte mit einer Hand sein Entermesser, zerrte mit der anderen immer noch den keuchenden Gehilfen des Stückmeisters hinter sich her. Campbell war schon vor ihm auf den Beinen und zerrte den anderen Matrosen aufs feste Ufer.

Galbraith wollte etwas sagen, aber dann glänzten Campbells Augen plötzlich so wie die fernen Feuer, die er am Strand gesehen hatte.

»Runter.« Das klang krächzend. Und dann explodierte die ganze Welt.

Adam Bolitho legte die Hände auf der Achterdecksreling und lauschte auf das gleichmäßige Knarren des Riggs, das Klappern eines Blocks. Sonst war es ganz still, das Schiff verschmolz mit der tieferen Dunkelheit, als sei es nicht mehr unter Kontrolle.

Er zitterte. Die Reling fühlte sich an wie Eis. Aber das war nicht entscheidend, und er wußte es. Er konnte die *Unrivalled* vor seinem geistigen Auge sehen, wie sie da unter Toppsegeln und Groß dahinglitt – wie ein Gespenst. Wenn sie mehr Segel setzten, hätten sie keine Chance mehr, den Gegner zu überraschen. Er schaute nach oben in die Spitze des Großmastes und glaubte, den Wimpel dort oben auswehen zu sehen in Richtung Leebug. Wenn der Tag See und Himmel trennte, würde man sie sofort entdecken. Doch jetzt Brahmsegel zu setzen hieße einen Ausguck viel zu früh zu warnen.

Wieder spürte er Zweifel. Da vorn konnte nichts auftauchen.

Sie hatten das Schiff klar zum Gefecht gemacht, sobald die Boote abgelegt hatten. Das ging ohne Aufregung und ohne Hurrarufe vor sich. Es war, als beobachte man Männer, die in den sicheren Tod gingen und in der Dunkelheit verschwanden. *Nicht die Entscheidung irgendeines Kommandanten, sondern meine.*

Er trat wieder ans Kompaßhäuschen. Die Gesichter der Rudergänger wandten sich ihm wie Masken im Licht zu.

Einer meldete: »Südwest bei Süd. Voll und bei, Sir.«

»Sehr gut.«

Er entdeckte Cristie mit einem Gehilfen des Masters. Die Karten waren schon unten, ihre Aufgabe war erledigt. Der Master dachte jetzt vielleicht an seinen erfahrensten Gehilfen, Rist, der bei Galbraith und den anderen war. Ein wertvoller Mann, den man nicht verlieren sollte. Nicht wegwerfen sollte.

Ob Galbraith seine Annäherung falsch eingeschätzt hatte? Das konnte leicht passieren. Der Feind hätte dann Zeit, die Schiffe loszuschneiden und zu fliehen, wenn dort überhaupt welche lagen... Ihnen war die leichte Drehung des Windes aufgefallen, doch Galbraith könnte sie entgangen sein.

Adam sah den dunklen Schatten von Leutnant Massie auf der anderen Seite des Decks. Er hatte Galbraiths Platz eingenommen, doch sein Herz war sicher weiterhin bei seinen Stückmannschaften. Die Achtzehnpfünder waren bereits geladen, mit doppelter Ladung und mit Schrapnell. Damit konnte man nur ungenau treffen, aber verheerende Wirkung erzielen. Denn zum Nachladen würde man keine Zeit mehr haben.

Er fragte sich kurz, ob Massie immer noch über den Tadel nachdachte, der ihm gegolten hatte. Lehnte er ihn ab oder nahm er ihn persönlich? Kam es wirklich auf einen Mann an?

Das Argument hatte Adam oft gehört. Er mußte an die Beharrlichkeit seines Onkels denken, daß es keine Alternative gab, angefangen mit den Bedingungen, unter denen die Männer im Kriege dienen mußten. Seltsamerweise hatte Sir Lewis Bazeley genau das gleiche beim Essen in der Kajüte gesagt. Wollte er die Offiziere nur beeindrucken oder lag ihm das am Herzen? Er hatte Vergleiche mit der Ehrbaren Ostindischen Companie gezogen. Auf ihren Schiffen unterstanden die Männer nicht den Kriegsartikeln oder den Launen eines Kommandanten.

Adam hatte Bazeley geantwortet, wobei das Mädchen ihn genau angesehen hatte, die Hand immer noch auf dem Tisch. Diese Hand hatte später sein Handgelenk wie mit Stahl gepackt, wollte ihn ganz und gar nicht loslassen.

»Also, Sir Lewis, welche Alternative hat der Kommandant eines Schiffs des Königs? Soll man die Freiheit der Männer, zu kommen und zu gehen, begrenzen, die doch in Wirklichkeit gar nicht existiert? Soll man ihnen Privilegien nehmen, wenn man ihnen nie welche gewährt hat? Soll man den Sold kürzen? Der ist ohnehin so schmal, wenn der Zahlmeister alles abgezogen hat, daß sie das Geld gar nicht vermissen würden.«

Bazeley hatte ohne jede Wärme gelächelt. »Also ziehen Sie die Peitsche vor?«

Adam beobachtete, wie sich ihre Hand zusammenkrallte, als sei sie irgendwie beteiligt.

Er antwortete: »Die Peitsche macht das Opfer nur noch brutaler und den, der die Schläge austeilt, auch. Und noch mehr, meiner Meinung nach, den Mann, der den Befehl dazu gegeben hat.«

Adam unterbrach seinen Gedankengang abrupt und starrte in die Mastspitze. Farbe! Nicht viel, aber sie war da, das Rot und das Weiß des langen Wimpels, und als er das jetzt sah, lief auch schon das erste Sonnenlicht die Bramstenge hinunter.

Er nahm Midshipman Cousens grob das Teleskop ab

und trat an die Wanten, zog das Glas beim Gehen auseinander. Er stützte es auf die eng gepackten Hängematten und starrte über den Bug. Land, Bruchstücke von Land. Als hätten Götter Felsen ins Meer geworfen.

»Sind die Lotgasten bereit, Mr. Bellairs?«

»Aye, aye, Sir!«

Cristie sagte: »Weiter drinnen haben wir etwa sieben Faden Wasser, Sir.«

Er fügte nicht hinzu, daß das in den Anmerkungen der Karte stand. Daran mußte man den Kommandanten nicht erinnern. Sieben Faden. Die *Unrivalled* hatte drei Faden Tiefgang.

Adam schaute nach oben in das Großtoppsegel, das sich sanft blähte. Er konnte schon fast die ganze Leinwand erkennen, den Kopf deutlicher als den Fuß, der immer noch in tiefem Schatten lag. Aber nicht mehr lange.

Er hielt das Glas wieder ruhig und führte es langsam in Richtung auf die Fleckchen Land. Er sah auch Anhöhen und auf einer der kleinen Inseln eine einsame Spitze.

»Laufen Sie einen Strich höher. Kurs Südwest.« Seine Stimme klang schärfer als sonst, aber dagegen konnte er sich nicht wehren. »Und dann machen Sie den Ausguckleuten da oben die Hölle heiß, Mr. Wynter. Die schlafen ja wohl!«

Angenommen, Galbraith wäre überraschend angegriffen und überwältigt worden? Fünfunddreißig Männer! Er hatte nicht vergessen, was Avery ihm über die Grausamkeiten der Algerier hinsichtlich ihrer Gefangenen berichtet hatte.

Adam lehnte mit der Stirn gegen die Finknetze. Wie kalt die waren! Bald würde hier die Hölle herrschen.

»Südwest liegt an, Sir!«

Ein kurzer Blick zu den Toppsegeln nach oben. Die *Unrivalled* lief gut. Gut angebraßt und hoch an dem bißchen Wind, der jetzt herrschte. Adam mußte an die

Halcyon denken, die jetzt auf der anderen Seite der elenden Inselgruppe stand. Die Falle war gestellt. Er faßte an seine leere Uhrentasche und spürte den Schmerz wieder. Jemand bewegte sich neben ihm und er erkannte Napier, der barfüßig lief, als wolle er nicht auffallen.

Adam sagte: »Wir sind klar Schiff zum Gefecht, Napier. Du weißt, wohin du gehörst. Also los, unter Deck!«

Er drehte sich um und sah wieder hoch. Sehr bald schon würde das Schiff in vollem Tageslicht segeln.

Er merkte, daß der Junge immer noch da war: »Also?«

»Ich habe keine Angst, Sir. Die anderen meinen, man kann sich auf mich an Deck nicht verlassen!«

Adam starrte ihn an, überrascht, daß ihn so viel Direktheit anrührte, ja, ihn in diesem Augenblick sogar ablenkte.

»Ich verstehe. Also bleib an meiner Seite.« Er meinte, Jago grinsen zu sehen. »Der Wahnsinn ist ansteckend, wie man sieht.«

»An Deck! Da blitzt etwas von halber Höhe in der Mitte!«

Adam fuhr sich mit der Zungenspitze über die Lippen. Das war Sullivan. Etwas blitzte. Das konnte nur eins sein: Frühes Sonnenlicht brach sich in einem Glas. Ein Ausguck. Also waren sie bemerkt worden.

Und dann kam die Explosion, die bis zum Höhepunkt zu zögern schien, dann über die See rollte und sich am Schiff brach. Die *Unrivalled* schien in ihr zu zittern.

»Ein Schiff bewegt sich, Sir, ein zweites brennt.« Sullivan konnte seine Erregung kaum beherrschen, was selten bei ihm der Fall war.

Auf dem Oberdeck starrten die Mannschaften in die Schatten, die langsam schwanden, oder auf das Achterdeck und versuchten zu erraten, was da vor sich ging. Eine riesige Qualmwolke stieg auf, grotesk und obszön vor dem klaren, sauberen Himmel. Weitere Explosionen waren zu hören, winzige im Vergleich zur ersten, und mehr Rauch breitete sich aus, als wolle er den Erfolg von Ealbraiths Attacke signalisieren.

Doch da bewegten sich Segel, sehr hell und scharf umrissen im frühen Licht. Adam mußte sich zwingen zu erkennen, was da wirklich geschah. Ein Fahrzeug war zerstört. Es war schwer zu raten, wie viele bei dem Versuch gefallen waren. Aber die Explosion hatte eine andere Peilung, also war der vermutliche Ankergrund falsch in der Karte eingetragen worden.

Galbraith würde keine Chance zur Flucht haben. Eine zweite Schebecke, vielleicht sogar eine dritte, nutzten den drehenden Wind, der den Angriff verschoben hatte. Sie würden fliehen. Er hielt das Glas wieder ruhig, sah auf nichts anderes als auf die hohen Dreiecke der Segel und einen Schaumstreifen, als die Schebecke ihre langen Riemen nutzte, um das brennende Wrack zu umrunden, das schon fast bis zur Wasserlinie abgebrannt war.

Davor und dahinter lag nur glänzendes Wasser, der Fluchtweg. Die *Halcyon* war nicht da, um diese Flucht zu verhindern. Er schluckte, als ein zweites Segel sich aus dem Rauch löste wie die Rückenflosse eines gierigen Hais. Sie könnten immer noch Rache nehmen. Galbraith würde mit seinen Booten keine Chance haben, selbst wenn seine Männer sich trennten und ihr Heil einzeln in der Flucht an Land suchten. Man würde sie finden und abschlachten. Rache . . .

Ich hätte das bedenken sollen, ich wußte es nur zu gut.

»Wir werden halsen, Mr. Cristie. Neuer Kurs Nordost!«

Man starrte ihn an, und er spürte das Zögern in Cristies Antwort.

»Auf den Kanal zu, Sir? Wir wissen ja noch nicht mal . . .« Er war einem offenen Widerspruch noch nie so nahe gewesen.

Adam wandte sich um und blitzte ihn an. »Es sind unsere Leute, Mr. Cristie. Denken Sie daran. Ich werde eher in der Hölle rösten, ehe ich zulasse, daß Galbraith in ihren Händen stirbt.«

Er trat an die andere Seite und kümmerte sich nicht um die Matrosen und Seesoldaten, die zu den Brassen und Fallen rannten, als seien sie aus einem Traum erwacht.

Vorne im Bug hatten die Lotgasten ihre Position eingenommen, an jeder Seite einer, die Lotleinen schon wurfbereit in der Hand.

Adam biß sich auf die Lippe. Voran also wie ein Blinder mit dem Krückstock! Sie hatten keine Zeit, die Gefahr einzuschätzen – und keine Alternative.

Also befahl er: »Weitermachen. Ruder legen.«

Er sah, wie Massie ihn über die durcheinander wirbelnden Männer hinweg ansah, die bereits an den Brassen zogen – sein Gesicht war das eines wildfremden Menschen.

Cristie stand neben seinen Rudergängern und berührte mit einer Hand fast die Spaken, als das große Doppelrad sich zu drehen begann und die Galionsfigur der *Unrivalled* auf etwas starrte, was eine ungebrochene Linie sonnengedörrter Felsen zu sein schien.

Adam griff an seinen alten Säbel und preßte ihn gegen die Hüfte, um sich zur Ruhe zu zwingen. Und weil er sich erinnerte.

Er klang dennoch ganz ruhig: »Lassen Sie die Männer aufentern, und schütteln Sie alle Segel aus!«

Er strich sich über das Gesicht, als die Sonne durch die flappenden Segel schien. Er sah nicht, wie Bellairs innehielt, um ihn zu beobachten. Dann hob er die Hand wie jemand, der ein nervöses Pferd beruhigen will.

»So ist es gut. Kurs halten.«

Vertrauen also.

Adam blieb an den Netzen und sah, wie die Schatten von *Unrivalleds* Bramsegeln und Marssegeln über einen langen Streifen aus Sand und Felsen glitten, als liefe ein Geisterschiff ganz nahe neben ihnen. Einige Stückmannschaften und Männer der Freiwache starrten ins Wasser, die Erfahrenen schätzten die Meeresalgen ein, die schwarz im schwachen Sonnenlicht an den Rändern des Fahrwassers zwischen den Inselchen glänzten. Sie wuchsen auf Felsen, von denen jeder einzelne das Schiff in ein Wrack verwandeln konnte.

Wie um sie an die Gefahr zu erinnern, meldete der Lotgast von vorn: »Zehn Faden!«

Adam sah, wie der Mann das Lotgewicht einholte, dessen nackter Arm bewegte sich dabei geschickt. Der Mann arbeitete viel zu konzentriert, um an die Gefahr zu denken, die unter dem Kiel lauerte.

Cristie meldete: »Es wird jetzt ein bißchen enger, Sir!«

Er sprach zum ersten Mal, seit sie das Schiff auf den neuen Kurs gelegt hatten. Es war seine Art, den Kapitän daran zu erinnern, daß es jetzt noch weniger Platz gäbe zum Halsen, falls es denn überhaupt noch möglich war.

»Wrackteile voraus, Sir!«

Midshipman Cousens meldete das sehr ruhig. Er war sich seiner neuen Verantwortung wohl bewußt, nachdem Bellairs befördert worden war. Fast befördert worden war.

Adam lehnte sich über die Seite, um das verkohlte Holz anzusehen, das an der *Unrivalled* vorbeitrieb. Galbraith mußte mit seinen Leuten unmittelbar neben dem Schiff festgemacht haben. Vielleicht waren sie alle dabei umgekommen. Adam war sich sicher, daß Galbraith selber dabeigewesen war. Er würde so etwas nie delegieren, vor allem nicht, wenn Leben auf dem Spiel standen. *Und weil ich es so von ihm erwarten würde.* Das war wie ein Stachel.

Man konnte es sogar riechen. Das Boot mußte wie eine riesige Granate explodiert sein, den Rest hatte das Feuer erledigt. Man sah jetzt auch Leichen, Teile von Menschen, die im Kielwasser der Fregatte dümpelten.

»Sechs Faden Tiefe.«

Wenn er jetzt an die Seite ging, würde er den Umriß des Schiffes auf dem Meeresgrund sehen. Adam stand wie erstarrt. Die Männer beobachteten ihn, erkannten in ihm ihr Schicksal. Leutnant Wynter stand am Fockmast und schaute auf eine zweite größere Insel, die sich ihnen drohend entgegenstreckte.

Adam befahl: »Einen Strich abfallen.«

Er sah Hauptmann Bosanquet mit einem seiner Korporale an den Bootstells. Wenn sie aufliefen, würden sie jedes Boot brauchen beim Versuch, sich wieder frei zu warpen. Doch Männer, die um ihr Leben fürchteten, sahen ihre einzige Sicherheit in den Booten, der Verbindung zur unsichtbaren *Halcyon*.

Adam schaute wieder auf den Wimpel im Mast. *Wie oft schon?* Der Wind stand durch. Würde er rückdrehen? Würden sie die nächste Insel nicht passieren können, deren Spitze wie ein riesiges Horn ins Meer stach? *Immer dieses würde, würde, würde.*

Das Großsegel knallte laut, und er spürte, wie das Deck sich leicht schräg legte.

Jago murmelte: »Mach das besser fest, Junge.«

Adam war gar nicht aufgefallen, daß er neben ihm stand.

»Sechs und ein Viertel!«

Adam atmete sehr langsam aus. Hier war es also etwas tiefer. Er hatte gesehen, wie das Lotgewicht ins Wasser schlug, doch sein Geist wehrte sich dagegen, hatte Angst vor der möglichen Erkenntnis.

»An Deck. Boote voraus!«

Von seiner luftigen Höhe aus konnte Sullivan leicht

über das Horn hinwegsehen und den weiteren Verlauf des Fahrwassers erkennen.

»Schicken Sie die Männer auf ihre Posten, Corporal!« befahl Bosanquet kurz.

Es waren seine besten Schützen, nachdem die Scharfschützen dem Landungskommando zugeteilt worden waren.

Adam sagte: »Nach drüben, mein Junge.« Er drehte Napier wie eine Puppe um und zeigte in Richtung Bug. Dann legte er das Teleskop auf seine Schulter. »Atme gleichmäßig.« Der Junge hatte doch nicht etwa Angst vor ihm? Das war doch nicht möglich, zumal das Schiff jeden Augenblick in ein Wrack verwandelt oder von den Algeriern aufgebracht werden konnte. Er drückte die Schulter herunter und sagte ruhig: »Die werden ihre Lektion gelernt haben!«

Der erste Kutter war scharf zu erkennen. Die Riemen hoben und senkten sich in einem verzweifelt schnellen Takt. Ein zweiter Kutter folgte dicht auf, ein dritter schien gestoppt zu haben, die Riemen hingen durcheinander. Ein Mann hing über die Seite, andere versuchten ihn nach unten zu ziehen. Man mußte sie beschossen haben, auch wenn man auf *Unrivalled* wegen der eigenen Geräusche nichts gehört hatte. Ein Matrose legte einen Verband um den Arm des Zweiten Offiziers der *Halcyon*.

Selbst auf diese Entfernung hin konnte Adam Colpoys ungläubiges Staunen wahrnehmen, als dieser sich umdrehte und die *Unrivalled* erkannte, die das schmale Fahrwasser ausfüllte.

Und dann entdeckte er die Schebecke. Sie mußte ihre Riemen benutzt haben, um am Wrack vorbeizukommen und um die drei Boote zu überholen. Das große Dreiecksegel stand voll und ließ sie schräg liegen. Die langen Riemen bewegten sich perfekt im Takt auf und ab. Kein

Wunder, daß unbewaffnete Kauffahrer Angst vor den Berber-Piraten hatten.

Adam knirschte mit den Zähnen und spürte, wie der Junge sich versteifte, als der Lotgast wieder die Tiefe aussang und sie an ihre eigene gefährliche Situation erinnerte.

»Sieben Faden Tiefe.«

Scharf befahl er: »Besetzen Sie die Kanonen, Mr. Massie. Erst die im Bug, dann die Karronaden.«

Er sah Massie nach oben blicken, nur einen Moment lang, aber der Blick verriet alles. Wenn die *Unrivalled* jetzt auch nur eine Spiere verlor, ganz zu schweigen von einem Mast, dann würden sie nie wieder offenes Wasser erreichen.

Adam rieb sich das Auge und legte dem Jungen die Hand wieder auf die Schulter. Es war Wahnsinn, aber es erinnerte ihn an den Augenblick, als Rozanne die Hand gehoben hatte, um ihn zu schlagen, und als er ihr Handgelenk mit solcher Kraft gepackt hatte, daß sie sicher entsetzt war.

Er sagte: »Ganz ruhig, jetzt.« Und zuckte, als die Bugkanone im Vorschiff loslegte und der Rückschlag auf den Planken selbst hier hinten zu spüren war.

Er versuchte es wieder und sagte dann: »Da drüben, Junge. Sieh genau hin und sag mir, was du siehst.«

Er legte ihm das lange Signalteleskop in die Hände und zuckte, als von vorn ein zweiter Schuß krachte. Er sah einen der Kutter vorn den Kurs der *Unrivalled* queren. Der Schatten der *Unrivalled* ließ das Boot plötzlich im Dunkeln laufen. Männer standen und jubelten, die vor wenigen Minuten noch dem Tod ins Auge geblickt hatten.

Es fielen weitere Schüsse aus schweren Musketen und als Antwort darauf das schärfere Krachen der Waffen der Seesoldaten.

Adam hörte etwas in die dicht gepackten Hängematten

an den Finknetzen schlagen und hörte das Kreischen von Metall, als eine Kugel von einem der Neunpfünder auf dem Achterdeck abprallte. Männer duckten sich, starrten durch offene Luken, warteten auf das Auftauchen der Schebecke und auf die Befehle, die sie zu befolgen gelernt hatten, wie man es ihnen Tag für Tag eingehämmert hatte.

Doch Adam bewegte sich keinen Zentimeter. Jetzt wollte er es genau wissen.

Dann meldete Napier sich bemerkenswert ruhig. »Das sind unsere, Sir. Da auf dem Vorsprung. Vier!« Das, was er da gerade gemeldet hatte, wurde ihm plötzlich klar, und er drehte sich um, vergaß das Teleskop. »Mr. Galbraith ist in Sicherheit!«

Massies Pfeife schrillte, und die erste große Karronade rollte zurück. Der Lärm übertraf noch den des Einschlags der gewaltigen Kugel im Heck der Schebecke. Holz, Spieren, Ruder und Menschenteile flogen in alle Richtungen, doch die Schebecke lief weiter voraus.

Massie schätzte die Entfernung, die Pfeife an der Lippe. Nach einem solchen Schuß waren die meisten Männer so taub, daß sie keinen gebrüllten Befehl mehr hören konnten.

Die zweite Karronade spie Feuer, und die Kugel mußte tief im Inneren der Schebecke explodiert sein.

Adam rief: »Kurs halten.« Er packte den Jungen an den Schultern. »Die sollen das lernen, sie sollen erfahren, wie es ist.«

Aus der Ferne war weiteres Feuer zu hören, Donner hinter den Hügeln. Die *Halcyon* verfolgte wahrscheinlich die dritte Schebecke, ihr Kommandant mochte glauben, daß das andere Schiff zerstört worden war.

»Genau . . .« Den Ruf des Lotgasten übertönte Krachen, als Massie zurücktrat und sah, wie die Achtzehnpfünder zurückrollten und ihre mörderische Ladung in die getroffene Schebecke hineinjagten. Immer noch winkten dort Leute mit ihren Waffen und feuerten über das Wasser, in dem Wrackteile trieben. Selbst als die letzte Ladung in das kenternde Schiff jagte, glaubte Adam immer noch, ihre Wutschreie zu hören.

»Genau fünfzehn Fuß!«

Adam sah das Gewicht wieder ins Wasser schlagen und stellte sich vor, wie der Grund tiefer wurde und ins Dunkle versank.

»Wir drehen bei, Mr. Cristie.« Er sprach lauter und spürte die Anstrengung. »Mr. Wynter, Sie nehmen die Boote auf. Informieren Sie den Arzt. Ich möchte, daß er hier oben ist, wenn die Männer an Deck kommen.«

Er schaute auf das Horn, das durch den treibenden Rauch wie im Nebel zu liegen schien.

»Ich nehme die Gig, Sir.« Es war Jago. »Ich hole Mr. Galbraith!«

»Ich bin Ihnen dafür sehr verbunden«, sagte Adam. Er schaute Männern nach, die um ihn her eilten. »Und vielen Dank!«

Jago zögerte an der Leiter und blickte über die Schulter. Der Kommandant stand ganz ruhig da, als die Befehle gegeben wurden, das Schiff langsam beidrehte und die Segel flappten.

Er hatte sein Wort gehalten. Jago hörte, wie die Boote zum Schiff gepullt wurden. Die Mannschaften waren erschöpft, aber sie konnten noch jubeln.

Er hörte, wie der Master seinem Gehilfen leise sagte: »Diese Entscheidung hätte ich nicht gern getroffen, Mr. Woodthorpe.«

Jago schüttelte den Kopf. *Es war ja wohl auch nie deine, oder?*

Als wolle er der ganzen Operation ein Siegel aufdrükken. meldete der Lotgast von vorn: »Kein Grund, Sir!«

Sie waren durch.

XVI   In guten Händen

Der Brief lag auf dem Tisch in der Kajüte – durch das Messer gehalten, mit dem Adam ihn geöffnet hatte. Die Klappe zitterte leicht im Windhauch vom Heckfenster her. Wie Blutstropfen glänzten im Sonnenlicht die Bruchstücke des Siegels. Adam versuchte, den Inhalt des Briefes vernünftig zu durchdenken, was er sich für die meisten Dinge im Leben angewöhnt hatte.

Die *Unrivalled* war am Morgen im Hafen vor Anker gegangen, dicht gefolgt von der *Halcyon*. Es war ein Augenblick des Triumphs nach der endlosen Spannung. Das kurze, wilde Treffen mit den Schebecken, dann die Freude, einen verdreckten, aber grinsenden Galbraith wieder zu treffen, dem das Hemd auf dem Rücken fast versengt worden war, und dies Wiedersehen mit seinen ebenso schmutzigen, doch jubelnden Begleitern.

Adam hat seinen Bericht persönlich an Land gebracht und erfuhr dabei, daß Bethune weder in seinem Hauptquartier noch an Bord seines Flaggschiffs, der *Montrose,* war. Er war mit Sir Lewis Bazeley auf eine der Briggs des Geschwaders gestiegen, um mögliche Orte für weitere Verteidigungsanlagen auf Malta und den umliegenden Inseln zu begutachten.

Adam hatte bemerkt, daß der Schoner *Gertrude,* der Kurier, im Hafen lag. Als er auf die *Unrivalled* zurückkehrte, machte die *Gertrude* gerade klar zum Auslaufen. So eilig hatten Kuriere es immer.

Er hatte einen Brief von Catherine erwartet, hatte zumindest darauf gehofft. Das war natürlich töricht, und er wußte es. Sie würde nach dem Verlust neue Kraft finden müssen und Zeit brauchen, um zu entscheiden, wie sie ihre Zukunft gestalten wollte – und den Rest ihres Lebens. Dennoch hatte er einer Nachricht von ihr entgegengesehen.

Statt dessen war ein anderer Brief eingetroffen. Dieselbe saubere, runde Schrift, die ihm von Schiff zu Schiff gefolgt war, von Verzweiflung zu Hoffnung. Immer noch die gleiche Wärme wie damals, als er erschöpft im Hause der Roxbys angekommen war, nach dem langen Fußweg von Penzance herauf, vom Totenbett seiner Mutter her.

Tante Nancy, Richard Bolithos jüngste Schwester, war die letzte, von der er einen Brief erwartet hatte, und doch wußte er, daß es für diese Angelegenheit keinen besseren Absender gab.

Er trat ans Heckfenster und schaute auf die *Halcyon* hinüber, die vor Anker schwoite und dicht von Booten umgeben war. An der Reling standen rotberockte Seesoldaten, um unwillkommene Besucher abzuwehren. Er hatte Kapitän Cristie eine Kopie seines Berichts geschickt. Die *Halcyon* hatte sich gut geschlagen, und beide Schiffe zusammen hatten nur vier Männer verloren.

Wieder blickte Adam auf den Brief, und er sträubte sich innerlich, sich weiter in die Angelegenheiten seines Schiffs und des Geschwaders zu vertiefen. Diese andere Welt schien wieder ganz nahe. Wilde Klippen, gefährliche Felsen im Gegensatz zu grünen, wogenden Wiesen und großen, leeren Mooren. Er konnte sich Falmouth wieder vorstellen mit seinen Menschen, mit seinen kraftvollen Seeleuten und Fischern.

Dort war also Belinda zu Tode gekommen, deren Hand einst auf seinem Arm geruht hatte, als er sie durch die Kirche vor den Altar führte, damit sie Falmouths berühmtesten Sohn heiratete. Ein Pferd hatte sie abgeworfen. Sie war sofort tot, hatte Nancy geschrieben. Und doch konnte er sich das nicht so recht vorstellen. Vielleicht hatte er Belinda nicht gut genug gekannt oder war ihr nie nahe genug gewesen, um zu begreifen, was die Ehe mit seinem Onkel zerstört hatte; sie war immer schön und stolz, aber auch distanziert gewesen. Sie hatte das Gut aufgesucht, Adam ahnte warum, wenn auch der Anwalt der Familie sie nur flüchtig erwähnt hatte. Er wollte einen Offizier des Königs sicher mit solchen Sachen nicht behelligen, *der für die Sache seines Landes kämpfte.*

Seine Cousine Elizabeth würde jetzt etwa zwölf oder dreizehn Jahre alt sein. Sie würde bei Nancy bleiben, bis die Dinge wieder »im Lot waren«. Adam hörte diese Worte fast.

Nancy hatte auch über Catherine geschrieben. Die Stute, die sein Onkel ihr geschenkt hatte, hatte jetzt ihren Stall auf dem Gut der Roxbys. Adam war sofort klar, daß Belinda Tamara bei dem tödlichen Unfall geritten hatte.

Der Brief endete mit der Aufforderung: »*Paß gut auf Dich auf, lieber Adam. Hier ist Deine Heimat, die Dir nie jemand rauben kann.*«

Die Tinte war ein wenig verlaufen, und er wußte, daß sie beim Schreiben geweint und sich sicherlich darüber geärgert hatte. Sie als Tochter eines Seemanns und Schwester eines der besten Marineoffiziere Englands! Gerade sie wußte genug von Trennung und Hoffnungslosigkeit. Nach dem Tod ihres Mannes lebte sie allein. Elizabeths Anwesenheit würde ihr guttun. Er nahm den Brief wieder auf und lächelte. *So wie du mir.*

Catherine war in London. Ob sie wohl allein war? Er war überrascht, wie sehr ihn die Frage belastete. Ein absurdes Gefühl ... Er schaute zum Skylight empor, als er Stimmen hörte, über allen die von Jago, der die Mannschaft der Gig rief. Erinnerungen wurden lebendig: das Aussingen des Lotgasten, die Gefahr auf allen Seiten, Massie, Wynter und der Junge, der lieber sein Leben riskierte, als sich nach unten zu flüchten, als die Kugeln flogen.

Wieder dachte er an Falmouth und das große Haus. Die ernsten Porträts. Die See, die nicht weit weg wartete, um den nächsten Bolitho zu holen.

Fast schuldbewußt drehte er sich um, als an die Tür geklopft wurde. Es war Bellairs, der mit dem wachhabenden Wynter Dienst tat.

»Ja?«

Bellairs schaute sich in der Kajüte um. Er würde sein Examen hier in Malta ablegen. Und den nächsten Schritt tun oder die Schande des Durchfallens ertragen müssen.

»Mr. Wynters Komplimente, Sir. Ein neuer Midshipman hat sich gerade an Bord zum Dienst gemeldet.« Er verzog keine Miene, obwohl er sich sicherlich noch genau daran erinnerte, wie er selber als junger Mann an Bord gekommen war.

»Sagen Sie das Mr. Galbraith ...« Dann hob er die Hand. »Nein. Ich möchte den jungen Mann selber kennenlernen.«

Bellairs eilte davon. Er schien überrascht, daß sein Kommandant, der gerade ein paar algerische Piraten zerschmettert hatte, sich mit solchen Trivialitäten abgab.

Adam trat an einen der Achtzehnpfünder, die seine Kajüte mit ihm teilten, und legte die Hand auf das schwarze Verschlußstück. Erinnerungen kamen. Würde er die Szene je vergessen? Er hatte damals Angst, machte sich Sorgen, wollte fast kneifen, weil er sich vorstellte, daß sein erster Kommandant, sein Onkel, irgendeinen Makel an ihm entdecken und ihn an diesem entscheidenden Tag einfach fortschicken könnte.

Er hörte, wie der Posten vor der Tür sagte: »Gehen Sie rein, *Sir*!«

Das klang freundlich, aber bedeckt. Ein Midshipman war weder Fisch noch Fleisch.

Der Neuankömmling stand jetzt an der Tür, den Hut unter den Arm geklemmt.

»Treten Sie näher, damit ich Sie mir anschauen kann.« Wieder packte ihn die Erinnerung. Genau das hatte sein Onkel auch gesagt.

Als er aufsah, stand der junge Mann mitten in der Kajüte, genau unter dem offenen Skylight. Er war älter, als Adam erwartet hatte, etwa fünfzehn. Wenn er schon Erfahrungen gesammelt hatte, konnte er sehr nützlich sein.

Adam nahm den Briefumschlag und schlitzte ihn mit dem Messer auf, das er eben benutzt hatte. Er spürte, wie der Midshipman jeder seiner Bewegungen mit den Blicken folgte. *So wie ich damals.* Vor so vielen Jahren!

Er war kein Neuling, sondern von einer anderen Fregatte abkommandiert worden, der *Vanoc,* die für eine Generalüberholung zeitweise außer Dienst gestellt worden war. Er hieß Richard Deighton. Adam hob den Blick und sah, wie der Junge schnell wegschaute.

»Ihr Kapitän hielt viel von Ihnen.«

Ein junges, rundes Gesicht, dunkelbraune Haare. Ernste Züge. Bedrücktes Dreinschauen.

Der Name klang bekannt. »Ihr Vater war doch sicher Marineoffizier?«

Das klang nicht wie eine Frage. Adam wurde plötzlich alles so klar als wie die Szene mit den Schebecken vor drei Tagen.

»Kapitän Henry Deighton«, antwortete der Junge. Kein Stolz, kein Übermut.

Das also war's.

»Commodore Deighton setzte seinen Wimpel auf meiner *Valkyrie,* als ich beim Geschwader in Halifax stand.« Das sagte sich jetzt leicht.

Der Midshipman preßte eine Faust gegen seine Kniehose. »Er wurde in seinem Rang als Commodore nie bestätigt, Sir!«

»Ich verstehe.«

Adam ging um den Tisch herum und hörte wieder Jagos Stimme. Er war dabeigewesen, als Commodore Deighton an jenem Tag fiel, wahrscheinlich von einem amerikanischen Scharfschützen niedergestreckt. Doch nach der Bestattung auf See hatte der Schiffsarzt, ziemlich angetrunken, Adam erzählt, daß der Eintrittswinkel und die Wunde dazu nicht paßten. Deighton war von jemandem aus der Mannschaft der *Valkyrie* getötet worden.

Dabei blieb es. Denn Deigthon war zu diesem Zeitpunkt schon dem Meer übergeben worden – nach dem Schiffsjungen John Whitmarsh und mit vielen anderen.

Doch die Gesichter kamen immer wieder zurück. Ihnen konnte man nicht entfliehen. Auch das gehörte zur Familie.

»Haben Sie gebeten, auf die *Unrivalled* zu kommen?«

Der Midshipman sah ihn jetzt wieder an. »Aye, Sir. Ich hatte immer gehofft, ich wollte immer …« Er verstummte.

Bellairs meldete: »Die Gig ist längsseits, Sir.« Den neuen Midshipman musterte er nur kurz.

Adam sagte: »Kümmern Sie sich bitte um Mr. Deighton. Der Erste Offizier kümmert sich um die Formalitäten.« Dann lächelte er. »Willkommen an Bord, Mr. Deighton. Sie sind hier in guten Händen.«

Als die Tür zufiel, nahm er den Brief wieder auf. Einen Augenblick lang war ihm, als sähe er sich selber. So etwas durfte man nie vergessen. Dann nahm er seinen Hut und trat nach draußen ins Sonnenlicht.

Kapitän Victor Forbes lehnte sich in Bethunes bequemen Stuhl zurück und hob das Glas.

»Ich freue mich, daß Sie an Land kamen, Adam. Ich habe Ihren Bericht gelesen und den von Cristie und habe ein paar Anmerkungen für den Admiral gemacht, wenn er beide nach seiner Rückkehr lesen wird.«

Adam saß ihm gegenüber. Der Cognac und der leichte Gebrauch seines Vornamens hatten einige seiner Zweifel vertrieben. Der Flaggkapitän machte das Beste aus der Abwesenheit Bethunes. Doch an der Pause, die er immer wieder mitten im Satz einlegte, um zu lauschen, wurde klar, daß er wie die meisten diensttuenden Kommandanten nervös war, so weit weg von seinem Schiff.

Forbes fuhr fort: »Ich glaube, daß diese Angriffe auf bekannte Verstecke zwar gut sind für die Moral unserer Leute, aber nie das Problem ganz lösen. Wie bei Hornissen muß man das Nest zerstören. Die Flüchtenden kann man später immer noch verfolgen.«

Adam stimmte zu und fragte sich, wie viele Gläser sein Gegenüber wohl schon getrunken haben mochte, als Forbes die Flasche hob und sie im schwindenden Abendlicht schüttelte. »Ich hätte viel drum gegeben, dabeizusein.« Dann grinste er. »Aber mit einigem Glück wird die *Montrose* ihren Admiralswimpel bald los werden.«

»Verlassen Sie das Geschwader?«

Forbes schüttelte den Kopf. »Nein. Aber wir erhalten Verstärkung. Zwei Schiffe der dritten Klasse kommen zu uns – und das wird auch höchste Zeit. Sir Graham Bethune wird seine Flagge mit Sicherheit auf einem der beiden setzen. Ein verdammt guter Kerl.« Er grinste wieder. »Für einen Admiral. Aber ich glaube, er möchte am liebsten weg, zurück in die Admiralität. Bedauern würde ich das nicht. Wie Sie bin ich froh, wenn ich weit weg von Flaggoffizieren bin, ob das nun gute oder schlechte Männer sind.«

Adam erinnerte sich an die Ruhelosigkeit Bethunes, der sich in dieser Welt, die er einst so gut gekannt hatte, am falschen Ort zu fühlen schien. Und natürlich gab es auch eine Frau, an die man denken mußte.

Forbes wechselte das Thema. »Ich höre, daß Sie einen neuen Midshipman an Bord haben, Ersatz für den gefallenen Deighton. Ich kannte seinen Vater, wissen Sie. Wir waren mal zusammen als Leutnants auf der alten *Resolution* – etwa ein Jahr lang, meine ich. So gut habe ich ihn nicht gekannt...« Er unterbrach sich und schaute Adam an, als müsse er sich zu etwas entschließen. »Aber als ich Ihren Bericht in der *Gazette* las über Ihr Gefecht mit diesem Yankee *Defender,* da war ich doch ein bißchen überrascht. Er schien nie einer von denen zu sein, die nur Ruhm oder den Tod wollten und der so nicht im Gefecht fallen wollte. Sein Sohn muß stolz auf ihn sein.« Er lehnte sich zurück und lächelte. Wie eine Katze, dachte Adam, die abwartet, wohin die Maus rennen wird.

»Ein einziger Schuß hat ihn getötet. Das passiert ja häufig genug.«

»Wie gedankenlos von mir!« Forbes wurde laut. »Ihr Onkel... Ich hätte besser die Klappe gehalten.«

Adam zuckte nur mit den Schultern und erinnerte sich, daß Keen ja dann Halifax verlassen hatte, um in England befördert zu werden und einen wichtigen Posten zu übernehmen. Und um wieder zu heiraten... Deighton sollte als Commodore bleiben, bis Ersatz eintraf. Er konnte sich an Keens Worte noch genau erinnern. Sie klangen wie eine Warnung. Oder wie eine Drohung.

»Haben Sie Geduld mit ihm. Er ist nicht wie wir. Und nicht wie *Sie*!«

»Wie kommt Sir Graham mit seinem Besuch klar?« wollte er wissen.

Forbes grinste wieder, offensichtlich froh über das neue Gesprächsthema.

»Die beiden kennen sich mit Weinen jedenfalls gut aus!«

»Mit Rotweinen, natürlich«, lächelte Adam.

Ein Diener erschien mit einer zweiten Flasche, aber Forbes winkte ab. Er sagte: »Ich esse heute abend als Gast des Heeres. Da darf ich uns keine Schande machen.«

Adam machte sich zum Aufbruch bereit. Es war eine freundliche, informelle Unterhaltung gewesen. Er war selber schon Flaggkapitän gewesen und Flaggleutnant seines Onkels. In beiden Rollen hatte er gelernt, Gerüchte von Tatsachen zu trennen, Wahrheit und Gerüchte zu unterscheiden. Dieses kurze Treffen hatte ihm klargemacht, daß es hier bald einen neuen Admiral geben und daß Bethune nach England zurückkehren würde. Der neue würde alle weiteren Operationen bestimmen, wie die Admiralität es für richtig hielt. Die aggressive Demonstration von Seemacht könnte den Dey von weiteren Angriffen auf die Schiffahrt abhalten oder zumindest davon, Piraten oder Verrätern, die ihm ihre Dienste für eine sichere Freistatt anboten, weiterhin Unterschlupf zu gewähren.

Forbes hatte absichtlich den Tod von Lady Belinda nicht erwähnt, obwohl er an diesem Ort allgemein bekannt sein mußte. Adam hatte auch nichts davon gesagt. Das war eine private, ja eine persönliche Angelegenheit. Belinda war tot. *Ich kannte sie nicht.* Aber war es wirklich so einfach?

Forbes runzelte die Stirn, als er im Türspalt einen Schatten sich unruhig bewegen sah.

»Es ist hier nicht wie auf einem Schiff, Adam. Zu viele kommen, und alle wollen was. Ich werde auch in tausend Jahren nicht lernen, Admiral zu werden.«

Adam verließ ihn, amüsiert und skeptisch. Er konnte sich Forbes in dieser Rolle sehr gut vorstellen.

Er hielt draußen an, um den kupferfarbenen Himmel zu studieren. Es war ein schöner, warmer Abend. In England war der Sommer vorbei. Dieses Weihnachtsfest wäre sein erstes ohne Krieg. Und ohne seinen Onkel.

Forbes hatte auch von Bazeleys hübscher junger Frau

nichts erwähnt. Adam fragte sich, ob sie sich auf der Brigg wohler fühlte, wo es enger und noch unbequemer war. Nach einem Ostindienfahrer und der *Unrivalled* mußte eine Brigg wie ein Arbeitsboot erscheinen. Männer würden jede ihrer Bewegungen beobachten, die lange keine Frau angefaßt oder auch nur die Stimme einer Frau gehört hatten.

Er ließ Jago zum Schiff zurückkehren und wollte später ein Boot vom Anleger nehmen. Er lächelte im Schatten. Er hatte eigentlich erwartet, daß Forbes ihn einlud. Doch nun würde er in seine eigene, leere Kajüte zurückkehren müssen.

Etwas bewegte sich in einem Torbogen. Instinktiv fuhr er mit der Hand zum Griff seines Säbels.

»Wer ist da?«

Sein letzter Einsatz hatte ihn doch mehr gekostet, als er sich eingestehen mochte.

Eine Frau. Kein Bettler, kein Dieb.

»Kapitän Bolitho! Sie sind's wahrhaftig.«

Er drehte sich zu einem Lichtfleck um und erkannte die Gesellschafterin von Lady Bazeley.

»Ich wußte nicht, daß Sie hier sind, Madame. Ich dachte, Sie begleiten Sir Lewis und seine Dame.«

Die Frau stand ganz ruhig da. Er spürte, wie ihre Blicke ihn abtasteten, obwohl ihr Gesicht im Schatten blieb.

Sie sagte: »Wir sind nicht mitgefahren. Mylady ging es nicht gut. Es schien vernünftiger, hierzubleiben.«

Er hörte Schritte, präzise und deutlich, und entspannte sich wieder. Der Posten der Seesoldaten am Tor marschierte ruhig auf und ab und war mit seinen Gedanken sicher ganz woanders.

Die Frau berührte ihn am Arm und zog dann ebenso schnell ihre Hand zurück, wie ein unfreiwilliger Verräter.

»Mylady würde Sie gern treffen, ehe Sie gehen, Sir. Wir

haben Sie heute schon mal gesehen. Und dann, als Sie jetzt zurückkamen.« Sie zögerte einen Augenblick. »Es ist sicher, erlauben Sie mir, voranzugehen.«

Adam schaute sich um. Doch alles war still. Forbes mußte gewußt haben, daß die Frauen an Land geblieben waren, aber er hatte es nicht erwähnt.

Ging es Rozanne wirklich nicht gut, oder langweilte sie sich nur und brauchte Amüsement? *Auf meine Kosten?*

Er sagte: »Gehen Sie voran, Madame.«

Vielleicht wollte sie ihn nur an seine unbeholfenen Annäherungsversuche erinnern. Er dachte an den Lotgast: *Kein Grund mehr!* Was hatte das bedeutet, nach dem Risiko, das für Lovatt nur eine Geste, eine Täuschung gewesen war?

Die Frau schritt eilends vor ihm her. Das Pflaster machte ihr nichts aus. Hier hatten seiner Meinung nach einst Kanonen gestanden, als Malta noch ständig von Feinden bedroht worden war. Sie war wahrscheinlich solche Botengänge für ihre Herrin gewöhnt. Er erkannte die Brüstung wieder und wußte, daß hier die Rückseite des schiefen Gebäudes war, die jetzt im Schatten lag. Auf der alten Befestigung lag schmelzendes Abendlicht.

Der Blick war der gleiche wie damals, als er sie gehalten und das Orchester ihnen wie privat aufgespielt hatte. Schiffe ankerten wie damals dort unten, einige hatten schon Laternen gesetzt, Mastspitzen glänzten im letzten Licht kupferrot, die Fahnen hingen schlaff, bewegten sich kaum.

Und dann entdeckte er sie, in einem hellen Kleid vor dem dunklen Stein, den Fächer geöffnet in der Hand.

»Sie kommen also, Kapitän«, sagte sie. »Eine Ehre für uns.«

Er trat näher und ergriff die Hand, die sie ihm reichte.

»Ich dachte, Sie seien auf dem Schiff. Sonst . . .«

»Immer wieder sonst.« Sie zog ihre Hand nicht zurück,

als er sie küßte. »Ich hörte, daß Sie in einem Gefecht waren!«

Es klang wie eine Anklage, doch er schwieg. Ihre Hand ließ er noch immer nicht los.

Mit der gleichen ruhigen Stimme sagte sie: »Aber Sie sind jetzt in Sicherheit. Ich hörte Sie eben lachen. Und dachte mir, daß Sie in Grahams Abwesenheit seinen Cognac genießen. Stimmt's?«

Er lächelte. »Irgendwie schon. Und Sie? Ich hörte, es ginge Ihnen nicht gut.«

Sie schüttelte den Kopf, und er sah ihr Haar lose über eine Schulter fallen.

»Mir geht es sehr gut, danke.« Sie entzog ihm langsam und bewußt ihre Hand und wandte sich dann leicht den Schiffen und dem Hafen zu. Sie sagte: »Ich machte mir Sorgen Ihretwegen! Ist das so ungewöhnlich?«

»Als wir uns das letzte Mal trafen . . .«

Sie schüttelte wieder den Kopf. »Nein. Reden Sie davon nicht. Es gab so vieles, das ich sagen wollte, Ihnen mitteilen wollte, erklären wollte. Doch nicht mal das habe ich geschafft – ohne Hilfe.« Ihre Stimme nahm einen schärferen Klang an, aber eher aus Wut als aus Verzagtheit. »Ich habe mich arrogant gegeben, als ich Ihnen für Ihre Hilfe nur danken wollte. Davon war dann nicht die Rede, Sie hatten auch nichts davon erwähnt.« Sie hob den Fächer, um sein Schweigen zu erhalten. »Andere hätten es gekonnt, das wissen Sie sicher!«

»Das weiß ich immer noch. Aber Sie sind die Frau eines anderen, und ich weiß, zu welchen Schwierigkeiten das führen kann. Bei uns beiden.«

Sie schien ihn nicht zu hören. »Ich weiß, daß Leute hinter meinem Rücken reden. Ich hätte mich dem viel älteren Mann hingegeben, weil er Macht hat und reich ist. Ich bin so jung, daß ich mir nicht vorstellen kann, wie man zu solchen Gedanken kommt.«

Abrupt meinte er: »Lassen Sie uns gehen.« Er griff wieder nach ihrer Hand, erwartete Widerstand, Spott, doch nichts dergleichen kam. »Wie alte Freunde.«

Sie hielt seinen Arm und ging in gleichem Tempo neben ihm her. Nur über die Brüstung erreichte sie der Lärm vom Hafen und einer nahen Straße.

»Ich habe mit Ihrem Kapitän Forbes gesprochen«, sagte sie. »Er erzählte mir von Ihnen und Ihrer Familie.« Er spürte, wie sich ihm zuwandte und ihn ansah. »Von Ihrem Onkel. Einiges wußte ich bereits. Einiges konnte ich raten, als Sie an dem Abend so überzeugt von ihm sprachen und als Sie mit Ihren Männern redeten, ohne daß Sie wußten, daß ich in der Nähe war.« Er fühlte den Druck ihrer Hand auf seinem Arm. »Und dann haben Sie mir geholfen!«

»Da waren Sie seekrank.«

Sie lachte sanft. »Ich war betrunken wie eine Hafenhure.« Sie schritt jetzt schneller aus. Er spürte, wie ihre Gedanken hin und her liefen, wie sie etwas abwog. »Er kam in der Nacht zu mir, wußten Sie das? So ist er eben. Er kann sich nicht vorstellen, daß ich manchmal allein sein möchte, als Mensch – nicht eine Sache bin, die seine Leidenschaft weckt.«

Er antwortete: »Ich denke, Sie hören besser auf, Mylady. Ich bin hierhergekommen, um Sie zu sehen. Selbst wenn Sie mir ins Gesicht gespuckt hätten, wäre ich gekommen.«

Sie hielt wieder vorn an der Brüstung und starrte auf die ankernden Schiffe. Wie zu sich selbst murmelte sie: »Ihre Welt, Adam. Eine, die ich nie teilen kann.« Sie drehte sich um. »Ich habe nicht freiwillig und nicht aus Habgier geheiratet.«

Ohne sich dessen bewußt zu sein, legte er seinen Finger auf ihre Lippen. »Das müssen Sie mir nicht sagen. Ich bin auf manches nicht stolz, das ich getan habe. Oder hätte tun müssen, wenn mein Leben anders verlaufen wäre. Lassen Sie das also ein Geheimnis zwischen uns bleiben.«

Sanft und fest zog sie seine Hand weg.

»Mein Vater war ein sehr guter Mann, aber als meine Mutter an einem Fieber starb, schien er zusammenzubrechen. Sir Lewis, wie er jetzt heißt, war sein Juniorpartner, ein ehrgeiziger Mann. Er kam ihm schnell zu Hilfe.« Sie tastete die Knöpfe seiner Uniform ab. »Er brachte ihm wieder Lebensfreude bei.« Sie lachte. Ein kurzes, bitteres Lachen in der stillen Abendluft. »Er machte ihn mit anderen bekannt, die ihm geschäftlich helfen würden, das einzige, was ihm geblieben war. Glücksspiel, Saufereien . . . er ließ auf Lewis nichts kommen. Er spürte nicht, wie ihm der Boden unter den Füßen entglitt. Er hatte Schulden, er hielt Verträge nicht ein – mit der Regierung, dem Heer, mit der Marine.« Sie zuckte mit den Schultern, und Adam spürte es wie einen Hieb. »Schließlich blieb ihm nur noch das Gefängnis. Wir wären als Bettler zurückgeblieben. Meine beiden Brüder arbeiteten auch für ihn. Ich hatte kaum eine andere Wahl. Keine Wahl, genau genommen.«

Adam wagte kaum zu sprechen, um den Augenblick nicht zu zerstören. »Also bat er sie, ihn zu heiraten, und alle Schulden würden ausgeglichen sein und das Geschäft würde wieder blühen!«

»Sie kennen meinen Mann«, sagte sie, »was erwarten Sie wirklich?«

»Ich sollte gehen. Ich sollte Sie auf der Stelle stehenlassen.« Er spürte, daß sie eine Bewegung machte, als wolle sie auch gehen, doch er ließ sie noch nicht los.

»Ich weiß, ich habe kein Recht, und andere würden mich verdammen . . .«

Sie antwortete nur: »Und?« Sonst nichts.

»In dieser Nacht auf meinen Schiff – da habe ich Sie

begehrt.« Er zog sie dichter an sich, spürte ihre Wärme, ihre Nähe. Ihre Erwartung. »Und das tue ich immer noch.«

Sie lehnte sich an ihn, ihr Kopf lag an seinem Hemd, als brauche sie Zeit, die Gefahr zu erkennen und ihre Torheit.

Sie sagte: »Der höfliche Kapitän Forbes hat Sie also nicht zum Essen eingeladen. Dem läßt sich abhelfen.« Sie versuchte zu lächeln. »Ich kann immer noch den Cognac riechen, also hatte ich ja wohl recht, was Sie beide angeht.«

Als er sie wieder hielt, zitterte sie.

»Wir gehen rein . . . dann müssen Sie mir alles von sich erzählen!« Weiter kam sie nicht. »Kommen Sie, schnell. Werfen Sie alle Zweifel über Bord.« Sie hielt nur an, um zum Hafen hinunter zu schauen. »Das alles kann diesmal warten.«

Obwohl Adam diesen Ort noch nie betreten hatte, wußte er, es war derselbe, an dem Catherine ihre letzte Nacht mit Richard verbracht hatte, es waren diese Räume, die Avery so schwierig zu beschreiben fand. Bethune hatte sorgfältig vermieden, sie zu erwähnen, als bereite selbst ihm das zu große Schmerzen.

Er trat ans Fenster und schob die Blende vorsichtig zur Seite. Er sah unten den Garten, der im Dunkeln lag unter dem gespiegelten Kupferglanz des Abends.

Er hörte den Posten am Tor mit den Füßen aufstampfen. Metall klickte, als der Mann die Muskete auf die andere Seite wechselte. Wahrscheinlich gähnte er vor Langeweile.

Gegenüber aus den Fenstern schien kein Licht. Forbes war verschwunden, um beim Heer zu Abend zu essen. Der Stab war sich wahrscheinlich selbst überlassen geblieben und tat, was er wollte, bis Bethune zurückkehrte.

Adam spürte, wie seine Muskeln sich zusammenzogen. Stimmen, sehr leise, Gläser. Als er die Blende schloß und sich umdrehte, sah er sie von der anderen Seite des Raums zu ihm herüberblicken. Ihre Augen glänzten im Licht der Kerzen, die schon vorher aufgestellt sein mußten.

Sie sagte: »Wein, Adam. So kühl wie möglich. Später können wir uns etwas zu essen kommen lassen.«

Sie sah ihn durch den Raum auf sich zukommen und drehte sich leicht, so daß das Stückchen Silber auf ihrer Brust plötzlich wie eine Flamme leuchtete. Sie trug ein einfaches, weißes Gewand, das sie von Hals bis zu den Füßen bedeckte. Und ging mit nackten Füßen auf den Marmorfliesen.

Er legte ihr die Hände auf die Arme. »Du hast die Brosche behalten? Ich dachte, du hättest sie weggeworfen.«

Er berührte den kleinen silbernen Säbel und spürte, wie sie sich versteifte, als sie antwortete: »Ich trage ihn für dich. Wie könnte ich ihn nicht tragen!«

Er senkte seinen Mund und küßte ihre Schulter, spürte, wie sanft ihre Haut unter dem Stoff war.

»Den Wein.« Sie drückte ihn von sich. »Solange er noch kühl ist!«

Er holte die Gläser vom Tisch, hielt eines an ihren Mund. Sie sahen sich über den Rand an, alles Vorspiel war vorbei, aller Verstand vergessen.

Sie wehrte sich nicht und sprach auch nicht, als er wieder ihre Schulter küßte und dann ihre Brüste, bis sie sanft stöhnte und ihre Arme um ihn legte und ihn festhielt. Ihr Kopf bog sich hin und her, als könne sie sich nicht länger beherrschen.

Er hielt sie jetzt auf Armlänge von sich und sah die Seide dort dunkler, wo er sie geküßt hatte, und die erregten Spitzen ihrer Brüste.

An der Wand hing ein großer Spiegel, und er drehte sie

zu ihm um. Seine Hände lagen um ihre Taille, er sah, wie sich ihre Augen spiegelten, und dann nahm er ihr das kleine Schwert ab und öffnete das Gewand und ließ es fallen. Er schaute ihr über die Schulter, sein Kopf ruhte in ihrem Haar. Er schaute zusammen mit ihr in den Spiegel, als seien sie Zuschauer, Fremde. Er erforschte ihren Körper, spürte ihre Antworten wie seine eigenen, bis sie sich unter seinem Griff wand und flüsterte: »Küß mich, küß mich.«

Er hob sie hoch wie in jener Nacht auf der *Unrivalled* und hielt sie fest, als sie sich wieder küßten. Und immer wieder. Er legte sie auf das breite Bett, warf seine Jacke von sich, und der alte Säbel rutschte unbemerkt auf einen Vorleger.

Sie stützte sich auf einen Ellbogen und sagte: »Nein! Komm jetzt zu mir.«

Er kniete neben ihr, sein Verstand schwieg, alle Vernunft war verschwunden, als sie ihm aus seinen Kleidern half und ihn zu sich herabzog und ihn so lange küßte, bis ihnen der Atem schwand.

Er sah sie hungrig an, ihr Haar lag unordentlich auf dem Kopfkissen. Ihr Hände packten plötzlich seine Schultern mit viel Kraft, hielten ihn einen Augenblick fern von sich und zogen ihn dann in sich hinein. Ihre Haut war heiß und feucht wie im Fieber.

Er spürte, wie ihre Nägel in seine Haut drangen, als er sich an sie preßte. Sie bewegte sich weiter, schob sich ihm so entgegen, daß sie fast eins waren. Dann öffnete sie die Augen und flüsterte: »Ich ergebe mich!« Dann ein kleiner, sanfter Schrei, als er sie fand und in sie eindrang.

Ihm war als fiele er oder würde von einer endlosen, ungebrochenen Woge davongetragen.

Auch als sie erschöpft lagen, wollte sie ihn nicht loslassen. Sie umarmten sich atemlos, geleert vom Feuer ihrer Vereinigung, ihrem Verlangen.

Stunden später, als sie alles erforscht hatten, saß sie mit

angezogenen Knien auf dem Bett und beobachtete ihn, wie er Hemd und Hose wieder anzog.

»Offizier des Königs. Für jeden, nur nicht für mich.« Sie streckte ihm fordernd die Hand entgegen, berührte ihn wieder, während er sich vorbeugte, um sie zu küssen. Sie hatte die alte Wunde entdeckt und die zerrissene Narbe geküßt. Ihre Leidenschaft loderte wieder.

Keine Geheimnisse, Adam.

Als er wieder aufsah, trug sie das dünne Gewand, die silberne Spange geschlossen, als sei alles nur ein Traum gewesen.

Das Glöcklein einer Kapelle bimmelte. Irgend jemand war also schon wach. Sie öffnete die Tür und sah, daß frische Kerzen die Treppe erleuchteten. Hilda hatte dafür gesorgt, daß nichts schiefgehen konnte.

Er hielt sie fest und spürte ihre schmalen Glieder durch die Seide und begehrte sie wieder trotz aller Gefahren.

Sie sagte: »Kein Bedauern!«

Sie sah ihm immer noch nach, als er unten den Hof erreicht hatte.

Ihre Stimme schien in der warmen Luft zu hängen.

Kein Bedauern...

Die Wache am Tor wechselte gerade, ein Korporal las gerade die ständigen Befehle laut vor, zu müde oder zu gelangweilt, um den vorbeigehenden Marineoffizier überhaupt zu bemerken.

In einer leeren Allee hielt Adam an. Er meinte, hier die Silberspange gekauft zu haben. Immer noch spürte er Rozanne, wie sie ihn umarmte, ihn führte, ihn nahm.

Vielleicht würde er sie nie wiedersehen. Und wenn, dann würde sie vielleicht über seine Sehnsucht lachen. Aber irgendwie war er sich sicher, daß sie das nicht tun würde.

Er meinte, das Knarren von Riemen zu hören. Das Wachboot. Er beschleunigte seinen Schritt.

Aber Bedauern? Dafür war es jetzt ohnehin zu spät.

XVII   Die Familie

Adam saß am Tisch, eine Feder über seinem privaten Log-buch erhoben. Durch das Heckfenster wärmte die Sonne seine Schulter. Wieder ein Tag vor Anker, auf dem Schiff um ihn herum erklangen die leisen Geräusche und die seltenen lauten Befehle eines ganz normalen Arbeitsta-ges.

Er sah auf das Datum oben auf der Seite: 30. September 1815. So viel war vorgefallen, doch in Augenblicken wie diesen war es, als sei die Zeit zum Stillstand gekommen.

Er dachte zurück an das Gespräch mit Kapitän Forbes, das er früher am Abend in dem Raum über dem Hof geführt hatte. Auch das war wie ein Traum. Doch Forbes hatte recht behalten mit dem, was er ihm gesagt, oder bes-ser, mit dem, was er ihm nicht gesagt hatte. Das ganze Geschwader hatte davon gesprochen, als Bethune mit Sir Lewis Bazeley von der Inspektion der Küstenbefestigun-gen zurückgekehrt war. Es war nicht länger ein Gerücht, sondern eine harte Tatsache: Bethune würde sie verlas-sen, sobald seine Ablösung eintraf. Und das war heute.

Die beiden Schiffe der dritten Klasse, von denen Forbes auch gesprochen hatte, waren bereits vom Ausguck am Ufer gemeldet worden.

Adam legte die Feder aus der Hand und erinnerte sich an sein letztes Treffen mit Bethune. Er schien zufrieden mit seinem neuen Posten in der Admiralität als Asisstent des Dritten Seelords. Dieser Posten versprach baldige Beförderung. Doch er war unruhig gewesen, hatte sich gewunden, ohne daß Adam sich das erklären konnte. Doch dann hatte er, wie die anderen Kapitäne und Kom-mandanten des Geschwaders, den Grund jedenfalls ansatzweise verstanden. Das neue Flaggschiff hieß *Frobisher,* war ehemals Richard Bolithos Schiff, das jetzt nach Malta zurückkehrte, wo so viel begonnen und geendet hatte.

Das zweite Schiff würde die *Prince Rupert* sein, das Adam in Gibraltar gesehen und besucht hatte. Der große Zweidecker war nicht mehr das Flaggschiff von Konteradmiral Marlow, obwohl Pym es immer noch führte. Es gab zahllose Gerüchte, warum der neue Flaggoffizier, ein älterer Admiral, seine Flagge auf dem kleineren der beiden Schiffe setzen wollte.

Adam war überzeugt, daß Bethune besser als jeder andere die Gründe kannte. Lord Rhodes war Controller der Admiralität gewesen, als auch Bethune dort Dienst tat. Wer die Wege der Admiralität kannte oder sich für sie interessierte, war überzeugt, daß Rhodes Erster Seelord werden wollte, den niemand Geringerer als der Prinzregent selber förderte. Dann war plötzlich von der Beförderung keine Rede mehr, sie wurde zu den Akten gelegt, und jetzt war klar, daß Rhodes das Kommando über das Mittelmeer als ehrenvolle Alternative antrat. Man mußte Rhodes nicht daran erinnern, daß Lord Collingwood, Nelsons Freund und sein Stellvertreter bei Trafalgar, diesen Posten auch einmal inne hatte. Aus irgendeinem Grund war Collingwood nie zum Admiral befördert worden, und er durfte auch nie nach Hause zurückkehren, obwohl er aus Krankheitsgründen häufig um Ablösung gebeten hatte. Er war auf See gestorben, fünf lange Jahre nachdem er das Lee-Geschwader gegen die vereinigten Flotten der Franzosen und Spanier geführt hatte.

Und nun war die *Frobisher* hierher zurückgekehrt. Er sah andere Gesichter sicherlich, doch es war dasselbe Schiff. Verglichen mit anderen Linienschiffen war sie neu, etwa neun Jahre alt, von den Franzosen gebaut und als Prise vor fünf Jahren auf dem Weg nach Brest erobert worden. Adam ließ sich noch einmal alles durch den Kopf gehen wie ein Jäger, der nach Fallen ausschaut. James Tyacke war Flaggkapitän seines Onkels gewesen, sein Vorgänger war ein Kapitän Oliphant, ein Cousin Lord Rhodes', eine Bevorzugung, die wahrscheinlich nach hinten losgegangen war. In einem ihrer Briefe hatte Catherine berichtet, sie habe Rhodes kurz vor der Wahl seines Flaggschiffs getroffen, und es war klar, daß sie ihn nicht mochte. Vielleicht hatte Rhodes die *Frobisher* aus dem einfachen Grund gewählt, weil sie das bessere Schiff war. Doch Adam mußte an Bethunes ausweichende Antworten denken und hatte seine Zweifel.

Es klopfte, und Galbraith schaute durch die Tür.

»Das Flaggschiff ist in Sicht, Sir!«

Adam nickte. Nicht das *neue* Flaggschiff. Galbraith kannte sicher die Erinnerungen seines Kommandanten an die *Frobisher* und wußte, was er fühlen würde, wenn er das erstemal an Bord befohlen wurde. Erinnerungen und Geister.

Galbraith sagte: »Ich habe dafür gesorgt, daß alle Mann richtig antreten. Die Rahen werden bemannt sein. Und wir werden notfalls Hurra rufen.« Er lächelte. »Ich habe gehört, daß Lord Rhodes so etwas erwartet. Zwei oder drei von den befahrenen Matrosen haben schon unter ihm gedient.«

Adam klappte sein Logbuch zu. Das sagte alles. Es war schon lange her, daß Rhodes ein eigenes Flaggschiff gehabt hatte. Er würde nach Fehlern nur so suchen, wenn auch nur, um zu beweisen, daß er nichts vergessen hatte. Galbraith sah Adam ungeduldig an, erkannte die Zeichen.

»Unser neuer Leutnant füllt seinen neuen Rang sehr gut aus, Sir. Doch ich fürchte, Mr. Bellairs braucht einen neuen Hut, wenn er so weitermacht.«

Der Kommentar enthielt keine Bosheit, und Adam wußte, daß Galbraith wie die meisten anderen sehr zufrieden war, als Bellairs von seinem Examen mit dem Fetzen Pergament zurückkehrte, wie die alten Offizier es nannten. Ein außerordentlicher Leutnant. Den würde man nicht akzeptieren, selbst wenn es der Führung des Schiffes nur nützte.

Adam lehnte sich leicht zurück. »Es wird im Geschwader sicher sehr bald eine freie Stelle geben oder in der Flotte.« Er spürte, wie Galbraith sich aufrichtete. Es war der Augenblick, auf den er gewartet hatte, auf den jeder Leutnant hoffte. »Sie haben ein eigenes Kommando gehabt, ehe Sie auf die *Unrivalled* kamen. Ihre Erfahrung und Ihr Vorbild haben viel dazu beigetragen, daß all die Falten ausgebügelt waren, ehe wir auf die Probe gestellt wurden. Vielleicht haben wir nicht in allen Angelegenheiten die gleiche Meinung vertreten.« Er lächelte plötzlich. Der Druck und die Anstrengung fielen von ihm ab wie seine Jahre, »aber als Ihr Vorgesetzter genoß ich natürlich immer das Privileg, Recht zu haben.«

Galbraith antwortete: »Ich bin ganz zufrieden hier, Sir...«

Adam hob die Hand. »Sagen Sie das nie. Und denken Sie es vor allem nie. Mein Onkel nannte ein Kommando, vor allen Dingen das erste, *das am meisten ersehnte Geschenk*. Das habe ich nie vergessen. Und Sie dürfen das auch nie.«

Sie schauten jetzt beide auf das glitzernde Wasser hinter den ankernden Schiffen, als die ersten Kanonenschüsse über den Hafen hallten. Die Antwort der Batterien, Kanone für Kanone, klang noch lauter.

Adam meinte: »Gehen wir nach oben!«

Er hängte den alten Säbel ein. »Mr. Bellairs wird noch keinen Säbel haben.« Er deutete auf seinen eigenen gebogenen Säbel auf dem Stell. »Den kann er haben, falls er vorhat zu warten, bis seine Eltern ihm die Ehre antun.«

Er berührte den Säbel an seiner Hüfte. So oft, so viele

Male... Er mußte daran denken, was Catherine ihm geschrieben hatte: »*Das Schwert hat die Scheide überlebt. Trag es mit Stolz, wie er das immer gewollt hatte.*«

Die *Frobisher* war wieder da. Und *er* würde das wissen.

Vizeadmiral Sir Graham Bethune zuckte zusammen, als die Ehrenwache der Seesoldaten wieder Habachtstellung einnahm und eine Wolke von Kreidestaub über ihren Lederhüten schwebte und die Kapelle einen lebhaften Marsch intonierte. Die Zeremonie war fast vorüber. Bethune konnte sich nicht erinnern, wie viele solcher Zeremonien er seit seinem Eintritt in die Marine beobachtet oder an wie vielen er teilgenommen hatte. Wahrscheinlich waren es Tausende. Er versuchte, seine Muskeln zu entspannen. Warum also war er so beunruhigt, ja sogar erregt, wenn diese hier die Türen zu einer neuen Zukunft für ihn öffnete?

Er schaute auf den Mann, zu dessen Ehren diese Zeremonie ausgeführt worden war. Sein Nachfolger: für ihn konnte es wie das Ende von allem aussehen statt wie eine neue Aufgabe.

Admiral Lord Rhodes schüttelte dem Vertreter des Gouverneurs die Hand, doch es war unmöglich, seine Gedanken zu erraten. Rhodes hatte der Admiralität bereits viele Jahre angehört, als Bethune hierher kommandiert worden war. Gelegentlich hatten sie sich getroffen, aber Bethune hatte ihn nie richtig kennengelernt. Seine Ernennung zum Ersten Seelord schien so gesichert, bis zu dem Augenblick, als Sillitoe unangemeldet in seinem Büro erschien und verlangt hatte, sofort mit Rhodes zu sprechen. Erst da hatte Bethune erfahren, daß Sillitoe zum Generalinspekteur des Prinzregenten ernannt worden war.

Es war Rhodes Cousin gewesen, einst Kommandant der *Frobisher,* der versucht hatte, Catherine zu vergewaltigen.

Weil ich ihr erlaubte, unbegleitet nach Hause zurückzukehren. Er mußte an Adams Gesichtsausdruck denken, als er Rhodes' spezielles Interesse an Sir Richard Bolithos Flaggschiff erwähnte. Er schämte sich, daß er die ganze Wahrheit nicht sagte, aber die würde niemandem nützen, am wenigsten Catherine. Und er mußte daran denken, was ein schwelender Haß für seine Zukunft und die von Adam bedeuten könnte.

Doch die übliche Verhaltensweise bot ihm diesmal keinen Trost. Sie schien nur ein Instrument zu sein, das Schnelligkeit vor Ehre und Freundschaft setzte.

Wieder studierte er seinen Nachfolger. Rhodes war groß und schwer gebaut. Früher war er mal attraktiv gewesen. Sein Gesicht wurde von einer starken, gebogenen Nase beherrscht, die seine Auge vergleichsweise klein erscheinen ließ, doch den Augen, obwohl sie im Schatten lagen, entging nichts. Die Kapelle bestand aus Soldaten, die schnell vom Kommandeur der Garnison, einem Freund Forbes', ausgeliehen worden waren. Die Fregatten hatten Trommler und Pfeifer der Seesoldaten an Bord, doch die hatten noch nie gemeinsam exerziert. Rhodes hatte eine Bemerkung über die Musik gemacht. Den schnellen Heeresmarsch hielt er für unpassend.

Auf den Wällen folgten dicht an dicht Menschen der Zeremonie, und Bethune fragte sich, wie lange es wohl dauern würde, bis der Dey von Algier von der Bestallung Rhodes erfuhr.

Er schritt über den staubigen Anleger, als die Kapelle entlassen wurde und die Zuschauer langsam verschwanden. Er entdeckte Sir Lewis Bazeley im Schatten einer vertrockneten Baumgruppe. Wie würde er mit Rhodes klarkommen, wenn er weiter in Malta blieb? Ein energischer, bestimmender Mann, dachte Bethune, der jüngeren Männern schnell klarmachte, was er beabsichtigte. Doch Bethune konnte sich nicht vorstellen, daß ihn irgend etwas mit dem Mädchen verband, das er geheiratet hatte. Er hatte nie herausbekommen, ob Lady Bazeley wirklich krank gewesen war, als sie es abgelehnt hatte, ihren Mann auf die Brigg zu begleiten. Er mußte daran denken, daß Adam die ganze Zeit über hiergewesen war, aber Forbes hatte in der Sache nichts erwähnt, und er war immerhin sein Flaggkapitän.

Dann dachte er an England, den grauen Himmel und die kalten Oktoberwinde. Er mußte lächeln.

Rhodes trat jetzt neben ihn. »Sehr gute Veranstaltung, Sir Graham. Entsprechend unserem Standard. Und auf den kommt es mehr denn je an, nicht wahr?«

Bethune antwortete: »Darf ich Ihnen jetzt das vorläufige Hauptquartier zeigen, Mylord. Ich habe nach einer Kutsche geschickt.«

Rhodes grinste. »Nicht für mich. Ich gehe zu Fuß. Ich kann die große Scheune schon von hier sehen.« Er winkte seinem Flaggleutnant zu. »Sagen Sie das den anderen.«

Bethune seufzte. Noch so ein Bazeley, wie es schien.

Als sie die Hälfte des Weges zurückgelegt hatten, atmete Rhodes schwer, sein Gesicht war schweißüberströmt, doch er hörte nicht auf, Fragen zu stellen. Über die sechs Fregatten des Geschwaders, über die Aussichten, mehr zu bekommen. Über die vielen kleineren Schiffe, die Briggs, die Schoner und die Kutter, die die Augen und Ohren des Mannes bilden sollten, der jetzt das Kommando übernommen hatte.

Sie hielten in einem erfrischenden Schatten, und Rhodes schaute auf die ankernden Kriegsschiffe, die in der Hitze über ihren Spiegelbildern zu flimmern schienen.

»Die *Unrivalled* gehört dazu, nicht wahr?« Er sah Bethune an, seine Augen glichen schwarzen Oliven.

»Dieser junge Bolitho, was ist das für einer?«

»Ein guter Kapitän, Mylord. Erfolgreich und erfahren.

Leute wie ihn braucht die Marine jetzt dringender als je zuvor!«

»Ehrgeizig wohl auch?« Er schaute wieder zu den Schiffen hinüber. »Er hat sich gut geschlagen, das muß ich ihm zugestehen. Der Vater ein Verräter, die Mutter eine Hure. Er hat es verdammt weit gebracht, sage ich.« Er lachte laut und ging weiter.

Bethune unterdrückte seine Wut über Rhodes und sich selber. Wenn er erst wieder in der Admiralität war, würde er vielleicht einen Weg finden, Adam zu versetzen. Doch nicht ohne die *Unrivalled*. Sie war alles, was er besaß.

Wieder blieb Rhodes stehen, atemlos und mit seinem Gefolge die Straße füllend.

»Und wer ist das da, Sir?«

Bethune sah Farben blitzen, als Lady Bazeley sich vom Balkon in den Schatten zurückzog.

»Sir Lewis Bazeleys Frau, Mylord. Ich sagte eben . . .«

Rhodes grunzte. »Frauen gehören ins Haus, das ist wohl ganz klar.« Wieder dieses kurze, harte Lachen, das Bethune so oft in London gehört hatte. »Ich werde bestimmt nicht zulassen, daß sie vor meinem Stab den Rock heben!«

Bethune sagte nichts. Doch wenn er wetten müßte, würde er sein Geld auf Bazeley setzen, nicht auf Rhodes.

Und dann war ihm klar, wie froh er war, Malta wieder zu verlassen.

Luke Jago beugte seine Knie etwas und peilte die kräftige Ankertrosse der *Halcyon* an, um die Distanz abzuschätzen, als die Gig unter dem langen Bugspriet hindurchzog, schaute dann auf den Schlagmann und über die Köpfe der Besatzung. Er gab mit der Pinne etwas nach, bis das Flaggschiff wie vor den Bug des Bootes genagelt erschien. Die Männer bildeten eine gute Bootsbesatzung, und er würde dafür sorgen, daß es auch weiterhin so blieb.

Er sah, wie das Licht der Sonne sich auf den blitzenden Epauletten des Kapitäns spiegelte, als er sich vorlehnte und den ankernden Vierundsiebziger musterte.

Berufliches Interesse? Es war mehr als das, wie Jago wußte, wie er spürte. Viele andere Boote liefen hierher und legten ab – *nach dem Willen des Himmels.*

Vizeadmiral Bethune war sehr menschlich gewesen und war offenbar ganz gut mit dem Kapitän klargekommen. Jago hatte Kapitän Bolitho und den Ersten Offizier beobachtet, die beide der Kurier-Brigg während des Segelsetzens mit den Augen folgten. Ihr einziger Passagier war der Vizeadmiral. Die meisten höheren Offiziere hätten etwas Größeres als eine Brigg verlangt, dachte er. Bethune mußte es mit seinem Aufbruch sehr eilig gehabt haben.

Und nun war also Lord Rhodes hier, ein rechter Scheißkerl, nach allem, was man wußte. Es würde Probleme geben.

Jago sah auf den Midshipman, der unter ihm saß. Es war der neue, Deighton. Sehr ruhig, ganz und gar nicht wie sein Vater. Er fragte sich, ob der Junge wohl irgend etwas von der Wahrheit ahnte. Im Kampf gefallen, für König und Vaterland ... Jagos Lippen verzogen sich verächtlich. Deighton war von allen verflucht worden, lange ehe die Kugel ihn niederstreckte.

Jetzt türmte das Flaggschiff sich über ihnen, Masten und Rahen standen schwarz vor dem wolkenlosen blauen Himmel. Jedes Stückchen Leinwand war an seinem richtigen Ort, die Farben glänzten wie Glas.

Ein Schiff, jedes Schiff sah für jeden Betrachter anders aus. Jago wußte das aus eigener Erfahrung. Für den angstschlotternden Landbewohner, den die verhaßte Preßgang aus seinem täglichen Leben an Bord geholt hatte, war das Schiff nichts anderes als ein gewaltiges Gerät voller Angst und Schrecken, in dem nur die Starken und Listigen überlebten. Einem Midshipman, der sein erstes Schiff betrat, erschien es bedrohlich und Respekt heischend, doch seine Hoffnung meldete sich bereits mit zarter Flamme und würde entweder auflodern oder ausgeblasen werden.

Jago sah die Schultern des Kapitäns jetzt so gerade ausgerichtet, als bereite er sich auf einen Gegner vor. Ihm würde sich das Schiff wieder ganz anders darbieten.

Er sah, wie er die Hand über die Augen legte und den Kopf hob. Er wußte, was er suchte und was es ihm bedeutete. Heute. Jetzt. Das St. Georgskreuz wehte von der Großmaststenge aus. Die Admiralsflagge seines Onkels war an genau der gleichen Stelle gesetzt gewesen, als er fiel.

Er war tapfer gestorben, hieß es. Ohne Klage. Jago fand, das könne man glauben, besonders, wenn er seinen eigenen Kommandanten anschaute.

»Bug!«

Er mußte seine Stimme nicht erheben. Andere Bootsführer waren schon da und beobachteten ihn. Und es lagen größere Boote hier mit farbigem Sonnenschutz über dem Heck.

Jago fluchte leise. Er hatte den letzten Anlauf auf die Großrüsten der *Frobisher* fast noch falsch eingeschätzt. Dort warteten Schiffsjungen mit weißen Handschuhen, um den hohen Besuchern an Bord zu helfen.

»Achtung.« Er zählte Sekunden. »Riemen auf!«

Die Gig ging perfekt längsseits. *Man könnte zwischen ihr und der Bordwand ein Ei zerdrücken,* pflegten die alten Bootsführer zu sagen.

Aber es war verdammt knapp gewesen. Jago sah die Boote mit dem Sonnenschutz. Das hieß meist, daß auch Frauen an Bord waren, Frauen der Offiziere oder vom Stab des Gouverneurs. Aber nur eine machte ihm wirklich Sorge, und die sah er jetzt: halb nackt, ihr Kleid feucht von Nässe und Schlimmerem. Der Kapitän hielt sie, weder verächtlich noch ihre Hilflosigkeit ausnutzend, wie manch anderer es getan haben würde.

Adam erhob sich, korrigierte wie immer den Sitz seines Säbels. Ihre Blicke begegneten sich nur kurz, und Jago sagte ganz formell: »Wir werden hier warten, Sir!«

Adam nickte und schaute den Midshipman an. »Hören Sie zu und lernen Sie viel, Mr. Deighton. Das hier ist *Ihre* Wahl, nicht wahr!«

Der Midshipman nahm den Hut ab, als Adam nach den Handläufen griff. Man hörte die Pfeife schrillen und gebrüllte Kommandos, und der Midshipman fragte ruhig: »Sie waren doch dabei, nicht wahr? Als mein Vater ...«

Jago antwortete knapp. »Aye, Sir. Viele von uns haben den Tag miterlebt. Übernehmen Sie jetzt die Pinne, und legen Sie ab. Meinen Sie, das schaffen Sie?«

Der Junge senkte den Blick. Ihm schien, als habe Jago ihm etwas gesagt, das er nicht erfragen wollte.

Als die Gig ablegte, um Platz für ein anderes Boot zu machen, setzte oben an Deck Adam seinen Hut auf und schüttelte dem Kapitän der *Frobisher* die Hand, einem Schotten mit breitem Kinn namens Duncan Ogilvie. Er war über sechs Fuß groß, und man konnte ihn sich in einem kleineren Schiff als diesem kaum vorstellen, wenn er bequem leben wollte.

»Geben Sie dem Admiral noch ein paar Minuten, um sich von einem früheren Besucher zu verabschieden.« Er deutete vage mit dem Kopf in eine Richtung. »Es ist der Commodore von der holländischen Fregatte da drüben.«

Adam hatte sie vor Anker gehen sehen und die alte Unruhe wieder gespürt beim Anblick ihrer Flagge unter den ankernden Schiffen. Die Flagge eines einst zwar angesehenen Gegners, doch immerhin eines Gegners. Solche Gefühle würden sich verstärken, wenn französische Schiffe erschienen. Er drehte sich um, um etwas zu sagen, doch der Kommandant begrüßte bereits einen Neuankömmling und sah schon das nächste Boot, das sich den Großrüsten näherte.

Zweimal war Adam Flaggkapitän gewesen, bei seinem Onkel und bei Valentin Keen. Die Aufgabe war nie leicht. Flaggkapitän bei Rhodes zu sein schien eine unmöglich zu lösende Pflicht.

Ein mitgenommener Leutnant fand ihn schließlich und begleitete ihn nach achtern in die große Heckkajüte. Obwohl alle Zwischenwände entfernt waren und nur noch ganz wenige Möbel zu sehen waren, war das Quartier des Admirals dicht gedrängt von Uniformen, scharlachroten und roten und den blau-weißen der Marineoffiziere. Frauen standen zwischen ihnen. Nackte Schultern, kühne Blicke von jüngeren Offizieren, und so etwas wie Neid von den nicht mehr ganz so jungen.

Der Leutnant rief laut Adams Namen und den des Schiffes, und eine Marineordonnanz erschien wie aus dem Nichts mit einem Tablett voller Gläser.

»Halten Sie sich an den roten, Sir. Der andere taugt nicht viel!« Und dann im Nachsatz: »Corporal Figg, Sir. Mein Bruder ist einer von Ihren Seesoldaten.« Dann eilte er davon, Wein spritzte ihm dabei über den Ärmel, ohne daß er darauf achtete.

Adam lächelte. Also wieder die große Familie.

»Ah, da sind Sie, Bolitho!« Es klang wie »Endlich sind Sie da«. Rhodes erwartete ihn, als er sich durch die Menge drückte. Er hielt den Kopf zwischen den Balken gebeugt, war fast so groß wie sein Flaggkapitän.

Rhodes sagte laut: »Ich glaube, Sie hatten noch nicht das Vergnügen, Kapitän Bolitho kennenzulernen. Er ist Kommandant einer meiner Fregatten!«

Und dann erschien sie und lächelte, als sie hinter dem mächtigen Admiral auftauchte. Sie war ganz in Blau gekleidet, ihr Haar war über den Ohren aufgesteckt, und die Haut an Hals und Schultern leuchtete wie in seiner Erinnerung.

Sie antwortete: »Ganz im Gegenteil, Lord Rhodes, wir kennen uns ganz gut.«

Sie reichte Adam ohne Zögern die Hand, ohne sich um die Blicke der anderen zu kümmern.

Ein Offizier sprach auf den Admiral ein, und verärgert drehte Rhodes sich ab.

Als Adam ihre Hand an seine Lippen führte, sagte sie leise: »Ich hätte sagen sollen, wir kennen uns *sehr gut.*«

Sie standen vor dem Heckfenster und sahen im dicken Glas ihre Spiegelbilder. Sie berührten sich nicht, doch Adam fühlte sie, als presse sie sich gegen ihn.

»Wir werden Malta bald verlassen«, sagte sie. Sie drehte sich zur Seite, als suche sie ein anderes Spiegelbild, aber es verschwand in der Menge der anderen.

Sie bewegte sich leicht und hob eine Hand. »Sieh mich an!«

Adam entdeckte den kleinen silbernen Säbel auf ihrer Brust. Es gab so vieles, was er ihr sagen wollte, doch er spürte die Hoffnungslosigkeit und den Druck eines Traums, der zu Ende ging.

Sie sagte: »Du siehst gut aus.« Ihre freie Hand bewegte sich und zog sich dann zurück, als habe sie ihn berühren wollen und dabei vergessen, wo sie sich befanden. »Die Verwundung? Ist sie noch zu sehen?« Ihre Blicke trafen sich wieder, und er spürte den unwiderstehlichen Reiz der Gefahr, als sie leise sagte: »Meine Mutter sagte immer, als ich Kind war und mich verletzt hatte: *Ich werde es gesund küssen, Rozanne.*« Dann schaute sie weg. »Es war so schön. Alles.« Ihre Lippe zitterte. »Ich werde es jetzt nicht zerstören.«

»Du kannst nichts zerstören...« Und dann zögernd: »...Rozanne.«

Er hörte jetzt wieder Rhodes und Bazeley und lautes Gelächter.

Sie hob das Kinn und sagte fest: »Sie sehen, Kapitän, ich liebe Sie!«

Laut meldete sich Bazeley. »Hier bist du!« Und als sie sich beide umdrehten: »Kapitän Bolitho, neue Abenteuer, habe ich erfahren.« Er nahm seine Frau am Arm. »Das ist das Schicksal eines Seemanns. Nicht meins. Tut mir leid. Ich baue lieber etwas, als es zu zerstören.«

Rhodes Blicke fielen auf Bazeleys Hand, die den nackten Arm seiner Frau hielten. »Manchmal muß man erst das eine tun, ehe man sich das andere leisten kann, Sir Lewis.«

Bazeley grinste breit. »Nun, was habe ich gesagt?« Er zog umständlich eine Uhr aus der Tasche. »Wir müssen uns leider verabschieden, Mylord. Ich muß noch ein paar Leute treffen.« Er sah Adam an. »Alles Gute für Sie!« Er bot ihm weder die Hand, noch ließ er seine Frau los.

Unruhig wartete ein Leutnant auf ihn: »Ich habe Ihr Boot bereits kommen lassen, Sir Lewis!«

Bazeley nickte und ließ ihn gehen. »Wenn das Parlament unsere Ansicht teilt, werden wir aus Malta eine Festung machen. Ich komme mir klein vor bei dieser gewaltigen Aufgabe.«

Das Ehepaar drückte sich durch die Menge. Doch als Bazeley anhielt, um mit einem höheren Heeresoffizier zu sprechen und ihm prahlerisch den Arm um die Schulter legte, drehte Rozanne sich um und sah Adam direkt in die Augen.

Kein Wort, nur ihre Hand auf dem kleinen silbernen Säbel gegen die Brust gepreßt, mehr war nicht nötig.

Rhodes meinte knapp: »Wenn der bescheiden ist, dann bin ich der Kaiser von Persien.«

Adam bemerkte, daß sich Kapitän Forbes zu ihnen gesellt hatte, zwei Gläser in der Hand, eines ihm anbietend.

Forbes meinte: »Eine ganz schöne Versammlung.« Er

seufzte. »Und wir sind nun wieder ein ganz normales Schiff, was immer das bedeuten mag.« Und dann sagte er leise: »Ich hörte, ehe Sie zu unserem Geschwader kamen, daß Sie keine Furcht vor Risiken haben, wenn Sie sie für lohnend halten.« Er schaute zum Admiral hinüber. »*Jetzt* begreife ich es.«

Als Adam wieder in ihre Richtung schaute, war sie verschwunden.

Catherine Somervell wandte sich von der niedrigen Steinwand weg und sah dem Kutscher und einem Stallknecht zu, die den beiden Pferden, die gerade aus dem Stall gekommen waren, das Geschirr anlegten und sie beruhigten. Eine gefällige Kutsche, aber es war schon seltsam, das vertraute Wappen nicht auf der Kutschentür zu sehen. Sie gehörte Roxby. Catherine lächelte voll trauriger Erinnerungen. Man hatte ihn meistens liebevoll den König von Cornwall genannt. Die anderen, die vor ihm als dem Friedensrichter der Gegend erscheinen mußten, hatten andere Namen für ihn gefunden.

Sie sah, wie Roxbys Witwe Nancy dem Kutscher ein Päckchen reichte und ihm irgend etwas mit einer Geste erläuterte. Etwas Proviant für die Reise. Wie Nancy Ferguson drüben auf dem Gut der Bolithos war auch sie immer der Ansicht, Catherine bekäme nicht genügend zu essen.

Catherine wandte dem Haus und der Auffahrt den Rücken zu und schaute auf die nächsten Hügel. Sanft und grün lagen sie da, und dahinter wartete die See – lauerte die See.

Sie war eine Nacht bei Richards jüngster Schwester geblieben. Jetzt würde sie nach Plymouth zurückkehren, wo Sillitoe sie erwartete. Sie hatte gemischte Gefühle bei dem Gedanken gehabt, Valentin Keen wiederzusehen. Doch die Furcht war unbegründet. Er und seine Frau hatten sie mehr als willkommen geheißen – ebenso wie Sillitoe. Es hatte weder Fragen noch Andeutungen gegeben, nicht einmal Erinnerungen an alte Zeiten. Keen würde sich niemals wandeln, seine zweite Ehe schien glücklich zu sein. Gilia war genau die Frau, die er brauchte, und Catherine wußte aus den Gesprächen mit ihr, daß Keen immer noch nichts wußte von Adams Liebe für Zenoria.

Die Rückkehr auf das Gut unter dem Pendennis Castle war ihr schwergefallen. So viele bekannte Gesichter, die sich offensichtlich alle freuten, sie wiederzusehen. Bryan und Grace, der junge Matthew und all die anderen. Und noch einer: Daniel Yovell, Richards Sekretär. Er war wieder in sein kleines Haus eingezogen, und Bryan Ferguson hatte ihn mit deutlicher Erleichterung zu seinem Stellvertreter gemacht. Auch einer *der kleinen Mannschaft*, wie Richard sie nannte.

Die Zeit reichte nicht, Fallowfield zu besuchen, und Catherine war sich immer noch nicht sicher, ob sie das bedauerte oder darüber froh war. Allday jetzt wieder zu treffen, so bald danach, wäre mehr gewesen, als sie aushalten könnte. Es war schon schwer genug mit Keen und all den anderen. Sie fürchtete, vor Allday wäre ihr letzter Widerstand dahin geschmolzen.

Nancy trat jetzt neben sie an die Mauer in einen dicken Schal gehüllt.

»Wir werden einen frühen Winter bekommen, denke ich.« Catherine spürte ihre Blicke, liebevoll und voller Sorgen. »Wenn du doch nur ein bißchen länger bleiben könntest. Wenn es irgend etwas gibt, was du brauchst, schreib mir.« Sie legte ihr wieder den Arm um die Taille wie ein junges Mädchen. Ein Mädchen, das sich in einen jungen Midshipman verliebt hatte, den besten Freund Richard Bolithos.

Einen Augenblick schwiegen sie.

»Mach dir keine Sorgen um Tamara. Wir werden sie bewegen und betreuen, bis sie...« Sie hielt inne. »Du weißt, was ich meine.«

Catherine sagte entschlossen: »Ich lebe nicht mehr in Chelsea, Nancy. Ich wohne im Haus von Lord Sillitoe in Chiswick.« Sie hatte begonnen und konnte nun nicht mehr aufhören. »Ich habe mich in dem Haus seit jener Nacht nie wieder richtig wohl gefühlt.« Sie spürte, wie Nancys Griff um ihre Taille sich verstärkte. »Manchmal schien mir, als ob Männer das Haus beobachteten. Oder ich habe mir das nur eingebildet. Sie warten auf eine Chance, *diese Frau da* zu sehen.«

Sanft fragte Nancy: »Wirst du diesen Sillitoe heiraten? Ich sehe, wie er dich verehrt. Und mit Recht! Denk dran, auch ich habe Roxby nicht aus Liebe geheiratet, aber daraus wurde etwas sehr viel Stärkeres. Er fehlt mir immer noch!«

Sie wandten sich von der Mauer weg und sahen auf die Kutsche. Es wurde Zeit.

»Er hat meinetwegen seine Stellung beim Prinzregenten aufgegeben«, sagte Catherine. »Ich werde sein Leben nicht mit einem weiteren Skandal zerstören.« Sie neigte den Kopf, als habe jemand ihr etwas gesagt. »Ich werde es dir sagen, als erster.«

In den oberen Fenstern waren Gesichter zu erkennen, Diener sahen zu, wie *diese Frau da* sich bereit machte, ihre geordnete Welt zu verlassen. Morgen würde Elizabeth hier eintreffen. Nancy hatte sie mit ihrer Gouvernante nach Bodmin geschickt, damit sie sich passendere Kleidung besorgte und die Stadt kennenlernte.

Sie wurde schnell erwachsen, hatte Nancy gemeint. Ein zurückhaltendes, mürrisches Kind, das zu lange in der Gesellschaft älterer Leute gelebt hatte. Sie hatte Catherine vom Tag nach ihrer Ankunft erzählt. Es war schwer zu schätzen, wie schwer sie der unerwartete Tod ihrer Mutter getroffen hatte – und Nancy war sich ihrer Einstellung auch jetzt noch nicht sicher.

Doch an jenem Tag hatte Nancy sie zu einem der Strände mitgenommen, auf denen Richard so oft mit Catherine spazierengegangen war. An den Pfützen hatten Kinder gespielt und Muscheln gesucht. Elizabeth waren die nackten Füße aufgefallen. *Hatten sie keine Schuhe? Waren sie zu arm dafür?*

Sie sagte: »Lieber Gott, was haben wir damals gemacht in ihrem Alter?«

Catherine wandte sich zu ihr und umarmte sie herzlich.

»Ich werde deine Güte und deine Liebe nie vergessen. Ich wußte immer, warum Richard dich so gern hatte.«

Die Tür öffnete sich, eine behandschuhte Hand streckte sich ihr entgegen, um ihr hineinzuhelfen, Nancy weinte, und plötzlich bewegten die Räder sich.

Auf die Straße hinaus, die in die andere Richtung lief, nicht zu dem grauen alten Haus, in dem sie auf ihn so lange und immer voller Hoffnung gewartet hatte.

Als sie wieder nach draußen schaute, hatten die Hügel sich bewegt und verdeckten das Haus und die kleine Gestalt, die immer noch winkte.

Sie lehnte sich in das weiche Leder zurück und schaute auf das Paket, das in eine fleckenlose Serviette gehüllt war. Neben ihr lag gefaltet Richards alter Bootsmantel, den sie immer dann getragen hatte, wenn der Wind kalt aus der Bucht herauf wehte. In der Tasche war immer eine Schere, und sie hatte in dem vertrauten Garten eine einzige noch blühende Rose gefunden.

Doch sie hatte sie nicht abschneiden können. Sie war jetzt froh darüber. Die Rose war Teil von ihr und gehörte dorthin.

Die letzte Rose.

Unis Allday knüpfte sich auf dem Rücken die Schleife einer frischen Schürze und betrachtete sich kritisch im Spiegel im Wohnzimmer. Die ersten Gäste würden bald eintreffen, wahrscheinlich Käufer und Verkäufer auf dem Weg zum Markt in Falmouth. Im Gasthaus »Old Hyperion« würde es dann geschäftig zugehen. Sie ging im Geiste noch einmal alles durch, wie jeden Tag. Fleisch und Geflügel war bestellt worden, Bier aus der Brauerei.

Sie ging zur Tür des großen Schankraums. Die Läufer waren gebürstet worden, um sie vom Schmutz der Schuhe der Arbeiter zu befreien, die Krüge glänzten und die neumodischen Gläser für die Verkäufer. Im Kamin brannte bereits ein Feuer, obwohl es erst Anfang Oktober war.

Ein Fuhrmann hatte ihr erzählt, daß Fischer schweren Nebel vor Rosemullion Head gemeldet hatten. Man sprach von einem frühen Winter.

Die kleine Kate ging draußen mit Nessa spazieren, dem neuen Dienstmädchen im Gasthaus, einer großen, dunklen Frau, die selten lächelte und dennoch viele bewundernde Blicke auf sich gezogen hatte. Auch von Unis Bruder, dem anderen John. Sie war jünger als er, doch Unis meinte, sie würde ihm guttun. Für beide wäre es ein neuer Anfang. Nessa hatte sich in einen Soldaten aus der Garnison von Truro verliebt. Der Rest war die übliche Geschichte. Sie hatte ihr Kind verloren, und ihr Liebhaber war in unziemlicher Hast nach Westindien verschwunden.

Nessas Familie waren aktive Mitglieder einer neuen Kirche und in Falmouth für ihren strengen Glauben bekannt. Ohne zu zögern, hatte sie die Tochter aus dem Haus gewiesen. Unis hatte sie aufgenommen, und hier hatte sie Ruhe gefunden, war Unis dankbar für das Vertrauen und für ihre eigene Interpretation christlicher Nächstenliebe.

Die Tür vom Hof ging auf, und John Allday trat in die Schankstube.

Sie wußte sofort, daß irgend etwas mit ihm nicht stimmte, mit ihrem Mann, ihrer Liebe. Sie glaubte auch zu wissen, was es war.

Allday sagte schwer: »Ich habe eben mit Toby gesprochen, dem Gesellen des Faßmachers. Er sagte mir, Lady Catherine sei oben gewesen, gestern, sagte er.« Das klang wie eine Anklage.

Sie sah ihn an. Also hatte sie doch recht behalten. »Ich habe so etwas läuten gehört.« Sie legte ihm die Hand auf den Arm. Sie sah sehr klein und sehr sauber auf dem Ärmel aus.

»Und du hast nichts gesagt?«

Ruhig schaute sie ihn an: »Und du weißt genau, warum, John. Langsam gewöhnst du dich an das Leben hier. Also denk nur noch an sie. Das arme Ding hat es sicher schwer genug!«

Allday lächelte freundlich. Klein und adrett und hübsch. Seine Unis. Aber wehe, einer wollte sie ausnutzen. Sie war stark!

In vieler Hinsicht ist sie sogar stärker als ich . . .

Sie gingen zusammen ans Fenster. Auf dem Besitz lagen hohe Schulden, als sie ihn kaufte. Jetzt warf er Gewinn ab und sah einladend aus. Einer der Fuhrleute spielte der kleinen Kate seinen üblichen Trick vor. Er ließ eine Kartoffel in der Luft verschwinden und ließ Kate raten, in welcher der fest geschlossenen Fäuste sie verborgen war. Das Kind versuchte es, das Gesichtchen zeigte, wie konzentriert das Mädchen war. Unis Bruder stand in der Nähe und sah der dunkelhaarigen Nessa nach.

Das Kind tippte auf eine Faust – und die war natürlich leer. Sie jubelte erfreut und enttäuscht zugleich. Das Spiel reizte sie immer wieder neu.

»Wir haben es weit gebracht, John.«

Der Weg über das Gelände der Greenacre Farm wurde gerade verbreitert. Bald würden Kutschen hier halten. Die Leute hatten den alten Perrow ausgelacht, als der Plan veröffentlicht wurde. Aber sie würden sich bestimmt bald ärgern. Der gerissene Gutsbesitzer würde von jeder Kutsche, die sein Land überquerte, Wegzoll verlangen.

»*Du* hast es weit gebracht, Mädchen!« sagte Allday.

Darin klang wieder das alte Gefühl mit, etwas verloren zu haben. Es war genauso wie damals, als er ihr von Kapitän Tyacke berichtete, der in Falmouth mit seinem neuen Schiff vor Anker gegangen war.

Sie hörte, wie ihr Bruder mit seinem Holzbein über den Fußboden stampfte, und sie fragte sich, was Nessa wohl davon hielte und ob sie überhaupt seine Gefühle für sie bemerkt hatte.

Er sagte: »Da hat einer nach dir gefragt, John!«

Allday tauchte aus seinen Gedanken auf: »Nach mir? Wer denn?«

Er grinste: »Hat er nicht gesagt, John.« Er nickte. »Sieht verrückt genug aus. Aber scheint dich gut zu kennen!«

Allday öffnete die Tür und sah am Feuer vorbei nach draußen. Zwei Männer saßen schon im Schankraum, zwischen ihnen schnarchte ein schwarzer Hund.

Einen Augenblick glaubte er, sich zu irren. Die falsche Umgebung, der falsche Hintergrund. Dann ging er durch den Raum und packte den Ankömmling bei den schmalen Schultern.

»Tom! In Gottes Namen, Tom Ozzard. Wo zum Teufel hast du gesteckt?«

»Ach, hier und da. Doch meistens in London.«

»Also, da hol mich doch der Teufel. Du bist verschwunden in dem Augenblick, als wir außer Dienst gestellt wurden. Ohne ein Wort zu sagen. Was hast du hier vor?«

Ozzard hatte sich in keiner Weise verändert. Er sprach

so knapp und kurz wie immer und lachte mit seinem spitzen Gesicht niemals.

Er sagte: »Ich dachte mir, vielleicht hast du eine Ecke, in der ich mich ausstrecken kann, ehe ich weiterziehe.«

Weiterziehen? Nach London? Ozzard hatte kein Zuhause.

»Natürlich kannst du hierbleiben, du verdammter Kerl.«

Unis beobachtete die beiden durch die Tür und sah alles, was ihr geliebter John nicht sah oder nicht sehen wollte. Die zerrissenen Schuhe, den abgeschabten Rock mit einem fehlenden Knopf, das schüttere Haar, das mit einem Stückchen Band zurückgehalten wurde. Doch dieser Mann gehörte zu einer Welt, an der sie nur aus der Ferne teilhaben konnte, einer Welt, die ihr den einen Mann genommen und den anderen gegeben hatte, diesen großen, beeindruckenden Mann, der sich so freute, daß ein Geist zurückgekehrt war. Er hatte oft von Ozzard gesprochen, Sir Richards persönlichem Diener. Wie Ferguson, bei dem Yovell oben auf dem Gut wohnte, war auch er Teil der kleinen Mannschaft.

Sie sagte leise: »Ich habe was auf dem Herd. Vielleicht haben Sie noch nichts gegessen.«

Ozzard sah sie mit fast feindlichem Blick an. »Ich bin nicht hier, weil ich etwas brauche!«

Allday meinte: »Ganz ruhig, Tom. Du bist hier unter Freunden.«

Er runzelte die Stirn, als draußen auf dem Hof Stimmen zu hören waren. Die ersten Straßenarbeiter kamen an.

Unis fielen zwei Sachen auf: Ozzard war vorsichtig, ja mißtrauisch, was Frauen anging. Und die Freude ihres John machte einiger Sorge Platz.

»Kommt ins Wohnzimmer«, sagte sie. »Die Kerle hier sind zu laut für alte Freunde, die sich wiedersehen.«

Ozzard saß schweigend am Tisch und sah sich um, bis

seine Augen auf dem Modell der *Hyperion* auf dem Ehrenplatz ruhten.

Allday wollte reden, auch um ihn zu beruhigen, aber er fürchtete, etwas sehr Zartes zu zerstören.

Unis rührte am Herd in ihrem Topf, doch ihre Gedanken waren ganz woanders.

Über ihre Schulter hinweg sagte sie: »Sie sind doch an Sir Richard und andere Marineoffiziere gewöhnt, dann wissen Sie doch viel über Wein und was dazugehört.«

Mißtrauisch meinte Ozzard: »Mehr als andere schon.«

»Ich dachte nur laut. Wenn hier nach dem Straßenbau der Verkehr zunimmt, könnten Sie uns helfen. Mir helfen. Da drüben ist noch ein Zimmerchen über dem Lager. Sie sind mehr als willkommen, bis Sie wieder aufbrechen wollen.« Sie spürte Alldays Freude und sagte nur nebenher: »Für eine Bezahlung kann ich aber nicht garantieren.«

Ich mußte etwas sagen, dachte sie. Irgend etwas. Sie hatte die zerrissenen Manschetten bemerkt, die zerbrochenen, schmutzigen Nägel. Aber er war einer der Männer, die mit John und Sir Richard an Schlachten teilgenommen hatten, an die sie nicht einmal zu denken wagte.

Sie trat mit einer Schüssel an den Tisch. »Wild. Essen Sie das, und dann denken Sie mal nach.«

Ozzard beugte sich über die Schüssel und griff wie blind nach dem Löffel. Dann brach er zusammen.

»Ich habe sonst nichts«, sagte er nur.

Viel später, als sie wieder allein waren und die Gaststätte bis zum nächsten Morgen ruhte, hielt Allday sie in seinen Armen und flüsterte: »Woher wußtest du das, Unis, meine Liebe?«

Sie zog seinen zottigen Kopf auf ihre Brust. »Ich kenn' dich doch, John Allday. Und daran gibt's keinen Zweifel.«

Sie schmeckte in seinem Kuß den Rum und war zufrieden.

XVIII   Eine Mannschaft

»Anker auf, Männer. Hiev an!«

Beide Ankerwinschen waren voll bemannt, und alle warfen sich mit aller Macht in die Spaken, doch die Ankerleine bewegte sich kaum. Adam Bolitho stand auf dem Achterdeck, beide Hände unter dem Schwalbenschwanz, und studierte das seltsame Tageslicht und die niedrigen, treibenden Wolken. Die Wände im Hafen schienen wie die Gebäude in einem dumpfen gelben Licht zu glühen. Obschon es Morgen war, sah alles eher nach Sonnenuntergang aus.

Der Wind hatte etwas zugenommen, wehte ihm heiß ins Gesicht, und Adam schmeckte Staub zwischen den Zähnen, als stünden sie bereits vor einer Wüstenküste.

Er hörte, wie Midshipman Sandell laut rief: »Machen Sie dem Kerl da Dampf. Er soll sich kräftiger ins Zeug werfen!«

Sofort war Galbraith zu hören: »Kommando zurück. Die Leine bewegt sich endlich!«

Er klang ungeduldig, frustriert, vielleicht weil sie hier in Malta soviel Zeit verloren hatten, nachdem Admiral Rhodes das Kommando übernommen hatte. Und nun der plötzliche Befehl an die Schiffe zum Auslaufen.

Klank! Der erste eiserne Sperrhaken der Winsch fiel in die vorgesehene Halterung. Klank! Der nächste folgte.

Jemand bemerkte: »Ankerleine des Flaggschiffs steht auf und nieder, Sir!«

Galbraith schnauzte zurück: »Die haben sechshundert faule Kerle an Bord, mit denen sie spielen können.«

Adam blickte nach vorn, dort schaute Massie über die Galion und beobachtete die straffe Ankerleine. In ihr sammelte sich das ganze Gewicht der *Unrivalled* und der Druck auf die Segel gegen Muskeln und Schweiß.

Klank. Klank. Wie auf einen Befehl hin war plötzlich das Kratzen einer Geige zu hören und die zittrige Stimme eines Shantymanns. Wie so oft, wenn sie ausliefen. Für den Matrosen war die Zukunft wie ein ferner Horizont – unbekannt.

»Als ich zum erstenmal losfuhr,
Hiev an, hiev an, hiev an!
Da hatt' ich nur ein Messer.
Hiev an, hiev an, hiev an!«

Adam entspannte sich etwas. Wieder auf See. Diesmal unter dem Kommando des Admirals. Am Schürzenzipfel der Flotte, wie er es von anderen Kapitänen in gleicher Situation oft gehört hatte.

»Nun bin ich dreißig Jahr dabei.
Hiev an, hiev an, hiev an!«

Die Leine kam jetzt leichter, die Ankerwinsch drehte sich wie ein Rad aus Menschenleibern.

»Auf dem Weg zu Gold und Reichtum.
Hiev an, hiev an, hiev an!«

Midshipman Sandell eilte vorbei und zeigte dem Neuling Deighton etwas.

Adam hörte eine Bemerkung Jagos: »Sieh dir den an. Plustert sich auf wie ein Admiral auf Halbsold.«

So hatte sich auch Allday stets ausgedrückt, erinnerte er sich, wenn er einen Gernegroß beschrieb.

Adam dachte wieder an die eilig einberufene Konferenz auf Admiral Rhodes' Flaggschiff. Er hatte wieder von einem Angriff auf harmlose Fischer erfahren. Eine Batterie hatte ihre Boote beschossen, und dann waren wie aus dem Nichts Schebecken aufgetaucht und hatten die glücklosen Mannschaften ermordet oder gefangengenommen. Einer der bewaffneten Schoner des Geschwaders war ganz nahe dabei gewesen, hatte Hilfe leisten wollen und wurde davongejagt. Dabei wäre er fast selbst aufgebracht worden.

Rhodes war außer sich vor Wut. *Ein Exempel mußte statuiert werden,* und zwar noch ehe das Wetter sich wieder änderte. Er wollte also keinesfalls warten. Alle Schiffe mußten klar zum Auslaufen machen.

Das Geschwader war durch einen Bombenwerfer, die *Atlas,* verstärkt worden. Sie war als erste bei Tageslicht losgesegelt – mit der *Matchless* als Eskorte.

Adam wußte aus eigener Erfahrung, daß Bombenwerfer besonders schwierig zu segelnde, unhandliche Schiffe waren, selbst unter den besten Bedingungen. Wer solch ein Schiff allein einsetzte, ohne auf die versprochene Verstärkung zu warten, riskierte viel, auch wenn die Mannschaft erfahren war.

Bei der Besprechung auf dem Flaggschiff hatte er das geäußert.

Rhodes wandte sich ihm zu, als habe er schon auf diese Bemerkung gelauert. »Natürlich, Kapitän Bolitho. Ich hätte es fast vergessen. Wer eine Fregatte so führt wie Sie bekanntermaßen, der hält von solch langsamem Vorgehen nichts!«

Nur Kapitän Bouverie von der *Matchless* hatte laut gelacht, alle anderen schwiegen.

Rhodes hatte weiter geäußert: »Kein Erobern von Schiffen in Häfen! Kein Nahkampf mit wilden Überläufern! Also halten Sie das ganze Unternehmen für sinnlos?«

»Ich widerspreche dem nur, Mylord.« Der Satz hing in der Luft, während Rhodes sich über eine Karte beugte.

»Um die Macht des Deys über die algerischen Piraten zu brechen, wie er sie manchmal zu nennen beliebt, brauchen wir den Einsatz der Flotte!«

Rhodes zuckte mit den Schultern. »Erfahrung führt nicht immer zu Weisheit, Kapitän Bolitho. Ich hoffe, Sie vergessen das nicht.« Er hatte einen nach dem anderen angesehen. »Das gilt für Sie alle!«

Der Shantymann unterbrach mit seiner Melodie wieder seine Gedanken.

»Und nun ist's mit dem Glück vorbei.
Hiev an, hiev an, hiev an.«

Massie rief von vorn: »Anker steht auf und nieder, Sir!«

Adam nickte zufrieden. »Vorsegel los!« Er blickte auf die angebraßten Rahen. »Aufentern und Toppsegel los!«

Midshipman Cousens hatte das Teleskop nicht aus der Hand gelegt und beobachtete das Flaggschiff ständig. Jetzt rief er: »Signal vom Flaggschiff: An alle. Beeilen Sie sich!«

Adam sah, wie der Wind in den locker aufgetuchten Toppsegeln spielte. Es war leicht, seinen Ärger zu beherrschen, wenn der Feind so klar erkennbar war.

Der Shantymann endete mit einer Kadenz:

»Also, Leute, das Messer habe ich immer noch!«

»Anker ist los, Sir.«

Adam trat an die andere Seite, um das Land vorbeigleiten zu sehen. Männer, die an der Winsch nicht mehr gebraucht wurden, rannten an die Brassen, um die Rahen herumzuholen und den Wind einzufangen.

Er nahm ein Teleskop aus dem Stell und stellte es scharf auf die alte Festung ein und die leeren Zinnen, von welcher Position früher Kanonen den Hafen beherrscht hatten. Dort hatten er und Rozanne sich umfangen gehalten. In dem Haus hatten sie sich geliebt. Er konnte es kaum noch glauben.

Galbraith hatte Adam zur Morgenwache an Deck angetroffen und vermutlich gemeint, er sei so früh aufgestanden, um den Bombenwerfer und die mit Algen bewachsene *Matchless* auslaufen zu sehen.

Oder hatte er angenommen, daß er das dritte Schiff beobachtete, das so früh schon auslief? Es war groß und schien mit seinen hohen Segeln fast unverletzbar. Die *Aranmore*, ein Handelsschiff auf dem Weg nach Southampton. Ob Rozanne wohl auch an Deck war und die ankernden Kriegsschiffe beobachtete? Hatte sie bereits alles vergessen, es in ihrem Herzen verschlossen wie vielleicht andere Geheimnisse auch?

Adam befahl: »Nehmen Sie unseren Platz beim Flaggschiff ein, Mr. Galbraith, und gehen Sie auf Steuerbordbug, wenn wir draußen sind.« Er versuchte ein Lächeln, um es ihm leichter zu machen. »So lautet der Befehl, erinnern Sie sich?«

Er ging zum Kompaßhäuschen und zurück. Er mußte an Catherines Brief denken. Vielleicht wäre es doch besser gewesen, wenn sie schon früher losgesegelt wären, ehe das Kurierschiff einlief.

Mein lieber Adam...

Was hatte er eigentlich erwartet? Sie hatte niemanden, der sich um sie kümmerte, der sie vor bösem Gerede und Schlimmerem schützen konnte.

Er hob wieder das Glas und wartete, bis er auf dem offenen Wasser im Wind die *Frobisher* klar erkennen konnte. Sie sah fast so aus wie damals, als sie unter der Flagge seines Onkels am Großmast aus Malta ausgelaufen war. Er hatte die Vergangenheit gespürt, als er drüben an Bord gewesen und über das Deck gegangen war und die Männer ihn mit Blicken verfolgt hatten, obwohl sicher nur wenige der heutigen Besatzung an jenem Tag dabeigewesen waren.

Er senkte das Glas und musterte sein eigenes Schiff. Die Männer machten Leinen klar und belegten die Fallen. Trotz aller Widrigkeiten war das Band zwischen den einzelnen stärker geworden. Sie waren jetzt eine Mannschaft.

Vielleicht hatte er sich in Rhodes geirrt, und es kam wirklich nur darauf an, Stärke zu zeigen? Doch im tiefsten Innern wußte Adam, daß es um etwas anderes ging. Ungesagt, wie das, was Bethune zurückgelassen hatte, und so gefährlich wie der Schatten der *Unrivalled* auf dem Meeresboden, als sie in die Untiefe eingelaufen waren.

Er sah Napier nach achtern kommen mit einem zugedeckten Tablett in der Hand. Der Junge hatte ihm so vertraut, daß er zu ihm gekommen war und ihm vom Unfall von Lady Bazeley berichtet hatte. Er legte seine Hand kurz auf das polierte Holz des Niedergangs, unter dem Rozanne so hilflos gelegen hatte.

Er benahm sich wie ein mondsüchtiger Jüngling.

Er hörte Cristie hüsteln, der darauf wartete, seine kurze Meldung zu geben, über den zu steuernden Kurs und die geschätzte Ankunftszeit. Nach ihm würde der Zahlmeister erscheinen mit seinen Meldungen über Vorräte, Wasser und diesmal sicher auch, auf Forbes Einfluß hin, über ein paar Fässer Bier vom Heer.

»Signal vom Flaggschiff: Mehr Segel setzen!« Midshipman Cousens klang widerwillig.

»Bestätigen!«

Adam drehte sich um und sah, wie Midshipman Deighton mit dem frisch geprüften Leutnant Bellairs sprach. Das ließ ihn nachdenken. Er erinnerte sich an Forbes' Worte auf der *Frobisher: Keine Angst vor einem Risiko, wenn Sie es für sinnvoll halten.*

Er sagte: »Haben Sie Geduld, Mr. Cousens. Ich fürchte,

Sie werden viel zu tun bekommen, bis wir auf den Feind treffen.«

Um ihn herum lachte man, und wer zu weit weg war, um die Worte zu verstehen, unterbrach seine Arbeit, als habe er verstanden.

Adam sah durch das gewaltige Gewebe aus Spieren und Rigg. Vielleicht beobachtete Rhodes die *Unrivalled* gerade in diesem Augenblick.

Laut sagte er: »Ich werde Sie noch verdammt sehen, Mylord!«

Bellairs sah den Kommandanten zum Niedergang gehen und wandte sich dann wieder dem neuen Midshipman zu. Er konnte sich kaum noch vorstellen, selber je einer gewesen zu sein, nachdem er sein königliches Patent bekommen hatte. Seine Eltern in Bristol würden sehr stolz auf ihn sein.

Der Krieg war zwar vorbei, aber für die Marine gab es immer wieder etwas zu tun. Diese neue Bedrohung zum Beispiel durch die Piraten von Algier. Er fand einen plötzlichen Tod viel akzeptabler als die Aussicht auf ein Leben, das er bei Verwundeten und hoffnungslos Verkrüppelten gesehen hatte.

Er berührte den feinen kurzen Säbel an seiner Seite. Er war verblüfft gewesen, als der Erste Offizier ihm das Angebot des Kapitäns überbrachte.

Plötzlich fiel ihm wieder ein, was Midshipman Deighton ihn zum Schiff und zu seinem jungen Kapitän gefragt hatte. Er sagte nur: »Ich folge ihm bis in den Schlund der Hölle!«

Er packte wieder seinen Säbel und grinste.

Er war ein Offizier des Königs!

Midshipman Cousens senkte das Signalteleleskop und wischte sich mit dem Ärmel Schaum aus dem gebräunten Gesicht.

»Das Boot legt jetzt vom Flaggschiff ab, Sir!«

Leutnant Galbraith trat an die Netze und sah auf das lebhafte Wasser mit seinen gelben Kämmen in diesem seltsamen Licht. Das Wetter hatte sich verschlechtert, kaum daß sie Malta hinter sich gelassen hatten. Der Wind peitschte die See in Reihen wütender kleiner Wellen, und Schaum troff aus Segeln und Rigg, als würden sie sich durch einen Tropenregen kämpfen. Wenn der Wind nicht nachließ, würden die Schiffe sich während der Nacht aus den Augen verlieren. So wie letzte Nacht, nach der alle Schiffe Schwierigkeiten hatten, sich gemäß den Wünschen des Admirals wieder zu sammeln.

Cristie hatte recht, wenn er immer wieder betonte, daß man sich auf das Mittelmeer nie verlassen dürfe, ganz besonders dann nicht, wenn man perfekte Bedingungen brauchte.

Er sah, wie der Kutter sich von der glänzenden *Frobisher* trennte. Eigentlich grenzte es an ein Wunder, daß der Kutter bei der ersten Fahrt nicht gekentert war. Die Gig zu benutzen kam schon gar nicht in Frage. Der Kutter war schwerer und hatte genau die Kraft, die man in dieser schwierigen See brauchte.

Er hatte Zweifel gehabt und sich Sorgen gemacht, als Kapitän Bolitho ihm sagte, er werde auf das Flaggschiff übersetzen und Rhodes persönlich sprechen – nach drei Signalen, mit denen er darum gebeten hatte! Alle waren ohne Begründung abgelehnt worden, wozu ein Admiral jedes Recht hatte. Aber auch jeder Kapitän hatte das Recht, seinen Flaggoffizier zu sprechen, wenn er das Risiko eines Anpfiffs auf sich nahm, die Zeit des wichtigen Mannes nur verschwendet zu haben.

Mit seinem Bootssteurer an der Pinne hatte Bolitho abgelegt, doch sein Bootsmantel war schon dunkel vor Nässe, als sie nur ein paar Meter unterwegs waren. Es wäre nicht das erste Mal, daß ein Kapitän auf dem Flaggschiff bleiben mußte wegen schlechten Wetters. Wenn das jetzt passiert wäre? Dann hätte der Kommandant sein eigenes Schiff unter Sturmsegeln beigedreht liegen sehen und einen anderen Mann an der Heckreling akzeptieren müssen, der es führte.

Mich. – Galbraith sah, wie der Kutter aufstieg, sich etwas duckte, ehe er auf der nächsten dunklen Welle ritt und mit dem ruhigen Schlag der Riemen geführt wurde. Manchmal konnte er nur die gebeugten Köpfe und die Schultern der Kuttermannschaft sehen. Es sah aus, als gingen sie gerade unter.

Galbraith fühlte sich erleichtert. Er hatte Gerüchte gehört, daß Bolitho den Vorstellungen des Admirals bei der letzten Konferenz widersprochen hatte. Gehört hatte er auch von Rhodes Sarkasmus, als versuche er, Bolitho zu etwas zu verleiten, das man später gegen ihn auslegen könnte. Das war sehr persönlich und darum gefährlich auch für andere, die sich versucht fühlen könnten, sich auf die eine oder die andere Seite zu schlagen.

Der Kutter fiel in ein Wellental und hob dann das Heck wieder wie ein Schweinsfisch. Auch ohne Glas konnte er das Grinsen im Gesicht des Kapitäns erkennen, das stärker war als Worte oder die Dienstvorschriften. Er hatte es selbst im Kampf bei ihm gesehen, als die Männer noch Zweifel hatten, ob sie überhaupt kämpfen oder gar gewinnen könnten. Er hatte gesehen, wie manche seinen Arm berührt hatten, als er an ihnen vorbeigegangen war. Die Sieger.

Scharf befahl er jetzt: »Alles klarmachen zum Empfang des Kommandanten!«

Doch der Bootsmann und seine Gruppe standen schon bereit. Wie er selber warteten sie mit Blöcken und Taljen und wußten sicherlich kaum, warum schon.

Er sah eine kleine Gestalt in einem einfarbigen blauen Rock, durchnäßt wie alle anderen – Ritzen, den Gehilfen des Zahlmeisters. Ein ruhiger, nachdenklicher Mann, der nie etwas bewegen würde, das auch nur im Ansatz vor einem Kriegsgericht enden könnte. Oder schlimmer. Ritzen war so anders als die Leute um ihn herum. Er war Holländer. Er hatte sich in die Marine des Königs einschreiben lassen, als er in einem Sturm über Bord geweht, von seinem Kapitän für tot gehalten und von einer englischen Slup aufgefischt worden war.

Ritzen war mit Tregillis, dem Zahlmeister, in Malta an Land gewesen und hatte Obst von örtlichen Händlern gekauft, statt ein kleines Vermögen bei den autorisierten Händlern auszugeben. Er hatte sich mit einigen Matrosen der holländischen Fregatte *Triton* angefreundet, die die Insel kurz angelaufen war. Ihr Kapitän, ein Commodore, hatte Lord Rhodes einen kurzen Besuch abgestattet.

Galbraith konnte sich genau an den Augenblick erinnern, nach einem langen Tag mit Exerzieren an Segeln und Kanonen und scheinbar endlosen Signalen, die meisten, wie es aussah, an die *Unrivalled* gerichtet.

Jeder wußte, daß das falsch und unfair war, aber wer würde so etwas äußern? Galbraith war in die große Kajüte gegangen und hatte dort den Kommandanten in seinem Sessel gefunden – ein paar geöffnete Briefe im Schoß und ein Glas Cognac auf dem Tisch, das bei jeder Bewegung des Ruders leise zitterte.

Ablehnung, Resignation, Wut: Das galt für sie alle und keinen besonders.

Nachdem er gemeldet hatte, das Schiff sei klar für die Nacht und alle Maßnahmen seien getroffen, um auf der angeordneten Position zu bleiben, hatte Galbraith ihm vom Gehilfen des Zahlmeisters berichtet. Ritzen hatte gehört, daß die holländische Fregatte auf dem Weg nach Algier sei, ihr Verkauf sei durch die holländische Regierung längst genehmigt worden und werde gern gesehen. Ihm schien, als sei damit wieder etwas zum Leben erwacht, als habe sich eine Tür geöffnet, die ihnen wenige Augenblicke zuvor noch verschlossen gewesen war.

»Ich wußte, irgend etwas ging hier vor, als ich davon auf der *Frobisher* hörte!« In zwei Schritten war Adam von seinem Stuhl am salzverkrusteten Fenster. Sein schwarzes Haar fiel ihm in die Stirn, seine Belastung als Kommandant schien er im Augenblick vergessen zu haben. »Ein Commodore, der eine einzige Fregatte führt! Das hätte mir auffallen müssen, wenn nicht auch anderen!«

Vielleicht hatte Rhodes das auch vergessen oder meinte, man müsse sich darum nicht kümmern. Vielleicht hatte er auch Bethunes Berichte nicht gelesen. Das schien Galbraith eher unwahrscheinlich, und als er die Augen seines Kapitäns blitzen sah, da wußte er, daß er recht hatte.

»Ich werde den Admiral sprechen ...«

Er mußte den Zweifel in Galbraiths Zügen bemerkt haben. Wieder eine Konfrontation zu riskieren und nur auf das Wort eines Gehilfen des Zahlmeisters hin, das schien dann doch tollkühn, ja mehr noch – gefährlich.

Doch in Bolithos Worten klang nicht der leiseste Zweifel: »Solches Wissen kann man gar nicht hoch genug bewerten, Leigh! Zeit und Entfernung sind die wahren Feinde *jedes* Marineoffiziers. Dieser Mann hat etwas mitgeteilt, und ich werde dafür sorgen, daß seine Worte gehört werden!«

Er sah, wie hinter dem dicken Glas Schaum hochwehte und dagegenklatschte. Und dann hatte Galbraith das Medaillon auf dem Tisch neben dem Glas entdeckt. Das schöne Gesicht, die hohen Wangenknochen, die nackten Schultern. Er hatte sie nie gesehen, doch er wußte, das konnte nur Catherine Somervell sein. Die Frau, die von der Gesellschaft verachtet wurde und die die Herzen der Flotte und der ganzen Nation gewonnen hatte.

Galbraith trat von den tropfenden Finknetzen weg. Er

war naß bis auf die Knochen, doch er spürte nichts. Er unterdrückte ein Zittern, das weder von Kälte noch von Furcht kam, sondern von etwas sehr viel Stärkerem.

»Wenn Sie den Kutter versorgt haben, Mr. Partridge, übermitteln Sie dem Purser einen Gruß, und lassen Sie ihn an die Bootsbesatzung eine doppelte Portion Rum ausschenken.« Er sah, wie der kleine Schreiber ihn ansah. »Und natürlich auch für Mr. Ritzen!«

So schnell, wie er verschwunden war, war der Kapitän wieder da – auf dem nassen Deck mit seiner atemlosen, triumphierenden Bootsbesatzung. Er schüttelte seinen Zweispitz und warf ihn dem Diener zu.

»Alle Offiziere und Unteroffiziere bitte in zehn Minuten zu mir.« Seine dunklen Augen waren überall, als er sich das nasse Haar aus der Stirn wischte. »Doch vorher möchte ich mit Ihnen sprechen, Mr. Galbraith.«

Galbraith wartete und dachte daran, als Bazeleys Frau die Hand zum Kuß ausgestreckt hatte. Damals war ihm aufgefallen, wie harmonisch die beiden ausgesehen hatten. Damals hatte er über seine Dummheit fast gelacht, jetzt war er sich dessen nicht mehr sicher.

Dann sprach Adam so leise und so ruhig, als rede er mit sich selbst. Oder nur mit dem Schiff. Galbraith war sich dessen nicht sicher.

»Ich bete um guten Wind morgen.« Er legte seinem Leutnant die Hand auf den Arm, und Galbraith wußte, daß die Geste unbewußt war. »Denn wir müssen kämpfen, und nur Gott kann uns helfen.«

Leutnant Massie sah sich in der engen Kajüte um, seine dunklen Züge waren ausdruckslos.

»Alle da, Sir.«

Adam sagte: »Nehmen Sie Platz, wenn Sie irgendwo Platz finden.«

Das gab ihm etwas Zeit, Zeit zum Nachdenken.

Die Kajüte war voll. Auch die jüngeren Unteroffiziere waren da, einige sahen sich um, als suchten sie ein Geheimnis in diesem geheiligten Teil des Schiffes.

Adam spürte, wie der Rumpf sich schwer unter ihm bewegte, doch etwas ruhiger als eben. Der Wind stand durch, alle Geräusche klangen durch die Ferne gedämpft.

Er konnte sich Galbraith oben auf dem Achterdeck auf- und abgehend vorstellen und erinnerte sich an sein Gesicht, als er ihm die Umrisse seines Plans so vorstellte wie vordem Lord Rhodes.

Jetzt hatte Galbraith die Wache und war der einzige abwesende Offizier.

Da standen sie: zwei Offiziere der Seesoldaten – ein lauter Farbklecks. Die Midshipmen als flüsternde Gruppe. Und der junge Bellairs neben Leutnant Wynter und Cristie, dem stummen Master. Auch der Schiffsarzt war da und überragte den hageren Zahlmeister Tregillis. Trotz des Platzmangels war es den Unteroffizieren, dem Rückgrat jedes Kriegsschiffes, gelungen, Abstand zu halten. Stranace, der Stückmeister, stand neben dem Schiffszimmermann, der bereits Old Blane hieß, der alte Blane, obwohl er noch keine vierzig Jahre alt war. Keiner der beiden hätte einen Kurs ausrechnen oder aus der Karte eine Kompaßpeilung entnehmen können. Wie die meisten Berufsseeleute waren sie zufrieden, derlei Dinge den ausgebildeten Männern zu überlassen. Doch wenn das eigene Schiff neben einem Gegner lag, dann würden sie die Kanonen am Feuern erhalten und alle Schäden feindlicher Breitseiten beseitigen. Die Gehilfen des Masters würden das Schiff weiter führen, wohl wissend, daß sie das Hauptziel der feindlichen Scharfschützen waren. Die Flagge und der Kriegsgrund spielten nur eine zufällige Rolle, wenn es darum ging, die erste tödliche Umarmung zu überleben.

Er wußte, ohne ihn eigentlich wahrzunehmen, daß Usher, sein Sekretär, mit am Tisch saß. In seiner Faust hielt er ein zusammengeknülltes Taschentuch, mit dem er den Husten unterdrückte, der ihn langsam tötete.

Es fehlte nur George Avery. Als er Admiral Rhodes seine Absicht entwickelte, hatte er wieder an Avery gedacht, als spreche er für ihn. Sie hatten sich oft über seinen Dienst bei Sir Richard unterhalten und seine Freundschaft mit Catherine. Auch Galbraith hatte kurz davon gesprochen, vor wenigen Augenblicken in dieser Kajüte hier.

Ich meine, er wußte, daß er sterben würde, Sir. Er hatte den Willen zu leben aufgegeben.

Adam schaute auf die Seiten der Kajüte. Die großen Achtzehnpfünder waren hinter den geschlossenen Pforten festgezurrt, doch sie rollten immer wieder in die Brocktaue, wenn das Deck sich senkte, so als hätten sie keine Geduld.

Und dann sah er die Heckkajüte der *Frobisher,* das große Schiff bewegte sich fast hochmütig auf dem unruhigen Wasser. Dort hatte sein Onkel gesessen und geträumt. Und hatte vielleicht auch geglaubt, daß das Schicksal ihn eines Tages packen würde.

Überraschend bei all dem war das skeptische Schweigen des Admirals gewesen, als er ihm den Grund seines Gesprächs erläuterte.

Wie Avery. Er hatte das Treffen mit Mehmet Pasha exakt beschrieben, dem Gouverneur des Deys und dem Oberkommandierenden in Algiers. Sie hatten ihm von Angesicht zu Angesicht gegenübergestanden, als nur die kleinere Fregatte *Halcyon* mit ihren achtundzwanzig Kanonen sie unterstützen hätte können. Sie war jetzt irgendwo da draußen, ritt dasselbe Wetter ab, hatte einen jungen Mann als Kapitän, der als Midshipman unter James Tyacke gekämpft hatte – in diesem Meer in der Schlacht von Aboukir.

Avery hatte nichts vergessen und sich in einem Notizbuch alle Fakten aufgeschrieben. Die barbarischen Grausamkeiten, die er gesehen hatte, nicht weit weg von dem Platz, an dem sie *La Fortune* später erobert hatten – vor tausend Jahren, wie ihm jetzt schien. Er hatte selbst die Namen der Schiffe notiert, die dort ankerten. Und natürlich auch Kapitän Martinez sorgfältig beschrieben, den spanischen Söldner, der zu seinem eigenen Nutzen die Seiten ein bißchen zu häufig gewechselt hatte. Dieses Kommando wäre sein letztes, so oder so. Adam war es, als höre er wieder die verzweifelten Worte von Lovatt, der hier sterbend gelegen hatte, direkt hinter der Wand seiner Schlafstätte. Dort hatte Lovatt den jungen Napier im Arm gehalten und geglaubt, es sei sein Sohn, der sich entschieden und schon von ihm abgewandt hatte.

Adam fuhr sich mit der Zungenspitze über die trockenen Lippen, spürte die Stille, sah die gespannten, aufmerksamen Gesichter, die kaum zu begreifen schienen, daß er schon ein paar Minuten zu ihnen gesprochen hatte. Selbst die Geräusche im Schiff klangen jetzt so gedämpft, daß das Kratzen von Ushers Feder auf dem Papier in der Stille sehr laut schien.

Er fuhr fort: »Ich glaube, es wird zum Kampf kommen. Der Hauptangriff wird vom Flaggschiff und von *Prince Rupert* vorgetragen und im richtigen Moment auch vom Bombenfahrzeug *Atlas*. Vielleicht ist dies alles nur eine Gebärde, eine, für die man Leben und Schiffe schon riskieren sollte. Ich habe das nicht zu beurteilen.« Er unterdrückte seine Bitterkeit wie einen Gegner. »Die *Unrivalled* wird windwärts stehen. Wir haben das schnellste Schiff und sind am besten bewaffnet, wenn man von den beiden Linienschiffen absieht.« Er lächelte wie im Kutter, als er seinen Männern Mut für die Rückkehr machen wollte. »Ich muß nicht hinzufügen, daß wir *das beste Schiff* haben!«

Rhodes sollte tun, was er für richtig hielt. Das Bombardement würde ohne Verzögerung nach einem weiteren Angriff auf hilflose Fischerboote und die Ermordung der Mannschaften beginnen. Das könnte der richtige Auftakt sein für den Antritt des Admirals.

Adam mußte wieder an die holländische Fregatte denken. Schnelligkeit, Habgier, wer konnte das entscheiden? Die Großkopferten, die dererlei Transaktionen planten, sahen niemals die brutalen Folgen des Nahkampfs. Vielleicht hatte die holländische Regierung neue Pläne, sich in Übersee neue Ländereien zu beschaffen. Sie besaßen bereits Kolonien in Westindien und Ostindien. Also warum nicht auch in Afrika, wo jemand wie der Dey auch die kraftvollsten Unternehmen eines Staates behindern konnte?

So etwas war Männern wie Bazeley vorbehalten und – er zögerte einen Augenblick – auch Sillitoe. Leutnant Wynter sah ihn jetzt fest an. Oder seinem Vater und anderen Männern im Unterhaus in London ...

»Die holländische Fregatte *Triton* oder wie immer sie jetzt heißen mag, ist ein schwer bewaffnetes Schiff!«

Er hörte Rhodes wieder, dessen Selbstvertrauen und Direktheit nichts aus der Welt schaffen konnte.

Das würden sie nie wagen. Ich könnte das Schiff aus dem Wasser pusten!

Er fuhr fort: »Ich weiß nicht, was geschehen wird. Ich wollte nur meine Gedanken mit Ihnen teilen.« Er machte eine Pause und sah, wie O'Beirne sich umschaute, als suche er ein neues Gesicht in der Kajüte. »Denn wir sind eine Mannschaft.«

Die Zweifel in Massies dunklen Zügen hatte er längst erkannt. Er kannte die Karten, die Notizen in Cristies Logbuch und jetzt auch den Standort der *Unrivalled* ganz in Luv. Deutlicher konnte Rhodes sich nicht ausdrücken.

Seien Sie zur Abwechslung mal damit zufrieden, nur die Flanke zu beobachten.

Auch der Flaggkapitän hatte ihn deutlich gewarnt, ehe er wieder in den auf- und niedersteigenden Kutter kletterte.

»Sie haben sich einen Feind gemacht, Bolitho. Sie segeln zu hoch am Wind!«

Vor einem Kriegsgericht würde er natürlich leugnen, jemals so etwas gesagt zu haben.

Sie verließen jetzt die Kajüte, und Usher neigte den Kopf, als ihn der Husten wieder packte.

O'Beirne war der letzte, der ging, wie Adam vorausgesehen hatte. Sie sahen sich an wie zwei Männer, die sich unerwartet in einer Gasse oder einer geschäftigen Straße begegneten.

O'Beirne meinte: »Ich bin ganz froh, daß ich meinen Säbel nur zur Zierde trage. Ich halte mich für fair und für einen kompetenten Arzt.« Er versuchte ein Lächeln. »Aber ein Kommando übernehmen? Das beobachte ich lieber und sehr dankbar aus der Ferne.«

Der Arzt ging nach draußen ins Tageslicht und war überrascht, daß das Deck im warmen Wind dampfte, als brenne das Schiff. Er hätte so vieles sagen und mitteilen können. Doch dafür war es jetzt zu spät. Ehe er England verließ, hatte er den früheren Arzt der *Frobisher* getroffen, Paul Lefroy. Sie kannten sich seit vielen Jahren. Er mußte traurig lächeln. Lefroy war jetzt völlig kahl, sein Kopf erinnerte an poliertes Mahagoni. Ein guter Arzt, ein verläßlicher Freund. Er war bei Sir Richard gewesen, als er starb. O'Beirne konnte es sich nach den Worten seines Freundes wie ein Bild vorstellen. Manches aus diesem Bild hatte er in den Zügen des jungen Kommandanten wiedererkannt. Er schaute sich um, als erwarte er ihn dort.

Lefroy hatte gesagt: »Als er starb, war mir, als hätte ich einen Teil von mir selbst verloren.«

Für einen Schiffsarzt war das, selbst nach ein paar Gläsern Rum, schon sehr bemerkenswert.

Doch das alles nützte jetzt nicht mehr. Nur das Bild blieb.

Napier, der Diener des Kapitäns, sah O'Beirne gehen und wußte, daß sein Kommandant jetzt allein sein würde und vielleicht ein Glas brauchte oder auch nur reden wollte, wie er das manchmal tat. Der Kapitän wußte vermutlich nicht, was ihm das bedeutete. Er hatte immer auf See gehen wollen, um etwas aus sich zu machen.

Und jetzt war er auf See.

Er griff in die Tasche und tastete die zerstörte Uhr ab; der zerschmetterte Deckel mit der eingravierten kleinen Meermaid war in zwei Teile gespalten.

Der Kapitän schien überrascht, als er ihn bat, sie behalten zu dürfen, statt sie über Bord zu werfen.

Er drehte sich um, als er einen Schleifstein sich drehen hörte und das Quietschen von Stahl. Der Stückmeister war auch schon wieder oben und überwachte das Schärfen der Entermesser und der todbringenden Enterbeile.

Er fand, dem könnte er zuschauen.

Er berührte wieder die zerstörte Uhr und lächelte ernst. Er war nun nicht mehr allein.

Joseph Sullivan, der Matrose, der an der Schlacht von Trafalgar teilgenommen hatte, der erfahrenste Ausguck der *Unrivalled,* machte auf seinem Weg nach oben eine Pause und schaute auf das Schiff hinab. Manche Männer brauchten Jahre, um sich an die Höhe über Deck zu gewöhnen, an die zitternden Wanten und das gefährliche Rigg. Einigen gelang das nie. Andere hatten niemals die Gelegenheit dazu. Stürze kamen häufig vor, und wenn ein unglückseliger Ausguck ins Wasser fiel, war es unwahrscheinlich, daß er gerettet wurde. Denn das Schiff hätte sofort beidrehen müssen.

Sullivan arbeitete hier oben völlig entspannt – wie schon immer. Er schaute nach unten in den Marskorb, an dem er gerade vorbeigeklettert war. Marinesoldaten beschäftigten sich dort mit einer Drehbasse und überprüften ihre eigenen Waffen und das Pulver. Seesoldaten haben immer etwas zu tun, dachte er.

Sullivan spürte sein Gewicht auf den nackten Sohlen, die im Laufe vieler Jahre so hart und mit Hornhaut überzogen worden waren, daß er die geteerten Webleinen kaum spürte. Er schob einen Arm hindurch.

Noch vor dem ersten Licht war das Schiff erwacht, wie er es erwartet hatte. Er konnte immer noch den Rum auf der Zunge spüren und das Schweinefleisch im Bauch. Dieses Leben war hart, aber er war damit so zufrieden, wie man es als echter Seemann nur sein konnte.

Er sah nach oben in die schwarzen Wanten. Das Hauptsegel füllte sich und fiel wieder zusammen, denn der Wind konnte sich noch nicht entscheiden. Es gab keinen Grund zur Eile. Man konnte nur ein paar Meter weit sehen. Er schob sein Messer etwas zur Seite. Er trug es am Gürtel auf dem Rücken wie die meisten Seeleute. Dort konnte es sich nirgendwo fangen und war doch in Sekunden verfügbar.

Er lächelte, wie der Matrose im Lied des Shantymanns, als sie ankerauf gegangen waren. Sullivan war so lange in der Marine, daß er sich an kein anderes Leben mehr erinnern konnte. Gute Schiffe, schlechte Schiffe. Anständige Kommandanten und Tyrannen. Wie im Shanty. Das Messer war ungefähr das einzige, was er aus jenen ersten Tagen auf See noch besaß.

Er roch Qualm und Fett und hörte, wie etwas unten über die Seite klatschte. Das Feuer der Kombüse war gelöscht worden, das Schiff gefechtsklar. Er seufzte. Was er gehört hatte, bedeutete, daß die *Unrivalled* weit weg stehen würde, wenn die Kanonen röhrten. Er mußte an das

Gesicht des Kapitäns denken. Ihn mochte er, und er mußte lächeln. Adam war ein Draufgänger, wie sein Onkel. Aber ein guter Mann. Er hatte keine Furcht, innezuhalten und die Männer zu fragen, was sie gerade taten oder wie es ihnen ging. Das gab es selten genug.

Sullivan begann den letzten Teil seines Aufstiegs, zufrieden, daß er nicht außer Atem geriet wie andere, die halb so alt waren wie er. Er sah den Kommandantenwimpel in der Maststenge nach Lee in Richtung Backbord Bug auswehen. Das Tuch hob und senkte sich, war unentschieden. Wieder grinste Sullivan. Unentschieden wie dieser verdammte Admiral. Er hatte seinen Platz oben auf der Dwarssaling erreicht. Der Wind stand hier oben stetig aus Nordost, er hatte seine unstete Laune verloren. Das bedeutete, über Nacht waren die anderen Schiffe aus ihrer Position getrieben.

Von einer Bombardierung war die Rede gewesen. Nachdenklich rieb er sich das Kinn. Hoffentlich wußte der Admiral, auf was er sich da einließ. Ein Zweidecker bot ein gutes Ziel. Man brauchte nur ein paar glühende Kugeln, um den besten Plan zu zerstören.

Er legte die Hand über die Augen, als das erste Sonnenlicht über die Segel und über die angebraßten Rahen lief. Dieses Bild rührte ihn jedesmal von neuem. Männer, die er kannte, bewegten sich auf Deck klein wie Ameisen, und dann gab es einzelne scharlachrote Flecken wie die hier oben im Rigg. Dann Säulen der Disziplin, die blau-weißen Uniformen auf dem Achterdeck und unten am Fockmast, bei der ersten Division der Achtzehnpfünder.

Er zog seine Augenbrauen zusammen, als er daran dachte, wie der Kapitän zu ihm hinaufgeklettert war. Der hatte daraus nichts gemacht, wollte ihn nicht beeindrukken. Er hatte nur neben ihm gesessen. So etwas hatten nur wenige erlebt.

Er konnte die bunten Signalwimpel erkennen, die

unten beim Schrank auf den Decksplanken lagen. Signale mußten gegeben und beantwortet werden, sobald die *Frobisher* wieder in Sicht war. Die anderen sah er schon, die größere *Prinz Rupert*, deren Segel lahm und nutzlos herabhingen, und eine Fregatte hinter ihr an Steuerbord achteraus. Das konnte nur die *Montrose* sein, die dann aber ziemlich weit aus ihrer Position vertrieben worden war.

Er spürte, wie der Mast zitterte, die Stagen murrten, als der Wind wieder in die Toppsegel fuhr. Die *Unrivalled* stand weit in Luv. Dichter unter der Küste könnte das ganze Geschwader bekalmt werden.

Er schaute wieder nach Backbord voraus, doch die Küste war nicht viel mehr als eine formlose Ahnung. Vielleicht herrschte dort sogar Nebel.

Er drehte sich um, als eine Wolke Seevögel sich plötzlich aus dem Wasser erhob und wütend um das Schiff kreiste. Die Geister toter Matrosen, sagte man. Doch die müßten doch sicher eine bessere Gestalt finden, in der sie wiedergeboren wurden!

Sullivan lachte und pfiff leise vor sich hin. Das Pfeifen war an Bord eines Kriegsschiffes verboten, weil man es leicht mit dem der Bootsmannspfeifen verwechseln konnte. Hieß es. Doch wahrscheinlich war es nur deswegen, weil es irgendwann mal ein alter Admiral untersagt hatte.

Hier oben gehörte die Freiheit dazu. Hier oben war man sein eigener Herr. Aus Erfahrung kannte man die Farben und Schattierungen der See, die das ganze Leben beherrschte. Die Tiefen und die Untiefen, die Sandbänke und die Abstürze. Wie damals, als der junge Kapitän Bolitho sein Schiff genau durch die enge Straße geführt hatte... Doch selbst er hatte sich dabei nicht ganz wohl gefühlt.

Sullivan blickte wieder nach unten. Er erkannte einen

Midshipman, der das Teleskop für den Tag ausrichtete. Und er erinnerte sich, wie überrascht der Kapitän über sein Können als Ausguck gewesen war.

Er sah auf seinem Arm jetzt die Tätowierungen von Schiffen und Häfen, an die er sich kaum noch erinnern konnte. Alle fluchten zwar auf dieses Leben und sagten, sie haßten es. Doch was blieb ihnen anderes? Wenn die *Unrivalled* irgendwann mal außer Dienst gestellt würde ... Sullivan schüttelte den Kopf, hing dem Gedanken nicht weiter nach. Wie oft hatte er das schon gesagt?

Er blickt wieder hoch, und das Pfeifen erstarb auf seinen Lippen. Er schaute nur noch einen Augenblick länger hin, sah die kreisenden Möwen, weit unten das fahle Deck und die Männer, die freiwillig oder aus anderen Gründe seine Macker waren. Er hielt eine Hand an den Mund und war überrascht über sich selber.

»An Deck! Segel an Steuerbord voraus.«

Er war zu alt, um darauf stolz zu sein. Schließlich war er ein guter Ausguck.

XIX »Verlaß dich auf mich . . .«

Joshua Cristie, der Master, sah, wie der Kapitän von der Karte ans Kompaßhäuschen trat und sagte: »Der Wind steht weiter aus Nordost durch, Sir!«

Adam Bolitho starrte auf die große, härter werdende Segelfläche. Der Wimpel im Großmast stand wie eine Lanze in Richtung Bug.

Er befahl: »Signal an Flaggschiff: ›Segel in Sicht westlich von uns‹.« Er machte die Pause lang genug, um zu beobachten, wie Midshipman Cousens und seine Gasten sich eilig bückten, um die Wimpel in der richtigen Reihenfolge anzuschlagen, ehe sie sie setzten. Von der Reling aus drehte Bellairs sich mit besorgtem Blick um, als bedrücke ihn, daß jetzt ein anderer die Pflichten erledigte, die bis zum Leutnantsexamen seine gewesen waren.

Er vergaß sie, als er das Glas hob und es auf das Flaggschiff ausrichtete. Die anderen Schiffen lagen weit verstreut, und die Rahen der *Frobisher* hingen voller Wimpel, weil Rhodes versuchte, seine Schiffe wieder zu sammeln.

Lange dauerte es nicht, bis Cousens meldete: »Bestätigt, Sir!« Doch es schien wie eine Ewigkeit. Dann meldete Cousens weiter: »Bleiben Sie auf Station.«

Adam drehte sich: »Soll der Teufel ihn holen!«

Galbraith trat zu ihm. »Soll ich Bellairs mal nach oben schicken, Sir? Sullivan ist zwar ein guter Mann, aber . . .«

Adam sah ihn an: »Da ist ein Schiff. Und wir beide wissen ganz genau, welches.«

Er drehte sich schnell um, als vor der staubigen Küstenlinie eine Rakete wie ein kleiner Stern explodierte. Der

Bombenwerfer bewegte sich in Position zwischen dem Flaggschiff und den alten Befestigungsanlagen.

So also wollte Rhodes seine Muskeln spielen lassen! Adam spürte, daß Wut sein Urteilsvermögen einschränkte, aber er konnte sich dagegen nicht wehren. Falls die Algerier bisher noch Zweifel gehabt hatten, waren diese jetzt bestimmt verflogen. Auch wenn es die holländische Fregatte war, könnte ein einzelnes Schiff wenig gegen Rhodes geballte Macht unternehmen.

Er dachte an die Antwort auf seine Meldung. Sie war wie ein Schlag ins Gesicht, die bald jedermann hier verstehen würde. Das war billig. Und es war gefährlich.

Er sah Galbraith neben dem Niedergang stehen und sagte: »Hier, nimm meinem Mantel und meinen Hut.«

Galbraith wollte den Mund öffnen und dagegen protestieren. Doch er schwieg. Vielleicht war er entsetzt, wie sein eigener Kapitän sich zum Narren machte. Vielleicht war er aber auch verletzt, weil sein Kommandant seinen Rat nicht eingeholt hatte.

Wenn ich einen Fehler mache, mein Freund, ist es besser, du weißt von gar nichts!

Auch Jago war jetzt oben, nahm seinen Säbel und klemmte ihn sich ohne Kommentar unter den Arm.

Adam trat an die Webleinen, drehte sich um und schaute sich zu Galbraith um. »Vertrauen Sie mir.«

Das war alles.

Dann kletterte er die Webleinen hoch. Seine Schuhe rutschten auf dem straff gespannten Tauwerk. Hände und Arme rieben sich am Rigg, und er spürte nichts. Als er oben bei der Plattform war, starrten die Seesoldaten ihn überrascht an, ein paar grinsten, und einer winkte sogar keck. Vielleicht war es der Mann, dessen Bruder Korporal auf dem Flaggschiff war.

Weiter nach oben, immer höher, bis sein Herz wie eine Faust gegen seine Rippen pochte ...

Adam ergriff Sullivans hornige Hand für den letzten Schritt und fragte keuchend: »Wo steht es?«

Ohne zu zögern, deutete Sullivan in die Richtung und hätte vielleicht sogar gelächelt, als Adam das kleine Teleskop ansetzte, das leicht über die Schulter gehängt werden konnte. Noch immer war das Licht schwach, obwohl er hoch über dem schrägen Deck saß. Ohne Zweifel war das andere Schiff eine Fregatte, weit entfernt. Es hatte alle Segel oben, die sich im frischen Nordost blähten.

Er bewegte sein Glas nach Backbord und sah sich die anderen Schiffe an. Die beiden Linienschiffe waren wieder auf Kurs, die *Frobisher* führte, die *Matchless* und die *Montrose* standen beiderseits gut achteraus. Weit weg schimmerten im Dunst Masten und Toppsegel. Sie gehörten der *Halcyon,* dem Auge des Admirals, das das Geschwader anführte.

Dann sah er den Bombenwerfer *Atlas* und empfand Mitleid mit dem Kommandanten, der sicher schwitzend sein Schiff in die Position zu bewegen suchte, von der aus er feuern konnte. Von hier sah alles gelblich und einigermaßen verwischt aus, nur die Schiffe, die sich langsam bewegten, schienen eine Absicht zu verfolgen.

Adam war im Krieg gegen die Amerikaner einmal auf einem Bombenfahrzeug gewesen, und die *Atlas* schien ihm nicht sehr viel verbessert. Stumpfer Bug und für ihre hundert Fuß Länge sehr schwer gebaut. Bombenschiffe waren immer schwierig zu bewegen. Außer zwei außerordentlich schweren Mörsern führten sie beachtliche 24-Pfünder-Karronaden und natürlich kleinere Waffen, um Enterer abzuwehren. Doch ihr Daseinszweck waren die Mörser. Jeder hatte einen Durchmesser von dreizehn Zoll und feuerte massive Kugeln, die wegen ihrer steilen und hohen Flugbahn direkt auf das Ziel niederfielen, um dort zu explodieren. Adam fühlte sein eigenes Schiff sich im Wind neigen. Sollten sie ihre Bombenschiffe behalten ...

Sullivan meinte geduldig: »Ich rechne mal damit, Sir, daß wir das andere Schiff entdecken, sobald wir besseres Licht haben.«

Adam ließ das Glas in seine Halterung fallen und sah ihn erstaunt an. »Ich habe nur die Fregatte gesehen. Da ist sicher kein zweites Schiff!«

Sullivan blickte ihm über die Schulter. »Da irgendwo ist sie, Sir. Ein Riesending.« Er sah ihm direkt in die Augen, nicht dem Kapitän, sondern dem Besucher seiner Welt hier oben. »Doch ich nahm an, das wußten Sie längst, Sir!«

Adam schaute nach unten in die nach oben gewendeten Gesichter, die warteten. »Es kann nur eins sein: das Handelsschiff, das Malta zusammen mit der *Atlas* verlassen hat. Die *Aranmore*.«

Sullivan nickte bedächtig. »Möglich, Sir.«

Adam legte ihm die Hand aufs Bein. »Was für eine Prise!«

Dann wußte er, daß Sullivan ihm mit seinen Blicken beim Abstieg folgte. Die Seesoldaten auf der Kampfplattform schwiegen und lächelten nicht, als er an ihnen vorbei nach unten kletterte, an der Drehbasse vorbei, die die Seeleute Gänseblümchensichel nannten. Vielleicht verriet sein Gesicht schon, was er wie einen fester werdenden Griff um sein Herz spürte.

Galbraith eilte ihm entgegen, aber konnte kaum den Blick von seinem teerbefleckten Hemd und dem Blut wegwenden, das von einem Knie durch seine Kniehosen sickerte.

»Ich glaube, die Fregatte jagt die *Aranmore*, Leigh ...« Er lehnte sich über die Karte und stützte sein ganzes Gewicht auf die teerbeschmutzten Hände.

Galbraith meinte: »Und wenn Sie sich irren, Sir?«

Cristie zwang sich zu einem Grinsen, als er sagte: »Nur ein Mann hat sich niemals geirrt, Mr. Galbraith, und den hat man gekreuzigt.«

Adam dachte über die Warnung nach, weil er spürte, was sie Galbraith gekostet hatte. »Und wenn nicht?« Er zögerte, haßte die Pause. »Wenn die Algerier die *Aranmore* aufbringen, wird Rhodes zum Gespött aller. Man könnte die Geiseln für die eigenen Verhandlungen nutzen – und das war's dann mit dem Muskelspiel.«

Galbraith verstand und nickte. Erfahrung, Instinkt? Er wußte nicht, wie beides wuchs. Er war nur dankbar, daß er jetzt keine Entscheidung fällen mußte. Und wahrscheinlich niemals.

Er beobachtete den Kapitän, der sich Midshipman Cousens zuwandte. Äußerlich war er ganz ruhig, seine Stimme klang unbewegt, als er laut dachte und seine Arme ausstreckte, damit der Bootsführer ihm den alten Säbel wieder einhenken konnte.

»Meldung ans Flaggschiff, Mr. Cousens. Feind in Sicht im Westen, Kurs West bei Süd.« Er sah, wie Cristie es bestätigte. »Feind verfolgt ...« Er lächelte, als er die gespannten Züge des Jungen sah. »Buchstabieren Sie es: *Aranmore.*«

Es war eine körperliche Anstrengung, nach dem Teleskop zu greifen und es anzusetzen. Die nächsten paar Stunden würden alles entscheiden. Er hörte die Signalwimpel nach oben steigen und stellte sich vor, wie sie oben unter der Rah auswehten. Eine Meile oder weiter entfernt würde ein anderer Midshipman, der wie Cousens für die Signale zuständig war, die Meldung vorlesen, und ein anderer Mann würde sie auf eine Schiefertafel schreiben.

Cousens zog die Augenbrauen vor Anspannung zusammen. »Vom Flaggschiff, Sir. Bestätigt.« Er klang gedämpft. »Flaggschiff ruft die *Halcyon* an, Sir!«

»Zwecklos«, sagte Adam knapp. »Die *Halcyon* ist viel zu

weit in Lee. Die braucht eine ganze Wache, um heranzukommen.«

Cousens bestätigte: »Verfolgen, Sir.«

Galbraith stand jetzt wieder neben ihm. »Vielleicht fliehen sie, wenn sie die *Halcyon* ausmachen, Sir!«

»Das glaube ich nicht. Der Kommandant wird seinen Kopf verlieren, wenn er diesmal wieder einen Fehler macht. Und das weiß er.«

Er sah zu den Signalgasten hinüber. »Was Neues, Mr. Cousens?«

Sullivans Stimme zerstörte die Stille: »An Deck. Die Fregatte eröffnet das Feuer, Sir!«

Man hörte das ferne Krachen. Buggeschütze, dachte Adam, die die Entfernung prüfen und auf einen verkrüppelnden Treffer hoffen.

Cousens meldete: »Das Signal ›Verfolgen‹ weht immer noch aus, Sir!«

Adam trat an den Kompaß. Der Rudergänger schaute an ihm vorbei, als sei er unsichtbar. Das große Doppelrad bewegte sich leicht hin und her, jedes Segel stand voll und kämpfte mit dem Ruder. Adam sagte: »Dann bestätigen Sie es, Mr. Cousens.« Er drehte sich um, als fürchte er in den Augen des Jungen zu entdecken, wie verrückt seine Entscheidung gewesen war. »Männer nach oben, Mr. Galbraith. Toppsegel und Royals hoch.« Er grinste jetzt. Zweifel und Druck ließen von ihm ab wie geschlagene Feinde.

»Auch die Stagsegel, wenn wir dürfen.« Galbraith ging zu Cristie und seinen Helfern. »Was meinen Sie?«

»West bei Nord, Sir.« Der Master grinste zurück, als sei die Torheit ansteckend. »Ich gebe ihr Raum, damit sie den Kerl erwischen kann.«

»Achtung, Achterdeck. An die Brassen!«

Wieder fuhr eine Böe stöhnend durch Stagen und Wanten. Die Leinwand krachte, als wolle sie sich von den Rahen lösen, als das Ruder gelegt wurde.

»Flaggschiff setzt unsere Nummer, Sir.«

Cousens Worte wurde durch das ferne zitternde Krachen von Mörsern fast übertönt. Die Bombardierung hatte begonnen.

Galbraith schüttelte den Kopf. »Setzen Sie noch eine Kriegsflagge, Mr. Cousens.« Er versuchte zu lächeln, um an dem teilzuhaben, was der Kapitän tat. »Das wird für heute alles sein.«

Er sah, wie die Matrosen von einer zur nächsten Aufgabe rannten, keiner stürzte über die Zugseile oder packte die falsche Leine oder das falsche Fall. Das ganze Training und manch harter Schlag machten sich jetzt bezahlt. Es war Wahnsinn. Er merkte, wie seine eigenen Vorbehalte und seine Betroffenheit sich auflösten. Der Kapitän verstand die Signale des Admirals ganz bewußt falsch. Er fand sogar Zeit, sie ins Logbuch einzutragen und sie persönlich abzuzeichnen. Niemand anderem konnte also offiziell irgendein Vorwurf gemacht werden.

Galbraith bemerkte, wie Napier dem Kapitän ein sauberes Hemd reichte und über etwas lachte, das Adam sagte, als er es über sein widerspenstiges Haar zog. Das Sonnenlicht war jetzt stärker. Es reichte schon, um kurz das Medaillon zu beleuchten, das der Kapitän trug und das Galbraith in der Kajüte neben den Briefen gesehen hatte.

Er fühlte einen kühlen Schauder, als der Junge dem Kapitän seinen Uniformrock reichte, und zwar nicht den, den er getragen hatte, als er heute morgen erstmals an Deck erschienen war. Jetzt trug er die Uniform mit den goldenen Litzen und den glänzenden Schulterstücken. Ein auffallendes Ziel für jeden Scharfschützen. Reiner Wahnsinn, aber Galbraith konnte verstehen, daß Adam heute keine andere Jacke tragen wollte.

»West bei Nord, Sir. Kurs liegt an.«

Adam musterte sein Schiff von vorn bis hinten. Gelegentlich hörte er Kanonendonner. Die *Halcyon* wurde schon beschossen, auf große Entfernung wie die Schüsse auf die *Aranmore*.

Adam dachte an Avery und seine Bemerkungen über den üblen Kapitän Martinez, berührte das Medaillon unter seinem Hemd und sagte laut: »Sie hatten recht, George, nur hat es niemand bemerkt. Wie ein Gesicht in der Menge . . .«

Er sah, wie die zweite Nationale im Wind auswehte. Sie schien den dunklen Horizont zu berühren, als das Schiff sich überlehnte. Er wußte, daß er jetzt an nichts denken durfte, das seinen Entschluß schwächen könnte. Doch die Erinnerung an seinen Onkel kam zurück.

»Dann soll es also geschehen!«

Luke Jago stand am Koker des Großmastes und blickte über das Hauptdeck des Schiffes. Wie oft schon? Andere Zeiten, andere Schiffe, anderes Wetter – doch immer der gleiche Ablauf. Die gesamte Backbord-Batterie der Achzehnpfünder war eingerannt worden, war durch die schwitzenden Mannschaften das schräge Deck hinaufgezogen worden. Jetzt hielten die Männer die Zugseile fest, und die Kanonen konnten geladen werden. Jede Mannschaft stand mit ihrem Werkzeug bereit, Rammer und Schwamm, Handspaken und Ladungen. Jeder Stückführer hatte aus dem Vorrat neben der Kanone die perfekte Kugel ausgesucht für die erste, vielleicht entscheidende Breitseite. Am Fuß jedes Mastes hatte man die Laschings um die Enterhaken entfernt. Jeder konnte sich eine dieser Waffen greifen, um jeden niederzustechen, der mutig oder verrückt genug war, die *Unrivalled* zu entern. Die Waffenkisten waren leer, jeder einzelne hatte sich mit einem Entermesser oder einem Enterbeil bewaffnet, mit derselben Selbstverständlichkeit, mit der ein Landarbeiter seine Forke ergreift.

Er konnte fühlen, wie der neue Midshipman ihn beob-

achtete. Er atmete schwer, weil er sich Mühe geben mußte, das Tempo des Bootsführers des Kapitäns durchzuhal-
ten. Jago fragte sich, warum der Kapitän gerade ihm die
Aufgabe übertragen hatte, Commodore Deightons Sohn
zu betreuen. Eines Tages würde er Offizier sein wie Massie
oder die vielen anderen, die er kannte, die alle Freund-
lichkeiten vergaßen, die man ihnen hatte angedeihen lassen. Und sie dankten auch nicht für das geheime Wissen,
das nur wahre Seeleute kannten und weitergaben.

Jago fühlte, wie das Deck nach den beiden Schüssen aus
dem Mörsern des Bombenwerfers ruckte. Selbst auf diese
Entfernung waren die Schiffe durch Nebel und Staub
kaum zu erkennen, und doch schien der Rückschlag der
Mörser vom Grund des Meeres zurückgeworfen zu werden.

Er hörte die witzigen Bemerkungen einiger Männer
über die Auslegung des Signals vom Flaggschiff durch den
Kapitän. Sie würden bestimmt auch darauf wetten, ob er
einen schweren Fehler gemacht hatte. Er lockerte das
Entermesser in seinem Gürtel und fluchte leise. Kapitän
Bolitho war ohnehin ein gezeichneter Mann, soweit es
den Admiral betraf.

Jetzt instruierte er den Midshipman: »Sie werden
gebraucht, um Nachrichten zwischen den Kanonen vorn
unter Mr. Massie und dem Kapitän zu befördern.« Er deutete mit dem Daumen in Richtung Achterdeck. »Wenn er
fällt, dann wenden Sie sich an seinen zweiten Mann.«

Der Junge zuckte zwar mit der Wimper, aber er zeigte
keine Furcht. Und er hörte zu. Er blickte auf Midshipman
Sandell bei den leeren Bootsstells, der auch jetzt noch
einen unglücklichen Seemann anpfiff. Der würde für niemanden ein Verlust sein.

Er sagte: »Und vergessen Sie nicht, Mr. Massie, gehen
Sie immer, laufen Sie niemals. Das macht die Männer nur
nervös.« Er grinste den ernsten Deighton an. »Das sorgt

auch dafür, daß Sie nicht zum Ziel werden.« Als er Deighton ins Gesicht sah, legte er ihm die Hand auf den Arm. »Vergessen Sie bitte, was ich da gesagt habe. Es ist mir nur so rausgerutscht.«

Jago blickte auf seine narbige Hand auf dem Ärmel des Jungen. *Soll er doch verdammt noch mal denken, was er will. Er wird sich nie einen Dreck um einen gemeinen Matrosen kümmern.* Aber dieser Gedanke schwand.

Er sagte: »Wir machen jetzt achtern weiter.«

Deighton antwortete: »Es sieht hier so leer aus ohne die Boote an Deck.«

»Zerbrechen Sie sich darüber nicht den Kopf. Die haben wir noch vor Sonnenuntergang wieder eingesammelt.«

Leise fragte Deighton: »Glauben Sie das wirklich?«

Jago nickt Campbell zu, der sich in der Nähe seiner Kanone auf seine Handspake stützte. Wie die meisten Männer hatte er sein Hemd ausgezogen. Sein vernarbter Rücken war ein lebendiges Zeugnis seiner Kraft.

Jago seufzte. Oder ein Zeichen seiner Dummheit. Es war nicht allzu lange her, als er genauso gehandelt hatte und die Vorgesetzten verachtete, die ihn zu Unrecht bestraft hatten. Die Narben würde er bis zum Lebensende tragen.

Der Junge murmelte: »Ich war noch nie in einem richtigen Seegefecht.«

Jago wußte, daß Deighton von der alten *Vanoc* übergestiegen war, einer Fregatte, so verrottet, daß sie reif wie eine Birne war. Nur das Kupfer hielt sie noch zusammen.

Er blickt auf die hohen Masten und geblähten Leinwandpyramiden. Von hier unten schienen die Toppmasten unter dem stärker werdenden Winddruck wie eine Peitsche gebogen.

Da meldete sich wieder – der Stolz. Den hatte er eigentlich gänzlich abgelegt und verflucht. Doch jetzt flog die

Unrivalled durchs Wasser, Gischt wehte über ihren Bug und näßte die nackten Schultern wie bei einer echten Seenymphe. Er sah die *Halcyon*, die jetzt viel näher stand und sich vor dem Bug der *Unrivalled* zur Seite legte. Ein gut geführtes Schiff, das mußte er zugeben. Aber kein Gegner für den großen Holländer.

Die Ausgucks hatten gemeldet, daß die große *Aranmore* irgendwo da vorne lag, Opfer oder Prise, je nach Standort.

Jago dachte wieder an das Mädchen, das zu tragen er geholfen hatte. Er starrte aufs Achterdeck, auf dem die Offiziere sich so schräg hielten, als seien sie an die schief liegenden Planken genagelt, um ihre Stellung zu halten. Jetzt war Rozanne da drüben mit ihrem herrischen Mann und wer weiß wie vielen anderen wichtigen Passagieren. Jago hatte in der Nacht das Gesicht des Kapitäns sehr genau beobachtet und dann wieder, als er an Land übergesetzt hatte, um sie zu treffen – ob nun zufällig oder absichtlich. Jago dachte sich sein Teil. Er legte die Hand über die Augen und entdeckte den Kapitän, der auf dem Achterdeck eine Hand auf die Reling gelegt hatte. Ganz in der Nähe der Leiter von damals.

Warum eigentlich nicht? Sie war ja überaus reizvoll, lächelte schelmisch – und kannte ihre Wirkung auf Männer obendrein auch noch.

Kanonenfeuer krachte über die See und einen Augenblick meinte Jago, der Wind habe sich gedreht.

Sullivans Stimme war durch die Segelpyramide und das stöhnende Rigg deutlich zu hören: »An Deck. Die *Halcyon* wird angegriffen.«

Jago rannte zur Seite und stellte sich auf die Lafette einer Kanone, um besser sehen zu können. Die *Halcyon* lief den gleichen Kurs wie eben, sie durchschnitt das Wasser, ihre Flaggen standen sehr weiß vor dem diesigen Himmel, die Kreuze leuchteten rot wie Blut.

Doch ein Stöhnen war zu hören, und das Topp des Fockmastes begann mit seinen Rahen herabzufallen. See und Wind dämpften zwar alle Geräusche, aber Jago meinte genau zu hören, wie der Mast herabglitt und sich im Rigg verhakte, wie Leinen brachen und Leinwand zerriß. Und dann sah er, wie das ganze Gewühl über den Leebug stürzte und Schaumsäulen aufwarf. In all dem würden noch Männer stecken, einige sicherlich durch den Sturz schon tot, andere jetzt sterbend. Er sah, wie Männer mit Beilen losrannten, um das Schiff von den Trümmern freizuhauen. Für Mitleid war nie Zeit.

In wenigen Minuten zog der gestürzte Fockmast die *Halcyon* herum wie ein gewaltiger Seeanker. Ohnmächtig zeigten die Kanonen auf die leere See.

»Klar zum Halsen!« Das war die Stimme des Ersten Offiziers, die das Sprachrohr verzerrte. »Schicken Sie die Männer an die Brassen.«

Jago wartete und fühlte, wie das Schiff auf Wind und Ruder antwortete. Die Achterdeckswache stapfte an den Offizieren vorbei und holte die Besanbrassen dicht, als die *Unrivalled* den Kurs änderte und so hoch wie möglich an den Wind ging. Einige Segel schlugen hin und her und protestierten heftig, bis die Männer sie wieder unter Kontrolle hatten.

Midshipman Deighton wollte wissen: »Was machen wir jetzt eigentlich?«

Jago sah den ausladenden Bugspriet und den Klüverbaum. Jetzt war die feindliche Fregatte sichtbar, als glitte sie mit dem Wind nach Backbord. Kapitän Bolitho versuchte, den Gegner auszusegeln, sich in den Wind zu krallen und ihn dann anzugreifen, so wie er es den drögen Master hatte beschreiben hören. Doch er sagte nur: »Wir werden gleich kämpfen. Also machen Sie sich bereit.«

Dann erstiegen sie zusammen den Niedergang zum Achterdeck.

Adam Bolitho nahm die Szene auf dem Achterdeck nur kurz wahr. Er sah die Seesoldaten, deren Stiefel auf den nassen Planken rutschten, während sie die Brassen belegten und dann wieder nach den Musketen griffen und auf ihre Plätze rannten. Vier Mann standen jetzt am Ruder. Auch einer der Gehilfen Cristies kämpfte gegen Wind und See.

Adam schaute hoch, wo der Wimpel im Mast durch die krachende Leinwand fast verdeckt war. Noch immer stand der Wind stetig aus Nordost, doch hier vom Achterdeck aus konnte man meinen, er wehe direkt von vorn. Das Schiff lag sehr schräg, und Adams Augen fingen einen Sonnenstrahl ein, den ersten an diesem Tag.

Noch immer feuerte der Gegner auf die *Halcyon*. Kein Rauch verriet die Schüsse, denn der Wind war zu stark, doch er sah, wie die Segel der anderen Fregatte wie mit Pocken durchlöchert wurden. Und er sah große frische Spuren auf der Seite des Rumpfes, auf der sie kämpfte. Der Gegner wollte erst einen seiner Feinde loswerden, ehe er sich der wahren Gefahr durch *Unrivalled* zuwandte. Er unterdrückte seine Wut. Rhodes hatte es so darauf abgesehen, ihn zu demütigen, daß er blind für die wahre Gefahr gewesen war. Holländische Fregatten waren schwer und konnten viel mehr einstecken. Die *Halcyon* konnte nicht einmal näher herankommen und zurückfeuern. Jetzt sah er den Großmasttopp wie betrunken in einem Gewirr aus schwarzen Leinen herabtorkeln, wie etwas, das in einem Netz gefangen war. Dann krachte er auf den Laufgang nieder.

Er nahm aus dem Stell ein Teleskop und richtete es auf die zweite Fregatte aus. In der mächtigen Vergrößerung sah er die schrecklichen Verwüstungen, spürte ihre Schmerzen und wußte, daß er wieder an seine *Anemone* dachte, die zu ihrem letzten Kampf gegen eine Übermacht angetreten war. Dabei war er schwer verwundet worden und konnte nicht verhindern, daß sie ihre Flagge strich.

Er hörte jetzt Cristie rufen: »So hoch, wie sie kann, Sir. Nordwest bei West!«

Er merkte, daß jetzt Midshipman Deighton neben ihm an der Reling stand, und er rief ihm zu: »Schauen Sie sich alles genau an, Mr. Deighton. Auf dieses Schiff kann man stolz sein.«

Er senkte das Glas, doch er hatte die kleinen Fäden Blut aus den vorderen Speigatten noch herabfließen sehen, als ob das Schiff verblutete und nicht seine Männer. Doch noch immer wehte ihre Flagge. Er hatte von ihrem Kapitän erfahren, daß er Ersatz an Bord hatte, die er zu setzen beabsichtigte, falls die erste weggeschossen werden würde.

Gegen welche Männer kämpften sie eigentlich?

Er hörte, wie einer der Gehilfen des Masters Cristie eine ähnliche Frage stellte.

Die Antwort kam rauh: »Gegen den Abschaum aus einem Dutzend Häfen, lauter Galgenvögel. Aber kämpfen können sie. Piraten, Deserteure, Meuterer – ihnen bleibt keine andere Wahl.«

Weitere Schüsse schlugen in die *Halcyon* ein. Ihre Ruderanlage war ausgefallen, oder vielleicht waren alle Rudergänger gefallen. Sie trieb jetzt, nur gelegentlich antwortete noch eine einzelne Kanone trotz der Entfernung dem Angreifer.

»Laden und ausrennen!« sagte Adam.

Die Stückführer würden Bescheid wissen. Diesmal folgten einzelne Schüsse. Ein Achtzehnpfünder mit doppelter Ladung würde jetzt wenig ausrichten. Er sah, wie die See in Lee kochend vorbeiglitt, das einzige, was er befürchtet hatte, wenn er jetzt den Wind auf seiner Seite hatte. Für die erste Breitseite hieß das: steilster Winkel. Und dann...

Er merkte plötzlich, daß er durch das gischtnasse Hemd das Medaillon gepackt hielt. Catherine war jetzt wenigstens die Sorgen los und die Bedrückung nach jeder Trennung ...

Und ich habe niemanden, der sich meinetwegen grämt.

»Sir!« Galbraith brach in Adams Gedanken, als wolle er ihn retten.

»Was ist los?«

Galbraith schienen plötzlich die Worte zu fehlen. »Die *Halcyon*, Sir. Die jubeln uns zu.« Er verstummte, als wäre er von seinen eigenen Gefühlen überwältigt. »Die jubeln über uns!«

Adam schaute über das windgepeitschte Wasser auf das trotzige, angeschossene Schiff. Über die Geräusche des Schiffes und das Quietschen der Räder der Lafetten hinweg hörte er es. Sah die Hand, die sich sinnbildlich nach ihm ausstreckte. Die Rettungsleine.

»Ziel auffassen, Mr. Massie. Feuern in der Aufwärtsbewegung.«

Es war noch zu weit, aber die andere Fregatte wendete. Sie war auf einen Kampf zu ihren Bedingungen vorbereitet und sicher auch darauf, die *Unrivalled* zu entern.

»Feuer frei!«

Adam packte den jungen Deighton am Arm und fühlte, wie er hochsprang, als sei er getroffen worden. »Gehen Sie nach vorn an die Karronaden. Sagen Sie denen, Sie dürfen erst feuern, wenn ich den Befehl gebe.« Er schüttelte ihn sanft. »Schaffen Sie das?«

Überraschenderweise lächelte der Junge – zum erstenmal.

»Aye, aye, Sir!«

Er eilte die Leiter hinunter und ging gemessenen Schritts nach vorn und zuckte nicht einmal zusammen, als Kanone nach Kanone von den offenen Pforten zurückrollte. Adam hörte unterdrückte Rufe und spürte den Ein-

415

schlag einer schweren Kugel in die Seite des Schiffs und mußte an O'Beirne in seinem Reich denken. Das hatte seine glitzernden Instrumente mit der gleichen Sorgfalt hergerichtet wie die Stückführer ihre.

»Auswischen. Nachladen. Schneller, der Mann da.«

»Holen Sie die Hauptsegel ein, Mr. Galbraith.«

Adam lehnte sich über die Reling und sah, wie Männer losrannten, um seinen Befehl zu befolgen. Wenn die großen Segel eingerollt und nur leicht festgezurrt waren, schien das Schiff nackt zu sein, offen vom Bugspriet bis zur Heckreling.

Da also war der Feind. Mitten im Manöver, alle Segel durcheinander, einige Kanonenpforten leer, andere bereits ausgerannt für das nächste Treffen.

»Klar zum Feuern, Sir!«

Mit erhobener Faust sah jetzt jeder Stückführer nach achtern. Die Mannschaften zuckten kaum, als wieder Eisen in den unteren Rumpf einschlug. Sie liefen auf einem konvergierenden Kurs, wie auf einer riesigen Speerspitze, die man aufs Wasser gezeichnet hatte. Zwei Schiffe, alle anderen waren unwichtig, und selbst der tapfere Widerstand der *Halcyon* war jetzt vergessen. Auf dem anderen Bug lehnte das zweite Schiff sich jetzt über, aber einen Augenblick lang würde sie im Wind liegen und keinen einzigen Schuß auf die *Unrivalled* feuern können. Eine Minute noch? Vielleicht weniger.

Adam spürte den Säbel in seiner Hand und wußte, daß er nicht mehr an der Reling lehnte. Doch er erinnerte sich an beides nicht mehr.

»Ziel auffassen, Männer.«

Wie konnte eine Minute nur so lange dauern?

Er meinte das ferne Grummeln schwerer Kanonen zu hören. Rhodes bombardierte wahrscheinlich immer noch die Festungsanlagen, die so alterslos waren wie die Wälle von Malta, auf denen unsichtbar das Orchester für ihn und Roxanna gespielt hatte und sie einander ohne Frage angenommen hatten.

Der Säbel zuckte nach unten, wie Glas im Sonnenlicht.

»Feuer frei!«

Kanone nach Kanone feuerte, rollte zurück, wurde ausgewischt und neu geladen – ohne die geringste Pause.

Adam sah jetzt Löcher im Klüver und in den Focksegeln. Riesige Splitter waren aus dem vergoldeten Bug gerissen. Aber die *Halcyon* ging durch den Wind. Gleich würde sie längsseits kommen und vor Rachedurst schäumen. Die Netze würden das Unausweichliche nur verschieben.

Er hörte Napier rufen. Es war mehr ein Schrei: »Der Fockmast, Sir!«

Adam hatte einige Schüsse der *Unrivalled* in das Wasser hinter dem Ziel einschlagen sehen. Es war zu schwierig, die Kanonen stets aufs neue exakt auszurichten. Es war im Grunde unmöglich – doch der Fockmast des Feindes ging über die Seite, als habe ihn eine große, unsichtbare Axt gekappt.

Schüsse schlugen auf das Deck, und er sah zwei Seesoldaten an den Finknetzen fallen. Er hörte die Drehbassen aus den Plattformen in den Masten feuern und wußte, daß Bosanquets Männer ihre Befehle exakt ausführten. Ihre Scharfschützen hielten bereits in die wirbelnde Menge, die sich durch und über den gefallenen Mast schob, um die Stelle zu erreichen, an der beide Schiffe kollidieren würden. Aber das würde Bosanquet nicht mehr miterleben. Er lag mit einem geknickten, sauberen Bein auf den Planken. Splitter einer Kugel, die durch eine offene Kanonenpforte gejagt war, hatten ihm den Kopf zerschmettert.

Luxmoore, sein Stellvertreter, war mit seinen eigenen Leuten schon unten. Im rauchigen Licht glänzten die

Bajonette. Gnade wurde nicht erwartet, als die ersten Männer wild entschlossen über das schmale Stück Wasser sprangen, um sofort niedergehauen oder aufgespießt zu werden. Näher und näher kamen sie sich, bis der lange Bugspriet der *Unrivalled* mit seiner zerfetzten Leinwand genau auf das Vordeck des Gegners zeigte.

Wieder hieb Adam mit seinem Säbel durch die Luft. Hatten die Mannschaften an den Karronaden den Befehl verstanden? War Deighton bis zu ihnen gekommen, oder war auch er gefallen? Doch Deighton stand neben ihm, schüttelte sich und schien seine Furcht abgeworfen zu haben.

Es war mehr ein Gefühl als ein Geräusch. Die Karronaden berührten das andere Schiff fast schon, als sie Rauch ausspuckten und auf den Lafetten zurückrollten.

Adam rief: »Zu mir, *Unrivalled.* «

Dann rannte er den Laufgang entlang, hörte Schüsse und spürte, wie sie Holz und Metall trafen oder in Fleisch einschlugen. Die Netze hingen in Fetzen, und die Masse der Enternden war in einen schrecklichen blutigen Haufen verwandelt worden. Männer rannten ihm hinterher, und er sah Campbell ein Enterbeil schwingen und jeden niederhauen, der versuchte, die *Unrivalled*-Männer am Entern zu hindern.

Während die Musketen krachten und im Nahkampf Stahl auf Stahl traf, während Schreie und Bitten in jeder Sprache ungehört verhallten, konnte er nur an eins denken: Piraten, Korsaren, Söldner – die Namen des Gegners bedeuteten ihm nichts. Irgendwie ahnte er, daß der Mann, der den französischen Fregatten Schutz geboten hatte – sollte Napoleon aus Elba entkommen –, hier auf diesem Schiff war. Und nur das zählte. Martinez hatte direkt oder indirekt Richard Bolitho getötet, auch wenn er selber keine Waffe in die Hand genommen hatte.

Jemand griff ihn mit dem Säbel an, und er hörte Jago rufen: »Zur Hölle, du Hund.«

Der Mann stürzte über zerbrochenes Holz, um anschließend zwischen den beiden Rümpfen zerquetscht zu werden.

Adams Arm fühlte sich wie Blei an und schmerzte sehr, Blut sickerte auf seine Hände – sein eigenes, fremdes? Es war ihm egal.

Die Männer der *Unrivalled* hatten fast das halbe unvertraute Deck des Gegners bereits erobert – einige Piraten leisteten noch beharrlich Widerstand, als die Drehbassen der Seesoldaten sie niederstreckten.

Massie war zusammengesunken, seine Hände verkrallten sich über seinem Magen. Adam sah, wie Leutnant Wynter sich über ihn beugte, um ihm zu helfen. Ärgerlich lehnte Massie ab, schüttelte den Kopf, als wolle er ihn zurück in den Kampf jagen. Dann kam das Blut, und es hörte nicht auf. Massie war am Ende, und er starb, wie er gelebt hatte, einsam bis zum Schluß.

Er hörte über dem Lärm Galbraiths Stimme, und er sah Männer, die über das Rigg kletterten, um sich den Enterern und ihrem eigenen Kapitän anzuschließen. Es gab Jubelrufe, und er fragte sich, woher sie die Kraft nahmen. Er schlug einen Säbel weg und spürte seine Muskeln vor Schmerzen, ehe die Spitze gegen die Rippen des Feindes drang und dort ihr Ziel fand. Sein Schrei endete, ehe er recht begonnen hatte. Er brauchte seine ganze Kraft, seinen Säbel wieder frei zu bekommen. Dann hatte er sich auf irgendeine Leiter gezogen. Hier hatten sich Männer gesammelt, die entschlossenen Widerstand bis zum letzten leisten würden.

Jago keuchte: »Ich rieche Rauch, Sir. Unten brennt es, schätze ich.«

Adam packte eine Sprosse und holte tief Luft. »Bringen Sie unsere Verwundeten rüber. Lassen Sie keinen einzigen zurück!«

Jago sah ihn scharf an. Woher wußte er, daß alles vorbei

war? Noch immer kämpften Männer oder jagten Verteidiger, um sie niederzuhauen.

Adam wischte sich mit dem Ärmel über das Gesicht und mußte fast lachen. Er trug seine beste Uniform, die er auch getragen hatte, als er Roxanne in ihren Räumen aufsuchte. Wahnsinn. Ein wilder Traum. Er packte seinen Säbel fester und wußte, wenn er sich ein Lachen erlaubte, würde er nicht aufhören können.

Jemand keuchte neben ihm, er drehte sich um und sah Napier auf einem Knie, ein Holzsplitter stach aus seiner Hüfte wie eine blutige Feder.

»Ruhig, mein Junge. Ich nehme dich jetzt mit.«

Als er sich niederbeugte, um dem Jungen den Arm zu reichen, sah er Martinez. Der kniete neben einer offenen Luke, eine Pistole in der Hand. Es mußte sich um Martinez handeln. Aber wie konnte Adam ganz sicher sein? Es war nur ein einziger Blick, zu schnell, um die dunklen Augen entsetzt und ungläubig auf sich gerichtet zu sehen – auf einen Kapitän in vollem Rang mit verschmutzter Uniform und – sofort erkennbar – mit dem alten Säbel.

Es war zu spät. Mit seinem Säbel konnte er ihn nicht erreichen. Wenn Martinez jetzt feuern würde, würde er bestimmt den Jungen töten, den Adam gerade von den blutigen heiß umkämpften Planken hochgehoben hatte.

Schwer sagte Martinez: »Bo – li – tho« und zielte sorgfältig.

Aber der Schuß schien lauter oder kam aus einer anderen Richtung. Bloxham war schneller, Bosanquets Korporal der Seesoldaten. Er stieg gemessen über die Leiche und stieß die unabgefeuerte Pistole über das Deck.

Er sagte: »Lassen Sie mich, Sir. Ich nehme Ihnen das Bürschlein jetzt ab.« Er grinste. Die Anstrengung verschwand aus seinem Gesicht. »Aber erst mal werde ich die alte Muskete hier neu laden, um ganz sicherzugehen.«

Adam griff sich an den Arm und machte ein paar Schritte, um sich den Toten anzuschauen. Er hörte eine wilde Welle lauter Jubelschreie. Der Kampf war vorbei.

Meine Männer.

Dies war ihr Tag geworden, weil sie ihm vertraut hatten, wie es kaum jemand erklären könnte. Bis zum nächsten Mal also. Er würde jetzt gehen und den Männern gegenübertreten und ihren Jubel teilen, ehe der Schmerz über die Verluste sich meldete.

Er blickte auf das umkämpfte Deck mit seinen blutigen Kampfspuren. Bald würden hier noch die Toten liegen und die armen Kerle, die sich unter Deck geflüchtet hatten.

Er sah sein eigenes Schiff in einem Winkel vom Bug abstehen. In dem klaren Sonnenlicht sah es ganz sauber aus, alle Wunden waren hinter treibendem Rauch verborgen. Dann wußte er, was ihn hier gehalten hatte. Er schaute auf das tote Gesicht hinunter, das im Augenblick der Einschlags erstarrt war.

Vielleicht hatte er Erleichterung erwartet oder ein Gefühl erfüllter Rache. Doch nichts von beidem spürte er.

Er hörte Stimmen rufen und wußte, daß man ihn holen und diesen Augenblick beenden würde, den er nur mit einem einzigen Menschen teilen konnte.

Er ließ seinen rechten Arm herabsinken, blickte auf sein Schiff und lächelte leicht, als höre er eine ferne Stimme.

Danke, Onkel.

Das wertvollste aller Geschenke.

50 Jahre Ullstein Taschenbücher

Jubiläumsausgabe

»Von DeMilles Bestsellern der bisher
großartigste ...« *Kirkus Reviews*

Nelson DeMille
Das Spiel des Löwen · Roman
ISBN 3-548-25608-2

50 Jahre Ullstein Taschenbücher

Jubiläumsausgabe

STEPHEN KING
Es

ROMAN

Ⓤ ULLSTEIN
Jubiläumsausgabe

»Man fühlt sich von Zeile zu Zeile immer
wieder hineingezogen, wird süchtig nach der
Droge Spannung ...« *Die Welt*

Stephen King
Es · Roman
ISBN 3-548-25611-2

50 Jahre Ullstein Taschenbücher
Jubiläumsausgabe

MARIO PUZO
Omertà
ROMAN

»Die amerikanische Saga schlechthin, das
Märchen von armen Einwanderern aus Europa,
den Familien, die sie gründeten, und den Ver-
brechen, aus denen die Neue Welt entsprang.«

Die Zeit

Mario Puzo
Omertà · Roman
ISBN 3-548-25615-5

50 Jahre Ullstein Taschenbücher

Jubiläumsausgabe

»Britische Kriminalliteratur in Höchstform!«

Booklist

Peter Robinson
In blindem Zorn · Roman
ISBN 3-548-25617-1

 ULLSTEIN